ZU DIESEM BUCH

Goldener Spätherbst in der Kleinstadt Crozet, Virginia. Man stimmt sich auf die gemütliche kalte Jahreszeit ein, freut sich auf die letzte Fuchsjagd, plaudert ein paar Takte – am liebsten bei der Postmeisterin Mary Minor «Harry» Haristeen, deren Tigerkatze Mrs. Murphy zusammen mit ihrem Hundefreund, dem Corgi Tee Tucker, zwischen den Postsäcken so manches Kunststück zum besten gibt. Aber in manchen Dingen kann man keinem Vierbeiner etwas vormachen: Als Mrs. Murphy und Tee Tucker bei einem ihrer nächtlichen Streifzüge eine abgehackte Hand finden, wissen sie: Hier stimmt was nicht. Schließlich packen Menschen ihre Toten in Kisten! Mit der Ruhe im Dorf ist es endgültig vorbei, als am Steg der reichen Simburnes der Rumpf der Leiche aus dem Wasser gezogen wird.

«Rita Mae Brown hat Sprachwitz, Sinn für Situationskomik und so viel intelligente Ironie, daß sie für ihre Fans in aller Welt inzwischen zur Kultautorin geworden ist.» («Buch aktuell»)

Rita Mae Brown, geboren in Hanover/Pennsylvania, wuchs bei Adoptiveltern in Florida auf. Sie studierte in New York Anglistik und Kinematographie und veröffentlichte Gedichte. Sie war aktives Mitglied von NOW (National Organization of Women) und den «Furien» sowie Mitbegründerin der «Rotstrümpfe» und der «Radicalesbians». Rita Mae Brown lebt in Charlottesville/Virginia.

In der Reihe der rororo-Taschenbücher erschienen die Romane «Rubinroter Dschungel» (Nr. 12158), «Wie du mir, so ich dir» (Nr. 12862), «Jacke wie Hose» (Nr. 12195), «Bingo» (Nr. 13002), «Die Tennisspielerin» (Nr. 12394), «Herzgetümmel» (Nr. 12797), «Goldene Zeiten» (Nr. 12957), beide Titel auch in einem Band (Nr. 12056), «Venusneid» (Nr. 13645) und der erste Roman mit ihrer Tigerkatze Sneaky Pie Brown als Autorin «Schade, daß du nicht tot bist. Ein Fall für Mrs. Murphy» (Nr. 13403); im Rowohlt Verlag «Dolley. Das Leben einer First Lady» (1995) und, wiederum mit Sneaky Pie Brown, «Mord in Monticello» (1996).

Rita Mae Brown
& Sneaky Pie Brown

RUHE IN FETZEN

EIN FALL FÜR MRS. MURPHY

Roman

rororo

Rowohlt

Deutsch von Margarete Längsfeld
Illustrationen von Wendy Wray

Einmalige Sonderausgabe November 1996

Veröffentlicht im Rowohlt Taschenbuch Verlag GmbH,
Reinbek bei Hamburg, April 1996

Die Originalausgabe erschien 1992 unter dem Titel
«Rest in Pieces» bei Bantam Books, New York

Umschlaggestaltung Walter Hellmann
(Foto: Juniors; M. Wegler)
Gesamtherstellung Clausen & Bosse, Leck
Printed in Germany
1600-ISBN 3 499 22104 7

Der Familie Beegle
und ihren Dalmatinern gewidmet

Personen der Handlung

Mary Minor Haristeen (Harry), die junge Posthalterin von Crozet, die mit ihrer Neugierde beinahe ihre Katze und sich selbst umbringt

Mrs. Murphy, Harrys graue Tigerkatze, die eine auffallende Ähnlichkeit mit der Autorin Sneaky Pie aufweist und einmalig intelligent ist

Tee Tucker, Harrys Welsh Corgi, Mrs. Murphys Freundin und Vertraute, eine lebensfrohe Seele

Pharamond Haristeen (Fair), Tierarzt, ehemals mit Harry verheiratet

Boom Boom Craycroft, eine umwerfende Schönheit, die der besseren Gesellschaft angehört

Blair Bainbridge, ein gutaussehendes männliches Model und Aussteiger aus dem hektischen Konkurrenzkampf in Manhattan. Er zieht nach Crozet, weil er Frieden und Ruhe sucht, findet aber alles andere als das

Mrs. George Hogendobber (Miranda), eine Witwe, die emphatisch auf ihrer persönlichen Auslegung der Bibel beharrt

Market Shiflett, Besitzer von Shiflett's Market neben dem Postamt

Pewter, Markets dicke graue Katze, die sich notfalls auch von der Futterschüssel lösen kann

Susan Tucker, Harrys beste Freundin, die das Leben nicht allzu ernst nimmt, bis ihre Nachbarn ermordet werden

Ned Tucker, Rechtsanwalt und Susans Ehemann

Jim Sanburne, Bürgermeister von Crozet

Big Marilyn Sanburne (Mim), tonangebend in der Gesellschaft von Crozet und ein schrecklicher Snob

Little Marilyn Sanburne, Mims Tochter und nicht so dumm, wie sie scheint

Fitz-Gilbert Hamilton, Little Marilyns Ehemann, ist reich durch Heirat und von Haus aus. Nachdem sein Ehrgeiz erschöpft ist, ist er damit zufrieden, sehr gut zu leben und ein «Anwalt von Stand» zu sein

Cabell Hall, als Bankdirektor ein angesehener Herr in Crozet und im Begriff, in den Ruhestand zu gehen

Ben Seifert, Cabell Halls Schützling, hat einen weiten Weg zurückgelegt vom unerfahrenen Kassierer zum höheren Bankangestellten. Er war auf der High School eine Klasse über Harry

Rick Shaw, Bezirkssheriff von Albemarle County

Officer Cynthia Cooper, Polizistin

Rob Collier, Postfahrer

Paddy, Mrs. Murphys Exmann, ein kesser Kater

Simon, ein Opossum, das auf Menschen nicht gut zu sprechen ist. Langsam erliegt er Harrys Nettigkeit. Er wohnt mit einer mürrischen Eule und einer überwinternden Kletternatter auf dem Heuboden

Liebe Leserin, lieber Leser,

Ein Hoch auf Katzenminze und Champagner!

Dank Euch quillt mein Postfach über von Briefen, Fotos, Spielzeugmäuschen und knusprigem Knabberzeug. Als ich mit der Mrs.-Murphy-Serie anfing, hätte ich nicht gedacht, daß es bei Euch draußen so viele lesende Katzen gibt... und auch ein paar Menschen.

Arme Mutter, sie bemüht sich, nicht zu nörgeln. Sie rackert sich wie eine Sklavin mit ihren «wichtigen Themen» ab, die sie als Komödien verkleidet, und ich kritzle meine Krimiserie hin und bin ein Star. Das zeigt mal wieder, daß die meisten Katzen und ein paar Hunde erkannt haben, daß eine lockere Einstellung zu einem Thema immer noch das Beste ist. Vielleicht wird Mom dies in einigen Jahrzehnten für sich selbst erkennen.

Die beste Neuigkeit ist, daß ich mir eine eigene Schreibmaschine zulegen konnte. Ich habe eine gebrauchte IBM Selectric III erstanden und muß nicht mehr mitten in der Nacht heimlich in Mutters Arbeitszimmer schleichen. Ich habe sogar ein eigenes Arbeitszimmer. Meint Ihr, ich sollte Pewter als Sekretärin einstellen?

Nochmals vielen Dank Euch Katzen da draußen, und auch den Hunden. Paßt auf Eure Menschen auf. Und was Euch Menschen angeht, nun ja, ein frisches

Lachssteak wäre ein köstlicher Leckerbissen für die Katze in Eurem Leben.

Alles Gute, alles Liebe, alles Schöne
SNEAKY PIE

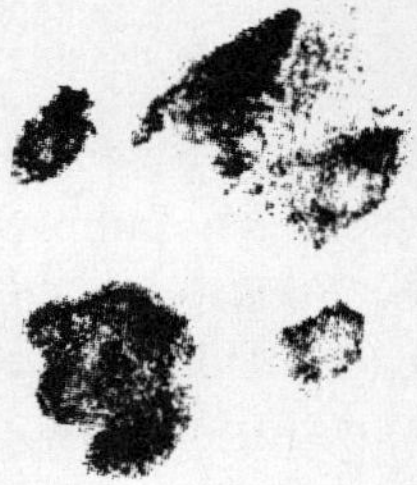

1

Goldenes Licht überflutete die Kleinstadt Crozet, Virginia. Mary Minor Haristeen sah von den Briefen auf, die sie gerade sortierte, und trat an das große Glasfenster, um die Aussicht zu bewundern. Die ganze Stadt sah aus wie mit geschmolzener Butter übergossen. Die Dachfirste glänzten, die schlichten Schindelhäuser besaßen eine liebliche Anmut. Das Licht lockte Harry dermaßen, daß sie sich ihre Jeansjacke überzog und zur Hintertür hinausging. Mrs. Murphy, Harrys getigerte Katze, und Tee Tucker, ihre Corgihündin, erhoben sich von ihrem Nachmittagsnickerchen, um Harry zu begleiten. Die langen Oktobersonnenstrahlen vergoldeten die große Wetterfahne in Gestalt eines trabenden Pferdes auf Miranda Hogendobbers Haus an der St. George Avenue, das von der Gasse hinter dem Postamt zu sehen war.

Die strahlenden Herbsttage weckten Erinnerungen an hitzige Footballspiele, Schulschwärme und kühle Nächte. Sosehr Harry kaltes Wetter haßte, sosehr liebte sie es, sich ein, zwei neue Pullover kaufen zu müssen. In der Crozet High School hatte sie an einem weit zurückliegenden Oktobertag – im Jahre 1973, um genau zu sein – einen flauschigen roten Pullover getragen und den Blick von Fair Haristeen auf sich gezogen. Die Eichen verwandelten sich in orangefarbene Fackeln, die Ahornbäume färbten sich blutrot, und die Buchen wurden gelb, damals wie heute. Die Herbstfarben waren ihr im Gedächtnis geblieben, und dieser Herbst würde genauso werden. Ihre Scheidung von Fair war sechs Monate her, oder war es ein Jahr? Sie wußte es wirklich nicht mehr, oder vielleicht wollte sie sich nicht erinnern. Ihre Freundinnen blätterten ihre Adressenhefte nach Namen verfügbarer Junggesellen durch. Es gab zwei: Dr. Larry Johnston, den verwitweten Arzt im Ruhestand, der zwei Jahre älter war als Gott; und natürlich Pharamond Haristeen. Selbst wenn sie Fair wiederhaben wollte, was ganz entschieden nicht der Fall war: er war in eine Romanze mit Boom Boom Craycroft verwickelt, der schönen zweiunddreißigjährigen Witwe von Kelly Craycroft.

Harry sann darüber nach, daß alle Leute in der Stadt Spitznamen hatten. Olivia war Boom Boom, und Pharamond war Fair. Sie selbst war Harry, und Peter Shiflett, der Besitzer des Lebensmittelladens nebenan, wurde Market genannt. Cabell Hall, Direktor der Allied National Bank in Richmond, war Cab oder Cabby; Florence, seine Ehefrau seit siebenundzwanzig Jahren, wurde Taxi gerufen. Die Marilyn Sanburnes, senior und junior, hießen Big Marilyn oder Mim und Little Marilyn. Wie nahe sie einem die Leute brachten, diese kleinen Spitznamen, diese Markenzeichen der Vertrautheit, die Kosenamen. Die Einwohner von Crozet lachten über die Eigenarten ihrer Nachbarn, sagten voraus, wer was zu wem sagen würde und wann. Das waren die Freuden einer Kleinstadt, die allerdings dieselben Probleme und Schmerzen, dieselben Grausamkeiten, Ungerechtigkeiten und selbstzerstörerischen Verhaltensweisen überdeckten, wie sie in größerem Maßstab in Charlottesville, zwanzig Kilometer östlich, oder in Richmond, gut hundert Kilometer hinter Charlottesville, zu finden waren. Die Tünche der Zivilisation, so unentbehrlich für das alltägliche Leben, konnte in einer Krise schnell abblättern. Manchmal bedurfte es gar keiner Krise: Dad kam betrunken nach Hause und prügelte

Frau und Kinder windelweich, oder ein Ehemann kam vorzeitig von der Arbeit in sein mit Hypotheken belastetes Heim und fand seine Frau mit einem anderen Mann im Bett. Oh, in Crozet konnte das nicht passieren, aber es passierte doch. Harry wußte es. Ein Postamt ist das Nervenzentrum jeder Gemeinde, und Harry wußte meist früher als die anderen, was vorging, wenn die Türen geschlossen und die Lichter ausgeknipst waren. Wenn ein Postfach vollgestopft war mit einem Stoß amtlicher Mitteilungen oder mit einer auffälligen Ansammlung von Zahnarztrechnungen, fügte Harry die Geschichten zusammen, die dem Blick verborgen waren.

Wenn Harry ihre Tiere besser verstünde, wüßte sie sogar noch mehr, denn die Corgihündin Tee Tucker konnte unter die Verandastufen huschen, und Mrs. Murphy konnte auf den Heuboden springen, eine Leistung, die die behende Tigerkatze elegant und mühelos vollbrachte. Katze und Hündin verfügten über eine Fülle von Informationen, die sie ihrer relativ intelligenten menschlichen Gefährtin mitteilen konnten. Aber das war nicht einfach. Manchmal mußte sich Mrs. Murphy vor Mutter Harry auf der Erde wälzen, oder Tee Tucker mußte sie am Hosenbein packen.

Heute tratschten die Tiere nicht über Menschen oder über ihresgleichen. Sie saßen neben Harry und beobachteten Miranda Hogendobber, die, angetan mit rotem Faltenrock, gelbem Pullover und Gartenhandschuhen, ihr kleines Beet beackerte, auf dem massenhaft Speise- und Zierkürbisse gediehen. Harry winkte Mrs. Hogendobber zu, die den Gruß erwiderte.

«Harry», rief Susan Tucker, Harrys beste Freundin, aus dem Postamt.

«Ich bin hier draußen.»

Susan öffnete die Hintertür. «Die reinste Postkartenidylle. Herbst in Mittelvirginia.»

Während sie sprach, ging die Hintertür des Lebensmittelladens auf, und Pewter, die dicke graue Katze der Shifletts, kam mit einem Hühnerbein im Maul herausgeflitzt.

Market rief der Katze nach: «Verdammte Scheiße, Pewter, heute kriegst du kein Abendessen.» Er starrte hinter ihr her, wie sie aufs Postamt zusteuerte, und als er aufsah, erblickte er Harry und Susan. «Entschuldigt, meine Damen, wenn ich gewußt hätte, daß ihr da seid, hätte ich keine so unanständigen Worte in den Mund genommen.»

Harry lachte. «Ach, Market, wir benutzen noch viel schlimmere.»

«Gibst du uns was ab?» wollte Mrs. Murphy von Pewter wissen, als sie an ihnen vorbeisauste.

«Wie soll sie denn antworten? Sie hat die Schnauze voll», sagte Tucker. *«Außerdem, es wäre das erste Mal, daß Pewter auch nur einen Krümel Fressen abgibt.»*

«Da hast du leider recht.» Mrs. Murphy folgte ihrer grauen Freundin. Man konnte nie wissen.

Pewter blieb stehen, kaum daß sie außer Reichweite des resignierten Market war, der jetzt auf die Damen einredete. Sie riß einen verlockenden Batzen Huhn herunter.

«Wie hast du das von Market stibitzen können?» Mrs. Murphys goldgelbe Augen wurden weit.

Pewter, die alte Angeberin, sagte kauend, wobei sie vorsichtshalber eine Pfote auf dem Hühnerschenkel behielt: *«Er hat ein gegrilltes Hähnchen auf die Theke gelegt. Little Marilyn hat ihn gebeten, es zu zerteilen, und als er sich umdrehte, bin ich mit dem Schenkel auf und davon.»* Sie kaute am nächsten schmackhaften Bissen.

«Bist 'n schlaues Mädchen, was?» Tucker schnupperte den köstlichen Duft.

«In der Tat, das bin ich. Little Marilyn hat gebrüllt, sie ißt kein Huhn, wo eine Katze reingebissen hat, und ehrlich gesagt, ich

würde auch nichts essen, was Little Marilyn angefaßt hat. Die wird langsam schon so ein hochnäsiges Biest wie ihre Mutter.»

Blitzschnell schnappte sich Mrs. Murphy das Hühnerbein, während Tucker die dicke Katze schubste, so daß sie das Gleichgewicht verlor. Mrs. Murphy sauste durch die Gasse in Miranda Hogendobbers Garten, gefolgt von der triumphierenden Tucker und der fauchenden Pewter.

«Gib das wieder her, du gestreiftes Arschloch!»

«Du gibst nie was ab, Pewter», sagte Tucker, während Mrs. Murphy durch die Maisreihen zu den mondartigen Zierkürbissen rannte.

«Harry», brüllte Mrs. Hogendobber, «diese Kreaturen bringen mich noch mal unter die Erde!» Drohend schwang sie ihre Hacke vor Tucker. Tucker rannte weg. Jetzt jagte Pewter Mrs. Murphy durch die Reihen mit den Speisekürbissen, aber Mrs. Murphy, behende und durchtrainiert, sprang über ein ausladendes Kürbisgewächs mit der sahnig gelben Frucht in der Mitte. Sie steuerte auf die Zierkürbisse zu.

Market lachte. «Findet ihr nicht, wir sollten Miranda mal auf die Sanburnes loslassen?» Er sprach von Little Marilyn und Mim, ihrem ebenso unausstehlichen Mutterteil.

Susan und Harry mußten lachen, was Mrs. Hogendobber erzürnte, die glaubte, sie lachten über sie.

«Das ist überhaupt nicht komisch. Die ruinieren mir meinen Garten. Meine schönen Kürbisse. Sie wissen doch, daß ich auf der Ernteausstellung mit meinen Kürbissen gewinnen will.» Mirandas Gesicht färbte sich bräunlichrot.

Tucker blickte voll Verwunderung hoch. *«Die Farbe habe ich bei einem Menschen noch nie gesehen.»*

«Tucker, Vorsicht, die Hacke!» brüllte Mrs. Murphy. Sie ließ den Hühnerschenkel fallen.

Pewter schnappte ihn sich. Das Fett unter ihrem Bauch

schwabbelte, als sie heimwärts flitzte. Um Schnurrhaaresbreite wäre sie mit Market zusammengestoßen, dem sie seitwärts schlitternd auswich.

Er lachte. «Die sind so scharf drauf, ich werd mal den Rest vom Huhn auch noch rüberbringen.»

Als er mit dem Huhn wiederkam, hatte sich Mrs. Hogendobber schnaufend und keuchend gegen die Hintertür des Postamts fallen lassen.

«Tucker hätte mir die Hüfte brechen können. Was, wenn sie mich jetzt umgerannt hätte?» Mrs. Hogendobber sonnte sich in der Vorstellung von Gefahr und Zerstörung.

Market biß sich auf die Zunge. Er hätte gern gesagt, sie sei so gut gepolstert, daß sie sich da keine Sorgen zu machen brauche. Aber er blieb gnädig und schnitt Fleisch von dem Huhn herunter für die drei Tiere, die einander schleunigst alle Missetaten verziehen. Hühnerfleisch war zu wichtig, da durften persönliche Querelen nicht im Weg stehen.

«Tut mir leid, Mrs. Hogendobber. Alles in Ordnung mit Ihnen?»

«Na klar. Ich wünschte bloß, Sie könnten mal Ihre Schützlinge zur Raison bringen.»

«Sie brauchen einen Corgi», sagte Susan Tucker fürsorglich.

«Nein. Ich hab mein Leben lang für meinen Mann gesorgt. Jetzt muß ich nicht auch noch für einen Hund sorgen. George hat wenigstens ein Gehalt mit nach Hause gebracht. Gott hab ihn selig.»

«Hunde sind höchst unterhaltsam», ergänzte Harry.

«Und was ist mit den Flöhen?» Mrs. Hogendobber war interessierter, als sie zugeben wollte.

«Gegen die sind Sie auch ohne Hund nicht gefeit», antwortete Harry.

«Ich habe keine Flöhe.»

«Miranda, bei warmem Wetter kriegen alle Flöhe», klärte Market sie auf.

«Sie vielleicht. Aber wenn ich ein Lebensmittelgeschäft hätte, würde ich dafür sorgen, daß es im Umkreis von fünfzig Metern keinen einzigen Floh gibt.» Mrs. Hogendobber schürzte die Lippen, die in mattglänzendem Rot geschminkt waren, passend zu ihrem Faltenrock. «Und ich würde öfter Sonderangebote machen.»

«Hören Sie mal, Miranda.» Market, der dies schon bis zum Überdruß gehört hatte, setzte zu einer leidenschaftlichen Verteidigung seiner Preispolitik an.

Eine unbekannte Stimme unterbrach diese sinnlose Debatte: «Ist jemand da?»

«Wer ist denn das?» Mrs. Hogendobbers Augenbrauen wölbten sich aufwärts.

Harry und Susan zuckten die Achseln. Miranda marschierte ins Postamt. Da ihr verstorbener Ehemann George über vierzig Jahre lang Posthalter gewesen war, hatte sie das Gefühl, tun zu können, was ihr paßte. Harry heftete sich an ihre Fersen, Susan und Market bildeten die Nachhut. Die Tiere, die das Huhn inzwischen vertilgt hatten, flitzten hinein.

Auf der anderen Seite des Schalters stand der bestaussehende Mann, den Mrs. Hogendobber seit Clark Gable gesichtet hatte. Susan und Harry hätten vielleicht ein jüngeres Männlichkeitsidol erkoren, aber welchen Jahrgang man auch zum Vergleich heranzog, dieser Typ war phänomenal. Sanfte, haselnußbraune Augen erstrahlten in einem markanten Gesicht, das rauh war und doch empfindsam, und sein lockiges braunes Haar war perfekt geschnitten. Seine Hände waren kräftig. Ja, er vermittelte insgesamt einen Eindruck von Kraft und Stärke. Über gutsitzenden Jeans trug er einen wassermelonengrünen Pullover, aus dessen hochgeschobenen Ärmeln sonnengebräunte, muskulöse Unterarme hervorsahen.

Einen Moment lang sagte niemand ein Wort. Aber schnell durchbrach Miranda die Stille. «Miranda Hogendobber.» Sie streckte die Hand aus.

«Blair Bainbridge. Aber bitte, nennen Sie mich Blair.»

Miranda hatte jetzt Oberwasser und konnte die anderen vorstellen. «Das ist unsere Posthalterin Mary Minor Haristeen. Susan Tucker, Ehefrau von Ned Tucker, einem sehr guten Anwalt, falls Sie mal einen brauchen sollten, und Market Shiflett, dem der Laden nebenan gehört, was sehr bequem ist und wo es die sündhaften Dove-Riegel gibt.»

«Hey, hey, und was ist mit uns?» tönte es im Chor von unten.

Harry hob Mrs. Murphy hoch. «Das ist Mrs. Murphy, das ist Tee Tucker, und das graue Kätzchen ist Pewter, Markets unschätzbare Gehilfin, obwohl sie oft hier drüben ist und die Post abholt.»

Blair lächelte und schüttelte Mrs. Murphy die Pfote, worüber Harry entzückt war. Mrs. Murphy hatte nichts dagegen. Dann bückte sich der Traum von einem Mann und tätschelte Pewter den Kopf. Tucker hielt ihm die Pfote hin, und Blair schüttelte sie.

«Sehr erfreut, dich kennenzulernen.»

«Ganz meinerseits», erwiderte Tucker.

«Kann ich etwas für Sie tun?» fragte Harry, während die anderen sich erwartungsvoll vorbeugten.

«Ja. Ich hätte gern ein Postfach, wenn eins frei ist.»

«Ich hab einige. Möchten Sie lieber eine gerade Zahl oder eine ungerade?» Harry lächelte. Sie konnte bezaubernd sein, wenn sie lächelte. Sie gehörte zu den Frauen, die hübsch waren, ohne daß sie viel dafür tun mußten. Man bekam, was man sah.

«Gerade.»

«Wie wär's mit vierundvierzig? Oder mit dreizehn – ich hätte fast vergessen, daß die Dreizehn noch frei ist.»

«Nehmen Sie bloß nicht die Dreizehn.» Miranda schüttelte den Kopf. «Bringt Unglück.»

«Dann vierundvierzig.»

«Vierunddreißig fünfundneunzig bitte.» Harry füllte den Postfachschein aus und stempelte ihn mit dunkelroter Farbe.

Blair händigte ihr einen Scheck aus und sie ihm den Schlüssel.

«Gibt es auch eine Mrs. Bainbridge?» fragte Mrs. Hogendobber unverblümt. «Der Name kommt mir so bekannt vor.»

Market verdrehte die Augen gen Himmel.

«Nein, ich hatte noch nicht das Glück, die richtige Frau zu finden, mit der –»

«Harry ist ledig, müssen Sie wissen. Geschieden, besser gesagt.» Mrs. Hogendobber nickte zu Harry hinüber.

In diesem Augenblick hätten ihr Harry und Susan am liebsten die Kehle aufgeschlitzt.

«Mrs. Hogendobber, Mr. Bainbridge muß bei seinem ersten Besuch im Postamt wirklich nicht gleich meinen ganzen Lebenslauf zu hören bekommen.»

«Bei meinem nächsten Besuch werden Sie ihn mir vielleicht selbst erzählen.» Er schob den Schlüssel in die Tasche, lächelte und ging. Er stieg in einen kohlschwarzen Ford F 350 Kombi-Transporter. Mr. Bainbridge schien einiges darin abschleppen zu wollen.

«Miranda, wie konnten Sie?» rief Susan aus.

«Wie konnte ich was?»

«Das wissen Sie ganz genau», nahm Market den Faden auf.

Miranda, nach einer Pause: «Sie meinen, daß ich Harrys

Familienstand erwähnt habe? Hören Sie, ich bin älter als Sie alle. Der erste Eindruck ist entscheidend. Von mir mag er vielleicht nicht den besten ersten Eindruck haben, aber ich wette, er hat einen guten von Harry, die die Situation mit dem ihr eigenen Takt und Humor gemeistert hat. Und wenn er heute abend nach Hause kommt, weiß er, daß es in Crozet eine hübsche unverheiratete Frau gibt.» Mit dieser erstaunlichen Feststellung fegte sie zum Hintereingang hinaus.

«Ich will verdammt sein.» Markets Kinn sackte hinunter.

«Du nimmst mir das Wort aus dem Mund», kicherte Pewter.

«Mädels, ich geh wieder an die Arbeit. Das war einfach zuviel für mich.» Lachend öffnete Market die Eingangstür. Er blieb stehen. «Los, komm, du kleiner Gauner.»

Pewter miaute freundlich und folgte ihrem Vater zur Tür hinaus.

«Hättest du gedacht, daß Rotunda so schnell rennen kann?» sagte Tucker zu Mrs. Murphy.

«Das war wirklich eine Überraschung.» Mrs. Murphy wälzte sich auf dem Boden und zeigte ihren hübschen lederbraunen Unterbauch.

«Das wird ein Herbst voller Überraschungen. Ich spür's in den Knochen.» Tucker grinste und wedelte mit ihrem Stummelschwanz.

Mrs. Murphy warf ihr einen Blick zu. Die Katze war nicht in der Stimmung für Prophezeiungen. Katzen verstanden von diesen Dingen ohnehin mehr als Hunde. Sie hatte keine Lust einzugestehen, daß sie Tucker recht gab. Es lag was in der Luft. Aber was?

Harry legte den Scheck in die Schublade unter dem Schalter. Die beschriebene Seite lag oben, und Harry schaute sich ihn noch einmal an. «Yellow Mountain Farm.»

«Es gibt keine Yellow Mountain Farm.» Susan beugte sich vor, um den Scheck zu begutachten.

«Foxden.»

«Was? Die steht seit über einem Jahr leer. Wer würde so was kaufen?»

«Ein Yankee.» Harry schloß die Tür. «Oder jemand aus Kalifornien.»

«Nein.» Susan ließ die Stimme sinken.

«Um den Yellow Mountain steht außer Foxden weit und breit nichts zum Verkauf.»

«Aber Harry, wir wissen doch normalerweise alles, und darüber, daß Foxden verkauft ist, haben wir kein Wort, keinen mucksigen Pieps gehört.»

Noch während Susan sprach, griff Harry zum Telefon und wählte. «Jane Fogleman bitte.» Es folgte eine kurze Pause. «Jane, warum hast du mir nicht gesagt, daß Foxden verkauft ist?»

Am anderen Ende der Leitung erwiderte Jane: «Weil wir Anweisung hatten, den Mund zu halten, bis der Kauf perfekt war, und das ging heute morgen bei McGuire, Woods, Battle und Boothe über die Bühne.»

«Ich kann's nicht fassen, daß du es vor uns geheimgehalten hast. Susan und ich haben ihn gerade kennengelernt.»

«Mr. Bainbridge wünschte es so.» Jane hielt einen Moment die Luft an. «Ist dir je so ein Mann begegnet? Ich kann dir sagen, Mädchen...»

Harry gab sich uninteressiert. «Sieht nicht schlecht aus.»

«Nicht schlecht? Sterben könnte man für den!» explodierte Jane.

«Hoffen wir, daß das niemand tun muß», bemerkte Harry trocken. «So, du hast mir gesagt, was ich wissen wollte. Gruß von Susan, und wir werden dir nicht so schnell verzeihen.»

«Alles klar», lachte Jane und hängte ein.

«Foxden.» Harry legte den Hörer auf die Gabel.

«Herrgott, was hatten wir Spaß auf der alten Farm. Der kleine Stall mit den sechs Pferdeboxen und der Schnickschnack am Haus und, ach, der Friedhof nicht zu vergessen. Erinnerst du dich an den einzigen wirklich alten Grabstein mit dem kleinen Engel, der Harfe spielte?»

«Ja. Die MacGregors waren so liebe Leute.»

«Und sie haben ewig gelebt. Keine Kinder. Wahrscheinlich haben sie uns deswegen erlaubt, überall rumzurennen.» Susan hatte fast das Gefühl, als sei die alte Elizabeth MacGregor im Raum anwesend. Ein komisches Gefühl, irrational, aber angenehm, denn Elizabeth und ihr Mann Mackie waren das Salz der Erde gewesen.

«Ich hoffe, Blair Bainbridge hat in Foxden so viel Glück wie die MacGregors.»

«Er sollte bei dem Namen bleiben.»

«Das ist seine Sache», erwiderte Harry.

«Wetten, Miranda wird ihn dazu bringen.» Susan holte tief Luft. «Du hast einen neuen Nachbarn, Mädchen. Stirbst du nicht vor Neugierde?»

Harry schüttelte den Kopf. «Nein.»

«Lügnerin.»

«Bin ich nicht.»

«Ach Harry, du mußt endlich mal über die Scheidung wegkommen.»

«Ich bin über die Scheidung weg, und ich will mich nicht als Meisterin im Sehnen und Schmachten profilieren, trotz deiner Schikanen im letzten halben Jahr.»

Susan hob die Stimme: «Du kannst nicht ewig leben wie eine Nonne.»

«Ich lebe, wie ich leben will.»

«Die fangen schon wieder an», bemerkte Tucker.

Mrs. Murphy nickte. *«Tucker, wollen wir heute abend nach Foxden rüber, wenn wir aus dem Haus können? Laß uns diesen*

Bainbridge mal unter die Lupe nehmen. Ich meine, wenn alle anfangen, ihm Mom zuzuschustern, sollten wir mal ein paar Fakten einholen.»

«Glänzende Idee.»

2

Um elf Uhr an diesem Abend schlief Harry tief und fest. Mrs. Murphy, die Behendigkeit selbst, zog die Hintertür auf. Harry schloß selten ab, und heute abend hatte sie die Tür nicht fest zugeklinkt. Es erforderte von der Katze mit ihren geschickten Pfoten nur ein wenig Geduld, um die Tür ganz aufzubekommen. Die Fliegentür war ein Kinderspiel. Tukker stieß sie mit der Nase auf, der Haken schnellte aus der Befestigung.

Es war eine für Oktober ungewöhnlich warme Nacht, ein letztes Aufflackern des Spätsommers. Harrys alter supermanblauer Ford Transporter parkte bei der Scheune. Der Wagen lief wie geschmiert. Die Tiere trotteten an dem Transporter vorbei.

Tucker schnupperte. *«Warte mal.»*

Mrs. Murphy setzte sich und putzte sich das Gesicht, während Tucker, die Nase am Boden, der Scheune zustrebte. *«Schon wieder Simon?»*

Simon, das Opossum, streunte mit Vorliebe auf dem Gelände herum. Harry warf oft Marshmallows und Tischabfälle hinaus. Simon unternahm alle Anstrengungen, um diese Leckerbissen zu ergattern, bevor die Waschbären ankamen. Er konnte die Waschbären nicht leiden, und die Waschbären konnten ihn nicht leiden.

Tucker antwortete nicht auf Mrs. Murphys Frage, sondern drückte sich in die Scheune. Der Duft von Timotheusheu, Grünfutter und Kleie umwehte ihre empfindlichen Nüstern. Die Pferde blieben nachts draußen und wurden in der Mittagshitze hereingebracht. Hierbei würde es noch eine Woche bleiben; bald aber würde der Herbstfrost die Weiden silbern färben, und die Pferde müßten sich nachts drinnen aufhalten, geborgen in ihren Boxen und gewärmt von ihren Triple-Crown-Decken.

Eine kleine Spitznase lugte aus der Futterkammer hervor. *«Tucker.»*

«Simon, du hast in der Futterkammer nichts zu suchen.» Tukkers leises Knurren klang vorwurfsvoll.

«Die Waschbären waren früher da als sonst, deswegen bin ich hier reingerannt.» Die Futterreste der Waschbären bewiesen, daß Simon die Wahrheit sprach. *«Hallo, Mrs. Murphy»*, begrüßte Simon die geschmeidige Katze, als sie in den Stall kam.

«Hallo. Sag, warst du mal drüben in Foxden?» Mrs. Murphy ließ ihre Schnurrhaare vorschnellen.

«Gestern abend. Da gibt's noch nichts zu fressen.» Simon konzentrierte sich auf sein Hauptanliegen.

«Wir gehen rüber, nachsehen.»

«Nicht viel zu sehen, bloß der große Transporter von diesem neuen Typ. Und ein Anhänger. Sieht so aus, als wollte er Pferde kaufen, aber noch sind keine da.» Simon lachte, denn er wußte, in wenigen Wochen würden die Pferdehändler versuchen, Blair Bainbridge das Geld aus der Tasche zu ziehen. *«Wißt ihr, was ich vermisse? Die alte Mrs. MacGregor hat immer heißen Ahornsirup in den Schnee gegossen, um Bonbons zu machen, und sie hat mir immer was dagelassen. Könnt ihr Harry nicht dazu bringen, das auch mal zu machen, wenn es schneit?»*

«Simon, du kannst von Glück sagen, daß du Tischabfälle kriegst, Harry hält nicht viel vom Kochen. Na ja, jetzt gehen wir

jedenfalls nach Foxden und gucken mal, was da am Kochen ist.» Tucker lächelte über ihr kleines Wortspiel.

Mrs. Murphy starrte Tucker an. Sie liebte Tucker, aber manchmal fand sie Hunde ausgesprochen dämlich.

Sie gingen weiter. Simon, eine Brotkruste mampfend, blieb zurück. Als sie die zwanzig Morgen auf der Westseite von Harrys Farm überquerten, riefen sie nach Harrys Pferden Tomahawk und Gin Fizz, die mit einem Wiehern antworteten.

Harry hatte die Farm ihrer Eltern geerbt, als vor Jahren ihr Vater gestorben war. Wie ihre Eltern hielt sie alles tipptopp. Die meisten Umzäunungen waren in gutem Zustand, aber kommendes Frühjahr würde sie den Zaun entlang dem Bach zwischen ihrem Grundstück und Foxden erneuern müssen. Ihre Scheune hatte dieses Jahr einen neuen roten Anstrich mit weißer Verzierung bekommen. Die Heuernte war gut gediehen. Die Ballen, aufgerollt wie riesige «Shredded Wheats», waren an der Ostumzäunung aufgereiht. Alles in allem bestellte Harry 120 Morgen. Sie wurde die Arbeit auf der Farm nie leid, und am glücklichsten war sie, wenn sie auf dem vorsintflutlichen, gut fünfunddreißig Jahre alten Ford Traktor eine Egge oder einen Pflug übers Feld zog.

Sie stand gerne morgens um halb sechs auf, nur im tiefsten Winter fiel es ihr ein bißchen schwer, aber dann tat sie es trotzdem. Die Arbeit draußen nahm so viel von Harrys Freizeit in Anspruch, daß sie mit der Instandhaltung des Hauses nicht immer nachkam. Es hatte einen frischen Außenanstrich nötig. Innen hatten Susan und sie es letzten Winter gestrichen. Sogar Mrs. Hogendobber war für einen Tag gekommen, um zu helfen. Harrys überdimensionales Sofa und die Sessel müßten neu bezogen werden. Ihre Eltern hatten die Stücke 1949 kurz nach ihrer Heirat auf einer Versteigerung erstanden. Sie schätzten, daß die Möbel aus den dreißiger

Jahren stammten. Harry war es ziemlich egal, wie alt die Möbel waren; es waren jedenfalls die bequemsten, auf denen sie je gesessen hatte. Mrs. Murphy und Tucker durften sich ungehindert auf dem Sofa lümmeln, deswegen mochten es die beiden auch.

Ein schmaler Bach mit starker Strömung bildete die Grenze zwischen Harrys Grundstück und Foxden. Tucker kletterte die Böschung hinunter und tauchte hinein. Das Wasser war nicht tief. Mrs. Murphy, die Wasser nicht viel abgewinnen konnte, beschrieb einen Kreis, nahm einen Anlauf und sprang sowohl über den Bach als auch über Tucker hinüber.

Von dort sausten sie zum Haus, vorbei an der kleinen Anhöhe mit dem Friedhof. Aus einem Fenster im ersten Stock fiel Licht in die Dunkelheit. Riesengroße Styrax-, Walnußbäume und Eichen beschirmten das 1837 erbaute Fachwerkhaus, das einen Anbau von 1904 hatte. Mrs. Murphy kletterte auf den hohen Walnußbaum und spazierte lässig auf einen Ast, um in das erhellte Zimmer zu spähen. Tucker winselte und stöhnte am Fuß des Baumes.

«Schnauze, Tucker. Du bist schuld, wenn wir hier weggejagt werden.»

«Sag doch mal, was du siehst.»

«Erst, wenn ich wieder unten bin. Woher sollen wir wissen, ob dies nicht ein Mensch mit guten Ohren ist? Es gibt nämlich welche, die gut hören.»

In dem erhellten Zimmer war Blair Bainbridge mit der Drecksarbeit beschäftigt, die Tapete mit Dampf zu lösen. Schmutzige Streifen mit Pfingstrosenmuster, die Blüten in einem schauerlichen Pink, hingen herab. Hin und wieder setzte Blair das Dampfgerät ab und riß an der Tapete. Er hatte ein T-Shirt an, an seinen Armen klebten kleine Stückchen Tapete. Ein tragbarer CD-Player auf der anderen Seite des

Zimmers spendete mit Bachs Erstem Brandenburgischem Konzert ein wenig Trost. Weder Möbel noch Kisten standen herum.

Mrs. Murphy kletterte vom Baum herunter und berichtete Tucker, daß nicht viel los sei. Sie drehten eine Runde um das Haus. Die Sträucher waren zurückgestutzt, der Garten gemulcht, die toten Zweige von den Bäumen geschnitten. Mrs. Murphy öffnete das Fliegengitter vor der Hintertür. Auf der Veranda davor standen zwei Regiestühle; eine Apfelsinenkiste diente als Tisch. Der alte schmiedeeiserne Fußabtreter in Form eines Dackels lag immer noch gleich links neben der Tür. Weder Katze noch Hund konnten sich hoch genug recken, um zum Hintertürfenster hineinzusehen.

«Laß uns in den Stall gehen», schlug Tucker vor.

Der Stall – sechs Boxen und in der Mitte ein kleiner Wirtschaftsraum – hatte nichts Außergewöhnliches zu bieten. Die Böden in den Boxen sahen aus wie Mondkrater; sie mußten aufgefüllt und geebnet werden. Blair Bainbridge würde sich an dieser Arbeit die Zähne ausbeißen. Boxen festzustampfen war schlimmer, als mit Lehm und Steinstaub beladene Schubkarren zu schleppen. Überall hingen Spinnweben, ein paar Spinnen beendeten soeben ihre Wintervorbereitungen. Mäuse räumten mit den Körnern auf, die in der Futterkammer übriggeblieben waren. Mrs. Murphy bedauerte, daß sie nicht die Zeit hatte, mit ihnen Fangen zu spielen.

Sie verließen den Stall und inspizierten den Transporter und den Anhänger, beides nagelneu. Wer konnte sich gleichzeitig einen neuen Transporter und einen Anhänger leisten? Mr. Bainbridge lebte offensichtlich nicht von Sozialhilfe.

«Viel haben wir nicht herausbekommen», seufzte Tucker. *«Außer der Tatsache, daß er Geld hat.»*

«Ein bißchen mehr wissen wir schon.» Mrs. Murphy spürte einen Biß in der Schulter. Sie duckte sich erbost. *«Er ist*

unabhängig und schuftet schwer. Er will, daß der Besitz anständig aussieht, und er will Pferde. Und es ist keine Frau in der Nähe, es scheint in seinem Leben überhaupt keine zu geben.»

«Das kann man nie wissen.» Tucker schüttelte den Kopf.

«Da ist keine Frau. Sonst würden wir sie riechen.»

«Ja, aber wir können nicht wissen, ob nicht eine zu Besuch kommt. Vielleicht bringt er hier alles auf Vordermann, um ihr zu imponieren.»

«Nein. Ich kann's nicht beweisen, aber ich spüre es. Er will allein sein. Er hört besinnliche Musik. Ich glaube, er befreit sich von jemand oder von etwas.»

Tucker fand, daß Mrs. Murphy voreilige Schlüsse zog, aber sie hielt den Mund, sonst hätte sie einen Vortrag über sich ergehen lassen müssen, wie mysteriös Katzen seien und daß Katzen Dinge wüßten, von denen Hunde nichts verstünden. Einfach zum Kotzen.

Auf dem Heimweg kamen die beiden am Friedhof vorbei. Der schmiedeeiserne Zaun, der das Gelände abgrenzte, war mit Lanzenspitzen gekrönt. Eine Seite war eingefallen.

«Laß uns reingehen.» Tucker lief hinüber.

Der Friedhof war fast zweihundert Jahre lang von Jones und MacGregors benutzt worden. Auf dem ältesten Grabstein war zu lesen: CAPTAIN FRANCIS EGBERT JONES, GEBOREN 1730, GESTORBEN 1802. Einst hatte am Bach eine kleine Blockhütte gestanden, aber dann waren die Jones zunehmend wohlhabender geworden und hatten das Fachwerkhaus gebaut. Das Fundament der Blockhütte am Bach war noch erhalten. Auf den diversen Grabsteinen, kleinere für die Kinder, von denen zwei gleich nach dem Bürgerkrieg von Scharlach dahingerafft worden waren, waren Gravuren und Sprüche. Nach jenem entsetzlichen Krieg hatte eine Jones-Tochter, Estella Lynch Jones, einen MacGregor geheiratet, und so kam es, daß hier MacGregors begraben lagen, einschließlich der letzten Bewohner von Foxden.

Der Friedhof war seit Mrs. MacGregors Tod nicht mehr gepflegt worden. Ned Tucker, Susans Ehemann und der Verwalter des Anwesens, hatte die Felder an Mr. Stuart Tapscott verpachtet. Was er nutzte, mußte er unterhalten, und das tat er. Der Friedhof jedoch barg die sterblichen Überreste der Familien Jones und MacGregor, und für die Pflege waren deren Verwandte zuständig, nicht Mr. Tapscott. Der einzige Nachkomme, Reverend Herbert Jones, belastet mit kirchlichen Pflichten und einem schlimmen Rücken, war außerstande, das Gelände instand zu halten.

Es sah ganz so aus, als ob sich diese Dinge mit Blair Bainbridge ändern würden. Die umgekippten Grabsteine waren aufgerichtet, das Gras war gemäht, und neben Elizabeth MacGregors Grabstein war ein kleiner Kamelienstrauch gepflanzt. Es würde allerdings mehr als eine Person erfordern, den Eisenzaun aufzurichten und zu reparieren.

«Sieht aus, als hätte sich Mr. Bainbridge auch hier zu schaffen gemacht», bemerkte Mrs. Murphy.

«Hier, das ist mein Lieblingsgrab.» Tucker blieb an der Gedenktafel für Colonel Ezekiel Abram Jones stehen, geboren 1812 und gestorben 1861, gefallen in der ersten Schlacht bei Manassas. Die Inschrift lautete: LIEBER STEHEND STERBEN ALS KNIEND LEBEN. Ein passender Spruch für einen gefallenen Konföderierten, der für seine Überzeugung bezahlt hatte; in seiner unbeabsichtigten Parallele zum Unrecht der Sklaverei aber auch ein ironischer Spruch.

«Mir gefällt dieser hier.» Mrs. Murphy sprang auf einen viereckigen Grabstein mit einem eingemeißelten Engel, der Harfe spielte. Er zierte das Grab von Ezekiels Ehefrau Martha Selena, die ihren Mann um dreißig Jahre überlebt hatte. Die Inschrift lautete: SIE SPIELT MIT DEN ENGELN.

Die Tiere zogen nun nach Hause; keines erwähnte den kleinen Friedhof auf Harrys Farm. Nicht, daß die Grabstätte von Harrys Vorfahren nicht liebevoll und gut gepflegt wäre, aber da waren auch kleine Grabsteine für die geliebten Haustiere der Familie. Für Mrs. Murphy und Tucker war das eine ernüchternde Aussicht, an die sie lieber nicht erinnert wurden.

Sie schlüpften so leise ins Haus, wie sie es verlassen hatten, und beide Tiere taten ihr Bestes, um die Tür zuzuschieben. Es gelang ihnen nicht ganz, so daß die Küche kalt war, als Harry um halb sechs aufstand. Katze und Hund mußten sich eine Flut unanständiger Wörter anhören, die sie zum Kichern brachten. Die Entdeckung, daß der Haken der Fliegentür verbogen war, rief einen weiteren Schwall von Schimpfwörtern hervor. Harry vergaß dies alles, als die Sonne aufging und der Osthimmel pfirsichfarben, golden und rosa glühte.

Diese so außergewöhnlich schönen Oktobertage und -nächte sollten Harry und ihren Freundinnen aus der Tierwelt noch zu schaffen machen. Alles wirkte so vollkommen. Niemand ist im Angesicht der Schönheit auf Böses gefaßt.

3

Nicht nur, daß er keine Angst hat, er ist einfach skrupellos.» Mrs. Hogendobbers Altstimme vibrierte, als sie diese bedeutungsvolle Geschichte erzählte. «Ich war total erschüttert, als ich erfuhr, daß Ben Seifert, der Zweigstellenleiter unserer hiesigen Bank, unlautere Geschäfte macht. Er wollte mich doch tatsächlich überreden, eine Hypothek auf mein Haus aufzunehmen, das voll und ganz bezahlt ist, Mr. Bainbridge. Er sagte, er sei überzeugt, es müßte renoviert werden. ‹Renoviert? Inwiefern?› habe ich gefragt, und er fragte, ob mich eine moderne Küche und eine Mikrowelle denn nicht begeistern würden. Ich will keine Mikrowelle. Man kriegt Krebs davon. Dann kam Cabby Hall, der Direktor, in die Bank, und ich bin schnurstracks hin zu ihm. Hab ihm alles erzählt, und er hat Ben zur Rede gestellt. Ich erzähle Ihnen das bloß, damit Sie sich vorsehen. Wir sind hier zwar in einer Kleinstadt, aber unsere Bankleute versuchen genauso Geld zu verkaufen wie die Jungs in den großen Städten, Mr. Bainbridge. Seien Sie auf der Hut!» Miranda mußte innehalten, um Atem zu holen.

«Bitte nennen Sie mich doch Blair.»

«Und als Krönung des Ganzen kam dann der Chorleiter von meiner Kirche in die Bank marschiert, um mir mitzuteilen, daß er glaube, Boom Boom Craycroft hätte Fair Haristeen gebeten, sie zu heiraten, oder vielleicht war's auch andersrum.»

«Er kriegt sie vielleicht auch anders rum.» Blair lächelte. Seine strahlend weißen Zähne ließen ihn noch attraktiver wirken.

«Ja, genau. Wie sich herausstellte, hatte es gar keinen Heiratsantrag gegeben.» Mrs. Hogendobber faltete die Hände. Sie ließ sich nicht gern bei ihren Geschichten unterbrechen, aber sie erblühte unter Blair Bainbridges Aufmerksamkeit – und ihr war doppelter Genuß beschieden, denn Susan Tukker und Harry konnten sehen, daß Blair seinen schwarzen Transporter vor Mrs. Hogendobbers Haus geparkt hatte. Natürlich würde sie mit ihm durch ihren Garten spazieren, ihn mit Tips überschütten, wie man zu gigantischen Kürbissen kam, und ihn dann mit den Gaben ihres gärtnerischen Könnens beglücken. Sie könnte dabei vielleicht sogar etwas über ihn herausbekommen. Vor einiger Zeit hatte sich Mrs. Hogendobber bei Ned Tucker ein paar Nummern des *New York Magazine* geliehen, wegen der Kreuzworträtsel. Nachdem sie Blair neulich kennengelernt hatte, war ihr eingefallen, weshalb ihr sein Name bekannt vorgekommen war: Sie hatte in einer der Zeitschriften etwas über ihn gelesen. Es war ein Artikel über eine Romanze in der Modebranche. Als Blair sich ihr vorstellte, konnte sie sich nur vage an die Geschichte erinnern. Sie hoffte, heute mehr über seine unglückliche Liebe zu einem schönen Model namens Robin Mangione herauszufinden, um die es in jenem Artikel gegangen war.

Die Türglocke läutete und machte ihr Vorhaben zunichte. Mrs. Hogendobber öffnete, und Reverend Herbert Jones marschierte durch die Tür.

Dies ließ gleichsam die Milch in ihrem hervorragenden Kaffee gerinnen. Mrs. Hogendobber wähnte sich im Wettstreit mit allen konkurrierenden Verkündern des Christentums. Der ehrwürdige Reverend Jones war Pastor der lutheranischen Kirche. Seine Gemeinde, größer als die ihre in der Kirche zum Heiligen Licht, spornte ihre Bekehrungsbemühungen nur um so mehr an. Die Kirche hatte früher Heiliglichtkirche geheißen, aber vor zwei Monaten hatte Miranda den Priester und die Gemeinde bewogen, sie in Kirche zum Heiligen Licht umzutaufen. Ihre Gründe, wenngleich stichhaltig, waren weniger überzeugend als ihr entnervender Enthusiasmus, daher der Namenswechsel.

Reverend Jones bekam eine Tasse Kaffee und frische Hörnchen serviert, und zu dritt setzten sie die Unterhaltung fort.

«Mr. Bainbridge, ich möchte Sie in unserer kleinen Gemeinde willkommen heißen und Ihnen danken für die Instandsetzung meines Familienfriedhofs. Wegen Bandscheibenbeschwerden war ich nicht in der Lage, meinen Verpflichtungen gegenüber meinen Vorfahren so nachzukommen, wie sie es verdienen.»

«Es war mir ein Vergnügen, Reverend.»

«Nun, Herbie» – Miranda verfiel in einen vertraulichen Ton –, «Sie können Mr. Bainbridge nicht in den Schoß Ihrer Kirche locken, bevor ich Gelegenheit hatte, ihm von unserer Kirche zum Heiligen Licht zu erzählen.»

Blair guckte auf sein Hörnchen. Mrs. Hogendobbers Worten schien eine Schwefelwolke zu entschweben.

«Der junge Mann wird seinen Weg finden. Alle Wege führen zu Gott, Miranda.»

«Versuchen Sie nur nicht, mich mit Ihrer Toleranz abzulenken», fauchte sie.

Reverend Jones steckte den Seitenhieb ein. «Das würde ich nie tun.»

«Ich weiß Ihre Besorgnis um meine Seele zu schätzen.» Blairs Baritonstimme schmeichelte Mrs. Hogendobbers Ohren. «Aber ich muß Sie leider beide enttäuschen. Ich bin nämlich katholisch, und wenn ich auch nicht sagen kann, daß ich meinen Glauben so überzeugt ausübe, wie der Papst es wünschen würde – immerhin gehe ich doch gelegentlich zur Messe.»

Der Reverend legte sein Hörnchen hin. Es triefte vor Orangenmarmelade, die Mrs. Hogendobbers geschickte Hände gekocht hatten. «Ein Lutheraner ist nichts anderes als ein Katholik ohne Weihrauch.»

Das brachte Blair und seine Gastgeberin zum Lachen. Der Reverend ließ das Dogma niemals zwischenmenschlicher Zuneigung im Weg stehen, und mitten in dunkler Nacht konnte auch er bei der Starrheit der Lehre oft wenig Trost finden. Reverend Jones war ein aufrechter Hirte seiner Herde. Sollten sich die Intellektuellen Gedanken machen um

Wandlung und jungfräuliche Geburt – er hatte Babys zu taufen, Paare zu beraten, Kranken beizustehen und Begräbnisse zu vollziehen. Letztere Aufgabe haßte er besonders, aber er betete im stillen, daß die Seelen seiner Herde in den Himmel kämen, selbst die der erbärmlichsten Tröpfe.

«Reverend, darf ich fragen, woher Sie wissen, daß der Friedhof gemäht ist?» wunderte sich Blair.

«Harry hat es mir heute morgen auf dem Weg zum Dienst erzählt. Ihr Hund ist hingeflitzt, sagte sie, als sie draußen zu tun hatte, und sie hat das Tier auf dem Friedhof eingefangen.»

«Sie geht zu Fuß zur Arbeit?» Blair war fassungslos. «Das müssen mindestens drei Kilometer sein. Für eine Strecke.»

«O ja. Sie liebt die Bewegung. Wenn sie zum Postamt kommt, hat sie schon gut zwei, drei Stunden auf der Farm gearbeitet. Die geborene Farmerin, unsere Harry. Sie hat es in den Knochen. Sie wird Ihnen eine gute Nachbarin sein.»

«Das erinnert mich daran, daß Sie Ihren Besitz in Yellow Mountain Farm umbenannt haben.» Mrs. Hogendobber war auf eine weitschweifende Begründung gefaßt.

«Er liegt am Fuß des Yellow Mountain, und da habe ich natürlich –»

Sie unterbrach ihn. «Er heißt seit Beginn des 18. Jahrhunderts Foxden, und ich muß mich sehr wundern, daß Jane Fogleman Sie nicht aufgeklärt hat, wo sie doch eigentlich eine Fontäne der Informationen ist.»

Der Reverend hielt sich diesmal klugerweise zurück, obwohl das betreffende Stück Land einst seinen Vorfahren gehört hatte. Er besaß weder das Geld, es zu kaufen, noch die Neigung, es zu bebauen, und so fand er, daß er kaum das Recht hatte, dem Mann zu sagen, wie er seine neue Errungenschaft nennen sollte.

«So lange?» Blair überlegte einen Moment. «Kann sein, daß Jane es erwähnt hat.»

«Haben Sie Ihren Vertrag gelesen?» fragte Mrs. Hogendobber.

«Nein, das habe ich den Anwälten überlassen. Dafür habe ich mich bemüht, auf dem Grundstück ein bißchen zu roden.»

«Hartriegel», sagte der Reverend ruhig, während er das nächste Hörnchen vertilgte.

«Heißt das Zeug so?»

«Klingt nicht gerade vornehm, ich weiß.» Herbie lachte.

«Herbert, Sie lenken vorsätzlich vom Thema ab. Ich führe dieses Gespräch im Auftrag der Historischen Gesellschaft von Groß-Crozet.»

«Mrs. Hogendobber, wenn Ihnen und der Historischen Gesellschaft so viel daran liegt, werde ich den Namen Foxden selbstverständlich beibehalten.»

«Oh.» Mrs. Hogendobber hatte nicht mit einem so leichten Sieg gerechnet. Sie war regelrecht enttäuscht.

Reverend Jones kicherte vor sich hin: Die Historische Gesellschaft von Crozet verwandle sich manchmal in eine hysterische Gesellschaft, aber er sei froh, daß die alte Farm ihren Namen behalten würde.

Die beiden Herren erhoben sich, denn sie wollten gehen, und Miranda vergaß, Blair einen Kürbis zu schenken, einen von den weniger gelungenen, weil sie den Riesenkürbis für die Ernteausstellung zurückbehielt.

Blair begleitete Reverend Jones zu seiner Kirche. Dann verabschiedete er sich von ihm, kehrte um und ging zum Postamt. Er überholte einen Landstreicher in alten Jeans und einer Baseballjacke, der an den Bahngleisen entlangging. Der Mann schien alterslos, er hätte dreißig oder fünfzig sein können. Blair erschrak. Mit so etwas hatte er in Crozet nicht gerechnet.

Als Blair die Tür zum Postamt aufstieß, sauste Tucker heraus, um ihn zu begrüßen. Mrs. Murphy hingegen zögerte mit ihrem Urteil. Hunde brauchten dermaßen viel Beachtung und Zuwendung, daß sie sich nach Mrs. Murphys Einschätzung viel leichter reinlegen ließen als eine Katze. Hätte sie aber eine Minute nachgedacht, hätte sie zugeben müssen, daß sie ihrer besten Freundin unrecht tat. Tuckers Instinkt für Menschen traf meistens ins Schwarze. Mrs. Murphy gestattete sich ein Rekeln auf dem Schalter, und Blair ging zu ihr und kraulte ihr die Ohren.

«Tag, Kinderchen.»

Sie erwiderten seinen Gruß, und Harry meldete sich aus dem Hinterzimmer. «Hört sich an wie mein neuer Nachbar. Sehen Sie mal in Ihr Postfach. Sie haben eine rosa Paketbenachrichtigung.»

«Ist das Paket auch rosa?»

Das Paket plumpste fast im selben Moment auf den Schalter, als Blair das Schließfach zumachte. Ein Platsch und ein Klicken. Er schnippte zur Unterstreichung des Rhythmus mit den Fingern.

Harry fragte gedehnt: «Musikalisch?»

«Glücklich.»

«Fein.» Sie schob ihm das Paket hin.

«Was dagegen, wenn ich es aufmache?»

«Nein, damit stillen Sie meine angeborene Neugierde.»

Gerade als sie sich vorbeugte, stürmte Little Marilyn zur Tür herein, begleitet von ihrem Ehemann, der mit einer neuen Hornbrille protzte. Fitz-Gilbert Hamilton verschlang *Esquire* und *GQ*. Wohin das führte, war für alle zu sehen.

«Ein Penner auf den Straßen von Crozet!» klagte Little Marilyn.

«Was?»

Little Marilyn zeigte nach draußen. Harry kam hinter dem Schalter hervor, um den abgemagerten, bärtigen Kerl in

Augenschein zu nehmen, dessen Gesicht im Profil zu sehen war. Sie kehrte zu ihrem Schalter zurück.

Fitz-Gilbert sagte: «Manche Leute haben eben Pech.»

«Manche Leute sind faul», erklärte Little Marilyn, die in ihrem ganzen Leben noch keinen Tag gearbeitet hatte.

Sie stieß mit Blair zusammen, als sie sich umdrehte, um den Landstreicher noch einmal zu mustern.

«Verzeihung. Bin schon weg.» Blair schob seinen Karton auf dem Schalter zur Seite.

Harry wollte sie gerade miteinander bekannt machen, da streckte Fitz-Gilbert die Hand aus und sagte forsch: «Fitz-Gilbert Hamilton, Princeton 1980.»

Blair blinzelte, dann schüttelte er ihm die Hand. «Blair Bainbridge, Yale 1979.»

Das brachte Fitz-Gilbert für einen Moment aus der Fassung. «Und davor?»

«St. Paul's», lautete die gelassene Antwort.

«Andover», sagte Fitz-Gilbert.

«Wetten, ihr habt gemeinsame Freunde», setzte Little Marilyn hinzu – uninteressiert, weil das Gespräch sich nicht um sie drehte.

«Wir müssen uns mal auf ein Bier treffen und klönen», schlug Fitz-Gilbert vor. Er war aufrichtig freundlich, seine Frau dagegen war nur korrekt.

«Gerne, mit Vergnügen. Ich wohne drüben in Foxden.»

«Das wissen wir schon», gab Little Marilyn ihren Senf dazu.

«Kleinstadt. Alle wissen alles.» Fitz-Gilbert lachte.

Die Hamiltons gingen hinaus, beladen mit Post und Versandhauskatalogen.

«Die Crème de la crème von Crozet.» Blair sah zu Harry hinüber.

«Das glauben sie zumindest.» Harry sah keinen Grund,

mit ihrer Einschätzung von Little Marilyn und ihrem Mann hinterm Berg zu halten.

Mrs. Murphy sprang in Blairs Paket.

«Warum mögen Sie sie nicht?» fragte Blair.

«Sie brauchen sich bloß Momma anzusehen. Big Marilyn – oder Mim.»

«Big Marilyn?»

«Ich nehme Sie nicht auf den Arm. Sie hatten soeben das Vergnügen, Little Marilyn kennenzulernen. Ihr Vater ist der Bürgermeister von Crozet, und die haben mehr Geld als Gott. Sie hat Fitz-Gilbert vor etwa einem Jahr geheiratet, mit einem Pomp wie bei der Hochzeit von Prinz Charles und Lady Di. Hat Mrs. Hogendobber Sie nicht aufgeklärt?»

«Sie hat durchblicken lassen, daß jeder hier eine Geschichte hat, die sie mit Vergnügen erzählen würde, aber ich glaube, Reverend Jones hat sie in ihrem Vorhaben unterbrochen.» Blair mußte lachen. Die Leute in dieser Stadt waren irrsinnig amüsant, und Harry gefiel ihm. Sympathie auf den ersten Blick – eine Phrase, die ihm dauernd im Kopf herumging, er wußte auch nicht, warum.

Harry bemerkte Mrs. Murphy, die in Blairs Paket raschelte. «He, he, raus da, Miezekatze.»

Als Antwort wühlte Mrs. Murphy sich noch tiefer in den Karton. Nur ihre Ohrenspitzen schauten heraus.

Harry beugte sich über den Karton. «Verdufte!»

Mrs. Murphy miaute, ein Miauen, das größten Zorn ausdrückte.

Blair lachte. «Was sagt sie?»

«Spielverderber», erwiderte Harry, und um die Katze zu ärgern, stellte sie den Karton auf den Boden.

«Nein, das hat sie nicht gesagt», jaulte Tucker. *«Sie hat gesagt: ‹Friß Scheiße und krepier.›»*

«Halt die Schnauze, Miststück», grummelte Mrs. Murphy

in den Tiefen des Kartons. Das Seidenpapier knisterte ihr ungeheuer aufregend in den Ohren.

Tucker, die nicht so leicht zu kränken war, rannte zu dem Karton und zog an der Lasche.

«Laß das», tönte es von drinnen.

Tucker blieb stehen und steckte den Kopf in den Karton, ihre kalte Nase berührte Mrs. Murphys Gesicht. Die Katze sprang aus dem Karton, drehte sich in der Luft und krallte sich an dem Hund fest. Tucker blieb still stehen, und Mrs. Murphy wälzte sich unter den Bauch des Hundes. Dann raste Tucker im Postamt herum, und die Katze baumelte unter ihr wie ein Sioux auf dem Kriegspfad.

Blair Bainbridge bog sich vor Lachen.

Harry lachte auch. «Die kleinen Freuden.»

«Nicht kleine – große, wirklich. Ich kann mich nicht erinnern, daß ich schon mal so was Komisches gesehen habe.»

Mrs. Murphy ließ sich fallen. Tucker lief zum Karton zurück. *«Ich hab gewonnen.»*

«Haben Sie da was Zerbrechliches drin?» fragte Harry.

«Nein. Bloß ein paar Gartengeräte.» Er öffnete den Karton, um sie ihr zu zeigen. «Ich hab die Sachen bestellt, um Blumenzwiebeln zu setzen. Wenn ich sofort damit anfange, könnte ich einen herrlichen Frühling haben, denke ich.»

«Ich habe einen Traktor. Er ist fast vierzig Jahre alt, aber er funktioniert einwandfrei. Sagen Sie mir Bescheid, wenn Sie ihn brauchen.»

«Äh, hm, ich wüßte gar nichts damit anzufangen. Ich kann nicht Traktor fahren», gestand Blair.

«Woher kommen Sie, Mr. Bainbridge?»

«New York City.»

Harry sann darüber nach. «Sind Sie dort geboren?»

«Ja. Ich bin in der East Sixty-fourth Street aufgewachsen.»

Ein Yankee. Harry beschloß, keinen weiteren Gedanken daran zu verschwenden. «Schön, dann bringe ich Ihnen Traktorfahren bei.»

«Ich bezahl's Ihnen.»

«Aber Mr. Bainbridge», sagte Harry erstaunt. «Wir sind hier in Crozet. In Virginia.» Sie machte eine Pause und senkte die Stimme. «Dies ist der Süden. Irgendwann wird sich etwas ergeben, das Sie für mich tun können. Sprechen Sie nicht von Geld. Außerdem ist es genau das, was mit Little Marilyn und Fitz-Gilbert nicht stimmt. Zuviel Geld.»

Blair lachte. «Sie finden, man kann zuviel Geld haben?»

«Ja, das finde ich allerdings.»

Blair Bainbridge verbrachte den Rest des Tages und die halbe Nacht damit, darüber nachzudenken.

4

Die Tür zur Allied National Bank schwang auf, und der Landstreicher fegte vorbei an Marion Molnar, vorbei an den Kassierern. Marion stand auf und folgte der Erscheinung, die in Benjamin Seiferts Büro schlenderte und die Tür schloß.

Ben, ein aufgehender Stern in der Allied-National-Hierarchie, ein Schützling von Direktor Cabell Hall, öffnete gerade den Mund, um etwas zu sagen, als Marion hinter dem Besucher hereinstürmte.

«Ich will Cabell Hall sprechen», verlangte der.

«Er ist in der Hauptstelle», sagte Marion.

Ben erhob sich und stellte sich schützend zwischen den ungewaschenen Typ und Marion. «Ich mach das schon.»

Marion zögerte, dann kehrte sie an ihren Schreibtisch zurück, und Ben schloß die Tür. Marion konnte nicht hören, was gesprochen wurde; keiner von beiden hob die Stimme.

Nach wenigen Minuten kam Ben mit dem Mann in der Baseballjacke heraus.

«Ich begleite den Herrn hinaus.» Er blinzelte Marion zu und ging.

5

Tau netzte das Gras, als Harry, Mrs. Murphy und Tucker an den Bahngleisen entlanggingen. Die Nacht war wieder ungewöhnlich warm gewesen, und der Tag versprach genauso zu werden. Die schrägen Sonnenstrahlen tränkten Crozet in heitere Hoffnung – so zumindest pflegte Harry über den Morgen zu denken.

Auf der Höhe des Bahnhofs kam ihr Mrs. Hogendobber mit kleinen Hanteln in den Fäusten entgegen.

«Morgen, Harry.»

«Morgen, Mrs. H.» Harry winkte, als die strebsame Gestalt vorüberkeuchte, bekleidet mit einem alten Pullover und einem Rock, der übers Knie reichte. Mrs. Hogendobber war der unumstößlichen Ansicht, daß Frauen keine Hosen tragen sollten, aber Turnschuhe ließ sie gelten. Sogar ihre Schwester in Greenville, South Carolina, meinte, gegen Hosen sei nichts einzuwenden, Miranda aber erklärte, ihre gute Mutter habe ein Vermögen für Anstandsunterricht ausgegeben, ihre Würde als Dame zu bewahren sei das wenigste, womit sie dieses elterliche Opfer vergelten könne.

Harry erreichte die Tür zum Postamt im selben Moment, als Rob Collier mit dem großen Postauto angetuckert kam. Ächzend lud er die Postsäcke ab, beklagte sich bitter, daß der Klatsch im Hauptpostamt in Charlottesville dünn gesät sei, sprang wieder in den Wagen und raste davon.

Während Harry die Post sortierte, kam Boom Boom Craycroft hereingeschlendert. Ihrem Auftritt fehlte nur noch ein Fanfarenstoß. Im Gegensatz zu Mrs. Hogendobber trug sie Hosen, vorwiegend hautenge Jeans, und sie hatte eine Vorliebe für T-Shirts oder sonstige Oberteile, die den Blick auf ihren Busen lenkten. Sie war früh entwickelt gewesen, schon im sechsten Schuljahr. Die Jungen sagten jedesmal «Baboom, Baboom», wenn sie vorübertänzelte. Mit den Jahren verkürzte sich das zu Boom Boom. Ob dieser Spitzname sie störte, war nicht zu erkennen. Es schien sie jedenfalls zu freuen, daß ihre Vorzüge schon Legende waren.

Es schien sie nicht zu freuen, Harry zu sehen.

«Guten Morgen, Boom Boom.»

«Guten Morgen, Harry. Was für mich dabei?»

«Hab ich schon ins Fach gelegt. Wie kommt's, daß du schon so früh in der Stadt bist?»

«Ich stehe jetzt immer zeitig auf, um soviel Licht wie möglich mitzukriegen. Ich leide nämlich an jahreszeitlich bedingter Erregungsstörung, und der Winter macht mich depressiv.»

Harry, seit langem vertraut mit Boom Booms endlosen Krankheitslisten, mit denen man mehrere medizinische Lehrbücher hätte füllen können, konnte sich nicht verkneifen zu sagen: «Aber Boom Boom, ich dachte, du hättest das überwunden, indem du Milchprodukte von deinem Speisezettel abgesetzt hast.»

«Nein, das war wegen meiner Schleimbeschwerden.»

«Ach so.» Harry dachte bei sich, wenn Boom Boom nur

die Hälfte der lebhaft beschriebenen Gebrechen hätte, über die sie klagte, dann wäre sie tot. Harry hätte dagegen absolut nichts einzuwenden gehabt.

«Wir» – und hiermit meinte Boom Boom sich und Harrys Ex-Ehemann Fair – «waren gestern abend bei Mim. Little Marilyn und Fitz-Gilbert waren auch da, wir haben Pictionary gespielt. Du hättest sehen sollen, wie Mim sich ins Zeug gelegt hat. Sie muß immer gewinnen.»

«Und? Hat sie gewonnen?»

«Wir haben sie gewinnen lassen. Sonst würde sie uns dieses Jahr beim Erntefest nicht an ihren Tisch einladen. Du weißt ja, wie sie ist. Sag mal, Little Marilyn und Fitz-Gilbert haben erwähnt, sie hätten diesen Neuen getroffen – ‹göttlich› soll er aussehen, hat Marilyn gesagt –, und der ist nun dein Nachbar. Und er hat in Yale studiert. Was hat ein Yale-Absolvent hier zu suchen? Der Süden schickt seine Söhne nach Princeton, also muß er ein Yankee sein. Ich war mal mit einem Yale-Mann zusammen, von der Verbindung ‹Skull and Bones›. Schädel und Knochen, haha, die reine Ironie, denn beim Tanzen mit ihm hab ich mir doch wahrhaftig den Fußknöchel gebrochen.»

Harry fand es übertrieben, das als Ironie zu bezeichnen. In Wirklichkeit wollte Boom Boom sie ja nur wissen lassen, daß sie nicht nur einen Yale-Mann gekannt hatte, sondern einen «Skull and Bones»-Mann – nicht «Wolf's Head» oder eine der «geringeren» Geheimgesellschaften, sondern «Skull and Bones». In Yale angenommen zu werden war nach Harrys Meinung Ehre genug; gehörte man dazu noch einer Geheimgesellschaft an, na großartig, doch tat man gut daran, darüber den Mund zu halten. Aber Boom Boom konnte ja nie den Mund halten.

Tucker gähnte hinter dem Schalter. *«Murph, spring in den Postkarren.»*

«Okay.» Mrs. Murphy wackelte mit dem Hinterteil, nahm Anlauf und sprang von dem Schalter, von dem aus sie das verdeckte Gefecht zwischen den Menschen belauscht hatte. Sie landete genau in der Mitte des Postkarrens, der nun mit metallisch klappernden Rädern durchs Hinterzimmer rollte. Tucker rannte bellend nebenher.

«He, ihr beiden.» Harry kicherte.

«Ich muß los, sonst komme ich zu spät zu meiner Low-Impact Aerobic-Stunde. Schönen Tag noch.» Mit diesem geheuchelten Wunsch ging Boom Boom hinaus.

Boom Boom zog die Männer an. Das war für Harry ein neuer Beweis dafür, daß die zwei Geschlechter Frauen nicht auf dieselbe Weise sahen. Vielleicht kamen Männer und Frauen von verschiedenen Planeten – das dachte Harry zumindest, wenn sie einen schlechten Tag hatte. Boom Boom hatte ein anziehendes Gesicht und ihre legendären Titten, aber Harry sah auch, daß sie eine Hypochonderin reinsten Wassers war. Immer, wenn sie Gefahr lief, eine nützliche Arbeit zu verrichten, gelang es ihr, sich eine furchtbare Krankheit zuzuziehen.

Susan Tucker hatte oft gebrummt, daß Boom Boom nie mit armen Männern bumsen würde. Nun hatte sie dieses Prinzip bei Fair Haristeen durchbrochen, und Harry wußte, daß Boom Boom es früher oder später satt haben würde, nicht immer, wenn sie Lust darauf hatte, neue Ohrringe, Reisen ins Ausland und neue Autos zu bekommen. Freilich hatte sie selbst genug Geld, um es mit vollen Händen ausgeben zu können, aber das machte längst nicht soviel Spaß, wie dafür zu sorgen, daß es jemand anderem durch die Finger rann. Sie würde warten, bis ein reicher Kerl in Sichtweite war, und Fair dann blitzschnell fallenlassen. Harry wäre gerne ein guter Mensch gewesen, der sich nicht diebisch auf diesen Moment freute. Aber ein so guter Mensch war sie nicht.

Dieser Traum von einer späten Rache wurde unterbrochen, als Mim Sanburne ins Postamt schritt. Angetan mit einem österreichischen Walkjanker, auf dem Kopf einen kekken Jägerhut mit einer Fasanenfeder, hätte sie aus Tirol kommen können. Ein erfreulicher Gedanke, denn das würde bedeuten, daß sie nach Tirol zurückfliegen würde.

«Harry», grüßte Mim herrisch.

«Mrs. Sanburne.»

Mim hatte ein Schließfach mit einer niedrigen Nummer, eine weitere Bestätigung ihres Status, denn die Familie hatte dieses Fach, seit der Postdienst in Crozet eingerichtet wurde. Mim hatte beide Arme voll von Briefen und Hochglanzillustrierten, die sie auf den Schalter warf. «Ich höre, Sie haben einen gutaussehenden Begleiter.»

«So?» lautete die erstaunte Entgegnung.

Mrs. Murphy sprang in dem Postbehälter herum, und Tucker schnappte von unten nach dem beweglichen Gebilde in dem Sackleinen.

«Mein Schwiegersohn Fitz-Gilbert sagt, er hat ihn erkannt, diesen Blair Bainbridge. Er ist ein Model. Er hat ihn in *Esquire, GQ* und so weiter gesehen. Ich meine, diese Models sind ein bißchen verquer, wenn Sie verstehen, was ich meine?»

«Nein, Mrs. Sanburne.»

«Ich will Sie nur beschützen, Harry. Diese hübschen Kerle heiraten Frauen, aber sie bevorzugen Männer, wenn ich so deutlich werden muß.»

«Erstens, ich hab nichts mit ihm.»

Das war eine echte Enttäuschung für Mim. «Oh.»

«Zweitens, ich habe keine Ahnung von seinen sexuellen Vorlieben, aber er scheint sehr nett zu sein, und vorerst nehme ich ihn einfach so, wie er ist. Drittens, ich habe gerade Urlaub von Männern.»

Mim fuchtelte mit ihrer Hand über dem Kopf herum, was sie als dramatische Geste empfand. «Das sagt jede Frau, bis sie dem nächsten Mann begegnet, und es wird einen nächsten geben. Männer sind wie Busse – einer kommt immer um die Ecke.»

«Ein interessanter Gedanke.» Harry lächelte.

Mim schaltete ihre Stimme auf die Tonlage «wichtige Information» um. «Wissen Sie, meine Liebe, Boom Boom wird Fair eines Tages satt haben. Wenn er zur Vernunft gekommen ist, nehmen Sie ihn zurück.»

Da jedermann seine Nase in jedermanns Angelegenheiten steckte, war Harry über diesen ungebetenen intimen Rat der Bürgermeistersgattin nicht gekränkt. «Das kann ich unmöglich tun.»

Ein wissendes Lächeln breitete sich auf dem sorgfältig geschminkten Gesicht aus. «Der Teufel, den man kennt, ist immer noch besser als der Teufel, den man nicht kennt.» Mit diesem weisen Ratschlag steuerte Mim auf die Tür zu, blieb stehen, machte kehrt, schnappte sich ihre Post und die Illustrierten vom Schalter und ging endgültig.

Harry verschränkte die Arme vor ihrem durchaus kräftigen Oberkörper und sah ihre Tiere an. «Mädels, die Menschen quatschen verdammt blödes Zeug.»

Mrs. Murphy rief aus dem Postbehälter: *«Mim ist eine dumme Pute. Was soll's? Schubs mich an.»*

«Du hast es dir da drin ja richtig gemütlich gemacht.» Harry faßte den Postbehälter an der Ecke und rollte Mrs. Murphy beschwingt durchs Postamt, während Tucker aufgeregt kläffte.

Susan stürmte durch die Hintertür herein, sah, wie sie herumtollten, und setzte Tucker in einen zweiten Postkarren. «Wer schneller ist!»

Als sie schon fast außer Atem waren, hörten sie ein Kratzen

an der Hintertür. Sie öffneten, und Pewter schlenderte herein. Darauf hievte Harry ächzend die graue Katze hoch, setzte sie zu Mrs. Murphy in den Karren und rollte beide Katzen zugleich. Sie stieß mit Susan und Tucker zusammen.

Pewter langte mißmutig nach oben und bekam mit den Pfoten die Ecke des Postkarrens zu fassen. Sie wollte gerade herausspringen, als Mrs. Murphy gellte: *«Bleib drin, du Angsthase.»*

Als Antwort sprang Pewter auf die Tigerkatze; die zwei kullerten übereinander und miauten vor Vergnügen, als das Postkarrenwettrennen fortgesetzt wurde.

Susan untermalte das ganze mit Geräuscheffekten: «Uiiih!»

«He, laß uns hinten rausgehen und ein Wettrennen durch die kleine Straße machen», forderte Harry sie heraus.

«Au ja!» antworteten die Tiere begeistert.

Harry öffnete die Hintertür. Sie und Susan hoben die Postbehälter vorsichtig über die Stufen, und bald sausten und jagten sie in dem schmalen Sträßchen hin und her. Market Shiflett sah sie, als er den Abfall hinaustrug, und feuerte sie an. Mrs. Hogendobber beschattete die Augen und blickte von ihren Kürbissen hoch. Lächelnd schüttelte sie den Kopf und machte sich wieder an die Arbeit.

Am Ende waren die Frauen total erledigt. Langsam schoben sie die Behälter zum Postamt zurück.

«Wie kommt es, daß man solche Dinge vergißt, wenn man älter wird?» fragte Susan.

«Keine Ahnung», lachte Harry und betrachtete Mrs. Murphy und Pewter, wie sie zusammen in dem Behälter saßen.

«Ich frag mich, warum wir noch spielen?» dachte Susan laut.

«Weil wir erkannt haben, daß das Geheimnis der Jugendlichkeit die gehemmte Entwicklung ist.» Harry boxte Susan in die Schulter. «Ha.»

Der ganze lange Tag war voller Gelächter, Sonnenschein und guter Laune. Als Harry am Nachmittag den vorsintflutlichen Traktor anließ, kam Blair Bainbridge mit seinem Transporter vorgefahren und fragte, ob sie wohl zu ihm herüberkommen könnte, um ihm bei dem alten Friedhofszaun zu helfen.

Also tuckerte Harry die Straße entlang, Mrs. Murphy auf dem Schoß. Tucker fuhr bei Blair mit. Harry hob den eingefallenen Zaun an, während Blair ihn mit Betonklötzen stützte, bis er die Eckpfosten befestigen konnte. Es machte Spaß, mit Blair zu arbeiten. Harry fühlte sich den Menschen am nächsten, wenn sie mit ihnen arbeitete oder Spiele spielte. Blair scheute sich nicht, sich schmutzig zu machen, was sie erstaunlich fand, denn schließlich war er ein Stadtmensch. Vermutlich war er über sie gleichermaßen erstaunt. Sie gab ihm Ratschläge, wie er seinen Stall wiederherstellen, wie er die Boxen ausstatten und wie er Energiesparlampen aufhängen könne.

«Warum keine Glühbirnen?» fragte Blair. «Das sieht freundlicher aus.»

«Und ist viel teurer. Warum unnötig Geld ausgeben?» Sie setzte ihre blaue Giants-Kappe wieder auf.

«Ich mag's aber gern, wenn's nett aussieht.»

«Hängen Sie die Sparleuchten hoch oben in den Dachfirst, und an den Boxen entlang installieren Sie normale Lampen mit Metallschirmen. Sonst werden Sie Glassplitter aus den Köpfen Ihrer Pferde klauben müssen. Das heißt, wenn Sie unbedingt Glühbirnen wollen.»

Blair wischte sich die Hände an seinen Jeans ab.

«Ich stelle mich wohl ziemlich blöd an.»

«Nein, Sie müssen einfach noch lernen, wie's auf dem

Land zugeht. Ich würde mich in New York City auch nicht zurechtfinden.» Sie machte eine Pause. «Fitz-Gilbert Hamilton sagt, Sie sind Model?»

«Von Zeit zu Zeit.»

«Arbeitslos?»

Harrys Unkenntnis bezüglich seines Berufs amüsierte ihn und machte sie ihm irgendwie liebenswert. «Nicht direkt. Ich könnte zu Aufnahmen fliegen. Ich will bloß nicht mehr in New York leben und, nun ja, ich will diese Arbeit auch nicht mein ganzes Leben machen. Die Bezahlung ist super, aber es ist nicht... das Richtige.»

Harry zuckte die Achseln. «Wer so aussieht wie Sie, soll ruhig Geld damit verdienen.»

Blair brüllte vor Lachen. Er war es nicht gewohnt, daß Frauen so offen zu ihm waren. Sie waren zu sehr damit befaßt, zu flirten und es darauf anzulegen, mit ihm zum nächsten großen gesellschaftlichen Ereignis zu gehen. «Harry, sind Sie immer so direkt?»

«Eigentlich schon.» Harry lächelte. «Und he, wenn Ihnen die Arbeit nicht gefällt, hoffe ich, daß Sie schnell etwas Besseres finden.»

«Ich würde gern Pferde züchten.»

«Mr. Bainbridge, ein Ratschlag in drei Worten. *Tun Sie's nicht.*» Er machte ein langes Gesicht. Sie beeilte sich hinzuzufügen: «Es verschlingt massenhaft Geld. Besser, Sie kaufen einjährige oder ältere Pferde und dressieren sie. Ehrlich. Wir können uns demnächst mal zusammensetzen und darüber reden. Ich muß nach Hause, bevor es dunkel wird. Muß noch den Düngerstreuer anstellen und einen Zaunpfosten rausziehen.»

«Sie haben mir geholfen – und jetzt helfe ich Ihnen.» Blair wußte nicht, daß ein Pferd dressieren bedeutete, das Tier zuzureiten und zu trainieren. Er hatte so viele Fragen gestellt, daß er beschloß, Harry eine Pause zu gönnen. Er würde ein andermal fragen, was der Ausdruck bedeutete.

Sie fuhren zu Harry nach Hause. Diesmal fuhr Mrs. Murphy bei Blair mit und Tucker bei Harry.

Mrs. Murphy, die auf dem Beifahrersitz saß, konzentrierte sich auf Blair. Ein anregender Duft, der von seinem Körper ausging, kräuselte sich um ihre Nase, eine Mischung aus natürlichem Geruch, Eau de Cologne und Schweiß. Er lächelte beim Fahren. Was noch besser war, er sprach mit ihr wie mit einem intelligenten Wesen. Er sagte ihr, sie sei ein hübsches Kätzchen. Sie schnurrte. Er sagte, er sehe ihr an, daß sie eine Meisterin im Mäusefangen sei, und sobald er sich eingelebt habe, werde er sie bitten, ein, zwei Katzen für ihn zu finden. Es gebe nichts Traurigeres auf der Welt als einen Menschen ohne Katze. Sie unterlegte ihr Schnurren mit Glucksern.

Als sie in Harrys Zufahrt einbogen, war Mrs. Murphy überzeugt davon, daß Blair vollkommen betört von ihr war. Dabei war es genau umgekehrt.

Die Arbeit am Zaunpfosten war nicht so einfach, wie sie geglaubt hatten, aber am Ende schafften sie es. Der Dünger konnte bis morgen warten, denn inzwischen war die Sonne untergegangen, und es schien kein Mond, in dessen Licht man hätte arbeiten können. Harry bat Blair in ihre Küche und kochte eine Kanne Jamaican-Blue-Kaffee.

«Harry», zog Blair sie auf, «ich dachte, Sie sind so sparsam. Diese Marke kostet ein Vermögen.»

«Ich spare mein Geld für mein Vergnügen», konterte Harry.

Während sie Kaffee tranken und die wenigen Plätzchen aßen, die Harry noch hatte, erzählte sie ihm von den MacGregors und den Jones, die Geschichte von Foxden, so wie sie sie kannte, und die Geschichte von Crozet, das nach Claudius Crozet benannt war, ebenfalls so wie sie sie kannte.

«Eins müssen Sie mir noch verraten.» Er beugte sich vor, seine sanften haselnußbraunen Augen leuchteten auf. «Warum haben alle Farmen Fox im Namen? Lauter Füchse. Fox Covert, Fox Ridge, Fox Hollow, Red Fox, Gray Fox, Wily Fox, Fox Haven, Fox Ridge, Fox Run» – er holte Luft – «Foxcroft, Fox Hills, Foxfield, Fox –»

«Und Foxtrott?» ergänzte Harry.

«Ach was. Das haben Sie sich ausgedacht.»

«Stimmt.» Harry brach in Lachen aus, und Blair lachte mit ihr.

Um halb zehn brach er auf. Er pfiff während der ganzen Heimfahrt. Harry spülte das Geschirr und versuchte sich zu erinnern, wann sie sich zuletzt mit einem nagelneuen Bekannten so gut verstanden hatte.

Katze und Hund kuschelten sich aneinander und wünschten, die Menschen würden begreifen, was doch auf der Hand lag. Harry und Blair waren füreinander bestimmt. Die Tiere waren gespannt, wie lange es dauern würde, bis sie es merkten, und wer, wenn überhaupt, sich ihnen in den Weg stellen würde. Die Menschen machen immer aus allem einen solchen Schlamassel.

6

Das milde Wetter hielt zur großen Freude von ganz Crozet noch drei Tage an. Mim verlor keine Zeit: Sie lag Little Marilyn in den Ohren, Blair Bainbridge zu sich nach Hause einzuladen; Mim wollte dann mal eben wie zufällig vorbeikommen. Sie bedauerte sehr, daß Blair zu jung für sie sei, und äußerte es laut, aber das war ihre übliche Masche bei gut aussehenden Männern. Jim, ihr Mann, lachte über ihre Standardbemerkung.

Fitz-Gilbert Hamiltons Arbeitszimmer erschien Blair wie eine Hymne an Princeton. Wieviel Orange und Schwarz konnte ein Mensch vertragen? Fitz-Gilbert ließ es sich nicht nehmen, Blair sein Mannschaftsfoto zu zeigen. Er zeigte ihm sogar das Squashfoto aus seiner Collegezeit in Andover. Blair fragte ihn, was mit seinen Haaren passiert sei, was Fitz-Gilbert auf seinen fliehenden Haaransatz bezog. Blair versicherte ihm eiligst, das habe er nicht gemeint; ihm sei aufgefallen, daß der junge Fitz-Gilbert blond war. Little Marilyn kicherte und sagte, als Student habe sich ihr Mann die Haare gefärbt. Fitz-Gilbert sagte großspurig, alle Jungs hätten das getan – es habe nichts zu bedeuten.

Das Ergebnis dieser Unterhaltung war, daß Fitz-Gilbert am nächsten Morgen mit blonden Haaren im Postamt erschien. Harry starrte auf den hellen Schopf über seinem freundlichen Gesicht und hielt es für das Beste, eine entsprechende Bemerkung zu machen.

«Haben Sie beschlossen, als Blondine zu leben, Fitz? Big Marilyn scheint auf Sie abzufärben.»

Mim flog alle sechs Wochen nach New York City, um sich die Haare und Gott weiß was noch machen zu lassen.

«Gestern abend hat meine Frau nach Durchsicht meiner Jahresalben gefunden, daß ich blond besser aussehe. Was meinen Sie? Haben Blonde mehr Spaß?»

Harry begutachtete den Effekt. «Sie sehen aus wie ein richtiger Schuljunge. Ich glaube, Sie haben Ihren Spaß, egal, welche Haarfarbe Sie haben.»

«In Richmond hätte ich das nicht machen können. In dieser Anwaltskanzlei.» Er legte sich die Hände im Würgegriff um den Hals. «Seit ich meine eigene Kanzlei habe, kann ich tun und lassen, was ich will. Großartiges Gefühl. Ganz abgesehen davon, daß ich jetzt bessere Arbeit leiste.»

«Ich weiß nicht, was ich tun würde, wenn ich mich zur Arbeit in Schale werfen müßte.»

«Es wäre noch schlimmer, wenn Sie die Katze und den Hund nicht mit zur Arbeit nehmen könnten», bemerkte Fitz-Gilbert. «Wissen Sie, ich glaube, der Mensch ist nicht dazu geschaffen, in großen Firmen zu arbeiten. Schauen Sie sich Cabell Hall an, der vor Jahren von der Chase Manhattan Bank zur Allied National gewechselt ist. Nach einer Weile zermürbt die ewige Mühle einer riesigen Firma selbst die fähigsten Leute. Das gefällt mir so an Crozet: Die Stadt ist klein, die Betriebe sind klein, die Leute sind freundlich. Am Anfang wußte ich nicht, wie ich den Umzug von Richmond nach hier verkraften würde. Ich dachte, es könnte langweilig werden.» Er lächelte. «Aber im Umkreis der Sanburnes wird es dem Leben wohl kaum gelingen, langweilig zu sein.»

Harry lächelte zurück, hielt aber wohlweislich den Mund. Fitz-Gilbert ging hinaus, quetschte sein großes Gestell in seinen Mercedes 560 SL und brauste davon. Fitz und Little Marilyn hatten den SL in Perlschwarz, einen weißen Range Rover, einen silbernen Mercedes 420 SL und einen funkelnden Chevy-Halbtonner mit Allradantrieb.

Im Laufe des Tages sank die Temperatur um gut neun auf knapp sieben Grad. Dräuende schwarze Wolken ballten sich auf den Gipfeln der Blue Ridge Mountains zusammen. Es fing an zu regnen, bevor Harry Dienstschluß hatte. Mrs. Hogendobber fuhr Harry liebenswürdigerweise nach Hause, obwohl sie sich über Mrs. Murphy und Tucker in ihrem Wagen beklagte, einem alten Ford Falcon. Sie beklagte sich auch über den Wagen. Dieses vertraute Thema – Mrs. Hogendobber hatte über ihren Wagen gejammert, seit

George ihn 1963 gekauft hatte – lullte Harry in einen tranceartigen Halbschlaf.

«... brauche bald vier neue Reifen, und ich frag mich, Miranda, lohnt es sich? Ich denke mir, ich gebe die Karre in Zahlung, und dann gehe ich zum Fordhändler Brady-Bushy und erkundige mich nach den Preisen, und Harry, ich kann Ihnen sagen, mein Herz fängt regelrecht zu rasen an. Wer kann sich ein neues Auto leisten? Also heißt es flicken, flicken und nochmals flicken. Nanu, sieh mal einer an!» rief sie aus. «Harry, sind Sie wach? Hab ich mit mir selbst gesprochen? Da, gucken Sie mal.»

«Hah?» Harrys Augen folgten Mrs. Hogendobbers Zeigefinger.

Ein großes Schild hing an einem neuen Pfosten. Der Hintergrund war jägergrün, das Schild selbst war in Gold eingefaßt, und auch die Beschriftung war golden. Ein Fuchs lugte aus seinem Bau. Über diesem realistischen Gemälde stand zu lesen: FOXDEN. Fuchsbau.

«Das muß eine hübsche Stange gekostet haben», sagte Mrs. Hogendobber in mißbilligendem Ton.

«Heute morgen war es noch nicht da.»

«Dieser Bainbridge muß stinkreich sein, wenn er so ein Schild aufstellen kann. Als nächstes setzt er vielleicht noch Steinwälle, und die billigsten, ich meine die allerbilligsten, die man kriegen kann, kosten dreihundert Dollar pro viertel Kubikmeter.»

«Geben Sie nicht vorschnell sein Geld für ihn aus. Ein hübsches Schild heißt noch lange nicht, daß er überschnappt und sozusagen seine sämtlichen Waren in die Auslage stellt.»

Als sie in die lange Zufahrt einbogen, die zu Harrys Schindelhaus führte, bat Harry Miranda Hogendobber auf eine Tasse Tee hinein. Mrs. Hogendobber lehnte ab. Sie müsse zu einer Kirchenversammlung, und außerdem wisse sie, daß

Harry zu tun habe. Angesichts des steten Temperaturabfalls und der finsteren Wolken, die den Berg hinunterschlitterten wie auf einer pechschwarzen Rodelbahn, war Harry froh über die Ablehnung. Mrs. Hogendobber wendete in der Zufahrt, und Harry eilte in die Scheune. Mrs. Murphy und Tucker liefen weit voraus.

Ihre dicke Stalljacke hing an einem Sattelhaken. Harry warf sie sich über, vertauschte die Turnschuhe mit hohen Gummistiefeln und pflanzte sich ihre Giants-Kappe auf den Kopf. Sie nahm die Stallhalfter und Leitzügel und ging zur Westweide. Der Regen peitschte ihr ins Gesicht. Mrs. Murphy blieb in der Scheune, aber Tucker kam mit.

Tomahawk und Gin Fizz, froh, ihre Mutter zu sehen, trabten herbei. Kurz darauf war die kleine Familie in der Scheune versammelt. Der Regen wurde stärker und prasselte auf das Blechdach. Ein steifer Wind blies schneidend von Nordosten.

Während Harry Kleie mit heißem Wasser vermischte und Grünfutter abmaß, durchstreifte Mrs. Murphy den Heuboden. Da alle drei beim Betreten der Scheune so viel Lärm gemacht hatten, waren die Mäuse vorgewarnt. Die große alte Eule hockte in den Dachsparren. Mrs. Murphy konnte die Eule nicht leiden, was auf Gegenseitigkeit beruhte, da sie sich die Mäuse streitig machten. Grobe Worte fielen jedoch selten. Sie hatten sich die Devise «leben und leben lassen» zu eigen gemacht.

Ein rosa Näschen über gesträubten Barthaaren lugte hinter einem Heuballen hervor. *«Mrs. Murphy?»*

«Simon, was machst du hier?» Mrs. Murphys Schwanz stellte sich senkrecht.

«Das Gewitter kam so schnell. Weißt du, ich hab mir überlegt, dies wäre ein guter Platz zum Überwintern. Dein Mensch hat doch wohl nichts dagegen, oder?»

«Solange du vom Getreide wegbleibst, macht es ihr wohl nichts aus. Aber hüte dich vor der Schlange!»

«Die ist schon im Winterschlaf... oder tut zumindest so.» Simons Barthaare zuckten verschmitzt.

«Wo?»

Simon gab durch Zeichen zu verstehen, daß die 1,20 m lange Kletternatter sich unter dem Heu an der Südseite des Heubodens, der wärmsten Stelle, zusammengeringelt hatte.

«Guter Gott, ich hoffe bloß, daß Harry nicht den Ballen hochhebt und sie entdeckt. Sie würde einen Herzschlag kriegen.» Mrs. Murphy ging zu der Stelle. Sie konnte eine Schwanzspitze sehen, mehr nicht.

Sie kam zurück und setzte sich neben Simon.

«Die Eule haßt die Schlange», bemerkte Simon.

«Ach, die meckert doch über alles.»

«Wer?»

«Du», rief Mrs. Murphy nach oben.

«Ich meckere nicht, aber du kletterst andauernd hier rauf und reißt dein großes Maul auf. Das erschreckt die Mäuse.»

«Für dich ist es zu früh zum Jagen.»

«Das ändert nichts daran, daß du ein großes Maul hast.»

Die Eule plusterte ihr Gefieder auf, dann drehte sie einfach den Kopf weg. Sie konnte ihren prächtigen Kopf fast um 360 Grad herumdrehen, was die anderen Tiere sehr faszinierte. Vom Standpunkt der Eule hatten Vierbeiner ein äußerst enges Gesichtsfeld.

Mrs. Murphy und Simon kicherten, dann kletterte Mrs. Murphy die Leiter wieder hinunter.

Als Harry fertig war, tollten Mrs. Murphy und Tucker ungeduldig zum Haus.

Nebenan rannte Blair, kalt und durchnäßt bis auf die Haut, ebenfalls in sein Haus. Er war, einen knappen Kilometer von jedem Unterstand entfernt, vom Regen überrascht worden.

Bis er sich abgetrocknet hatte, war der Himmel durchzogen von rosagelben Blitzen. Es war ein ungewöhnliches Herbstgewitter. Als Blair in die Küche trat, um sich eine Suppe heiß zu machen, warfen ihn ein ohrenbetäubender Knall und ein blendender rosa Blitz zurück. Als er sich erholt hatte, sah er aus dem Transformatorenkasten an dem Mast neben seinem Haus Rauch aufsteigen. Der Blitz hatte in den Transformator eingeschlagen. Das elektrische Knistern hielt ein paar Sekunden an, dann erstarb es.

Blair rieb sich die Augen. Sie brannten. Das Haus war jetzt stockfinster, und er hatte keine Kerzen. Es gab so viel zu tun, um das Haus überhaupt bewohnbar zu machen, daß er noch nicht dazu gekommen war, Kerzen oder eine Taschenlampe zu kaufen, von Möbeln ganz zu schweigen.

Er dachte daran, zu Harry hinüberzugehen, entschied sich aber dagegen, weil er fürchtete, wie ein Trottel dazustehen.

Als er aus dem Küchenfenster sah, zuckte wieder ein beängstigender Blitzstrahl zur Erde und schlug in einen Baum ein, der auf halbem Wege zwischen Blairs Haus und dem Friedhof stand. Eine Sekunde lang glaubte Blair eine einsame Gestalt auf dem Friedhof stehen zu sehen. Dann hüllte die Finsternis wieder alles ein, und der Wind heulte wie der Teufel.

7

Äste lagen auf der Weide wie ausgerissene Arme und Beine. Als Harry an ihrem Zaun entlangstreifte, roch sie das Harz, vermischt mit dem sumpfigen Erdgeruch. Sie hatte keine Zeit gehabt, die fünfzig Morgen Laubbaumbestand zu inspizieren. Sie konnte sich denken, daß ganze Bäume entwurzelt waren, denn als sie in der Nacht wach lag, wie hypnotisiert von der Gewalt des Sturmes, hatte sie in der Ferne das ächzende, wehe Splittern und Krachen der in den Tod stürzenden Bäume gehört. Nur gut, daß rings ums Haus keine Bäume entwurzelt und daß Scheune und Nebengebäude intakt geblieben waren.

«Ich hasse es, naß zu werden», beschwerte sich Mrs. Murphy. Alle paar Schritte reckte sie die Pfoten in die Luft und schüttelte sie.

«Dann geh halt wieder rein, du Waschlappen.» Mrs. Murphys übertriebene Zimperlichkeit belustigte und reizte Tucker. Nichts konnte Tuckers Corgi-Laune so steigern wie eine vergnügte Planscherei im Bach, eine Tollerei im Schlamm oder, wenn sie wirklich Glück hatte, eine Suhlerei in was richtig Abgestorbenem. Und da sie kurze Beine hatte und somit nahe am Boden war, fühlte sie sich dazu berufen, sich schmutzig zu machen. Es wäre etwas anderes, wenn sie eine dänische Dogge wäre. Vieles wäre anders, wenn sie eine dänische Dogge wäre. Zum einen könnte sie Mrs. Murphy mit überlegener Würde einfach ignorieren. Wie die Dinge lagen, würde das allerdings zur Folge haben, daß die Katze Tucker auf Zehenspitzen umrunden und ihr Ohrfeigen versetzen würde. Wäre es nicht spaßig zu beobachten, wie Mrs. Murphy das bei einer dänischen Dogge tat?

«Und wenn was Wichtiges passiert? Dann kann ich nicht weg.» Mrs. Murphy schüttelte Schlamm von ihrer Pfote auf Harrys Hosenbein. *«Außerdem sehen drei Augenpaare mehr als eins.»*

«Himmel, Arsch und Wolkenbruch.»

Hund und Katze blieben stehen und folgten Harrys Blick. Der Bach zwischen ihrer Farm und Foxden war über die Ufer getreten und hatte alles vor sich hergewälzt. Schlamm, Gras, Äste und ein alter Reifen, der vom Yellow Mountain heruntergespült worden sein mußte, waren in die Bäume entlang dem Ufer gekracht. Einiges von dem Zeug hatte sich verheddert, der Rest schoß in beängstigendem Tempo stromabwärts. Mrs. Murphys Augen weiteten sich. Das Tosen des Wassers machte ihr angst und bange.

Als Harry sich dem Bach nähern wollte, versank sie bis zu den Knöcheln in heimtückischem Matsch. Sie besann sich eines Besseren und gab's auf.

Der bleierne Himmel über ihr bot keine Hoffnung auf Wetterbesserung. Fluchend, die Füße kalt und naß, patschte Harry in die Scheune. Sie dachte an ihre Mutter, die zu sagen pflegte, daß alles sich ständig erneuert. «Du mußt erkennen, daß auch Zerstörung Erneuerung in sich birgt, Harry», sagte sie immer.

Als Kind hatte Harry nicht begriffen, wovon ihre Mutter sprach. Grace Hepworth Minor war Bibliothekarin in der Stadtbücherei gewesen, und Harry hatte ihre Äußerungen darauf zurückgeführt, daß sie zu viele tiefgründige Bücher gelesen hatte. Mit den Jahren wurde ihr immer klarer, wie klug ihre Mutter gewesen war. Ein Anblick wie dieser, anfangs so entmutigend, ließ auch an Neubeginn denken, an Befreiung von Überflüssigem, an Kräftigung.

Wie bedauerte sie, daß ihre Mutter tot war, denn sie hätte gern über die emotionale Erneuerung in der Zerstörung gesprochen. Diese Erfahrung machte sie durch ihre Scheidung.

Tucker, der Mutters Schweigen und ihre nachdenkliche Miene auffielen, sagte: «*Die Menschen denken zuviel.*»

«*Oder überhaupt nicht*», entgegnete die Katze frech.

8

Am späten Vormittag wurde der Regen wieder stärker. Eher gleichmäßig als sintflutartig, trug er wenig dazu bei, die Stimmung der Menschen zu heben. Mrs. Hogendobbers schöner rotseidener Regenschirm war der Lichtblick des Tages. Und natürlich ihr Gesprächsdrang. Sie hatte sich bemüßigt gefühlt, alle anzurufen, die in Crozet noch ein funktionierendes Telefon hatten, und sich nach ihrem Befinden zu erkundigen. Sie hatte erfahren, daß Blairs Transformator explodiert war. Die Fenster der Allied National Bank waren zersplittert. Die Schindeln von Herbie Jones' Kirche lagen im Stadtzentrum auf der Straße verstreut. Susan Tuckers Autodach war durch einen Ast beschädigt worden und, Schrecken aller Schrecken, Mims Pontonboot, ihr ganzer Stolz und ihre ganze Freude, lag gekentert auf der Seite. Und das Allerschlimmste, ihr Privatsee war eine einzige Schlammasse.

«Hab ich was vergessen?»

Mit dem spitzen Ende einer Sicherheitsnadel reinigte Harry die Buchstaben und Zahlen ihrer Frankiermaschine. Sie waren mit dunkelroter Stempelfarbe verstopft. «Ihren Riesenkürbis?»

«Oh, den hab ich gestern abend reingeholt.» Mrs. Hogendobber griff zum Besen und begann, den getrockneten Schlamm zur Eingangstür hinauszukehren.

«Das brauchen Sie nicht zu machen.»

«Ich weiß, aber bei George hab ich das auch immer gemacht. Es gibt mir das Gefühl, nützlich zu sein.» Die Erdklumpen flogen in hohem Bogen auf den Parkplatz. «Im Wetterbericht haben sie noch drei Tage Regen vorausgesagt.»

«Wenn die Tiere paarweise gehen, wissen wir, daß uns eine Katastrophe bevorsteht.»

«Harry, machen Sie sich nicht lustig über das Alte Testament. Der Herr läßt sein Licht nicht über Gotteslästerer scheinen.»

«Ich lästere Gott doch gar nicht.»

«Ich dachte, ich könnte Ihnen vielleicht so große Angst einjagen, daß Sie in die Kirche gehen.» Ein listiges Lächeln huschte über Mrs. Hogendobbers Lippen, die heute bräunlichorange geschminkt waren.

Fair Haristeen kam herein, putzte sich die Stiefel ab und antwortete Mrs. Hogendobber. «Harry geht zu Hochzeiten, Taufen und Beerdigungen in die Kirche. Sie sagt, ihre Kirche ist die Natur.» Er lächelte seine Exfrau an.

«Genau.» Harry war froh, daß ihm nichts passiert war. Zumindest nicht in diesem Sturm.

«Bei Little Marilyn und bei Boom Boom ist die Brücke weggespült. Kaum zu glauben, daß unser Bach so viel Schaden anrichten kann.»

«Dann müssen sie wohl auf ihrem Ufer bleiben», sagte Mrs. Hogendobber.

«Sieht ganz so aus.» Fair lächelte. «Es sei denn, Moses kehrt wieder.»

«Ich weiß, was ich vergessen habe zu erzählen», rief Mrs. Hogendobber, ohne auf die biblische Anspielung einzugehen. «Die Katze hat sämtliche Hostien gefressen!»

«Cazenovia von der espiskopalischen St.-Paul-Kirche?» fragte Fair.

«Ja, kennen Sie sie?» Mrs. Hogendobber sprach von der Katze wie von einem Pfarrkind.

«Ich hab ihr letztes Jahr die Zähne gereinigt.»

Harry lachte. «Ist sie auch an den Wein gegangen?»

Mrs. Hogendobber gab sich alle Mühe, nicht in die Heiterkeit einzustimmen – schließlich waren Brot und Wein der Leib und das Blut unseres Herrn Jesus Christus –, aber die Vorstellung, daß eine Katze zur Kommunion ging, war schon sehr komisch.

«Harry, hast du Lust, mit mir Mittag zu essen?» fragte Fair.

«Wann denn?» Sie griff geistesabwesend nach einem Kugelschreiber, der auf dem Schalter lag, und schob ihn sich hinters Ohr.

«Jetzt. Es ist Mittag.»

«Ist mir kaum aufgefallen, es ist so dunkel draußen.»

«Gehen Sie nur, Harry, ich halte solange die Stellung», erbot sich Mrs. Hogendobber. Scheidungen betrübten sie, und die Scheidung der Haristeens besonders, denn beide Parteien waren anständige Menschen. Sie begriff nicht, daß man sich auseinanderleben konnte, denn sie und George hatten sich in ihrer langen Ehe immer nahegestanden. Es war freilich hilfreich gewesen, daß George, wenn sie «spring!» sagte, immer nur gefragt hatte: «Wie hoch?»

«Willst du die Kinder mitnehmen?» Fair nickte zu den Tieren hinüber.

«Ja, nehmen Sie sie mit, Harry. Lassen Sie mich nicht mit diesem Wildfang von einer Katze allein. Sie versteckt sich in den Postbehältern, und wenn ich vorbeigehe, springt sie raus und krallt sich in meinen Rock. Und dann bellt der Hund. Harry, Sie müssen den beiden Disziplin beibringen.»

«Ach du dickes Ei.» Tucker nieste.

«Warum sagen die Menschen immer ‹dickes Ei›? Warum nicht

‹ach ihr dicken Eierstöcke›?» fragte Mrs. Murphy laut und vernehmlich.

Da niemand eine Antwort wußte, ließ sie sich hochheben und zum Schnellimbiß entführen.

Die Unterhaltung zwischen Fair und Harry blieb gelinde gesagt oberflächlich. Harrys Fragen nach Fairs Tierarztpraxis wurden pflichtschuldigst beantwortet. Sie erzählte von dem Sturm. Sie lachten über Fitz-Gilberts blonde Haare, und dann lachten sie herzhaft über Mims Pontonboot, das Schlagseite hatte. Mim und das verflixte Boot hatten im Laufe der Jahre eine Menge Aufruhr verursacht – einmal war es ins Nachbardock gekracht, und Mim und die Insassen wären beinahe ertrunken. Eine Einladung auf ihre «kleine Yacht», wie sie das Boot geziert nannte, war mit tödlicher Sicherheit ein Sirenengesang. Doch eine Absage bedeutete die Verbannung aus den oberen Rängen der Gesellschaft von Crozet.

Als das Lachen erstarb, sagte Fair mit seinem ernstesten Gesicht: «Ich wünschte, du und Boom Boom könntet wieder Freundinnen sein. Früher wart ihr befreundet.»

«Befreundet würde ich nicht sagen.» Harry legte vorsichtshalber ihre Plastikgabel hin. «Wir haben gesellschaftlich verkehrt, als Kelly noch lebte. Wir sind miteinander ausgekommen, aber das war auch alles.»

«Sie versteht, warum du nicht ihre Freundin sein willst, aber es tut ihr weh. Sie gibt sich robust, aber sie ist sehr empfindsam.» Er nahm einen Schluck heißen Kaffee aus dem Styroporbecher.

Harry hätte am liebsten erwidert, daß Boom Boom durchaus empfindsam sei, was sie selbst betraf, aber nicht gegenüber anderen. Und was war eigentlich mit ihren, Harrys, Gefühlen? Vielleicht sollte er besser mit Boom Boom über Harrys Empfindlichkeiten sprechen. Sie merkte, daß Flair rettungslos verknallt war. Boom Boom wickelte ihn in ihre emotionalen Ansprüche ein, die so uferlos waren wie ihre materiellen Ansprüche. Vielleicht brauchten die Männer Frauen wie Boom Boom, um sich bedeutend zu fühlen. Bis sie vor Erschöpfung umfielen.

Da Harry schwieg, fuhr Fair zögernd fort: «Ich wünschte, es wäre anders gelaufen, oder vielleicht wünsche ich es auch nicht. Es war Zeit für uns.»

«Vermutlich.» Harry spielte mit ihrem Kugelschreiber.

«Ich bin dir nicht böse. Ich hoffe, du mir auch nicht.» Seine blonden Brauen beschirmten seine blauen Augen.

Harry hatte seit der Kindergartenzeit in diese Augen geblickt. «Das ist leichter gesagt als getan. Immer, wenn Frauen über Emotionen reden wollen, werden die Männer rational, du jedenfalls. Ich kann unsere Ehe nicht einfach ausradieren und sagen, laß uns Freunde sein. Ich habe auch ein Ego. Ich wünschte, wir wären anders auseinandergegangen, aber was geschehen ist, ist geschehen. Ich möchte lieber gut als schlecht von dir denken.»

«Schön, und was ist jetzt mit Boom Boom?»

«Wo ist sie?» Harry wich der Frage einen Moment aus.

«Die Brücke ist doch weggespült.»

«Ach ja, das hatte ich vergessen. Sobald das Wasser zurückgeht, wird sie wohl eine Furt zum Durchwaten finden.»

«Zum Glück sind wenigstens die Telefonleitungen in Ordnung. Ich hab heute morgen mit ihr gesprochen. Sie hat eine furchtbare Migräne. Du weißt ja, wie niedriger Luftdruck ihr zusetzt.»

«Ganz zu schweigen von Knoblauch.»

«Genau.» Fair erinnerte sich, wie Boom Boom einmal eilends ins Krankenhaus geschafft worden war, nachdem sie den verbotenen Knoblauch zu sich genommen hatte.

«Und wir dürfen an diesen kaltfeuchten Tagen auch ihr

Rheuma im Rücken nicht vergessen. Oder ihre Neigung zu Hitzschlag, vor allem wenn irgendeine Art von Arbeit ansteht.» Harry lächelte übers ganze Gesicht, das Lächeln des Sieges.

«Mach dich nicht lustig über sie. Du weißt, wie schwer sie es in ihrer Familie hatte. Der Vater war Alkoholiker, und die Mutter hatte eine Affäre nach der anderen.»

«Tja, der Apfel fällt nicht weit vom Stamm.» Harry langte mit ihrem Kugelschreiber hinüber, stieß ein Loch in den Styroporbecher und drehte ihn so herum, daß die Flüssigkeit auf Fairs Kordhose tropfte. Dann stand sie auf und schritt hinaus. Mrs. Murphy und Tucker spurteten hinterher.

Fair blieb wutentbrannt sitzen und wischte sich mit der linken Hand den Kaffee von der Hose, während er mit der rechten versuchte, den Strom aus dem Becher aufzuhalten.

9

Der Bach umwirbelte die größeren Steine, kleine Strudel bildeten sich und lösten sich auf. Tucker ging am Ufer auf und ab, das glitschig war vom Schlamm, der sich abgelagert hatte. Das Wasser war zurückgegangen und floß wieder innerhalb seiner Ufer, aber der Wasserstand war immer noch hoch und die Strömung reißend. Nebel hing über den Weiden und den Bäumen, die nun kahl waren, denn die schweren Regengüsse hatten das leuchtende Herbstlaub fast vollständig heruntergefegt.

Hoch auf dem Heuboden beobachtete Mrs. Murphy durch eine Ritze in den Brettern ihre Freundin. Als sie Tucker aus den Augen verlor, brach sie ihre Unterhaltung mit Simon ab und eilte die Leiter hinunter. Leise fluchend ließ sie die Hoffnung, trocken zu bleiben, fahren und rannte über die Felder. Wasser bespritzte ihren sahnegelben Bauch, was ihre schlechte Laune noch verschlimmerte. Tucker konnte die dämlichsten Sachen anstellen. Als Mrs. Murphy beim Bach anlangte, war die Corgihündin mittendrin und wippte auf der Spitze eines riesigen Gesteinsbrockens.

«Komm da raus», forderte Mrs. Murphy sie auf.

«Nein», weigerte sich Tucker. *«Riech mal.»*

Mrs. Murphy hielt die Nase in die Luft. *«Ich rieche Schlamm, Harz und abgestandenes Wasser.»*

«Es ist ein ganz schwacher Hauch. Süßlich. Und dann ist es plötzlich wieder weg. Ich muß es finden.»

«Was meinst du mit süßlich?» Mrs. Murphy schlug mit dem Schwanz.

«Verdammt, jetzt ist es wieder weg.»

«Tucker, du hast kurze Beine – in dieser Strömung zu schwimmen ist keine gute Idee.»

«Ich muß den Geruch wiederfinden.» Damit stieß sie sich von dem Stein ab, sprang ins Wasser und ruderte mit aller Kraft. Das schlammige Wasser schlug über ihrem Kopf zusammen. Sie tauchte auf und schwamm schräg hinüber zum anderen Ufer.

Mrs. Murphy schrie, was das Zeug hielt, aber Tucker achtete nicht auf sie. Als die Corgihündin das Ufer erreichte, war sie so erschöpft, daß sie sich einen Moment ausruhen mußte. Aber der Geruch war jetzt etwas stärker. Auf wackligen Beinen schüttelte sie sich und erklomm mühsam den Schlammhang, zu dem die Böschung am Bach geworden war.

«Alles klar?» rief die Katze.

«Ja.»

«Ich bleib hier, bis du zurückkommst.»

«Okay.» Tucker kletterte über die Böschung und witterte. Sie fand die Richtung und trottete über Blair Bainbridges Gelände. Der Geruch wurde mit jedem Schritt intensiver. Vor dem kleinen Friedhof blieb Tucker stehen.

Der heftige Sturm hatte die Grabsteine umgeworfen, die Blair aufgerichtet hatte, und der schadhafte Teil des schmiedeeisernen Zauns war wieder umgestürzt. Vorsichtig bahnte sich die Hündin einen Weg durch den Schutt auf dem Friedhof. Der Geruch war jetzt kristallklar und verlockend, äußerst verlockend.

Die Nase am Boden, ging sie zu dem Grabstein mit dem gemeißelten harfespielenden Engel. Vor dem Stein wiesen die Finger einer Menschenhand zum Himmel. Die Gewalt von Wind und Regen hatte den lockeren Mutterboden abgedeckt; ein Stückchen Grasnarbe war aufgerollt wie ein kleiner Teppich. Tucker beschnüffelte auch dies. Als sie letzte Woche mit Mrs. Murphy an dem Friedhof vorbeigekommen war, hatte sie keinen verlockenden Geruch, keine sichtbare Veränderung des Bodens wahrgenommen. Der Verwesungsgestank, der jeden Hund belebte, vertrieb ihre Verwunderung über die Grasnarbe. Sie begann die Hand auszugraben. Bald war die ganze Hand zu sehen. Tucker biß in den fleischigen, geschwollenen Ballen und zerrte. Die Hand ließ sich mühelos aus der Erde ziehen. Dann sah Tucker, daß die Hand am Gelenk abgetrennt war, fein säuberlich, und daß die Fingerkuppen fehlten.

Vor lauter Begeisterung über ihren Fund vergaß Tucker ihre Erschöpfung und raste durch den Morast zum Bach. Sie blieb stehen, weil sie sich nicht traute, ins Wasser zu tauchen, aus Furcht, ihre pikante Beute zu verlieren.

Mrs. Murphy war sprachlos.

Tucker legte die Hand vorsichtig ab. *«Ich hab's gewußt! Ich hab gewußt, ich rieche was köstlich Totes.»*

«Tucker, kau da nicht drauf rum.» Mrs. Murphy ekelte sich.

«Warum nicht? Ich hab sie gefunden. Ich hab die Arbeit gemacht. Sie gehört mir!» Sie bellte in hoher Tonlage, weil sie so aufgeregt war.

«Ich will die Hand nicht, Tucker, aber sie ist ein böses Omen.»

«Ist nicht wahr. Weißt du noch, wie Harry uns von dem Hund vorgelesen hat, der Vespasian, als er General war, eine Hand brachte, und die Seher haben daraufhin prophezeit, daß er Kaiser von Rom werden würde, und dann ist er es tatsächlich geworden? Es ist ein gutes Zeichen.»

Mrs. Murphy erinnerte sich vage, daß Harry diese Geschichte einmal aus einem ihrer vielen Geschichtsbücher vorgelesen hatte, aber das war jetzt kaum ihr Hauptinteresse. *«Hör zu. Die Menschen packen ihre Toten in Kisten. Wenn du eine Hand gefunden hast, heißt das, die Leiche war nicht verpackt.»*

«Na und? Die Hand gehört mir!» Tucker heulte, was ihre Lungen hergaben, obgleich sie in einem Moment der Besinnung einsah, daß Mrs. Murphy recht hatte. Menschen zerstückelten ihre Toten nicht.

«Tucker, wenn du die Hand vernichtest, dann vernichtest du ein Beweisstück. Du wirst ganz schön in der Scheiße sitzen, und außerdem bringst du Mutter in die Bredouille.»

Tucker hockte sich niedergeschlagen neben die kostbare Hand, ein grausiger Anblick. *«Sie gehört aber mir.»*

«Tut mit leid. Aber da stimmt was nicht, siehst du das nicht ein?»

«Nein.» Ihre Stimme war jetzt schwächer.

«Wenn ein toter Mensch nicht in einer Kiste ist, bedeutet das entweder, daß er oder sie krank war und weit entfernt von anderen gestorben ist oder daß er oder sie ermordet wurde. Die anderen Menschen müssen es erfahren. Du weißt, wie sie sind, Tucker. Manche töten zum Vergnügen. Das ist gefährlich für die übrigen.»

Tucker setzte sich auf. *«Warum sind sie so?»*

«Ich weiß es nicht, sie wissen es ja selbst nicht. Es ist eine Krank-

heit in der Gattung. So ähnlich, wie wenn Hunde einen Verwesungsgeruch nicht wittern. Bitte, Tucker, mach kein Hackfleisch aus dem Beweisstück. Laß mich versuchen, Mutter zu holen. Versprich mir, daß du wartest.»

«Es kann Stunden dauern, bis sie schnallt, was du ihr sagen willst.»

«Ich weiß. Du mußt warten.»

Die unglückliche Hündin legte den Kopf schief und seufzte. *«Na gut, Murphy.»*

Mrs. Murphy flog über die Weiden, ihre Füße berührten kaum die durchweichte Erde. Sie fand Harry auf der Ladefläche des Transporters. Behende sprang Mrs. Murphy auf den Wagen. Sie miaute. Sie rieb sich an Harrys Bein. Sie miaute lauter.

«He, kleine Miezekatze, ich hab zu tun.»

Es wurde dunkler. Mrs. Murphy verzweifelte allmählich. *«Komm mit, Mom. Los komm. Sofort.»*

«Was ist bloß in dich gefahren?» Harry war verwirrt.

Mrs. Murphy maunzte und schrie aus Leibeskräften. Am Ende sprang sie hoch, grub ihre Krallen in Harrys Jeans und kletterte an ihrem Bein hinauf. Harry brüllte, Mrs. Murphy sprang von ihrem Bein herunter und rannte ein paar Schritte weg. Harry rieb sich das Bein. Mrs. Murphy rannte zurück und machte Anstalten, das andere Bein zu erklimmen.

Harry streckte die Hand aus. «Wehe!»

«Dann komm mit, Dummkopf.» Mrs. Murphy lief wieder fort von ihr.

Schließlich folgte Harry. Sie hatte keine Ahnung, was los war, aber sie lebte jetzt sieben Jahre mit Mrs. Murphy zusammen, lange genug und nahe genug, um ein bißchen über das Wesen von Katzen zu wissen.

Die Katze eilte über die Wiese. Wenn Harry langsamer wurde, rannte Mrs. Murphy zurück und preschte dann wieder los, wobei sie versuchte, sie anzuspornen. Harry legte Tempo zu.

Als Tucker die beiden kommen sah, fing sie an zu bellen.

Schwer atmend blieb Harry an der Böschung stehen. «O verdammt, Tucker, wie bist du da rübergekommen?»

«*Guck doch!*» schrie die Katze.

«Mommy, ich hab sie gefunden, sie gehört mir. Wenn ich sie abgeben muß, will ich einen Fleischknochen dafür», feilschte Tucker. Sie hob die Hand mit der Schnauze auf.

Harry brauchte eine Minute, bis sie in dem schwindenden Licht etwas erkennen konnte. Zuerst traute sie ihren Augen nicht. Aber dann traute sie ihnen doch. «O mein Gott.»

10

Rick Shaw, der Bezirkssheriff von Albemarle County, bückte sich mit seiner Taschenlampe. Officer Cynthia Cooper, schon auf den Knien, hob die Finger behutsam mit ihrem Taschenmesser an.

«So was hab ich noch nie gesehen», murmelte Shaw. Er zog eine Zigarette aus seiner Tasche.

Der Sheriff bekämpfte seine Nikotinsucht mit niederschmetternden Resultaten. Jetzt hatte sogar Cooper angefangen, Zigaretten zu stibitzen.

Tucker saß da und starrte auf die Hand. Blair Bainbridge, dem ein bißchen übel war, und Harry standen neben Tucker. Mrs. Murphy ruhte sich an Harrys Hals gekuschelt aus. Sie hatte kalte Füße und war müde, weswegen Harry sie sich wie eine Stola um den Hals geschlungen hatte.

«Harry, haben Sie eine Ahnung, wo die herkommt?»

«Ich weiß es», gab Tucker unaufgefordert preis.

«Wie gesagt, der Hund saß mit dieser Hand am Bachufer. Ich bin nach Hause gelaufen und hab Sie angerufen, dann bin ich in den Wagen gesprungen, um mich hier mit Ihnen zu treffen. Mehr weiß ich nicht.»

«Und Sie, Mr. ... äh...»

«Blair Bainbridge.»

«Mr. Bainbridge, ist Ihnen etwas Ungewöhnliches aufgefallen? Vor diesem Fund, meine ich?»

«Nein.»

Rick grunzte beim Aufstehen. Cynthia Cooper stopfte die Hand in eine Plastiktüte.

«Kommt mit mir, dann zeig ich's euch!»

Tucker rannte kläffend zum Friedhof.

«Sie hat eine Menge zu sagen.» Cynthia lächelte. Sie hatte den kleinen Hund und die Katze gern.

Shaw machte einen Lungenzug, dann stieß er eine dünne blaue Rauchwolke aus, die sich nicht aufwärts ringelte. Was höchstwahrscheinlich noch mehr Regen bedeutete.

Tucker saß vor dem Friedhof und jaulte.

«Ich geh jedenfalls nachsehen, was sie hat.» Harry folgte ihrem Hund.

«Ich auch.» Cynthia folgte Harry, die Tüte mit der Hand nahm sie mit.

Rick murrte, aber seine Neugierde war geweckt. Blair schloß sich ihm an. Als die Menschen bei dem Eisenzaun anlangten, bellte Tucker wieder und ging zu dem Grabmal mit dem Harfenengel. Cooper richtete den Strahl ihrer Taschenlampe dorthin, wo Tucker war.

«Genau hier», erklärte Tucker.

Harry blinzelte. «Coop, das untersuchen Sie besser.»

Wieder ging Cynthia auf die Knie. Tucker grub in der

Erde. Sie traf auf ein Luftloch, und der eindeutige Geruch von verwesendem Fleisch schlug Cynthia ins Gesicht. Die junge Frau taumelte rückwärts und kämpfte gegen den Brechreiz.

Rick Shaw, unterdessen neben ihr, drehte den Kopf zur Seite. «Mir scheint, es gibt Arbeit für uns.»

Blair sagte mit aschfahlem Gesicht: «Soll ich einen Spaten aus dem Schuppen holen?»

«Nein danke», sagte der Sheriff. «Ich denke, wir postieren hier heute nacht einen Mann und fangen bei Tageslicht an. Ich möchte nicht riskieren, Beweise zu vernichten, weil wir nichts sehen können.»

Auf dem Rückweg zum Streifenwagen blieb Blair stehen und wandte sich an den Sheriff, der sich bereits die nächste Zigarette angezündet hatte. «Ich habe doch etwas gesehen. In der Gewitternacht ist der Blitz in meinen Transformator eingeschlagen. Ich hatte keine Kerzen und stand am Küchenfenster.» Er zeigte auf das Fenster. «Dann kam wieder ein starker Blitz und hat den Baum gespalten, und einen Moment dachte ich, ich hätte jemanden auf dem Friedhof stehen sehen. Ich hab das nicht weiter ernst genommen. Es schien mir einfach nicht möglich.»

Shaw trug dies geschwind in sein kleines Notizbuch ein, während Coop nach einem Posten zur Bewachung des Friedhofs telefonierte.

Harry lag ein Witz über die Totenwache auf der Zunge, aber sie hielt den Mund. In ernsten Situationen kam ihr Sinn für Humor immer auf Hochtouren.

«Mr. Bainbridge, Sie haben nicht vor, demnächst zu verreisen?»

«Nein.»

«Schön. Ich muß Ihnen vielleicht noch ein paar Fragen stellen.» Rick lehnte sich an den Wagen. «Ich rufe Herbie

Jones an. Es ist sein Friedhof. Harry, wollen Sie nicht nach Hause gehen und was essen? Die Abendessenszeit ist längst vorbei, und Sie sehen kränklich aus.»

«Mir ist der Appetit vergangen», antwortete Harry.

«Tja, mir auch. An solche Sachen gewöhnt man sich nie.» Der Sheriff klopfte ihr auf den Rücken.

Als Harry zur Tür hereinkam, griff sie zum Telefon und rief Susan an. Kaum war das Gespräch beendet, rief sie Miranda Hogendobber an. Denn wenn Miranda es als letzte erführe, das wäre beinahe so entsetzlich wie die Entdeckung der Hand.

11

Beim ersten Tageslicht begannen zwei Männer rings um den Grabstein mit dem harfespielenden Engel vorsichtig die Erde umzugraben. Larry Johnson, Arzt im Ruhestand, war zum Untersuchungsrichter von Crozet bestellt worden – ein geruhsamer Job, da es normalerweise herzlich wenig zu tun gab. Er schaute zu, zusammen mit Reverend Herbie Jones. Rick Shaw und Cynthia Cooper siebten sorgsam die Erde, die die Männer mit ihren Spaten umgruben. Harry und Blair blieben hinten beim Zaun. Miranda Hogendobber kam in ihrem Falcon vorgefahren, stürmte aus dem Wagen und marschierte zum Friedhof.

«Harry, Sie haben Miranda angerufen. Geben Sie's zu. Ich weiß es», erregte sich Rick.

«Ja nun... sie hat eine interessante Art zu denken.»

«Ich muß doch sehr bitten.» Rick schüttelte den Kopf.

«Erzhaltige Erde.» Einer der grabenden Männer zog sich sein Halstuch vor die Nase.

«Ich hab was. Ich hab was.» Der andere Mann griff hinab und legte vorsichtig ein Bein frei.

In diesem Moment erreichte Miranda Hogendobber den Hügel. Sie warf einen Blick auf das verwesende Bein, das mit einer zerrissenen Hose bekleidet war und den Fuß noch in einem Turnschuh stecken hatte, und fiel in Ohnmacht.

«Dafür sind Sie verantwortlich!» Rick wies mit dem Zeigefinger auf Harry.

Harry sah ein, daß er recht hatte. Schnell lief sie zu Mrs. Hogendobber und wuchtete sie mit Blairs Hilfe hoch. Sie kam zu sich. Da sie nicht wußten, was ein zweiter Blick auf den schauerlichen Fund anrichten würde, redeten sie ihr gut zu. Zuerst sträubte sie sich, aber dann ließ sie sich von den beiden in Blairs Haus führen.

Die Polizei setzte ihre Arbeit fort und entdeckte eine zweite Hand, ebenfalls mit abgeschnittenen Fingerkuppen, und noch ein Bein, das wie sein Gegenstück an der Stelle abgetrennt war, wo der Oberschenkelknochen sich mit dem Bekken verbindet.

Um die Mittagszeit, nach stundenlangem Sieben und Graben, sagte Rick den Männern, daß sie aufhören könnten.

«Sollen wir bei den anderen Gräbern weitermachen?»

«Da ist die Erde nicht aufgerissen; mir wäre es lieber, Sie ließen es bleiben», sagte Reverend Jones. «Lassen Sie die Toten in Frieden ruhen.»

Rick wischte sich die Stirn. «Reverend, ich habe durchaus Sinn für Pietät, aber wenn wir noch einmal herkommen müssen, dann... Sie verstehen.»

«Ich weiß, aber Sie stehen auf meiner Mutter.» Ein leicht vorwurfsvoller Ton hatte sich in Herbs volle Stimme eingeschlichen. Er war verstörter, als ihm selbst bewußt war.

«Verzeihung.» Rick trat rasch beiseite. «Gehen Sie wieder an Ihre Arbeit, Reverend. Ich melde mich, wenn's was gibt.»

«Wer würde so etwas tun?» Herbie deutete auf die stinkenden Beweisstücke.

«Einen Mord begehen?» Cynthia Cooper breitete die Hände aus, die Handflächen nach oben. «Scheinbar durchschnittliche Leute begehen Morde. Das passiert jeden Tag.»

«Ich meine, wie kann man einen Menschen so zerstükkeln?» Die Augen des Pastors waren feucht.

«Ich weiß es nicht», erwiderte Rick. «Aber wer das getan hat, hat sich die größte Mühe gegeben, alles zu beseitigen, was der Identifizierung dient.»

Als der brave Reverend gegangen war, entfernten sich die vier Gesetzeshüter ein Stück weit von dem Geruch und berieten sich. Wo war der Rumpf, und wo war der Kopf?

Sie sollten es bald erfahren.

12

Die gestärkte Schürze knisterte, als Tiffany Hayes, das Hausmädchen, an den Tisch trat. Little Marilyn, in einen bodenlangen lilaseidenen Morgenrock gehüllt, saß Fitz-Gilbert gegenüber, der fürs Büro angezogen war. Das zartrosa Hemd und die Hosenträger vervollständigten das überlegt zusammengestellte Ensemble.

Tiffany servierte Eier, Speck, Grütze und diverse Marmeladen. «Ist das alles, Mrs. Hamilton?»

Little Marilyn begutachtete kritisch ihr Essen. «Roberta hat den Petersilienzweig auf den Eiern vergessen.»

Tiffany knickste und begab sich in die Küche, wo sie Roberta über ihr schreckliches Versäumnis unterrichtete. Bei jeder Mahlzeit beleidigte irgendeine Kleinigkeit Little Marilyns hochentwickelten Dekorationssinn.

Die Hände in die Hüften gestemmt, erwiderte Roberta der beipflichtenden Tiffany: «Meinetwegen soll sie eine Schweinsblase fressen.»

In der Frühstücksecke genossen die Eheleute ein entspanntes Mahl. Für kurze Zeit war es sonnig, aber dann zogen wieder Wolken auf.

Little Marilyn seufzte. «Ist das nicht ein komisches Wetter?»

Fritz-Gilbert senkte die Stimme. «Die Jahreszeitenwechsel sind voller Überraschungen. – Genau wie du.»

Little Marilyn lächelte scheu. Es war ihre Idee gewesen, ihren Mann heute morgen beim Duschen zu überfallen. Die Sexberatungsbücher zum Thema «Mehr Lust» zahlten sich aus.

«Für Blonde ist das Leben aufregender.» Er fuhr sich mit der Hand über seine Tolle. Seine Haare waren exakt geschnitten, mit kurzen Koteletten, kurz an den Seiten und am Hinterkopf, am Oberkopf etwas länger. «Es gefällt dir wirklich, oder?»

«Ja. Und deine Hosenträger gefallen mir auch.» Sie lehnte sich über den Tisch und ließ einen Träger schnappen.

«Halter, meine Liebe. Hosenträger sind was für alte Männer.» Er verdrückte seine Frühstückseier. «Marilyn» – Pause – «würdest du mich auch lieben, wenn ich, nun ja, kein Andover-Princeton-Absolvent wäre? Wenn ich kein Hamilton wäre?» Er spielte auf seine erlauchte Familie an, deren Geschichte in Amerika bis ins siebzehnte Jahrhundert zurückreichte.

Die Hamiltons, ursprünglich aus England stammend, waren zuerst auf den Westindischen Inseln gelandet, wo sie mit Zuckerrohr ein Vermögen verdienten. Ein Sohn, den es nach einer größeren Bühne für seine Talente gelüstete, war nach Philadelphia gesegelt. Diesem ehrgeizigen Stamm war eine lange Reihe von Staatsdienern, Geschäftsleuten und gelegentlichen Schurken entsprossen. Fitz-Gilberts Zweig der Familie, der New Yorker Zweig, erlitt zahlreiche Verluste, bis nur noch Fitz' unmittelbare Familie übrigblieb. Einen Sommer nach Fitz' mittlerem High-School-Abschluß vernichtete ein schicksalhafter Flugzeugabsturz die New Yorker Hamiltons. Mit sechzehn war Fitz-Gilbert ein Waisenknabe.

Fitz schien den Schock zu überwinden. Den Sommer über arbeitete er als Botenjunge bei einem Börsenmakler, ganz so, wie es sein Vater geplant hatte. Trotz seiner blaublütigen Bekannten war in jenen Tagen ein anderer Junge in der Maklerfirma sein einziger richtiger Freund, ein intelligenter Bursche aus Brooklyn namens Tommy Norton. An den Wochenenden entflohen sie der Wall Street, meistens in die Hampton Roads oder nach Cape Cod.

Fitz' stoische Ruhe beeindruckte jedermann, aber Cabell Hall, sein Vormund und Treuhänder an der Chase Manhattan Bank, machte sich Sorgen. In Fitz' Fassade zeigten sich Risse. Er fuhr ein Auto zu Schrott, entkam aber unverletzt. Cabell ging nicht in die Luft. «Jungs sind eben Jungs», befand er. Dann schwängerte Fitz ein Mädchen, und Cabell besorgte einen angesehenen Arzt, der das in Ordnung brachte. Im zweiten Sommer von Fitz' Lehrzeit an der Wall Street schließlich erlitten er und Tommy Norton auf Cape Cod einen Autounfall. Beide waren sturzbetrunken. Zum Glück trugen sie nur Gesichtsverletzungen und Prellungen davon, als sie durch die Windschutzscheibe flogen. Da Fitz am Steuer gesessen hatte, kam er für die Arztkosten auf, was bedeutete, daß ihnen die allerbeste Pflege zuteil wurde. Aber

Fitz genas nur körperlich. Er hatte das Schicksal herausgefordert und beinahe nicht nur sich, sondern auch seinen besten Freund getötet. Ein Nervenzusammenbruch war die Folge. Cabell verfrachtete ihn in eine teure, ruhige Klinik in Connecticut.

Bevor sie heirateten, hatte Fitz Little Marilyn seine Geschichte erzählt, aber seither hatte er sie nie mehr erwähnt.

Jetzt sah Little Marilyn ihn an und wußte nicht, wovon er redete. Fitz war aus vornehmer Familie, reich und amüsant. Sie konnte sich nicht erinnern, in irgendeinem ihrer Bücher gelesen zu haben, daß Männer bestätigt haben mußten, daß sie etwas wert waren. Die Bücher konzentrierten sich auf die sexuellen Freuden und darauf, wie eine Frau ihrem Ehemann durch eine berufliche Krise und durch die gefürchteten männlichen Wechseljahre half, aber davon waren sie noch Jahre entfernt. Vermutlich spielte er ihr etwas vor. Fitz war erfindungsreich.

«Ich würde dich lieben, und wenn du» – sie suchte nach etwas Abfälligem – «ein Iraker wärst.»

Er lachte. «Das ist weit hergeholt. Ach ja, der Mittlere Osten, die Bedürfnisanstalt des Menschengeschlechts.»

«Was die wohl über uns sagen?»

«Teufelssaat», sagte er mit drohender Stimme in einem Akzent, den er für irakisch hielt.

Eines von den vierzehn Telefonen in dem überdimensionalen Haus zwitscherte. Das grelle Telefonklingeln war zu unharmonisch für Little Marilyn, die glaubte, das absolute Gehör zu haben. Deswegen gab sie bündelweise Geld für Telefone mit Vogelstimmen aus. Infolgedessen klang es in ihrem Haus wie in einer metallischen Voliere.

Tiffany erschien. «Ich glaube, es ist Ihre Mutter, Miss Mim, aber ich habe kein Wort verstanden.»

Ein kurzer Anflug von Zorn überkam Marilyn Sanburne

Hamilton, und sie runzelte ihre weiße Stirn. Sie griff zum Telefon, und ihre Stimme verriet nicht die Spur von Verärgerung. «Mutter, Darling.»

Mutter-Darling tobte, raste und stieß dermaßen seltsame Laute aus, daß Fitz seine Serviette hinlegte, aufstand und sich hinter seine Frau stellte, die Hände auf ihren schmalen Schultern. Sie sah zu ihrem Mann auf und bedeutete ihm, daß auch sie kein Wort verstand. Dann veränderte sich ihre Miene; die Stimme in der Ohrmuschel hatte sich zu purer Hysterie gesteigert.

«Mutter, wir sind gleich bei dir.» Die gehorsame Tochter legte den Hörer auf.

«Was ist los?»

«Keine Ahnung. Sie hat nur geschrien und gebrüllt. O Fitz, wir sollten uns beeilen.»

«Wo ist dein Vater?»

«Er ist heute in Richmond auf einer Bürgermeisterversammlung.»

«Ach du lieber Gott.» Wenn Mims Mann nicht da war, ruhte die Last des Tröstens und Zuspruchs auf Fitz. Kein Wunder, daß Jim Sanburne jede Gelegenheit nutzte, zu verreisen.

13

Die Stadtbewohner, die sich nicht im Postamt versammelt hatten, waren in Market Shifletts Laden. Harry versuchte hektisch, die Post zu sortieren. Sie hatte sogar Susan Tucker angerufen und sie gebeten, ihr zu helfen. Mrs. Hogendobber, die vor dem Schalter Stellung bezogen hatte, erzählte jedem ihre blutrünstige Geschichte, mit allen abscheulichen Details.

Ein energisches Kratzen an der Hintertür ließ Tucker aufmerken, und sie bellte. Susan stand auf und öffnete. Pewter kam herein, den Schwanz senkrecht nach oben, die Schnurrhaare nach vorn gestellt.

«Hallo, Pewter.»

«Hallo, Susan.» Pewter rieb sich an Susans Bein und dann an Tucker.

Mrs. Murphy spielte in den geöffneten Schließfächern.

Pewter sah hoch und sprach zu dem gestreiften Schwanz, der aus Nr. 31 hing. *«Drüben im Laden ist der Teufel los. Wie sieht's hier aus?»*

«Genauso.»

«Ich hab die Hand gefunden», brüstete sich Tucker.

«Das weiß alle Welt, Tucker. Vermutlich kommst du in die Zeitung – wieder mal.» Der gelbe Neid ließ den dicken grauen Leib erzittern. *«Mrs. Murphy, dreh dich um, damit ich mit dir reden kann.»*

«Geht nicht.» Mrs. Murphy kam im Rückwärtsgang aus dem Schließfach, hing einen Moment nur an den Krallen und ließ sich dann locker auf den Boden fallen.

Gewöhnlich amüsierten sich Susan und Harry bei den artistischen Darbietungen der behenden Tigerkatze, aber heute achteten sie kaum darauf.

Blair rief an, um Harry mitzuteilen, daß Rick Shaw beschlossen hatte, den Friedhof nicht sofort aufzureißen, und um ihr für ihre gute Nachbarschaft zu danken.

Da Blair ein Außenstehender war, fiel der Verdacht natürlich sofort auf ihn. Immerhin waren die abgetrennten Hände und Beine auf seinem – na ja, eigentlich Herbies – Friedhof gefunden worden. Und keinem Menschen würde es jemals einfallen, Reverend Jones zu verdächtigen.

Ideen und Phantasievorstellungen wirbelten auf wie ein Heuschreckenschwarm und sanken wieder zur Erde. Harry hörte den Leuten zu, die sich im Postamt drängten, während sie sich zugleich bemühte, ihre Arbeit zu Ende zu bringen. Die Theorien reichten von altmodischer Rache bis hin zum Dämonenkult. Da niemand eine Ahnung hatte, zu wem die Körperteile gehörten, fehlte den Theorien der Bezug zu einer persönlichen Wirklichkeit.

Ein eigenartiger Gedanke kam Harry in den Sinn. Die meisten Mutmaßungen drehten sich um die Frage des Motivs. Warum? Die mal lauter, mal leiser werdenden Stimmen ihrer Freunde, Nachbarn und auch ihrer wenigen Feinde oder zeitweiligen Feinde gingen alle davon aus, daß das Opfer sein grausames Schicksal selbst verschuldet haben müsse. Die grundsätzliche Frage, die Harry sich stellte, galt nicht dem Motiv, sondern lautete: Warum müssen die Menschen immer dem Opfer die Schuld geben? Hoffen sie, damit das Böse abzuwehren? Wird eine Frau vergewaltigt, beschuldigt man sie, sich aufreizend angezogen zu haben. Wird ein Mann beraubt, hätte er nicht so unvernünftig sein sollen, durch die Straßen jenes Stadtviertels zu gehen. Sind die Menschen unfähig, die Willkür des Bösen zu akzeptieren? Offensichtlich.

Als Rick Shaw mit heulenden Sirenen vorüberraste, verstummte die Gruppe und sah ihm nach. Dicht hinter Rick Shaw folgte Cynthia Cooper in ihrem Dienstwagen.

Fair Haristeen öffnete die Tür und trat auf die Straße. Er wußte, daß Rick Shaw nicht so schnell fuhr, bloß um irgendwo Hände und Beine abzuladen; es mußte wieder etwas passiert sein. Er ging zu Markets Laden hinüber, um zu hören, ob jemand frischere Neuigkeiten hatte. Harrys Nähe war ihm nicht besonders unangenehm. Fair fand, daß Frauen die meiste Zeit irrational waren; diese Meinung wurde bestärkt durch Boom Boom, die Logik für vulgär hielt. Er hatte Harry schon verziehen, daß sie ein Loch in seinen Kaffeebecher gebohrt hatte. Vor ihm tat sie so, als würde sie ihn nicht beachten, aber sie beobachtete ihn, während er nach nebenan schlenderte. Sie stieß einen Seufzer der Erleichterung aus. Seine Anwesenheit scheuerte wie ein Kieselstein im Schuh.

«Hör mal, ich will meinen Fleischknochen.» Tucker wurde langsam sauer. *«Das war abgemacht.»*

«Abgemacht?» Pewters lange graue Wimpern klimperten.

Ehe Tucker es ihr erklären konnte, flog die Tür auf, und Tiffany Hayes, noch in ihrer strahlend weißen Schürze, platzte herein. «In Mrs. Sanburnes Bootshaus ist 'ne nakkichte Leiche ohne Kopf!»

Für den Bruchteil einer Sekunde herrschte Fassungslosigkeit, dann stürmten die Fragen auf Tiffany ein. Woher sie das wisse? Wer es sei? Und so weiter.

Tiffany räusperte sich und trat an den Schalter. Susan kam von hinten nach vorne. Mrs. Murphy und Pewter sprangen auf den Schalter und marschierten im Kreis, um sich Papiere zum Draufsetzen zu suchen, und ließen sich nieder. Tucker lief um den Schalter herum, tauchte zwischen Beinen hindurch nach vorne, um Tiffany besser sehen zu können.

Reverend Jones, der wie immer schnell schaltete, sauste nach nebenan, um die Leute aus dem Laden zu holen. Bald war das Postamt voller, als es die feuerpolizeilichen Sicherheitsvorschriften erlaubten.

Sobald sich alle hereingequetscht hatten, lieferte Tiffany die Fakten. «Ich hab Little Marilyn und Mr. Fitz gerade ihre Eier gebracht. Sie hatte natürlich wieder was zu meckern, aber was soll's. Ich bin wieder in die Küche, und da hat das Telefon geklingelt. Roberta hatte die Hände voll Mehl, und

Jack war noch nicht im Dienst, da bin ich drangegangen. Ich hab Mrs. Sanburnes Stimme erkannt, aber meine Güte, ich hab kein Wort von dem verstanden, was die Frau zu mir gesagt hat. Sie hat geheult und geschrien und gestöhnt, und ich hab einfach den Hörer hingelegt und bin aus der Küche und hab Little Marilyn gesagt, ihre Mutter ist am Apparat und ich kann sie nicht verstehen. Ich konnte schließlich nicht sagen: ‹Ihre Mutter hat 'nen Tobsuchtsanfall, der sich gewaschen hat›, oder? Ich hab gewartet, wie Little Marilyn ans Telefon ging, und sie konnte ihre Mutter auch nicht besser verstehen als ich. Und eh ich mich versah, rennt sie die Treppe rauf und will sich zurechtmachen, und Mr. Fitz wartet unten. Er war so nervös, daß er's nicht mehr ausgehalten hat, und er ist die Treppe raufgestürmt und hat ihr klipp und klar gesagt, jetzt ist keine Zeit zum Schminken und sie müßten los. Dann sind sie mit dem weißen Jeep von ihr losgefahren. Es dauert keine zwanzig Minuten, bis das Telefon wieder klingelt, und Jack ist jetzt da und geht ran, aber Roberta und ich konnten nicht anders, wir sind auch rangegangen. Es war Mr. Fitz. Im Hintergrund konnten wir die beiden Marilyns hören, sie haben gekreischt wie die Furien. Mr. Fitz war ein bißchen zittrig, aber er hat Jack erzählt, in Mims Bootshaus schwimmt 'ne Leiche ohne Kopf. Er hat zu Jack gesagt, er soll rumtelefonieren und seine ganzen Geschäftstermine und Little Marilyns sämtliche Verabredungen für heute absagen. Dann hat er gesagt, Jack soll zusehen, ob er Mr. Sanburne in Richmond erreichen kann. Der Sheriff wäre schon unterwegs und wir brauchten keine Angst zu haben. Niemand wäre in Gefahr. Jack hat ein paar Fragen gestellt, und Mr. Fitz hat ihm gesagt, er soll sich keine Gedanken machen, wenn er seine Arbeit heute nicht getan kriegt. Gott sei Dank haben wir Mr. Fitz.»

Sie war mit ihrem Bericht zu Ende. Dies war womöglich

das einzige Mal in ihrem Leben, daß Tiffany im Mittelpunkt stand. Es hatte etwas Rührendes.

Aber Tiffany wußte nichts davon, daß die Hände und Beine in Foxden ausgegraben worden waren. So konnte Miranda Hogendobber ihre Geschichte noch einmal erzählen. Für Miranda war es ganz natürlich, im Mittelpunkt zu stehen.

Dankbar, daß Mrs. Hogendobber den Sektor «Unterhaltung» übernahm, machte sich Harry wieder an die Verteilung der Post. Sie war froh, daß sie hinter den Fächern stand; denn sie lachte leise, und die Tränen liefen ihr aus den Augen. Susan ging zu ihr, weil sie dachte, Harry weinte.

Harry wischte sich die Tränen ab und flüsterte: «Ausgerechnet Mim! Was wird *Town and Country* dazu sagen?»

Susan lachte jetzt so herzhaft wie Harry. «Wer immer es war, hat vielleicht den Fehler gemacht, mit ihrem Pontonboot zu segeln.»

Darauf brachen beide wieder in Kichern aus. Harry legte sich die Hand auf den Mund, um ihre Stimme zu dämpfen. «Mim hat sich verausgabt und immer neue Besitztümer angeschafft. Jetzt hat sie ein echtes Original.»

Das gab ihnen den Rest. Sie fielen fast auf die Erde. Der Ausbruch war natürlich zum Teil auf die Anspannung zurückzuführen. Aber er war auch ganz konkret Mims Charakter zuzuschreiben. Miranda sagte immer, irgendwo in Mim stecke ein guter Kern, den bloß niemand entdecken wolle. Mim hatte von der Wiege an ihr Leben damit zugebracht, die Leute mit ihrem ewigen Gefasel von Abstammung und Geld zu schikanieren. Aber diese beiden Dinge sind weniger häufig miteinander verbunden, als es Mim lieb wäre. Egal, was für eine Lebensgeschichte einer hatte, Mim konnte sie übertreffen; wenn nicht, neigte sie den Kopf in einem Winkel, der ihren Abscheu und ihre gesellschaftliche Überheblichkeit zum Ausdruck brachte.

Keiner sprach es laut aus, aber vermutlich freute es die meisten Leute, daß eine aufgeschwemmte Leiche ihren Weg in Mims Bootshaus gefunden hatte. Bei den Sanburnes stanken noch ganz andere Dinge als ein faulender Rumpf.

14

Der Glanz des vom Feuer erhellten Mahagoniholzes in Herbie Jones' Bibliothek ließ die Züge des Reverend jugendlich weich erscheinen. Der leichte Regen auf der Fensterscheibe unterstrich seine Stimmung. Er war in sich gekehrt und nachdenklich und zudem erschöpft. Er hatte vergessen, wie strapaziös erschütternde Ereignisse sein können. Carol, seine Frau, die veilchenblauen Augen voll Mitgefühl, redete ihm zu, etwas zu essen. Als er ablehnte, wußte sie, daß er litt.

«Möchtest du nicht wenigstens eine Tasse Kakao?»

«Was? Ach nein, Liebes. Ich habe Cabell in der Bank getroffen. Er meint, wir haben es mit einem Verrückten zu tun. Ein Durchreisender, so eine Art wandernder Serienmörder. Ich glaube das nicht. Ich glaube, der Mörder ist einer von uns.»

Ein lautes Knacken im Kamin ließ ihn auffahren. Er setzte sich wieder hin.

«Ich bring dir den Kakao, und wenn du ihn nicht willst, dann trinkt ihn eben die Katze. Er wird an dieser entsetzlichen Schweinerei nichts ändern, aber du wirst dich besser fühlen.»

Es läutete an der Haustür. Carol öffnete. Zwei Tassen Kakao. Sie bat Blair Bainbridge in die Bibliothek. Auch er wirkte erschöpft.

Reverend Jones erhob sich von seinem Sessel, um seinen hereingeschneiten Gast zu begrüßen.

«Oh, bitte bleiben Sie sitzen, Reverend.»

«Nehmen Sie Platz.»

Ella, die Katze, leistete ihnen Gesellschaft. Ihr voller Name lautete Elevation, und sie machte diesem Namen alle Ehre. Hostien fressen wie die ungezogene episkopalische Katze war nicht ihr Stil, aber einmal hatte Ella an einem Sonntagmorgen eine Predigt von Herbie zerfetzt. Zum erstenmal im Leben hielt er eine Predigt aus dem Stegreif. Und ohne Ellas mutwillige Zerstörung wäre er wohl nie auf das Thema «mit allen Gottesgeschöpfen leben» gekommen. Es wurde die beste Predigt seines Lebens. Die Pfarrkinder baten um Kopien. Da er nicht eine einzige Notiz hatte, glaubte er seine Predigt nicht rekonstruieren zu können, aber Carol half ihm. Sie war ebenfalls gerührt über ihres Mannes liebevolle Fürsprache für alle Lebewesen und hatte sich jedes Wort gemerkt. Die Predigt, die in vielen Kirchenzeitungen abgedruckt wurde, sogar außerhalb seiner eigenen lutheranischen Konfession, hatte den Reverend zu einer Kirchenberühmtheit gemacht.

Ella musterte Blair eingehend, weil sie ihn noch nicht kannte. Zufrieden legte sie sich vor dem Feuer auf die Seite, während die Männer plauderten. Carol brachte eine große Kanne Kakao herein, entschuldigte sich dann und ging nach oben, um sich wieder ihrer Arbeit zu widmen.

«Entschuldigen Sie, daß ich so unangemeldet hereinplatze.»

«Blair, wir sind hier auf dem Land. Wenn Sie vorher anrufen würden, würden die Leute Sie für hochnäsig halten.» Herbie schenkte sich und seinem Gast eine Tasse dampfenden Kakao ein; der schwere Duft erfüllte den Raum.

«Ich bin nur gekommen, um Ihnen zu sagen, wie leid es mir tut, daß diese, dieses – ich weiß nicht mal, wie ich es nennen soll.» Blair runzelte die Stirn. «Nun ja, daß diese grauenhafte Entdeckung auf der Parzelle Ihrer Familie gemacht wurde. Da Sie Probleme mit dem Rücken haben, bin ich bereit, alle nötigen Reparaturen vorzunehmen, sobald Sheriff Shaw mich läßt.»

«Danke.» Der Reverend meinte es ernst.

«Wie lange es wohl dauern wird, bis die Leute denken, daß ich es getan habe?» entfuhr es Blair.

«Oh, diese Möglichkeit wurde schon erwogen, und die meisten haben sie gleich wieder verworfen, mit Ausnahme von Rick, der nie jemanden von der Leine läßt und nie vorschnell urteilt. In seinem Beruf muß man wohl so sein, schätze ich.»

«Verworfen ...?»

Herbie bewegte die rechte Hand in der Luft, eine freundliche, wegwerfende Geste, während er mit der linken seine Kakaotasse samt Untertasse hielt. «Sie sind noch nicht lange genug hier, um Marilyn Sanburne zu hassen. Sie hätten die Leiche oder das, was von ihr übrig war, nicht in ihrem Bootshaus deponiert.»

«Ich hätte sie dorthin treiben lassen können.»

«Ich habe kurz nach der Entdeckung mit Rick Shaw gesprochen.» Herb stellte seine Tasse auf den Tisch. Ella beäugte sie interessiert. «Dem Zustand der Leiche nach bezweifelt er entschieden, daß sie ins Bootshaus getrieben sein kann, ohne daß jemand auf dem See etwas gemerkt hat; schließlich geht so etwas langsam. Außerdem war die Tür des Bootshauses geschlossen.»

«Sie hätte von unten hineintreiben können.»

«Die Leiche war auf ungefähr das Dreifache ihrer normalen Größe aufgeschwemmt.»

Blair unterdrückte einen unwillkürlichen Schauder. «Die arme Frau wird Alpträume haben.»

«Es hat nicht viel gefehlt, und man hätte sie mit einem Bolzenschußgerät ruhigstellen müssen. Little Marilyn war auch ziemlich erschüttert. Und ich glaube, Fitz-Gilbert dürfte es für eine Weile den Appetit verschlagen haben. Mir ist er übrigens auch vergangen.»

«Mir auch.» Blair beobachtete ein am unteren Ende königsblau und zur Mitte hin karmesinrot glühendes Holzscheit, aus dem hellgelbe Flammen schossen.

«Ich mache mir Sorgen wegen der Reporter. Es wird morgen in der Zeitung stehen. Haarklein. Und wenn die Leiche erst identifiziert ist, werden sie über uns hereinbrechen wie Fliegenschwärme.» Herb wünschte, er hätte das nicht gesagt; denn es erinnerte ihn an die Beine und Hände.

«Reverend Jones –»

«Herbie», wurde Blair unterbrochen.

«Herbie, warum hassen die Leute Marilyn Sanburne? Ich bin ihr erst einmal begegnet. Sie hat sich über Stammbäume ausgelassen, aber schließlich hat jeder eine Schwäche.»

«Einen Snob kann keiner leiden, Blair. Nicht mal ein anderer Snob. Stellen Sie sich so ein Leben vor, jahrein, jahraus von Mim taxiert, bei jeder Gelegenheit von ihr in die Schranken gewiesen werden. Sie arbeitet hart für wohltätige Einrichtungen, das läßt sich nicht leugnen, aber sogar während sie gute Werke tut, schikaniert sie andere Leute. Ihr Sohn Stafford hat eine Schwarze geheiratet, und das hat das Schlechteste in Mim und, darf ich hinzufügen, das Beste in allen anderen zum Vorschein gebracht. Sie hat ihn enterbt. Er lebt mit seiner Frau in New York. Sie sind gewissermaßen der Ausgleich zu Little Marilyns Ehe. Ich weiß nicht, die meisten Leute schauen bei anderen nicht hinter die Fassade, und Mims Fassade ist kalt und hart.»

«Aber Sie denken anders von ihr, nicht?»

Der junge Mann war ein genauer Beobachter. Herb

mochte ihn mit jeder Minute lieber. «Ja, ich denke anders von ihr.» Er zog sich ein Polster für die Füße heran, machte Blair ein Zeichen, sich auch eins zu holen, und faltete die Hände vor der Brust. «Sie müssen wissen, Marilyn Sanburne ist eine geborene Marilyn Urquhart Conrad. Die Urquharts, schottischen Ursprungs, waren eine der ersten Familien, die hierher in den fernen Westen kamen. Kaum zu glauben, noch während des Unabhängigkeitskrieges war dies eine rauhe Gegend, Grenzgebiet. Davor, um 1720, 1730, riskierte man sein Leben, um zu den Blue Ridge Mountains zu gelangen. Marilyns Mutter, Isabelle Urquhart Conrad, setzte ihren drei Kindern Flausen in den Kopf, weil sie königlichen Geblüts waren. Die amerikanische Version. Ihr Mann, Jimp Conrad, der keinen so erlauchten Stammbaum aufweisen konnte wie die Urquharts, war zu sehr damit beschäftigt, Land zu kaufen, um sich groß darum zu kümmern, wie seine Kinder erzogen wurden. Ein Männerproblem, würde ich sagen. Jedenfalls stieg Marilyns zwei Brüdern die Sache mit dem Adel zu Kopf, und sie befanden, daß sie sich ihren Lebensunterhalt nicht mit so etwas Ordinärem wie Arbeit sichern dürften. James wurde Rennjockey und starb bei einem gräßlichen Unfall in Culpeper. Das war direkt nach dem Zweiten Weltkrieg. Das Pferd hat ihn zu Tode geschleift. Ich hab's mit eigenen Augen gesehen. Theodore, der jüngere Bruder, ebenfalls ein guter Reiter, hat sich schlicht und einfach totgesoffen. Der Kummer brachte Jimp um und machte Isabelle zu einer verbitterten Frau. Sie fühlte sich, als sei sie die einzige, die jemals Söhne verloren hatte. Sie vergaß, daß Hunderttausende von amerikanischen Müttern erst vor kurzer Zeit ihre Söhne im Schlamm von Europa und im Sand des Südpazifiks verloren hatten. Die Verbitterung der Mutter färbte auf Mim ab. Da sie nun das einzige Kind war, wurde ihr die Pflege ihrer Mutter aufgebürdet, als Isabelle alt wurde. Gesellschaftliche Überheblichkeit wurde vielleicht ihre Zuflucht.»

Er schwieg einen Moment, dann fuhr er fort: «Sehen Sie, ich erlebe viele Menschen, die in einer Krise stecken. Und im Laufe der Jahre habe ich festgestellt, daß zweierlei passieren kann. Entweder öffnen sich die Menschen und erlangen Größe; der Schmerz führt zu Mitgefühl für andere und zu einer Einsicht in sich selbst, zum Empfinden der Liebe Gottes, wenn Sie wollen. Oder sie verschließen sich durch Alkohol, Rauschgift, Promiskuität oder Verbitterung. Verbitterung ist, wie jede Form von selbstzerstörerischem Verhalten, eine Beleidigung Gottes. Das Leben ist ein Geschenk, das man genießen und mit anderen teilen muß.» Er verfiel in Schweigen.

Ella schnurrte, während sie lauschte. Sie liebte Herbies Stimme, das tiefe, männliche Dröhnen, aber sie liebte auch, was er sagte. Den Menschen fiel es so schwer zu erkennen, daß das Leben eine Lust ist, solange man genug zu fressen, ein warmes Lager und jede Menge Katzenminze hat. Sie war sehr froh über Herbs Überzeugung, daß das Leben meistens wunderbar war.

Lange Zeit saßen die beiden Männer in stillem Einverständnis nebeneinander.

Schließlich sprach Blair. «Herbie, ich gebe mir Mühe, mich zu öffnen. Aber ich habe nicht viel Übung darin.»

Da Herb spürte, daß Blair ihm irgendwann in Zukunft, wenn er sich sicher fühlte, seine Geschichte erzählen würde, hakte er klugerweise nicht nach. Er versicherte ihm statt dessen, was er selbst aufrichtig glaubte: «Vertrauen Sie auf Gott. Er wird Ihnen den Weg weisen.»

15

Sowenig der Sheriff und Officer Cooper über die aufgefundenen Leichenteile wußten, es war ihnen immerhin bekannt, daß ein Landstreicher, und zwar kein alter Mann, vor kurzem in der Stadt gewesen war.

Unermüdliche Laufereien, Telefongespräche und Befragungen führten die beiden schließlich zur Allied National Bank.

Marion Molnar erinnerte sich lebhaft an den Kerl mit dem Bart. Auf seine königsblaue Baseballjacke waren die orangefarbenen Buchstaben METS aufgestickt gewesen. Als fanatische Anhängerin der Orioles hatte dies Marion ebenso empört wie sein Benehmen.

Sie führte Rick und Cynthia in Ben Seiferts Büro.

Strahlend schüttelte Ben ihnen die Hände und bat sie, sich zu setzen.

«O ja, der ist in mein Büro stolziert und hat sich wahnsinnig aufgespielt. Hat mir eine irrsinnige Geschichte über seine Geldanlagen aufgetischt. Er wollte auf der Stelle mit Cabell Hall sprechen.»

«Haben Sie den Direktor geholt?» fragte Rick.

«Nein. Ich habe gesagt, ich bringe ihn zu unserer Hauptstelle im Einkaufscenter von Charlottesville. Mir ist nichts anderes eingefallen, um ihn hier wegzubekommen.» Ben ließ seine Knöchel knacken.

«Und was dann?» fragte Cynthia.

«Ich habe ihn bis zum östlichen Stadtrand gefahren. Schließlich habe ich ihm seine verrückte Idee ausgeredet, und er ist bereitwillig ausgestiegen. Danach habe ich ihn nicht wiedergesehen.»

«Danke, Ben. Wir rufen Sie an, wenn wir Sie brauchen», sagte Rick.

«Freut mich, wenn ich Ihnen behilflich sein konnte.» Ben begleitete sie zum Haupteingang.

Kaum war der Streifenwagen außer Sicht, schloß Ben seine Bürotür und griff zum Telefon. «Hör zu, du Arschloch, die Bullen waren hier wegen diesem Penner. Das gefällt mir nicht!» Ben, ein Junge vom Lande, hatte sich im Laufe der Zeit verwandelt und seine rauhen Kanten abgeschliffen. Er war jetzt ein aalglatter Schöntuer und ein großes Tier in der Handelskammer. In seiner pomadigen neuen Inkarnation war fast nichts von dem alten Ben übriggeblieben, aber die Sorge ließ ihn wiederauferstehen.

16

Unter dem Vorsitz von Miranda Hogendobber trat das Festkomitee für die Ernteausstellung zusammen, um sich eiligst über die Veranstaltungen und den anschließenden Ball zu beraten. Das beliebte Erntefest und der Ball, die mit Halloween zusammenfielen, wurden von Jung und Alt voll Ungeduld erwartet. Die ganze Stadt fand sich zu dem Fest ein. Die Kinder wetteiferten um die schönste und die schaurigste Verkleidung, sie konkurrierten in Apfelhüpfen, Kostüm-Wettlaufen und in anderen Belustigungen, die in den frühen Abendstunden stattfanden. Diese Spiele hatten den Vorteil, daß die Kinder von der Straße weggehalten wurden und allen das Trick-or-Treat-Süßigkeitenbestechungssyndrom erspart blieb, das die Erwachsenen ja immer veranlaßte, soviel zu vertilgen wie die Kleinen. Die Kinder, vom Essen so angestrengt wie von den Belustigungen, schliefen auf dem Ball ein, während die Erwachsenen tanzten. Schlafsäcke waren so zahlreich vertreten wie Kürbisse.

Das Problem, das Mrs. Hogendobber, Taxi Hall und ihrem Stab zu schaffen machte, betraf Harry Haristeen und Susan Tucker. Nein, die zwei hatten nichts Schlimmes angestellt; es ging darum, daß sie jedes Jahr als Ichabod Crane und der kopflose Reiter auftraten. Harry war der Reiter. Harrys Tomahawk war ein braunes Pferd, aber nachts sah es schwarz aus, und seine Nüstern wurden immer rot angemalt. Es bot einen furchterregenden Anblick. Harry mühte sich alle Jahre ab, durch die Schlitze in ihrem Umhang zu sehen, sobald sie den Kürbiskopf auf den fliehenden Ichabod geschleudert hatte. Einmal hatte sie die Orientierung verloren und war vom Pferd gefallen, was alle amüsierte außer sie selbst; aber später hatte auch sie darüber gelacht.

Was war zu tun? Die Tradition fortzusetzen, die in Crozet gepflegt wurde, seit Washington Irving seine unsterbliche Erzählung veröffentlicht hatte, schien in diesem Jahr von zweifelhaftem Geschmack. Schließlich war erst vor kurzem die kopflose Leiche aufgefunden worden.

Nach einer quälenden Debatte faßte das ehrenwerte Komitee den Beschluß, Ichabod Crane zu streichen. Da es noch ein paar Tage vor dem Ball war, hatten sie Zeit genug, sich etwas anderes zu überlegen. Die Bibliothekarin schlug vor, für die Kinder eine Geschichte zum Vorlesen auszusuchen. Keine ideale Lösung, aber besser als nichts.

Mirandas Schritte auf dem Weg zum Postamt wurden immer schleppender. Sie erreichte den Eingang. Dort blieb sie einen Moment stehen. Sie atmete tief durch. Sie öffnete die Eingangstür.

«Harry!» dröhnte sie.

«Ich bin direkt vor Ihnen, Sie brauchen nicht zu brüllen.»

«Ach so. Es tut mir leid, aber das Ernteballkomitee hat beschlossen, und ich halte das für eine kluge Entscheidung, die Aufführung mit dem kopflosen Reiter ausfallen zu lassen.»

Harry war sichtlich enttäuscht, aber der Entschluß leuchtete ihr ein. «Nehmen Sie's nicht so schwer, Mrs. H. Nächstes Jahr führen wir's wieder auf.»

Ein Seufzer der Erleichterung entschlüpfte Mirandas roten Lippen. «Ich bin so froh, daß Sie es einsehen.»

«Danke, daß Sie es mir gesagt haben. Soll ich es Susan sagen?»

«Nein, ich gehe gleich zu ihr. Das ist meine Aufgabe.»

Als sie ging, betrachtete Harry die gestrafften Schultern, den geraden Rücken. Miranda war manchmal eine Nervensäge – wer ist das nicht –, aber sie wußte stets, was zu tun war und auf welche Weise. Das bewunderte Harry.

17

Fitz-Gilbert hätte sich eine Sekretärin nehmen können, um sich den Anschein eines beschäftigten Anwalts zu geben – der er nicht war.

Es sieht nicht gut aus, wenn ein Mann nichts arbeitet, auch bei einem sehr wohlhabenden Mann nicht, deshalb hatte er zum Schein sein Büro; allerdings hatte es sich als willkommene Zufluchtsstätte vor seiner Schwiegermutter und gelegentlich seiner Frau bewährt.

Er war nicht mehr im Büro gewesen, seit vor zwei Tagen der Rumpf in Mims Bootshaus aufgetaucht war.

Fitz-Gilbert öffnete die Tür und erblickte Chaos. Die Stühle waren umgeworfen, Papiere waren überall verstreut, die Schubladen des Aktenschranks hingen schief.

Er griff zum Telefon und rief Sheriff Shaw an.

18

Wenn Überreste einer Menschenleiche gefunden wurden, so war das zwar unschön, aber keine Seltenheit. Alle Jahre stolpern in Virginia Jäger über von Vögeln und Aasfressern säuberlich abgenagte Leichen, denen noch ein paar Kleiderfetzen an den Knochen klebten. Manche waren versehentlich von anderen Jägern erschossen worden; ein andermal war ein alter Mensch, der an einer Krankheit oder an Gedächtnisschwund litt, einfach im Winter losgegangen, hatte sich in Wind und Wetter verirrt und war gestorben. Dann gab es die gequälten Seelen, die in den Wald gingen, um allem selbst ein Ende zu machen. Morde kamen allerdings nicht so oft vor.

Was diese zerstückelte Leiche betraf, so stand für Rick Shaw fest, daß es sich um Mord handelte. Das Leben eines Bezirkssheriffs besteht gewöhnlich aus Vorladungen, die zugestellt werden müssen, aus Zeugenbefragungen bei Wilderei oder Grundstücksstreitigkeiten, aus der Verfolgung von Rasern und dem Einlochen von Betrunkenen. Ein Mord sorgt für Aufregung. Ohne daß es Rick bewußt gewesen wäre, arbeitete sein Verstand schneller, als wenn er an seinem überhäuften Schreibtisch saß; er konzentrierte sich und war voller Eifer. Ein ungerechter Tod war nötig, um ihn zum Leben zu erwecken.

«Los, Cooper.» Er drehte sich auf seinem Stuhl herum, indem er sich mit den Fußballen abstieß. «Her damit.»

«Womit?»

«Das wissen Sie doch ganz genau.» Er streckte die Hand aus.

Gereizt zog Cynthia ihre große Schreibtischschublade auf, nahm eine Schachtel Lucky Strikes ohne Filter heraus und knallte sie Rick in die Hand. «Sie könnten wenigstens Filterzigaretten rauchen.»

«Dann würde ich zwei Schachteln am Tag rauchen statt einer. Wo soll da der Unterschied sein? Und glauben Sie bloß nicht, ich wüßte nicht, daß Sie sich welche mopsen.»

So gesehen, konnte Cooper keinen Unterschied erkennen. Die Oberfläche ihres Schreibtisches glänzte, die Maserung des alten Eichenholzes verlieh dem Möbelstück Gediegenheit. Säuberliche Papierstapel mit Briefbeschwerern darauf kontrastierten mit Ricks Schreibtisch. Die Denkweisen der zwei kontrastierten ebenfalls. Cooper war logisch, ordentlich und zurückhaltend. Rick war intuitiv, unordentlich und so offen, wie es seine Stellung eben zuließ. Cooper mochte das Politische an dem Job. Er nicht. Da er gut zwanzig Jahre älter war als sie, war er stets der Sheriff und sie seine Assistentin. Wenn kein Unfall dazwischenkäme, konnte Cooper sich darauf freuen, irgendwann der erste weibliche Sheriff von Albemarle County zu werden. Rick hielt sich nicht für einen Feministen. Er hatte sie damals nicht haben wollen, aber mit den Jahren lernte er sie aufgrund ihrer Leistungen schätzen. Nach einer Weile vergaß er, daß sie eine Frau war, oder es spielte keine Rolle mehr. Er betrachtete sie als seine rechte Hand, und er fand es in Ordnung, eines Tages den Bezirk an sie zu übergeben; allerdings war er noch nicht soweit, sich zur Ruhe zu setzen. Dafür war er zu jung.

Die Zigarette beruhigte ihn. Die Telefone schrillten. Das

kleine Büro verfügte über eine Sekretärin und mehrere Teilzeitbeschäftigte. Die Dienststelle mußte dringend erweitert werden, aber bislang hatten die Bezirksoberen dem überarbeiteten Sheriff keine Gelder dazu bewilligt.

Gestern war ein Reporter des Lokalblatts erschienen, und Rick hatte sich geweigert, auf die grausigen Einzelheiten des Falls einzugehen. Seine zurückhaltenden Bemerkungen hatten dem Reporter fürs erste genügt, aber Rick wußte, daß er wiederkommen würde. Rick und Coop hofften, genug Antworten parat zu haben, um einer Panik oder dem Anrücken einer Schwadron von Reportern von anderen Zeitungen zuvorzukommen, ganz zu schweigen vom Fernsehen.

«Was sagen Sie nun zu diesem Fall, Boss?»

«Das Naheliegende. Das wichtigste für den Mörder war, daß sein Opfer nicht identifiziert werden kann. Keine Fingerabdrücke. Keine Kleidungsstücke am Rumpf. Kein Kopf. Wer immer der arme Kerl war, er wußte zuviel. Und wir würden auch zuviel wissen, wenn wir wüßten, wer er war.»

«Ich kann mir nicht erklären, warum der Mörder sich die Mühe gemacht hat, die Leiche zu zerstückeln. Eine Menge Arbeit. Dann mußte er oder sie sie einpacken, damit sie nicht alles vollblutete, und dann die Teile durch die Gegend transportieren, um sie abzuladen.»

«Vielleicht war es ein Bestattungsunternehmer oder jemand, der Erfahrung mit Toten hat. Vielleicht hat er die Leiche ausbluten lassen, bevor er sie zerlegte.»

«Oder ein Arzt», ergänzte Cynthia.

«Vielleicht sogar ein Tierarzt.»

«Aber nicht Fair Haristeen. Der Ärmste wurde schon bei Kelly Craycrofts Ermordung verdächtigt.»

«Ja, und nun ist er bei Boom Boom gelandet, oder etwa nicht?»

«Tja, der arme Kerl.» Cynthia brach in Lachen aus.

Rick lachte mit. «Das Weib wird ihn zum Wahnsinn treiben. Aber hübsch ist sie.»

«Das sagen die Männer immer.» Cynthia lächelte.

«Hm, ich begreife nicht, wie ihr Frauen für Mel Gibson schwärmen könnt. Was ist so besonders an ihm?» Rick drückte seine Zigarette aus.

«Wenn Sie das wüßten, hätten Sie und ich uns viel mehr zu sagen», stichelte Cynthia.

«Sehr witzig.» Er griff nach dem nächsten Sargnagel.

«Nicht, Sie haben doch gerade eine ausgemacht!»

«Tatsächlich?» Er nahm den Aschenbecher in die Hand und zählte die Kippen. «Scheint zu stimmen. Die hier qualmt noch.» Er zerdrückte sie noch einmal.

«Sie werden mal wieder von einer Ahnung geplagt. Ich weiß es doch. Nun spucken Sie's schon aus.»

Er hob eine Schulter und ließ sie sinken. Er kam sich ein bißchen komisch vor, wenn ihn diese Ahnungen befielen, denn er konnte sie weder erklären noch rechtfertigen. Männern wird beigebracht, zu untermauern, was sie sagen. Das war ihm in diesem Fall nicht möglich, aber im Laufe der Zeit hatte er gelernt, eigenartige Empfindungen oder seltsame Ideen nicht gleich zu verwerfen. Oft führten sie ihn zu brauchbaren Beweisen, brauchbaren Erkenntnissen.

«Na los, Boss. Ich merke es doch, wenn Sie Witterung aufnehmen», drängte Cynthia.

Er faltete die Hände auf seinem Schreibtisch. «Nur soviel. Daß die Leiche zerstückelt wurde, ergibt einen Sinn. Das gibt mir keine Rätsel auf. Die Regengüsse sind unserem Mörder in die Quere gekommen. Und die kleine Tucker. Sonst wäre die Chance nicht gering gewesen, daß die Beine und Hände nie gefunden worden wären. Aber das Bootshaus, das paßt nicht ins Bild.»

«Vielleicht hat er den Rumpf in den See geworfen, und als

er hochkam, hat er ihn mit einem Haken oder was rangezogen und ins Bootshaus gezerrt.» Cynthia hielt inne, um nachzudenken. «Aber dann hätten alle diese Person, ob männlich oder weiblich, gesehen, es sei denn, es war mitten in der Nacht, aber das Erscheinen einer Wasserleiche kann man nicht vorausplanen, oder?»

«Nee. Deswegen geht ja die Rechnung nicht auf. Das Stück Fleisch ist ins Bootshaus *gebracht* worden. Es gibt keine andere Erklärung.»

«Wenn der Mörder sich in der Gemeinde auskannte, hätte er von Mims Pontonboot am Dock gewußt. Ins Bootshaus geht fast keiner, außer wenn sie mal wieder eine Bootspartie plant. Es eignet sich zum Verstecken einer Leiche so gut wie jeder andere Ort.»

«Wirklich?»

Sie starrten sich an. Dann fragte Cynthia: «Ob der Kopf wohl auch noch auftauchen wird?»

«Halb hoffe ich es, halb nicht.» Er konnte der Versuchung nicht widerstehen. Er nahm sich eine Zigarette, zögerte aber mit dem Anzünden. «Erkundigen Sie sich mal, ob in New York was gegen Blair Bainbridge vorliegt.»

«Okay. Sonst noch jemand?»

«Alle anderen kennen wir. Oder glauben wir zu kennen.»

19

Die hauchdünne Eisdecke knackste, obwohl Mrs. Murphy vorsichtig auftrat. In der Nacht hatte es endlich zu regnen aufgehört, und sie war zeitig aufgestanden, um Feldmäuse zu jagen. Tucker, die sich in Harrys Bett auf die Seite gewälzt hatte, lag noch in tiefem Schlaf.

Obwohl das Unterfell der Katze schon dichter wurde, fröstelte sie in dem steifen Wind. Noch ein Monat, und ihr Fell würde sie besser gegen die Kälte schützen. Die Aussicht, in vollem Tempo hinter einem Kaninchen oder einer Maus herzuwetzen, begeisterte Mrs. Murphy. Was machte da schon das bißchen Kälte? Wenn sich eine Maus in ihr Loch verkroch, war die Jagd zu Ende, aber die Kaninchen rannten häufig quer durch Wiesen und Wälder. Gelegentlich erwischte sie ein Kaninchen, öfter aber eine Maus. Sie schlich sich seitlich heran und packte sie an der Kehle, wenn sie konnte. Wenn nicht, ließ sie sie fallen und drehte sie herum. Mrs. Murphy erledigte ihre Beute blitzschnell; sie hielt nichts von der Quälerei, das Opfer zu beuteln, bis es zerfetzt und blöde war vom vielen Herumwerfen. Ein blitzschnell gebrochenes Genick, und im Bruchteil einer Sekunde war es vorbei. Meistens brachte sie die Beute zu Harry.

Durch den Frost hielten sich die Gerüche. Trotzdem war es kein guter Tag zum Jagen. Einmal knurrte sie, als sie eine Rotfüchsin witterte. Mrs. Murphy und Füchse wetteiferten um dasselbe Futter, deswegen konnte Mrs. Murphy ihre Rivalin nicht leiden. Außerdem war vor Jahren, als sie noch ein kleines Kätzchen war, ein Fuchs in den Hühnerstall eingedrungen und hatte sämtliche Hühner getötet. Die Federn waren umhergewirbelt wie Schneeflocken, und das Bild der traurigen Leichen von zehn Hennen und einem Hahn war ihr im Gedächtnis geblieben. Sie hätte den Räuber nicht abwehren können, weil sie noch so klein war, aber Harrys Entsetzen über den Anblick war Mrs. Murphy an die Nieren gegangen. Danach hielt Harry keine Hühner mehr, was bedauerlich war, denn als kleines Kätzchen hatte Mrs. Murphy es geliebt, sich flach ins Gras zu legen und die gelben Küken zu beobachten, die piepsend umherliefen.

Wenn Tucker sich nicht so anstellen würde, könnte Harry sich einen großen Hund anschaffen, einen, der im Freien lebte, um Füchse und die verteufelten Waschbären zu verjagen. Ein junger Hund aus dem Tierheim, einer mit großen Pfoten, der hier aufwachsen würde, das wäre genau das richtige. Aber wann immer Mrs. Murphy das nur erwähnte, bekam Tucker einen Tobsuchtsanfall.

«*Würdest du eine zweite Katze dulden?*» kreischte sie dann.

«*Wenn wir einen Mäuseüberschuß hätten, würde mir wohl nichts anderes übrigbleiben*», gab Mrs. Murphy gewöhnlich zur Antwort.

Tucker behauptete, mit einem Fuchs könnte sie wohl fertig werden. Das war eine glatte Lüge. Sie konnte es nicht. Wenn ein Fuchs sich verkroch, konnte sie ihn womöglich ausgraben, aber was würde sie dann mit ihm machen? Tucker war nicht gut im Töten. Corgis waren tapfere Hunde – Mrs. Murphy hatte dafür genügend Beweise gesehen –, aber zumindest Tucker war kein Jägertyp. Corgis, zum Viehhüten gezüchtet, waren kurzbeinig, so daß sie sich, wenn eine Kuh austrat, schnell wegducken konnten. Zäh, behende und gewöhnt an Tiere, die viel größer waren als sie selbst, konnten Corgis mit fast allen großen Haustieren arbeiten. Aber der Jagdtrieb lag ihnen nicht im Blut, weswegen Mrs. Murphy gewöhnlich allein auf Beutezug ging.

Ein tiefes, sanftes Miauen in der Nähe erregte Mrs. Mur-

phys Aufmerksamkeit. Sie verkrampfte und entspannte sich dann, als ihr ungeheuer gutaussehender Exmann aus dem Wald geschlichen kam. Paddy trug wie immer seinen schwarzen Frack; seine weiße Hemdbrust war makellos, aber die weißen Gamaschen waren schmutzig. Seine herrlichen Augen funkelten, und in unverhohlener Freude darüber, seine Exfrau zu sehen, machte er einen Luftsprung.

«Auf der Jagd, Süße? Komm, wir tun uns zusammen.»

«Danke, Paddy, ich kann das besser allein.»

Er setzte sich und schlug mit dem Schwanz. *«Das sagst du immer. Weißt du, Murph, du bleibst nicht ewig jung und schön.»*

«Du auch nicht», antwortete sie schnippisch. *«Treibst du dich noch mit der silbergrauen Schlampe herum?»*

«Ach die? Die hat mich genervt.» Paddy sprach von einer seiner zahlreichen Liebschaften. Bei dieser handelte es sich um eine silbergraue Langhaarkatze von außerordentlicher Schönheit. *«Ich kann es nicht ausstehen, wenn sie jeden Augenblick wissen wollen, wo du gewesen bist und was du denkst. Ich mach jetzt mal Pause.»* Seine rosa Zunge unterstrich die Wirkung seiner weißen Reißzähne. *«Du hast das nie getan.»*

«Ich hatte selbst zuviel zu tun, um mich auch noch darum zu scheren, was du gemacht hast.» Sie wechselte das Thema. *«Hast du was erwischt?»*

«Die Jagd läuft nicht gut. Lassen wir sie noch ein bißchen hungriger werden, dann fangen wir uns ein paar. Die Feldmäuse sind zur Zeit dick und zufrieden.»

«Wo kommst du jetzt her?»

«Yellow Mountain. Ich bin mitten in der Nacht weg von zu Hause. Ich hab ja das Türchen – ich verstehe nicht, warum Harry dir nicht so eins einbaut. Also, eigentlich wollte ich zum ersten Eisenbahntunnel, aber der war mir zu weit, und die Jagdaussichten waren sowieso trübe, da bin ich lieber den Berg raufgezockelt.»

«Und da war auch nicht viel zu holen?»

«Nein», erwiderte er.

«Paddy, hast du von den Leichenteilen auf dem Friedhof gehört?»

«Na und, was soll's? Die Menschen bringen sich gegenseitig um, und dann tun sie so, als ob sie es schrecklich fänden. Wenn es so schrecklich ist, warum tun sie's dann so oft?»

«Keine Ahnung.»

«Und überleg doch mal, Murphy. Wenn der neue Mensch zu Hause ist, warum schleppt der Mörder dann die Leichenteile seine Zufahrt rauf? Zu riskant.»

«Vielleicht wußte er nicht, daß der Mann eingezogen war.»

«In Crozet? Wenn du niest, sagt dein Nachbar ‹Gesundheit›. Ich glaube, er oder sie hat irgendwo im Umkreis von etwa einem Kilometer geparkt – zwei Beine und zwei Hände sind nicht so schwer zu tragen. Ist von der Yellow Mountain Road gekommen, in den alten Forstweg eingebogen und durch den Wald und über die Weide zum Friedhof gegangen. Ihr hättet die Person von eurem Grundstück aus nicht sehen können, außer von der Westweide. Ihr seid aber meistens bei Sonnenuntergang nicht mehr auf der Westweide, weil die Pferde schon in ihre Boxen gebracht wurden. Dieser Neue, der war ein Risiko, aber der Friedhof ist weit genug vom Haus entfernt, so daß er dort zwar jemanden hätte sehen können, aber ich bezweifle, daß er etwas hören konnte. Natürlich kann es auch sein, daß es der Neue selber war.»

Mrs. Murphy klopfte auf ein totes Blatt. *«Da ist was dran, Paddy.»*

«Du mußt wissen, Menschen töten nur aus zwei Gründen.»

«Und die wären?»

«Liebe oder Geld.» Seine weißen Schnurrhaare zitterten vor Übermut. Beide Gründe schienen Paddy absurd.

«Drogen.»

«Das hängt wiederum mit Geld zusammen», klärte Paddy sie auf. *«Egal, worum's bei diesem Fall geht, am Ende läuft es auf*

Liebe oder Geld hinaus. Harry ist nicht in Gefahr, mit ihr hat es nichts zu tun. Du machst dir immer so viele Sorgen um Harry. Dabei ist sie doch ziemlich robust.»

«Du hast recht. Ich wünschte bloß, ihre Sinne wären schärfer. Ihr entgeht zuviel. Manchmal dauert es zehn oder zwanzig Sekunden, bis sie etwas hört, und auch dann kann sie das Knirschen der verschiedenen Reifen nicht unterscheiden. Aber die unterschiedlichen Motorengeräusche erkennt sie. Sie hat ziemlich gute Augen, aber stell dir vor, sie kann aus fünfhundert Meter Entfernung keine Feldmaus erkennen. Auch wenn ihre Augen bei Tag besser sind, sie kriegt einfach die Bewegung nicht mit. Hören ist so leicht, man muß einfach lauschen und die Augen folgen lassen. Nachts sieht sie natürlich nicht so gut, und kein Mensch kann auch nur die kleinste Kleinigkeit wittern. Ich weiß einfach nicht, wie sie mit so schwachen Sinnen funktionieren kann, und das macht mir Sorgen.»

«Wenn sich ein Tiger an Harry heranpirschen würde, dann würde ich mir Sorgen machen. Da die Sinne bei einem Menschen so schlecht sind wie beim anderen, sind sie alle gleich. Und da sie einander anscheinend selbst die ärgsten Feinde sind, sind sie bestens gerüstet, sich gegenseitig zu bekämpfen. Ansonsten hat Harry dich und Tucker, und ihr könnt ihr auf die Sprünge helfen, wenn sie zuhört.»

«Auf mich hört sie – meistens. Sie kann aber auch sehr stur sein. Selektives Hörvermögen.»

«So sind sie alle.» Paddy nickte ernsthaft. *«Hey, wollen wir über die vordere Weide rennen, auf den Walnußbaum am Bach klettern, den großen Ast entlanglaufen und auf der anderen Seite runterspringen? Wir können im Nu an eurer Hintertür sein. Wetten, ich bin erster.»*

«Also los!»

Sie rasten wie die Verrückten und kamen an die hintere Verandatür. Harry, die Kaffeetasse in der Hand und noch verschlafen, machte auf. Die beiden stürmten in die Küche.

«Auf Katzentour?» Lächelnd kraulte sie Mrs. Murphys Kopf. Und Paddys auch.

20

Eine klirrende Nacht mit hellen Sternen wie Diamantensplitter lieferte den perfekten Rahmen für Halloween. Jedes Jahr wurde in der Crozet High School, kurz CHS genannt, die Ernteausstellung veranstaltet. Bevor die Schule 1892 erbaut wurde, fand die Ausstellung auf einer Wiese gegenüber dem Bahnhof statt. Die Schule war ein prunkvolles Musterbeispiel für die viktorianische Architektur. Man konnte sie nur lieben oder hassen. Da fast alle, die den Ernteball besuchten, auf der CHS ihren Abschluß gemacht hatten, liebten sie sie.

Nicht so Mim Sanburne, die Madeira-Absolventin war, und auch nicht Little Marilyn, die in die Pfennigabsatzstapfen ihrer Mutter getreten war. Nein, die CHS hatte den Beigeschmack des Vulgären, Pöbelhaften, der Massenanstalt. Jim Sanburne, der Bürgermeister von Crozet, hatte 1939 auf der CHS seinen Abschluß gemacht. Er schritt gemessen zwischen den Tischreihen auf und ab, die auf dem Footballfeld aufgestellt waren. Die Tische waren beladen mit Mais, Speisekürbissen, Kartoffeln, Weizengarben und riesengroßen Zierkürbissen.

Der Bürgermeister von Crozet und sein Schwiegersohn hatten am Morgen die Wettbewerbsmeldungen in Listen eingetragen. Um Unparteilichkeit zu gewährleisten, trug Fitz alle Meldungen von Bodenerzeugnissen ein. Da sein Schwiegervater diese Kategorie zu beurteilen hatte, war es ratsam, daß er die Produkte nicht vorzeitig zu sehen bekam.

Die handwerklichen Erzeugnisse waren in den Schulfluren ausgestellt. Mrs. Hogendobber machte ein, zwei Schritte, blieb stehen, begutachtete, rieb sich das Kinn, setzte ihre Brille ab und wieder auf und sagte: «Hmmm.» Diesen Vorgang wiederholte sie vor jedem Ausstellungsstück. Miranda führte die Beurteilung der Handwerkskunst in ungeahnte Höhen der Seriosität.

Die Turnhalle, als Hexenhöhle dekoriert, war nach der Preisverleihung der Treffpunkt für alle. Der Tanz lockte selbst Lahme und Gebrechliche. Alles, was atmete, ließ sich sehen. Rick Shaw und Cynthia Cooper saßen in der Turnhalle und beurteilten Kostüme. Kinder tollten als Ninja Turtles, Engel, Teufel und Cowboys herum, und ein kleines Mädchen, dessen Eltern auf ihrem Hof Milchwirtschaft betrieben, war als Milchkarton gekommen. Die Teenager, ebenfalls kostümiert, zogen es vor, unter sich zu bleiben; aber da die Dekoration für den Ernteball den Schülern der CHS zufiel, heimsten sie Ehre ein. Jede Abschlußklasse hatte den Ehrgeiz, die vorjährige zu übertreffen. Die Klassen der Unter- und Mittelstufe wurden verpflichtet, ebenfalls mitzuhelfen, und am Halloweentag fiel der Unterricht aus, damit sie die Dekorationen anbringen konnten.

Während Harry, Susan und Blair an den Ausstellungsstükken vorbeischlenderten, bewunderten sie die kleinen fliegenden Hexen über ihnen. Die Elektronikfreaks der Schule hatten komplizierte Drahtsysteme konstruiert, mit deren Hilfe die Hexen per Fernbedienung gesteuert wurden. Auch Gespenster und Kobolde flogen umher. Die Aufregung steigerte sich; denn wenn dies der Auftakt war, wie würde dann erst der Tanz sein? Der bildete jedesmal den Höhepunkt.

Harry und Susan, deren Klasse 1976 den Ernteball gestaltet hatte, gestanden wehmütig ein, daß dies die besten Dekorationen waren, die sie seit damals gesehen hatten. Mit Kreppapier gaben sich diese Jugendlichen nicht zufrieden. Die Farben Orange und Schwarz schlängelten sich in streng-sinnlicher Art-déco-Manier über die Wände und die im Freien stehenden Tische. Susan nahm voller Stolz die Glückwünsche der anderen Eltern entgegen. Ihr Sohn Danny vertrat die Mittelstufe im Dekorationsausschuß, und die fliegenden Dämonen waren seine Idee gewesen. Er war entschlossen, seine Mutter auszustechen, und war schon auf dem besten Wege, Sprecher der Oberstufe zu werden. Seine jüngere Schwester hatte sich ebenfalls nützlich gemacht. Brookie überlegte sich jetzt schon, was in zwei Jahren sein würde, wenn sie ihre Klasse auf dem Ernteball repräsentierte. Würde sie dies hier übertreffen können? Susan und Ned hatten ihre Kinder für ein paar Jahre auf eine Privatschule in Charlottesville geschickt, mit dem Ergebnis, daß beide sich zu fürchterlichen Snobs entwickelt hatten. Kurz entschlossen hatten sie die Kinder wieder von der Privatschule genommen, worüber am Ende alle erleichtert waren.

Blair betrachtete das alles verwundert und amüsiert. Diese jungen Leute bewiesen Elan und Gemeinschaftsgeist, woran es in seiner Internatsschule gefehlt hatte. Er beneidete die Schüler beinahe, obwohl er eine hervorragende Ausbildung und makellose gesellschaftliche Kontakte genossen hatte.

Boom Boom und Fair bildeten die Jury beim Viehwettbewerb. Harry stellte Boom Boom und Blair förmlich vor. Boom Boom warf einen einzigen Blick auf diesen Apollo und sog hörbar die Luft ein. Fair, von einem prachtvollen Holstein-Kalb entzückt, zog es vor, Boom Booms Reaktion nicht zu beachten. Boom Boom, die viel zu intelligent war, um offen zu flirten, ließ einfach ihre Ausstrahlung wirken.

Als sie weitergingen, bemerkte Susan: «Den Boom-Boom-Streif hat sie Ihnen erspart.»

«Was ist das?»

«Auf der High School – auf diesem Grund und Boden, stellen Sie sich vor – ist Boom Boom immer an den Jungs vorbeigeschlichen und hat sie sachte mit ihren Torpedos gestreift. Die Jungs sind natürlich vor Verlegenheit und Wonne fast gestorben.»

«Ja.» Harry lachte. «Und dann hat sie gesagt: ‹Verfluchte Torpedos und volle Kraft voraus.› Boom Boom kann sehr komisch sein, wenn sie es sich in den Kopf setzt. Oder in die Titten.»

«Sie haben mir noch nicht erzählt, was für ein Thema Sie hatten, als Sie beide den Ernteball gestaltet haben.» Blair zeigte wenig Interesse für Boom Boom, aber sehr viel für Harry und Susan, was beide mächtig freute.

Susan senkte die Stimme. «Der Hund von Baskerville.»

Harrys Augen leuchteten auf. «Man würde es nicht für möglich halten. Ich meine, wir haben an dem Tag mit der Arbeit begonnen, als die Schule anfing. Die Sprecher und Stellvertreter werden am Ende der Mittelstufe gewählt. Wirklich eine Bombensache –»

Susan unterbrach sie. «Ist das zu fassen? Wir erinnern uns noch an alles. Tschuldigung, Harry.»

«Schon gut. Also, Susan hat das Thema vorgeschlagen, und wir haben die Schule wie eine viktorianische Villa dekoriert. Samtvorhänge, alte Sofas – ich schwöre, wir haben sämtliche Trödelläden weit und breit abgegrast. Den Rest haben uns die Eltern geliehen. Wir hatten rollenweise altes Wurstpapier – von Market Shiflett gespendet –, und die Kunstschüler haben daraus Steine gestaltet, mit denen haben wir dann draußen Mauerimitationen gebaut.»

«Vergiß die Beleuchtung nicht.»

«Ach ja, im ersten Stock, wo die Fenster dunkel waren, ging ein Junge von Zimmer zu Zimmer und schwenkte eine Laterne. Das hat die Kinder mordsmäßig erschreckt, wenn sie hochsahen. Er hatte sich auch das Gesicht angemalt. Mr. MacGregor hat uns sogar –»

«Mein Mr. MacGregor?» fragte Blair.

«Genau der», sagte Susan.

«Er hat uns sogar seinen Bluthund geliehen, Karl den Ersten, der ein unheimliches Klagegeheul von sich gab.»

«Wir sind mit ihm in den leeren Fluren auf und ab gegangen und baten ihn zu heulen, und er hat's getan, der brave Hund. Wir haben den Kleinen wirklich eine Heidenangst eingejagt; wir sind mit ihm in den ersten Stock gegangen, haben ein Fenster aufgemacht, und sein durchdringendes Geheul drang durch die Nacht.» Susan schauderte vor Wonne.

«Die Schüler der Abschlußklasse hatten sich als historische Figuren verkleidet. Herrgott, war das ein Spaß!»

Sie waren unterdessen nach draußen gegangen. Reverend Herbie Jones und Carol winkten von den Weizengarben herüber. Einige Leute sagten, daß sie Harry auf Tomahawk dieses Jahr vermissen würden. Der Lokalreporter strich umher. Alle waren gut gelaunt. Natürlich sprachen die Leute über die grauenhaften Funde, aber da niemand persönlich betroffen war – das Opfer war keiner, den sie kannten –, wandte man sich bald delikaten persönlichen Klatschgeschichten zu. Mim, Little Marilyn und Fitz-Gilbert stolzierten umher. Mim quittierte jedermanns Mitgefühl mit einem Nicken und bat dann, die Sache nicht mehr zu erwähnen. Ihre Nerven seien wundgescheuert, sagte sie.

Eine treue Seele fehlte dieses Jahr: Fats Domino, die Riesenkatze, die in den vergangenen fünfzehn Jahren immer die Halloweenkatze gespielt hatte. Fats war an Altersschwäche eingegangen, und Pewter mußte einspringen. Ihr dunkelgraues Fell konnte nachts fast als schwarz gelten, und sie hatte nicht einen einzigen weißen Fleck. Sie tappte frohgemut über die Tische; hier und da blieb sie stehen, um sich von ihren Bewunderern streicheln zu lassen.

Pewter sonnte sich im Rampenlicht. Je mehr Beachtung ihr zuteil wurde, desto lauter schnurrte sie. Viele Leute machten Schnappschüsse von ihr, und sie setzte sich bereitwillig in Pose. Auch der Zeitungsfotograf machte ein paar Aufnahmen. Schön, die verflixte Tucker hatte einmal in der Zeitung gestanden, damals, als der letzte Mord in Crozet geschah, aber Pewter wußte, sie würde in Farbe auf der Titelseite erscheinen, denn das Erntefest kam immer auf die Titelseite. Auch konnte sie sich ihre diebische Freude darüber nicht verkneifen, daß Mrs. Murphy und Tucker zu Hause bleiben mußten, während sie der Star der Veranstaltung war.

Die Handwerks- und Viehpreise waren verliehen worden, und jetzt wurden die Erntepreise bekanntgegeben. Miranda stellte sich flugs hinter ihren Kürbis. Das gigantische Kürbisgewächs neben dem ihren war unbestreitbar größer, aber Miranda hoffte, die unvollkommene Form des Konkurrenten würde Jim Sanburne veranlassen, zu ihren Gunsten zu entscheiden. Bei dem großen Gewühl und dem vielen Geplauder bemerkte sie nicht, daß Pewter sich den Kürbissen näherte. Mrs. Hogendobber sah keinen Anlaß, sich in diesem Augenblick der Katze zuzuwenden.

Mim, Little Marilyn und Fitz-Gilbert traten beiseite. Mim bemerkte Harry und Blair.

«Ich weiß, dieser Bainbridge war in Yale und St. Paul's, aber eigentlich wissen wir nicht, wer er ist. Harry sollte sich lieber vorsehen.»

«Du hattest nie was gegen Fair, als die beiden verheiratet waren, und er ist kein Börsenmakler.» Little Marilyn traf lediglich eine Feststellung, sie wollte keinen Streit vom Zaun brechen.

«Damals», fauchte Mim sie an, «war ich froh, daß Harry überhaupt geheiratet hat. Ich hatte schon befürchtet, sie würde enden wie Mildred Yost.»

Mildred Yost, ein hübsches Mädchen, das in Madeira in Mims Klasse ging, hatte so lange ihre vielen Verehrer zurückgewiesen, bis sie schließlich ausblieben. Nun führte sie ein Leben als alte Jungfer, ein Zustand, den Mim beängstigend fand. Alleinstehende Frauen brachten es nun mal nicht bis an die Spitze der Gesellschaft. Wenn eine Frau schon ohne Mann sein mußte, dann höchstens als Witwe.

«Mutter» – Fitz-Gilbert sagte «Mutter» zu Mim –, «Harry legt keinen Wert darauf, an die Spitze der Gesellschaft aufzusteigen.»

«Ob sie Wert darauf legt oder nicht, sie sollte keinen Mann von niederem Stand heiraten... ich meine, wenn sie erst die Voraussetzungen geschaffen hat, um heiraten zu *können.*»

Mim plapperte weiter in diesem Stil, lauter sinnloses Zeug. Fitz-Gilbert hörte sie verächtlich sagen, eine geschiedene Frau bewege sich am Rande der Verruchtheit. Warum interessierte sich Mim so sehr dafür, mit wem Harry zusammen war? fragte er sich. Aus keinem anderen Grund, als daß sie der Meinung war, ohne ihre ausdrückliche Zustimmung dürfe in Crozet nichts geschehen. Wie üblich waren Mims Äußerungen nicht von Wohlwollen geprägt. Sie beschwerte sich sogar, die kleinen Hexen, Gespenster und Kobolde über ihr surrten so stark, daß sie davon Kopfweh bekäme. Durch die Erschütterung über die jüngsten Ereignisse war sie noch mürrischer als gewöhnlich. Fitz kümmerte sich nicht weiter um sie.

Danny Tucker, als Hercule Poirot verkleidet, stellte sich

fix neben Mrs. Hogendobber. Er war der Besitzer des gigantischen Kürbisses.

«Danny, warum hast du mir nichts davon gesagt, daß du dieses... Gewächs gezogen hast?»

«Mom wollte nicht, daß Sie sich aufregen. Wir wissen doch alle, daß Sie das blaue Band wollen.»

Pewter ließ sich zwischen den zwei riesigen orangegelben Kürbissen nieder, die in die Endrunde gekommen waren. Mrs. Hogendobber, die sich mit Danny unterhielt, hatte die Katze immer noch nicht bemerkt. Pewter war beleidigt.

Jim hob Mirandas Kürbis hoch und setzte ihn schnell wieder ab. «Diese Scheißdinger werden von Jahr zu Jahr schwerer.» Miranda warf ihm einen Blick zu. «Verzeihung, Miranda.»

Pewter witterte Kürbispampe, als sei das Innere ausgekratzt worden, um Kürbispastete zu machen. Sie beschnupperte Mirandas Kürbis.

«Seht ihr, die Katze mag meinen Kürbis.» Miranda lächelte in die Menge.

«Ich mag überhaupt keine Kürbisse», erwiderte Pewter.

«Den hier soll ich hochheben? Der ist so groß, daß ich glatt umfallen könnte.» Jim lächelte, aber dann nahm er Dannys Kürbis doch zwischen seine großen Hände. Der gigantische Kürbis war viel schwerer als der andere, merkwürdig schwer. Er stellte ihn wieder hin. Verwundert hob er ihn noch einmal auf.

Pewter, die ihre Neugierde einfach nie zügeln konnte, inspizierte die Rückseite des Kürbisses. Ein äußerst exakter, sehr großer Kreis war herausgeschnitten und dann wieder eingeklebt worden. Wenn man nicht danach suchte, war die Pfuscherei leicht zu übersehen.

«Guckt mal», sagte sie eindringlich.

Danny Tucker war der einzige Mensch, der auf sie hörte.

Er hob seinen Kürbis hoch. «Bürgermeister Sanburne, ich weiß, mein Kürbis ist schwer, aber nicht so schwer. Da stimmt was nicht.»

«Das ist dein Kürbis», erklärte Miranda.

«Ja, aber er ist zu schwer.» Danny hob ihn wieder auf.

Pewter schlug auf die Hinterseite der orangegelben Kugel. Das führte Dannys Augen, die viel schärfer waren als Jims oder Mirandas, zu der geflickten Stelle.

«Jim, wir warten. Wir wollen einen Sieger», rief Mim ungeduldig.

«Ja, meine Liebe, Momentchen noch.» Die Menge lachte.

Danny stieß an den Kreis. Der Kreis wackelte. Danny zog ein Taschenmesser aus seiner Jacke und fuhr damit an der Schnittlinie entlang. Der Klebstoff löste sich leicht, und Danny stemmte den großen Kreis heraus. «Oh, mein Gott!» Danny sah einen Hinterkopf. Er dachte, ein Freund habe ihm einen Streich gespielt. Er packte den Kopf an den Haaren und zog ihn heraus. Süßlicher Gestank wehte ihn an. Das war kein Streich, kein Gummi- oder Plastikkopf. Da Danny nicht recht wußte, was er tun sollte, hielt er den Kopf von sich weg, so daß die Menge das abscheuliche Ding deutlich sehen konnte. Was von den Augen übrig war, starrte die Leute an.

Als Danny nun merkte, was er in der Hand hielt, ließ er den Kopf fallen. Mit einem ekelhaften Platschen plumpste er auf den Tisch.

Pewter sprang fort. Sie lief zu den Speisekürbissen. Wenn das hier zu den Pflichten einer Halloweenkatze gehörte, dann trat sie von ihrem Amt zurück.

Die Leute kreischten. Wie im Reflex überreichte Jim Sanburne Miranda das Band.

«Ich will es nicht!» schrie Miranda.

Boom Boom Craycroft fiel in eine tiefe Ohnmacht. Der

nächste Plumps, der zu hören war, war Blair Bainbridge, der auf die Erde sank.

Dann kreischte Little Marilyn: «Das Gesicht hab ich schon mal gesehen!»

21

Therapeuten aus den Nachbarorten stellten sich zur Verfügung, um den Schülern der CHS über das Trauma des Gesehenen hinwegzuhelfen.

Rick fragte sich, ob sie ihm vielleicht ebenfalls helfen könnten. Auch ihn hatte es beim Anblick des verwesenden Kopfes gegraust, aber nicht so sehr, daß er Alpträume hatte. Als er und Cynthia Cooper den Kopf abholten, hatten sie als erstes mit zugehaltener Nase den offenen Mund untersucht. Nicht ein Zahn war in dem Kopf verblieben. Eine Identifizierung anhand von Zahnarztkarteien fiel flach.

Cynthia führte Little Marilyn fort von dem Anblick und bat sie, ihre Aussage zu präzisieren.

«Ich kenne ihn nicht, aber ich glaube, das ist der Landstreicher, der hier herumschlich, es ist vielleicht zehn Tage her. An das genaue Datum kann ich mich nicht erinnern. Er kam am Postamt vorbei, und ich ging ans Fenster und habe ihn genau gesehen. Das ist alles, was ich Ihnen sagen kann.» Sie zitterte.

Cynthia klopfte Little Marilyn auf den Rücken. «Danke. Sie haben hiervon mehr als genug mitgekriegt.»

Fitz-Gilbert legte seine Arme um sie. «Komm, mein Herz, wir gehen nach Hause.»

«Was ist mit Mutter?»

«Dein Vater kümmert sich um sie.»

Gehorsam ließ sich Little Marilyn von Fitz zu ihrem Range Rover führen.

Cynthia schob ihr Notizbuch wieder in die Tasche. Rick sprach mit anderen Beobachtern, und der Pressefotograf machte ein paar Aufnahmen.

Cynthia nahm von Harry, Susan, Herb, Carol und Market Aussagen auf, einfach von allen, die sie finden konnte. Sie hätte sogar Pewter befragt, wenn es möglich gewesen wäre. Market hielt die Katze auf dem Arm, beide waren dankbar für die beruhigende Wärme des anderen.

Cabell Hall, der seiner Frau die Hand hielt, machte Cynthia den Vorschlag, sie und Rick könnten vielleicht die Videotheken bewegen, ihre gruseligsten Horrorfilme zurückzuhalten, bis sich die Aufregung gelegt habe.

«Mr. Hall, dazu bin ich nicht befugt, aber Sie als prominenter Bürger könnten das veranlassen, oder Ihre Frau. Auf Sie hören die Leute.»

«Dann mach ich's», versprach Taxi Hall.

Cynthia brauchte über eine Stunde, um alle Leute vom Schauplatz zu entfernen. Endlich hatten Cynthia und Rick einen Moment für sich.

«Schlimmer, als ich dachte.» Rick schlug sich nervös auf die Schenkel.

«Tja, ich hatte gedacht, daß wir den Kopf irgendwo im Wald finden würden, wenn überhaupt. Daß irgendwer irgendwie darüber stolpern würde.»

«Wissen Sie, womit wir es hier zu tun haben, Coop?» Rick atmete die kühle Nachtluft ein. «Wir haben es mit einem Mörder zu tun, der einen ziemlich kranken Humor hat.»

22

Feuerschein wirft Schatten an die Wände, die man je nach Stimmung als freundliche Gestalten oder als mißgebildete Ungeheuer empfindet. Susan, Harry und Blair saßen an Harrys Kamin. Die besten Freundinnen hatten entschieden, daß Blair ein bißchen Gesellschaft brauchte, bevor er in sein leeres Haus zurückkehrte.

Das Erntefest hatte alle aus der Fassung gebracht, und als Harry ihre Haustür aufmachte, wartete eine weitere Überraschung auf sie. Aus Wut, weil sie zu Hause bleiben mußte, hatte Tucker Harrys Lieblingspantoffeln zerfetzt. Mrs. Murphy hatte ihr davon abgeraten, aber wenn Tucker wütend war, war sie nicht zur Raison zu bringen. Zur Strafe wurde der Hund in der Küche eingesperrt, während die Erwachsenen sich im Wohnzimmer unterhielten. Zu allem Unglück durfte Mrs. Murphy mit ins Wohnzimmer. Tucker legte den Kopf zwischen die Pfoten und jaulte.

«Komm schon, Harry, laß sie rein», bat Susan.

«Du hast leicht reden – es waren ja nicht deine Pantoffeln.»

«Du hättest Tucker lieber mitnehmen sollen. Sie findet mehr Hinweise als alle anderen.» Susan warf einen Blick auf die wachsame Mrs. Murphy, die auf Harrys Sessel hockte. «Mrs. Murphy natürlich auch.»

Harry besann sich auf ihre Pflichten als Gastgeberin. «Hat jemand Hunger?»

«Nein.» Blair schüttelte den Kopf.

«Ich auch nicht», erklärte Susan. «Sie Ärmster.» Sie deutete auf Blair. «Sie ziehen hierher, um Frieden und Ruhe zu finden, und alles dreht sich um einen Mord.»

Die Muskeln in Blairs hübschem Gesicht strafften sich.

«Der menschlichen Natur kann man nicht entfliehen. Erinnern Sie sich an die Männer von der Bounty, die auf der Insel Pitcairn ausgesetzt wurden?»

«Ich erinnere mich an den wunderbaren Film mit Charles Laughton als Captain Bligh», sagte Susan.

«Im wirklichen Leben haben sich die Engländer, die damals im Paradies strandeten, bald ihre eigene Variante der Hölle geschaffen. Das Übel war in ihnen. Die Eingeborenen – es waren hauptsächlich Frauen, weil die Weißen die Männer getötet hatten – schlitzten den Engländern mitten in der Nacht, als sie schliefen, die Kehlen auf. Das glauben jedenfalls die Historiker. Kein Mensch weiß, wie die Meuterer wirklich starben, man weiß nur, daß Jahre später, als ein europäisches Schiff vorbeikam, die ‹zivilisierten› Männer verschwunden waren.»

«Wollen Sie damit andeuten, daß Crozet eine kleinere Ausgabe von Manhattan ist?» Harry beugte sich vor und stocherte mit dem Kaminbesteck aus Messing, das sie von ihren Eltern geerbt hatte, im Feuer.

«Big Marilyn als Brooke Astor.» Dann fügte Susan hinzu: «Brooke Astor ist wirklich eine große Dame. Mim tut nur so.»

«Alles in allem geht es in Crozet friedlicher zu als in Manhattan, aber unsere Fehler zeigen sich, wo immer wir auch sein mögen – in kleinerem Maßstab. Leidenschaften sind Leidenschaften, egal, in welchem Jahrhundert und an welchem Ort.» Blair starrte ins Feuer.

«Stimmt.» Harry kuschelte sich wieder in ihren Sessel. «Hat Little Marylin nicht gesagt, sie hätte das Gesicht wiedererkannt?» Bei der Erinnerung an den Kopf wurde Harry schlecht.

«Ein Landstreicher, den sie an den Gleisen entlanggehen sah, als sie im Postamt war.» Blair fügte hinzu: «Ich kann mich auch dunkel an ihn erinnern. Er hatte alte Jeans an und eine Baseballjacke. Ich hab nicht weiter auf ihn geachtet. Haben Sie ihn gesehen?»

Harry nickte. «Die METS-Jacke ist mir aufgefallen. Das ist aber auch schon alles. Na ja, auch wenn die Leichenteile zu dem Kerl gehören, wissen wir immer noch nicht, wer er ist.»

«Ein Student an der Uni von Virginia?»

«Gott, Susan, das will ich nicht hoffen.» Harry gestattete Mrs. Murphy, sich auf ihrem Schoß niederzulassen.

«Zu alt.» Blair faltete die Hände.

«Ist ein bißchen schwer zu schätzen.» Auch Susan hatte den grausigen Anblick vor Augen.

«Meine Damen, ich denke, ich geh nach Hause. Ich bin fix und fertig, und es ist mir peinlich, daß ich in Ohnmacht gefallen bin. Die Sache hat mich ziemlich mitgenommen.»

Harry begleitete ihn zur Tür und sagte ihm gute Nacht. Als sie zu Susan zurückkam, hatte Mrs. Murphy den Sessel mit Beschlag belegt. Sie hob die protestierende Katze hoch und setzte sich wieder hin.

«Blair war heute abend reserviert», bemerkte Susan. «Muß ein schöner Schock für ihn gewesen sein. Er hat kein einziges Möbelstück im Haus, er kennt keinen von uns, und dann werden auf seinem Grund und Boden Leichenteile gefunden. Und jetzt das. Aus der Traum vom idyllischen Landleben.»

«Das einzig Gute heute abend war der Anblick, wie Boom Boom ohnmächtig wurde.»

«Du bist gemein», sagte Susan lachend.

«Du mußt zugeben, es war komisch.»

«Ein bißchen. Fair hatte das Vergnügen, sie wiederzubeleben, in ihrer voluminösen Handtasche nach Beruhigungspillen zu wühlen und sie dann nach Hause zu bringen. Wenn sie zu zickig wird, könnte er ihr eine Ace-Spritze verpassen.»

Der Gedanke, daß Boom Boom mit einem Pferde-Tranquilizer ruhiggestellt würde, amüsierte Susan. «Ich würde sagen, Boom Boom ist nicht leicht zu halten», sagte sie. Dieser Pferdeausdruck war durchaus angemessen, denn Boom Boom war alles andere als leicht zu halten.

«Wir müssen jetzt wohl über irgendwas lachen. Die ganze Sache ist so makaber, was bleibt uns sonst übrig?» Harry kraulte Mrs. Murphy hinter den Ohren.

«Ich weiß nicht.»

«Hast du Angst?»

«Und du?»

«Ich hab dich zuerst gefragt.»

«Nicht um mich», antwortete Susan.

«Ich auch nicht, weil ich nicht glaube, daß der Mord was mit mir zu tun hat, aber wenn ich nun hineingezogen werde? Der Mörder hätte die Teile ja auch auf meinem Friedhof vergraben können.»

«Ich glaube, uns passiert nichts, wenn wir ihm nicht im Weg sind», sagte Susan.

«Aber was heißt ‹im Weg›? Und warum das alles?»

Mrs. Murphy schlug ein Auge auf und sagte: *«Liebe oder Geld.»*

23

Der Sonntag dämmerte eisig, aber klar herauf. Die Temperatur würde vielleicht auf zehn Grad klettern, aber kaum darüber. Harry liebte die Sonntage. Sie konnte von Sonnenaufgang bis Sonnenuntergang ohne Unterbrechung arbeiten.

Für heute hatte sie sich vorgenommen, die Pferdeboxen auszumisten, Kalk aufzubringen und dann die Seiten mit Holzspänen aufzuschütten. Körperliche Arbeit hielt ihren Geist wach. In der Scheune schob sie eine Entspannungskassette in die Stereoanlage und machte sich daran, die Schubkarre zu beladen. Der Düngerstreuer hatte seinen Standplatz unterhalb einer kleinen Erdaufschüttung. So konnte Harry die Schubkarre auf die Aufschüttung schieben und den Inhalt in den Streuwagen kippen. Sie und ihr Vater hatten die Rampe Ende der sechziger Jahre gebaut. Harry war damals zwölf gewesen. Sie hatte so hart und so eifrig gearbeitet, daß ihr Vater ihr zur Belohnung eine maßgeschneiderte Cowboyüberhose kaufte. Die Rampe hatte all die Jahre überstanden, und die Erinnerung an die Hose hatte ebensolange gehalten.

Harrys Eltern waren beide der Meinung gewesen, daß müßige Hände Teufelswerk verrichteten. Getreu ihrer Erziehung konnte Harry nicht stillsitzen. Am glücklichsten war sie, wenn sie arbeitete, und mit Arbeit kurierte sie fast alle Krankheiten. Nach der Scheidung hatte sie oft nicht schlafen können und manchmal sechzehn bis achtzehn Stunden am Tag gearbeitet. Der Farm war dieser Eifer anzusehen. Harry auch. Ihr Gewicht sank auf fünfzig Kilo, zuwenig für eine Frau von fast eins siebzig. Am Ende hatten Susan und Mrs. Hogendobber sie mit einem Trick zum Arzt gelotst. Hayden McIntire, der vorgewarnt war, hatte die Tür zu seinem Sprechzimmer fest zugemacht, als sie Harry hineinbugsierten. Eine B_{12}-Injektion und eine gehörige Standpauke überzeugten sie, daß es besser für sie sei, mehr zu essen. Hayden verschrieb ihr außerdem ein leichtes Beruhigungsmittel, damit sie schlafen konnte. Sie nahm es eine Woche lang, dann warf sie es weg. Harry haßte Medikamente jeder Art, aber ihr Körper nahm Schlaf und Nahrung wieder auf, Haydens Kur hatte also ihren Zweck erfüllt, so oder so.

Der Kreislauf der Jahreszeiten, der sich wiederholende Rhythmus von Pflanzen, Jäten, Ernten und winterlichen Reparaturen machte es Harry jedes Jahr bewußt, daß das Leben einmal zu Ende gehen würde. Vielleicht nicht das Leben an sich, wohl aber ihr eigenes. Es gab einen Anfang, eine Mitte und einen Schluß. Sie war noch nicht ganz in der Mitte, aber es gab schmerzliche Hinweise, daß sie nicht mehr fünfzehn war. Verletzungen brauchten länger, bis sie heilten. Erfreulicherweise verfügte sie über mehr Energie als in ihrer Teenagerzeit; was sich aber am meisten verändert hatte, war ihr Verstand. Sie war gerade lange genug auf der Welt, um Ereignisse und Menschen einer zweiten und dritten Betrachtung zu unterziehen. Sie ließ sich nicht leicht beeindrucken oder zum Narren halten. Auch aus diesem Grund fand sie die meisten Filme sterbenslangweilig. Sie hatte Varianten der Handlung meist schon zuvor gesehen. Die Filme fesselten eine neue Generation von Fünfzehnjährigen, aber Harry konnte nichts damit anfangen. Was sie fesselte, waren gut geleistete Arbeit, Lachen mit Freunden, ein stiller Ritt auf einem Pferd. Sie hatte sich nach der Scheidung aus dem Wirbel des gesellschaftlichen Lebens zurückgezogen – kein großer Verzicht, aber sie mußte erschüttert feststellen, wie wenig eine alleinstehende Frau galt. Ein alleinstehender Mann war ein Gewinn, eine alleinstehende Frau eine Last. Weil die verheirateten Frauen sie fürchteten, vermutete Susan.

Wenn es Fair auch an Geld fehlte, an Prestige in seinem Beruf fehlte es ihm nicht, und so hatte er Harry zu Banketten, langweiligen Abendessen bei Pferdezüchtern und noch langweiligeren Abendessen in Saratoga geschleppt. Es war immer dieselbe Parade von gekonnt gelifteten Gesichtern, gutem Bourbon-Whisky und abgedroschenen Geschichten. Sie war froh, daß sie das hinter sich hatte. Boom Boom konnte das alles haben. Und Fair konnte Boom Boom auch haben.

Harry wußte nicht, warum sie neulich so wütend auf Fair gewesen war. Sie liebte ihn nicht mehr, aber sie hatte ihn gern. Wie sollte man einen Mann nicht gern haben, den man seit dem ersten Schuljahr kannte und den man auf den ersten Blick gemocht hatte? Deswegen ging es ihr gegen den Strich, daß er von Boom Boom so verblendet war. Wenn er eine vernünftige Frau fände, eine wie Susan, wäre sie erleichtert. Boom Boom würde so viel von seiner Energie und seinem Geld schlucken, daß am Ende seine Arbeit darunter leiden würde. Er hatte sich seine Praxis in jahrelanger Mühe aufgebaut. Boom Boom könnte sie im Ablauf eines einzigen Jahres ruinieren, wenn er nicht aufwachte.

Der süßliche Geruch von Kieferspänen betörte ihre Sinne. Harry griff zum Hörer des Wandtelefons. Sie wollte Fair anrufen und ihm sagen, was sie wirklich dachte. Dann hängte sie ein. Was brächte das schon? Er würde nicht auf sie hören. Menschen in seiner Situation hören nie auf andere. Sie müssen von allein aufwachen.

Sie verteilte frische Streu in den Boxen.

Mrs. Murphy inspizierte den Heuboden. Simon, der fest schlief, hörte es nicht, wie sie auf Zehenspitzen um ihn herumschlichen. Er hatte ein altes T-Shirt von Harry nach oben geschleppt und dann einen Heuballen ein Stück ausgehöhlt. Simon lag zusammengerollt auf dem T-Shirt in der Kuhle. Mrs. Murphy ging auf die Südseite des Heubodens. Die Schlange lag im Winterschlaf. Bis zum Frühling würde nichts sie aufwecken. Die Eule ganz oben schlief auch. Zufrieden, weil alles war, wie es sein sollte, kletterte Mrs. Murphy die Leiter wieder hinunter.

«Tucker!» rief sie.

«Was gibt's?» Tucker trieb sich in der Sattelkammer herum.

«Hast du Lust auf einen Spaziergang?»

«Wohin?»

«Zu den Foxden-Weiden hinter der Yellow Mountain Road.»

«Warum dahin?»

«Paddy hat mich neulich auf die Idee gebracht, und heute ist die erste Gelegenheit, daß ich sie mir mal bei Tageslicht ansehe.»

«Okay.» Tucker stand auf, schüttelte sich und zockelte dann mit ihrer Freundin hinaus an die frische Luft.

Mrs. Murphy erzählte Tucker von Paddys Gedanken, jemand könnte auf dem alten Forstweg hinter der Yellow Mountain Road geparkt und die Leichenteile in einem Plastiksack oder ähnlichem auf den Friedhof geschleppt haben.

Bei den Weiden angelangt, hielt Tucker die Nase am Boden. Es war zuviel Regen gefallen und zuviel Zeit vergangen. Sie witterte Feldmäuse, Rehe, Füchse, jede Menge wilde Truthühner; sogar den schwachen Geruch eines Rotluchses nahm sie wahr.

Während Tucker die Nase am Boden hielt, ließ Mrs. Murphy ihre scharfen Augen schweifen, aber da war nichts, absolut nichts, kein metallisches Blinken, kein Fetzen Fleisch.

«Was gefunden?»

«Nein, zu spät.» Tucker hob den Kopf. *«Wie konnte die Leiche sonst auf den Friedhof gelangen? Wenn der Mörder nicht über diese Weiden gegangen ist, dann hätte er – oder sie – direkt vor Gottes und Blairs Augen durch Blairs Zufahrt gehen müssen. Paddy hat recht. Er ist hier durchgekommen. Wenn es nicht Blair selbst war.»*

Mrs. Murphy warf den Kopf herum und sah ihrer Freundin ins Gesicht. *«Du glaubst doch nicht, daß er es war, oder?»*

«Ich will's nicht hoffen. Aber wer weiß?»

Die Katze sträubte ihr Fell, ließ es wieder zusammenfallen, dann machte sie sich auf den Heimweg. *«Weißt du, was ich glaube?»*

«Nein.»

«Ich glaube, morgen bei der Arbeit wird es unerträglich. Die fette Nudel quatscht bestimmt pausenlos von dem Kopf in dem Kürbis. Ihr Name und ihr Bild waren in der Zeitung. Gott sei uns gnädig.» Mrs. Murphy lachte.

24

«... und die Maden hatten ein Festessen, das sag ich euch.» Pewter hockte auf der Haube von Harrys Transporter, der hinter dem Postamt parkte.

Mrs. Murphy, die sich neben sie gesetzt hatte, hörte sich die endlose Eigenloblitanei an. Tucker saß auf der Erde.

«Ich hab gehört, du bist in die Speisekürbisse getürmt», rief Tucker hinauf.

«Ist doch klar, du Schwachkopf, ich wollte das Beweisstück nicht beschädigen», prahlte Pewter. *«Junge, Junge, ihr hättet hören sollen, wie die Leute gekreischt haben, als sie merkten, daß er echt war. Ein paar haben sogar gekotzt. Ich hab von meinem Aussichtspunkt alle beobachtet, jeden einzelnen. Mrs. Hogendobber war entsetzt, aber sie hat einen Magen aus Eisen. Armer Danny, den hat's vielleicht gegraust! Susan und Ned sind gleich zu ihm gerannt, aber er wollte lieber zu seinen Freunden. So sind sie nun mal in diesem Alter. Oh, Big Marilyn, die hat's überhaupt nicht gegraust. Sie war fuchsteufelswild. Ich dachte, nach der Leiche im Bootshaus würde sie jetzt durchdrehen, aber nein, sie war bloß wütend, scheißwütend, sag ich euch. Fitz stand da mit offenem Mund. Little Marilyn hat gebrüllt, sie hätte das Gesicht schon mal gesehen – was davon noch vorhanden war. Harry hat keine Miene verzogen. Sie stand da wie ein Stein und hat bloß geguckt. Ihr wißt ja, wie sie ist, wenn*

was Schreckliches passiert. Ganz ruhig und starr. Oh, Boom Boom ist umgekippt, Titten voraus in den Sand, und Blair hat's auch umgehauen. Das war vielleicht ein Abend! Ich hab gleich gemerkt, daß mit dem Kürbis was nicht stimmte. Ich hab daneben gesessen. Menschen brauchen immer so lange, bis sie sehen, was unsereinem sofort ins Auge springt.» Pewter stieß einen überlegenen Seufzer aus.

Mrs. Murphy schlug mit dem Schwanz. *«Dich hat's aber auch ein klitzekleines bißchen gegraust.»*

Pewter drehte den Kopf herum. Sie blähte die Brust, nicht gewillt, sich von ihrer besten Freundin, die zugleich ein Quell der Qual sein konnte, piesacken zu lassen. *«Ganz bestimmt nicht.»*

In der Nähe fiel eine Tür zu. Die Tiere drehten sich um und sahen Mrs. Hogendobber durch die Gasse schreiten. Als sie sich den Tieren näherte, öffnete sie den Mund, um ihnen etwas zu sagen, machte ihn jedoch wieder zu. Sie würde sich ganz schön dämlich vorkommen, wenn sie ein Gespräch mit Tieren beginnen würde. Was sie allerdings nicht davon abhielt, Selbstgespräche zu führen. Sie lächelte den Tieren zu und ging ins Postamt.

«Warum ist Harry mit dem Wagen gekommen?» fragte Pewter.

«Sie war gestern total am Ende», antwortete Tucker.

Mrs. Murphy leckte sich die rechte Vorderpfote und putzte sich dann damit die Ohren. *«Pewter, hast du eine Theorie?»*

«Ja, wir haben es hier eindeutig mit einem Fall von Wahnsinn zu tun.»

Mrs. Murphy befeuchtete die andere Pfote. *«Das glaube ich nicht.»*

«Und wieso nicht, du Klugscheißer?» fauchte Pewter.

Mrs. Murphy ignorierte die Beleidigungen. *«Wenn ein Mensch Zeit hat, einen Mord zu planen, kann er ihn als Unfall oder natürlichen Tod tarnen. Wenn einer in der Hitze der Leiden-*

schaft tötet, gibt es eine Schußwunde oder eine Stichwunde, stimmt's?»

«Stimmt», antwortete Tucker, während Pewters Augen sich zu Schlitzen verengten.

«Murphy, das wissen wir alles.»

«Dann wissen wir auch, daß es im Affekt geschah und daß keine Leidenschaft im Spiel war. Jemand in Crozet ist von dem Toten überrascht worden.»

«Eine gräßliche Überraschung.» Tucker folgte dem Gedankengang ihrer Freundin. *«Aber wer? Und was hatte das Opfer bloß so Schreckliches an sich, daß es dafür sterben mußte?»*

«Wenn wir das wissen, wissen wir alles», sagte die Katze leise.

25

Die Ergebnisse des Untersuchungsrichters lagen sauber getippt auf Rick Shaws Schreibtisch. Der Tote war weiß, männlich, Anfang Dreißig. Seine Identität war unbekannt. Bekannt war jedoch, daß dieser Mann, der in der Blüte seines Lebens hätte stehen sollen, an Unterernährung und einem Leberschaden gelitten hatte. In akribischer Pflichterfüllung hatte Larry Johnson in seiner steilen Handschrift angefügt, daß Alkoholmißbrauch zwar zu dem Leberschaden beigetragen, die Krankheit des Organs aber auch andere Ursachen gehabt haben könne. Auch die jahrelange Einnahme gewisser Medikamente könne den Leberschaden verursacht haben.

Cooper stürmte ins Büro. Sie warf dem Sheriff neuen Papierkram auf den Schreibtisch. «Weitere Berichte von Samstagabend.»

Rick stöhnte und schob die Papiere beiseite. «Sie haben nichts zu dem Bericht des Untersuchungsrichters gesagt.»

«Todesursache war ein Schlag auf den Kopf. Sogar ein Kind kann so jemanden töten, der Schlag muß nur richtig treffen. Wir tappen noch immer im dunkeln.»

«Könnte Rache das Motiv sein?»

Sie hatte es satt, Ideen hin und her zu wälzen. Sackgassen frustrierten sie. Das Faxgerät piepste. Beinahe geistesabwesend ging sie hin. «Boss, kommen Sie mal.»

Rick trat zu ihr und sah langsam die Seiten aus dem Gerät gleiten. Es war der Polizeibericht über Blair Bainbridge.

Er hatte unter dem Verdacht gestanden, seine Geliebte ermordet zu haben, eine Schauspielerin. Man hatte ihn allerdings nicht lange verdächtigt. Der Mörder, ein besessener Fan, war von der Polizei aufgegriffen worden und hatte ein Geständnis abgelegt. Das Unheimliche daran war, daß die Leiche der Frau zerstückelt worden war.

«Scheiße», lautete Cynthias Reaktion.

«Los, gehen wir», lautete die von Rick.

26

Dicke Arbeitshandschuhe schützten Blairs Hände, während er Grabsteine aufrichtete, die Grasnarbe wieder an Ort und Stelle rückte und feststampfte. Die kahlen Bäume säumten den kleinen Friedhof wie trauernde Wächter. Blair brach seine Arbeit ab, als er den Polizeiwagen in die Zufahrt einbiegen sah. Schwungvoll zog er das Eisentor auf und lief Rock Shaw und Cynthia Cooper hügelab entgegen.

Ein kalter Wind wehte vom Yellow Mountain herüber. Blair bat Rick und Cynthia herein. Apfelsinenkisten mußten als Stühle herhalten.

«Wissen Sie, um diese Jahreszeit finden erstklassige Versteigerungen statt», erklärte ihm Cooper. «Gucken Sie mal im Branchenverzeichnis nach. Ich habe mein Haus auch mit Hilfe solcher Versteigerungen möbliert.»

«Ich werde mich umsehen.»

Rick bemerkte, daß Blair sich einen schmalen Schnurrbart wachsen ließ. «Steht demnächst ein Job als Model an?»

«Wie haben Sie das erraten?» Blair lächelte.

Rick fuhr sich mit dem Finger unterhalb der Nase entlang. «Lassen Sie mich zur Sache kommen. Ich bin nicht zum Spaß hier, wie Sie sicher schon vermutet haben. In Ihren Polizeiakten steht, daß eine Schauspielerin, mit der Sie zusammen waren, brutal ermordet und zerstückelt wurde. Was haben Sie dazu zu sagen?»

Blair wurde blaß. «Es war furchtbar. Ich dachte, ich würde eine kleine Erleichterung spüren, als die Polizei den Mörder fand. Habe ich wohl auch, denn da wußte ich, daß er niemanden mehr umbringen würde, aber das half nicht gegen die... Leere.»

«Gibt es jemanden in Crozet oder in Charlottesville, der von dieser Sache wissen könnte?»

«Nicht daß ich wüßte. Sicher, einige Leute kennen mein Gesicht aus Zeitschriften, aber hier kennt mich keiner. Es sieht wohl nicht gut für mich aus, wie?»

«Sagen wir, Sie sind ein unbekannter Faktor.» Rick verlagerte sein Gewicht. Die Apfelsinenkiste war nicht bequem.

«Ich habe niemanden umgebracht. Ich glaube, ich könnte aus Notwehr töten oder um jemanden zu beschützen, den ich liebe, aber ansonsten glaube ich nicht, daß ich es könnte.»

«Was der eine als Notwehr definiert, könnte ein anderer als

Mord definieren.» Cynthia betrachtete Blairs schönes Gesicht.

«Ich bin bereit, in jeder Form mit Ihnen zusammenzuarbeiten. Und ich habe mich geweigert, mit der Presse zu sprechen. Die machen alles nur noch schlimmer.»

«Möchten Sie mir nicht erzählen, was in New York passiert ist?» Ricks Stimme war fest, emotionslos.

Blair fuhr sich mit den Händen durchs Haar. «Wissen Sie, Sheriff, ich möchte das gerne vergessen. Deswegen bin ich hierhergekommen. Können Sie sich vorstellen, wie mir zumute war, als der Kopf aus dem Kürbis gezogen wurde?»

Der Ton des Sheriffs wurde sanfter. «Das war für keinen von uns ein schöner Anblick.»

Blair atmete tief ein. «Ich kannte Robin Mangione von Aufnahmen für Baker und Reeves, das große New Yorker Kaufhaus. Das dürfte vor drei Jahren gewesen sein. Eins führte zum anderen, und wir ließen unsere anderen Bekanntschaften sausen und fingen eine Beziehung an. Wir mußten beide oft außerhalb der Stadt arbeiten, aber in New York waren wir immer zusammen.»

«Sie haben nicht zusammengewohnt?» fragte Rick.

«Nein. In New York ist es ein bißchen anders als hier. In einer Stadt wie Crozet heiraten die Leute. In New York kann man ein Leben lang so gut wie verheiratet sein und trotzdem getrennte Wohnungen haben. Vielleicht braucht man wegen der Millionen von Menschen stärker als hier das Gefühl, für sich sein zu können, einen Platz für sich allein zu haben. Außerdem hatte ich nie das Ziel, mit jemandem zusammenzuwohnen.»

«Und Robins Ziele?» Cooper war höchst skeptisch, was dieses Getrenntwohnen anging.

«Ehrlich gesagt, sie war unabhängiger als ich. Jedenfalls, die Männer beteten Robin an. Sie konnte den ganzen Verkehr aufhalten. Ruhm, und zwar jede Art von Ruhm, bringt Gutes und Schlechtes mit sich. Das Strandgut des Ruhms, wie ich das nenne. Und Robin wurde manchmal von Verehrern belästigt. Gewöhnlich ließ sich das Problem mit einem scharfen Wort von ihr oder von mir aus der Welt schaffen. Außer für den Kerl, der sie umgebracht hat.»

«Was wissen Sie über ihn?»

«Kaum mehr als Sie, nur, daß ich ihn dann in der Gerichtsverhandlung gesehen habe. Er ist klein, mit einer Halbglatze, einer von diesen Typen, die einem auf der Straße nie auffallen würden. Er schickte Briefe. Er rief an. Sie besorgte sich eine andere Nummer. Er wartete vor dem Theater auf sie. Ich habe sie dann immer abgeholt, weil er so lästig wurde. Er begann zu drohen. Wir haben die Polizei informiert. Das Resultat ist bekannt.» Rick sah einen Moment zu Boden, während Blair fortfuhr: «Und eines Tages, als ich zu Aufnahmen auswärts war, hat er das Schloß aufgebrochen und ist in ihre Wohnung eingedrungen. Sie war allein. Den Rest kennen Sie.»

Den kannten sie allerdings. Stanley Richard, der wahnsinnige Verehrer, war in Panik geraten, nachdem er Robin getötet hatte. In New York City eine Leiche zu beseitigen würde sogar den Erfindungsreichtum eines weitaus intelligenteren Mannes als Stanley auf eine harte Probe stellen. Er steckte sie in die Badewanne, schlitzte ihr Kehle, Hand- und Fußgelenke auf und versuchte, soviel Blut wie möglich aus der Leiche auslaufen zu lassen. Dann zerstückelte er sie mit Hilfe eines Fleischermessers. Er warf Teile der Leiche in den Müllschlucker, aber durch die Knochen war er schnell verstopft. Verzweifelt verbrachte der Mann dann den Rest der Nacht damit, die Leiche in kleinen Stücken nach draußen zu schleppen und im Osten, Westen, Norden und Süden abzuladen. Den Kopf bewahrte er für Sheep Meadow mitten im Central

Park auf, wo er ihn erschöpft ins Gras legte. Er wurde im Morgengrauen von einem Jogger beobachtet, der die Sache dem ersten Polizisten meldete, der ihm über den Weg lief.

Weder Rick noch Cynthia hielten es für nötig, diese Einzelheiten wieder aufzuwärmen.

«Finden Sie es nicht seltsam, daß –»

«*Seltsam?*» fiel Blair Rick ins Wort. «Es ist krankhaft!»

«Haben Sie irgendwelche Feinde?» fragte Cynthia.

Blair verstummte für eine Weile. «Manchmal meine Agentin.»

«Wie heißt sie?» Rick hatte Bleistift und Block gezückt.

«Gwendolyn Blackwell. Sie ist nicht meine Feindin, aber sie wird sauer, wenn ich nicht jeden Job annehme, der sich bietet. Die Frau würde mich vorzeitig ins Grab bringen, wenn ich sie ließe.»

«Ist das alles? Keine wütenden Ehemänner? Keine sitzengelassenen Damen? Kein eifersüchtiger Nebenbuhler?»

«Sheriff, das Leben eines Fotomodells ist nicht so glamourös, wie Sie vielleicht meinen.»

«Ich dachte, ihr Jungs wärt alle schwul», entfuhr es Rick.

«Halb und halb, würde ich sagen.» Blair hatte das so oft gehört, daß er sich nicht darüber aufregte.

«Fällt Ihnen irgend jemand ein – egal, wenn es noch so abwegig scheint –, *irgend*wer, der genug weiß, um zu wiederholen, was mit Robin passiert ist?»

Blair sah Cynthia tief in die Augen. Sie bekam Herzklopfen. «Kein Mensch. Ich glaube wirklich, es ist ein grausiger Zufall.»

Als Rick und Cynthia gingen, waren sie so ratlos wie zuvor, als sie gekommen waren. Sie würden Blair im Auge behalten, aber sie behielten ja jeden im Auge.

27

Die westliche Hälfte von Albemarle County würde bald das Schild einer Planierraupe zu fühlen bekommen. Der mächtige Staat Virginia und sein Verkehrsministerium, eine autokratische Behörde, hatten den Bau einer Umgehungsstraße durch einen Großteil des besten Ackerlandes im Bezirk beschlossen. Betriebe würden vernichtet, Weiden planiert, Besitzwerte gelöscht und Träume erstickt werden. Die Westumgehung, wie sie allgemein genannt wurde, galt schon als veraltet, bevor sie begonnen wurde. Dies kümmerte das Verkehrsministerium sowenig wie die Tatsache, daß die Straße die Wasserscheide gefährdete. Die Behörden wollten die Westumgehung und würden sie bekommen, egal, wer verdrängt und wie stark die Landschaft verschandelt wurde.

Der Aufruhr, den diese Willkür hervorrief, stellte die Fortsetzungsgeschichte von dem Kopf im Kürbis in den Schatten. Da niemand die Leiche identifizieren konnte, verpuffte das Interesse. Es sprang höchstens eine gute Geschichte für künftige Halloweenfeiern dabei heraus.

Die Ruhepause wurde von Bürgermeister Jim Sanburne und den Würdenträgern der Stadt Crozet begrüßt. Big Marilyn weigerte sich, das Thema zu erörtern, und es verlief in ihren Kreisen im Sande, also unter jenen sechs oder sieben Damen, die so große Snobs waren wie sie selbst.

Little Marilyn hatte sich soweit erholt, daß sie ihren Bruder Stafford anrief und ihn übers Wochenende zu sich nach Hause einlud. Hierüber regte sich Mim mehr auf als über die versammelten Leichenteile. Es bedeutete, daß sie mit seiner Frau Brenda gesellschaftlich verkehren mußte.

Dieses Unbehagen, von Mim in überreichlichem Maße auf

ihre Tochter übertragen, hätte beinahe bewirkt, daß die junge Frau klein beigab und ihren Bruder mit seiner Frau wieder auslud. Aber die Eröffnung der Jagdsaison stand bevor, ein wunderschöner Anblick, und Stafford liebte es, solche Ereignisse zu fotografieren. Little Marilyn ließ sich nicht beirren. Stafford würde nächstes Wochenende zu Hause sein.

Fitz-Gilbert, der den Wirbel der stürmenden Weiber satt hatte, beschloß, an diesem Abend spät nach Hause zu kommen. Zuerst kehrte er bei Charly ein, wo er mit Ben Seifert zusammenstieß, der gerade hinausging. Fitz kippte ein Bier und zog weiter. In Sloans Kneipe traf er Fair Haristeen und setzte sich auf den Barhocker neben dem Tierarzt.

«Ein freier Abend?»

Fair bestellte Fitz ein Bier. «Könnte man sagen. Und du?»

«Diese Woche war die Hölle. Jemand hat mein Büro durchwühlt. Scheint nichts mit dem... Mord... zu tun zu haben, aber es hat Nerven gekostet, ich hatte ohnehin schon genug um die Ohren, und seine Assistentin war da, sie haben sich Notizen gemacht und so weiter. Etwas Geld hat gefehlt und ein CD-Player, aber das hat sie offensichtlich nicht besonders interessiert. Dann hat Cabell Hall mich angerufen, ich soll meine Wertpapiere im Auge behalten, da der Markt zur Zeit auf einer Einbahnstraße ist – bergab. Und meine Schwiegermutter – ach du meine Güte, wechseln wir das Thema. Oh, vorhin bei Charly habe ich Ben Seifert getroffen. Der Mann ist in Ordnung, aber er brennt geradezu darauf, eines Tages Cabells Nachfolger zu werden. Bei der Vorstellung, daß Ben Seifert Direktor der National Allied Bank werden soll, wird mir ganz anders. Und dann ist da natürlich noch mein Schwiegervater. Er will die Nationalgarde herholen. Soweit meine Probleme. Und wie sieht's bei dir aus?» fragte Fitz.

«Ich weiß nicht.» Fair war verstört. «Boom Boom ist mit

diesem Kerl weggegangen, diesem Fotomodell. Sie sagt, er hat sie auf den Krebshilfeball eingeladen, aber ich bin nicht sicher. Er schien nicht besonders an ihr interessiert zu sein, als ich ihn kennenlernte. Ich dachte eher, daß er Harry mochte.»

«Auf die Frauen.» Fitz-Gilbert lächelte. «Ich weiß nichts über sie, aber ich hab eine.» Er stieß mit Fair an.

Fair lachte. «Mein Daddy hat immer gesagt, ‹du kannst nicht mit ihnen leben, aber ohne sie auch nicht›. Damals wußte ich nicht, was er meinte. Heute weiß ich es.»

«Marilyn allein ist prima. Nur wenn ihre Mutter dabei ist...» Fitz-Gilbert wischte sich Schaum vom Mund. «Meine Schwiegermutter kann vielleicht eine Keifzange sein. Ich hab schon ein schlechtes Gewissen, bloß weil ich hier bin... als hätte ich mich von der Leine losgerissen. Aber ich bin froh, daß sie mich nicht auf den Krebsball geschleppt haben. Marilyn sagt, sie erträgt nur eine gewisse Anzahl davon im Jahr, außerdem will sie alles für Stafford und Brenda vorbereiten. Gott sei Dank. Ich kann eine Pause gebrauchen.»

Fair wechselte das Thema. «Glaubst du, dieser Neue mag Harry? Ich dachte, Typen wie der fliegen auf langbeinige Blondinen oder auf Kerle.»

«Über seine Vorlieben kann ich nichts sagen, aber Harry sieht gut aus. So natürlich. Von der vielen frischen Luft. Ich werde nie verstehen, warum ihr zwei Schluß gemacht habt, Kumpel.»

Fair, der es nicht gewöhnt war, sich über persönliche Dinge auszutauschen, saß still da und bestellte sich noch ein Bier. «Sie ist ein guter Mensch. Wir sind zusammen aufgewachsen. Auf der High School waren wir unzertrennlich. Sie war mehr eine Schwester für mich als eine Ehefrau.»

«Ja, aber Boom Boom kennst du auch schon, seit ihr klein wart», konterte Fitz.

«Das ist nicht dasselbe.»

«Da hast du recht.»

«Und was willst du damit sagen?» Fair spürte ein unangenehmes Kribbeln im Rücken.

«Ah... na ja, ich meine, sie sind vollkommen verschieden. Die eine ist ein Reitpferd und die andere... ein Rennpferd.» Eigentlich wollte er sagen, ‹die eine ist ein Reitpferd und die andere eine dumme Pute›, aber das verkniff er sich. «Boom Boom heizt dir mächtig ein. Ich hab sie Motoren in Gang bringen sehen, die jahrelang keinen Muckser gemacht hatten.»

Fair strahlte übers ganze Gesicht. «Sie ist attraktiv.»

«Dynamit, mein Freund, Dynamit.» Fitz, weniger gehemmt als sonst, kam in Fahrt. «Aber ich würde Harry jederzeit nehmen. Sie ist witzig. Sie ist eine Partnerin. Sie ist eine Freundin. Das andere – he, Fair, das kühlt sich ab.»

«Du drehst ja richtig auf», bekam er trocken zur Antwort.

«Du kannst mir jederzeit sagen, daß ich die Klappe halten soll.»

«Da wir schon beim Thema sind, erzähl mir doch mal, was du an Little Marilyn findest. Sie ist eine Miniaturausgabe ihrer Mutter und auf dem besten Wege, so kalt zu werden wie ein Klotz. Und soweit ich das beurteilen kann, vernachlässigt sie sogar die ehrenamtliche Wohlfahrtsarbeit. Ich möchte wissen, was –»

«An ihr dran ist?» Fitz beschloß, nicht gekränkt zu sein. Immerhin ließ er einiges heraus, da mußte er auch was einstecken. «Die Wahrheit? Die Wahrheit ist, ich habe sie geheiratet, weil es so gut zusammenpaßte. Zwei ansehnliche Familienvermögen. Zwei große Familiennamen. Wenn meine Eltern noch lebten, sie wären stolz. Oberflächliches Zeug, genaugenommen. Und in meiner Jugend hab ich's wild getrieben. Ich mußte zur Ruhe kommen. Seltsam, inzwischen liebe ich Marilyn. Du kennst die echte Marilyn nicht. Wenn sie sich nicht verausgabt in ihrem ewigen Bemühen, überlegen zu sein, ist sie einfach Spitze. Sie ist ein scheuer kleiner Käfer und hat ein gutes Herz. Und das Komische ist, ich glaube, sie hat mich auch gern. Ich glaube nicht, daß sie mich aus Liebe geheiratet hat, sowenig wie ich sie aus Liebe geheiratet habe. Sie ging die Ehe ein, die diese *alte Vettel*» – er zischte das Wort hervor – «von einer Mutter inszeniert hatte. Vielleicht war Mim klüger als wir. Wie auch immer, ich habe meine Frau lieben gelernt. Und ich hoffe, daß ich sie eines Tages von hier weglotsen kann. Wir gehen irgendwohin, wo die Namen Sanburne und Hamilton absolut nichts bedeuten.»

Fair starrte Fitz an, und Fitz starrte zurück. Dann brachen sie in Lachen aus.

«Noch ein Bier für meinen Freund.» Fitz warf Geld auf die Theke.

Fair griff begierig nach dem kalten Glas. «Eigentlich könnten wir uns vollaufen lassen.»

«Ganz meine Meinung.»

Als Fitz nach Hause kam, war das Abendessen kalt und seine Frau alles andere als gut gelaunt. Er beschwichtigte sie mit dem Leckerbissen, daß Boom Boom mit Blair auf den Krebshilfeball gegangen war, dann schenkte er ihr und sich einen edlen Sherry als Schlaftrunk ein, eines ihrer Rituale. Bis sie ins Bett schlüpften, hatte Marilyn ihrem Mann verziehen.

28

Am Ende einer alten Landstraße stritten sich zwei Männer. Eine schwere Wolkendecke verstärkte die gespannte, düstere Stimmung. Weiter oben in der Ferne war die versiegelte Höhle des ersten Tunnels zu sehen, den Claudius Crozet durch die Blue Ridge Mountains getrieben hatte.

Einer der beiden Männer schüttelte die geballten Fäuste vor dem Gesicht des anderen. «Du verdammter Blutsauger! Keinen Cent kriegst du mehr von mir. Woher sollte ich ahnen, daß er auftauchen würde? Er war jahrelang eingesperrt!»

Ben Seifert, der Bedrohte, lachte nur. «Er ist in meinem Büro aufgetaucht, nicht in deinem, du Arschloch, und ich will was haben für meine Mühen – einen Bonus!»

Ehe er sich's versah, wurde ihm ein buntes Kletterseil um den Hals gezurrt, und er erstickte an dem Wort «Bonus». Es dauerte keine zwei Minuten, da war er erdrosselt.

Immer noch wütend, trampelte der Mörder wie wild auf dem Toten herum und brach ihm dabei ein paar Rippen. Dann schüttelte er den Kopf, besann sich und bückte sich, um die schlaffe Leiche aufzuheben, ein unangenehmes Unterfangen, denn der Sterbende hatte seine Eingeweide entleert.

Fluchend hievte er sich die Leiche über die Schulter – er war ein kräftiger Mann – und trug sie den Hang hinauf. Der Tunnel war zwar nach dem Zweiten Weltkrieg versiegelt worden, aber ein früherer Bewohner von Crozet hatte einmal ein paar Steine gelockert, um einen Zugang zu schaffen. Die Eisenbahngesellschaft hatte es versäumt, den Tunnel neu zu versiegeln.

Der Mann war jetzt bei klarem Verstand. Er entfernte die Steine vorsichtig, um sich nicht die Hände aufzuscheuern, dann schleppte er die Leiche in den Tunnel. Er konnte das Tappen kleiner Pfoten hören, als er seine unerwünschte Last auf die Erde warf. Er ging hinaus und rückte die Steine wieder an Ort und Stelle. Dann stapfte er den Hügel hinunter, sammelte sich und klopfte seine Kleider ab. Es spazierte selten jemand zu den Tunnels hinauf. Mit etwas Glück würde es Monate dauern, bevor man den Mistkerl fand, falls überhaupt.

Das Problem war Seiferts Auto. Er untersuchte Sitze, Kofferraum und Handschuhfach, um sich zu vergewissern, daß keine Notiz herumlag, kein Hinweis auf ihre Verabredung. Dann ließ er den Motor an und fuhr in einen Vorstadtbezirk. Den Wagen ließ er an einer Tankstelle stehen. Er wischte das Lenkrad ab, den Türgriff, alles, was er angefaßt hatte. Das Auto glänzte, als er fertig war. Schlauerweise hatte er seinen eigenen Wagen fünf Kilometer entfernt abgestellt, an der Stelle, wo das Opfer ihn abgeholt hatte. Das war heute nacht um eins gewesen. Jetzt war es halb fünf Uhr morgens, und bald würde die Dunkelheit dem Licht weichen.

Er joggte die fünf Kilometer zu seinem Wagen, der bei den Craycroft-Zementwerken hinter einem Zementlaster parkte. Sofern nicht jemand um die Betonmischmaschine herumgegangen war, hatte niemand den Wagen gesehen.

Er hatte damit gerechnet, daß sein unerwünschter Partner eventuell umgebracht werden mußte, daher die Vorbereitungen. Nicht, daß er den dämlichen Saukerl ermorden wollte, aber der war unersättlich geworden. Er hatte ihn aufhörlich geschröpft. Da war ihm kaum eine andere Wahl geblieben.

Erpressungen pflegten selten damit zu enden, daß beide Parteien übers ganze Gesicht lächelten.

29

Briefe paßten in die Schließfächer, aber Zeitschriften mußten geknickt werden. Keiner in Crozet bekam so viele Zeitschriften geschickt wie Ned Tucker. Noch erstaunlicher war, daß er sie auch las. Susan sagte, es sei, als lebe man mit einem Lexikon zusammen.

Die Morgentemperatur lag bei vier Grad Celsius, deswegen marschierten Harry, Mrs. Murphy und Tucker in flottem Tempo zur Arbeit. Den blauen Transporter nahm Harry nur, wenn das Wetter saumäßig war oder sie Besorgungen machen mußte. Da sie ihre Lebensmitteleinkäufe gestern getätigt hatte, ließ sie die blaue Kiste vor der Scheune stehen.

Harry genoß die Stille auf dem Weg zur Arbeit und die frühe Stunde, die sie im Postamt allein war, nachdem Rob Collier die Post abgeladen hatte. Der beständige Rhythmus ihrer Tätigkeiten beruhigte sie, es war wie eine Arbeitsliturgie. In der Wiederholung lag Trost.

Die Hintertür wurde geöffnet und geschlossen. Mrs. Murphy, Tucker und sogar Harry erkannten am Schritt, daß es Mrs. Hogendobber war.

«Harry.»

«Mrs. H.»

«Ich habe Sie auf dem Krebsball vermißt.»

«Mich hat keiner eingeladen.»

«Sie hätten solo hingehen können. Ich mache das manchmal.»

«Das konnte ich mir nicht leisten, bei dem Eintrittspreis von 150 Dollar.»

«Das hatte ich ganz vergessen. Larry Johnson hat den Eintritt für mich bezahlt. Er ist ein ganz guter Tänzer.»

«Wer war alles da?»

«Susan und Ned. Sie hatte ihr pfirsichfarbenes Organdykleid an. Es steht ihr sehr gut. Herbie und Carol. Sie hatte das gletscherblaue Kleid mit der Straußenfederrüsche an. Sie hätten Mim sehen sollen. Ihre Robe sah aus, als hätte Bob Mackie sie für *Denver Clan* entworfen.»

«Im Ernst?»

«So wahr ich hier stehe. Das Kleid muß soviel gekostet haben wie ein Toyota. In ganz Los Angeles ist bestimmt keine einzige Glasperle mehr zu haben. Wenn man Mim damit in ihren See werfen würde, sie würde sämtliche Fische anlocken.»

Harry kicherte. «Vielleicht käme sie mit Fischen besser zurecht als mit Menschen.»

«Weiter. Ich muß nachdenken. Ned und Susan hatte ich schon. Fair war nicht da. Little Marilyn und Fitz auch nicht – sie machen wohl mal Pause vom Smoking-und-Abendkleid-Zirkus. Die meisten Leute vom Keswick- und vom Farmington-Jagdclub haben sich sehen lassen und auch die Clique vom Country Club. Das war's.» Mr. Hogendobber griff sich eine Handvoll Post und half beim Sortieren.

Mrs. Murphy saß in einem Postbehälter. Sie hatte so lange darauf gewartet, angeschubst zu werden, daß sie darüber eingeschlafen war. Mrs. Hogendobbers Ankunft hatte sie geweckt.

«Was hatten Sie an?»

«Sie kennen doch das smaragdgrüne Satinkleid, das ich Weihnachten immer anziehe?»

«Ach, ja.»

«Ich habe es in Schwarz mit goldenem Besatz nachnähen lassen. In Schwarz sehe ich nicht so fett aus.»

«Sie sind doch nicht fett», versicherte ihr Harry. Das stimmte. Fett war sie nicht, aber sie war, nun ja, ausladend.

«Von wegen. Wenn ich noch mehr esse, sehe ich bald aus wie eine Kuh.»

«Wieso haben Sie mir nicht gesagt, daß Blair Boom Boom auf den Ball begleitet hat?»

«Wenn Sie's schon wissen, warum soll ich es Ihnen erzählen?» Mrs. Hogendobber stellte sich zu gern hinter die Postfächer und warf die Briefe ein. «Ja, es stimmt. Eigentlich glaube ich, daß sie ihn gefragt hat, denn die Eintrittskarten waren auf ihren Namen ausgestellt. So ein Flittchen.»

«Hat er sich amüsiert?»

«Er sah sehr gut aus in seinem Smoking, und sein neuer Schnurrbart gefällt mir. Erinnert mich an Ronald Colman. Boom Boom hat ihn zu allen Leuten hingeschleppt, um ihn vorzustellen. Sie hatte ihr Partygesicht aufgesetzt. Ich denke schon, daß er sich amüsiert hat.»

«Keine grauenhafte Krankheit?»

«Nein. Sie hat so viel getanzt, daß sie vermutlich gar nicht dazu kam, ihm von den Leiden ihrer Jugend zu erzählen, und davon, wie schrecklich ihre Eltern waren.» Miranda verzog keine Miene, während sie dies sagte, aber ihre Augen blitzten.

«Meine Güte, da kann er sich auf was gefaßt machen: ‹Leben und Wirken der Boom Boom Craycroft›.»

«Machen Sie sich wegen der mal keine Sorgen.»

«Tu ich doch gar nicht.»

«Harry, ich kenne Sie seit Ihrer Geburt. Lügen Sie mich nicht an. Ich erinnere mich noch an den Tag, als Sie darauf bestanden, Harry genannt zu werden statt Mary. Komisch, daß Sie dann später Fair Haristeen geheiratet haben.»

«Sie erinnern sich an alles.»

«Stimmt. Sie waren vier Jahre alt, und Sie liebten Ihre kleine Katze – warten Sie mal, ja, Skippy hieß sie. Sie wollten behaart sein wie Skippy, deswegen wollten Sie Hairy genannt werden, und daraus ist dann Harry geworden. Sie dachten, wenn man Sie so riefe, würde Ihnen ein Fell wachsen und Sie würden sich in ein Kätzchen verwandeln. Der Name ist Ihnen geblieben.»

«Skippy war eine herrliche Katze.»

Das schreckte Mrs. Murphy aus ihrem Halbschlaf auf. *«Nicht so herrlich wie Murphy!»*

«Ha!» Tucker lachte.

«Sei still, Tucker. Du hattest auch einen Vorgänger. Einen Schäferhund. Sein Foto steht zu Hause auf dem Schreibtisch, daß du's nur weißt.»

«Na wenn schon.»

«Spielstunde!» Harry hörte das Miauen und dachte, Mrs. Murphy wollte im Postbehälter angeschubst werden. Obwohl die Katze nichts davon gesagt hatte, wälzte sie sich munter in dem mit Sackleinwand ausgekleideten Karren.

Mrs. Hogendobber schloß den Haupteingang auf. Kaum hatte sie den Schlüssel herumgedreht, als Blair erschien. Er trug eine dicke rotkarierte Jacke über einem Flanellhemd. Er putzte sich die Stiefel am Fußkratzer ab.

«Guten Morgen, Mrs. Hogendobber. Den Tanz mit Ihnen gestern abend habe ich wirklich genossen. Sie schweben ja förmlich übers Parkett.»

Mrs. Hogendobber wurde rot. «Wie lieb, daß Sie das sagen.»

Blair schritt geradewegs zum Schalter. «Harry.»

«Keine Päckchen heute.»

«Ich will keine Päckchen. Ich will Ihre Aufmerksamkeit.»

Die von Mrs. Hogendobber bekam er noch dazu.

«Okay.» Harry beugte sich über den Schalter. «Ich bin ganz Ohr.»

«Ich habe gehört, daß an den Wochenenden Versteigerungen von Möbeln und Antiquitäten stattfinden. Können Sie mir sagen, welche gut sind, und wollen Sie mit mir kommen? Ich hab's allmählich satt, auf dem Fußboden zu sitzen.»

«Natürlich.» Harry war sehr hilfsbereit.

Mrs. Murphy murrte und hüpfte aus dem Postbehälter, der daraufhin klappernd über den Boden rollte. Sie sprang auf den Schalter.

«Und dann würde ich mich freuen, wenn Sie mich zu einem Abendessen begleiten würden, das Little Marilyn morgen für Stafford und Brenda gibt. Ich weiß, es ist sehr kurzfristig, aber sie hat mich auch erst heute morgen angerufen.»

«Was zieht man dazu an?» Harry traute ihren Ohren nicht.

«Ich ziehe ein gelbes Hemd an, einen blaugrünen Schlips und ein braunes Fischgrät-Sakko. Hilft Ihnen das weiter?»

«Ja.» Mrs. Hogendobber antwortete ihm, weil sie wußte, daß Harry in solchen Dingen hilflos war.

«Ich habe Sie noch nie in Schale gesehen, Harry.» Blair lächelte. «Ich hole Sie morgen abend um sieben ab.» Er machte eine Pause. «Ich habe Sie gestern abend auf dem Krebsball vermißt.»

Harry wollte gerade sagen, daß sie nicht eingeladen war, aber Mrs. Hogendobber sprang in die Bresche. «Harry hatte eine andere Verabredung. Sie hat ja immer so viel vor.»

«Ach. Ich hätte gerne mit Ihnen getanzt.» Er schob seine Hände in die Taschen. «Diese Craycroft ist eine richtige Quasselstrippe. Sie hat pausenlos von sich geredet. Ich weiß, es ist unhöflich von mir, sie zu kritisieren, wo sie sich doch solche Mühe gegeben hat, mich mit den Leuten bekannt zu machen, aber du lieber Himmel» – er stieß einen langen Seufzer aus –, «die ist vielleicht gesprächig!»

Harry und Mrs. Hogendobber bemühten sich beide, ihre Freude über diese Bemerkung zu verbergen.

«Boom Boom weiß, daß du reich bist», meldete sich Mrs.

Murphy zu Wort. *«Außerdem bist du alleinstehend, siehst gut aus, und darüber hinaus ist sie sich nicht zu schade, Fair mit dir auf die Palme zu bringen.»*

«Sie hat heute morgen eine Menge zu erzählen, was?» Blair tätschelte Mrs. Murphys Kopf.

«Worauf du dich verlassen kannst, Freundchen. Halt dich an mich, ich klär dich über alle auf.»

Blair lachte. «Hör mal, Murphy – ich meine Mrs. Murphy, wie unhöflich von mir –, du hast mir versprochen, mir bei der Suche nach einer Freundin zu helfen, die so ist wie du.»

«Ich glaube, ich muß kotzen», murmelte Tucker auf dem Fußboden.

Blair nahm seine Post, ging zur Tür und blieb stehen. «Harry?»

«Ja?»

Er hob fragend die Hände. Mrs. Hogendobber gab Harry hinter dem Schalter einen Tritt. Blair konnte es nicht sehen.

«O ja, ich komme gern mit.»

«Morgen um sieben.» Er ging pfeifend hinaus.

«Das hat weh getan. Morgen hab ich ein geschwollenes Fußgelenk.»

«Sie haben einfach keinen Verstand, wenn es um Männer geht!» erregte sich Miranda.

«Was wohl in ihn gefahren ist?» Harrys Blick folgte ihm zu seinem Kombi.

«Man soll nicht nach den Gründen fragen. Man soll nur ja und amen sagen.»

Just in diesem Moment kam Susan zum Hintereingang hereingeschlendert. «‹Sechshundert Mann ritten ins Tal des Todes›», beendete sie das Zitat.

«Blair Bainbridge hat sie gerade gebeten, ihn morgen abend zu einem Essen bei den Hamiltons zu begleiten, und er will mit ihr zu ein paar Versteigerungen gehen.»

«Juhuu!» Susan klatschte in die Hände. «Gut gemacht, Mädchen.»

«Ich hab gar nichts gemacht.»

«Susan, helfen Sie mir. Sie hätte ihm fast gesagt, daß sie keine Verabredung für den Krebsball hatte. Sie wird ihre Jeans für das Essen aufbügeln und glauben, sie ist gut angezogen. Wir müssen etwas unternehmen.»

Miranda und Susan sahen sich an, dann sahen sie beide Harry an. Ehe sie sich's versah, hatten sie je einen Arm von ihr gepackt, und sie wurde zum Hintereingang hinausbugsiert und in Susans Wagen verfrachtet.

«He, he, ich kann die Arbeit nicht im Stich lassen.»

«Ich halte die Stellung, meine Liebe.» Miranda schlug die Tür zu, und Susan ließ den Motor an.

30

Die Allied National Bank unternahm nichts wegen Benjamin Seiferts Verspätung. Niemand rief Cabell Hall an, um ihn von Bens Abwesenheit in Kenntnis zu setzen. Wenn Ben von einem solchen Anruf erfahren hätte, hätte der Missetäter seinen Job die längste Zeit gehabt. Benjamin, der oft unterwegs war und im Büro nicht viel auf Organisation hielt, hatte vielleicht einen Vormittagstermin verabredet, ohne der Sekretärin Bescheid zu sagen. Ben, ein großes Licht bei Allied National, durfte sich darauf freuen, die riesige neue Zweigstelle zu übernehmen, die an der Route 29N in Charlottesville gebaut wurde, und deshalb wollte es sich niemand mit ihm verderben. Den schlaueren Angestellten war klar, daß seine

Ambitionen über die neue Zweigstelle an der 29N hinausreichten.

Daß er sich nach der Mittagspause nicht meldete, fand das kleine Team sonderbar. Um drei Uhr war Marion Molnar so beunruhigt, daß sie bei ihm zu Hause anrief. Niemand ging ans Telefon. Benjamin, der geschieden war, war oft bis in die frühen Morgenstunden unterwegs. Aber so lange hielt kein Kater an.

Gegen siebzehn Uhr machten sich alle ernsthafte Sorgen. Sie riefen Rick Shaw an. Er versprach, sich umzuhören. Fast um dieselbe Zeit wie Marion rief Yancey Mills, der Besitzer der kleinen Tankstelle, bei Shaw an. Er habe Benjamins Wagen erkannt. Er habe angenommen, mit dem Auto sei etwas nicht in Ordnung und daß Benjamin im Laufe des Tages anrufen würde. Aber jetzt sei es kurz vor Geschäftsschluß, er habe noch nichts gehört, und bei Ben zu Hause gehe keiner ans Telefon.

Rick schickte Cynthia Cooper zu der Tankstelle. Sie sah sich den Wagen an. Schien in Ordnung zu sein. Weder sie noch Rick sahen Grund zur Panik, aber sie tätigten doch die Routineanrufe. Cynthia rief Bens Eltern an. Inzwischen hatte sie ein etwas mulmiges Gefühl. Wenn sie bis morgen früh keine Spur von ihm fänden, wollten sie sich auf die Suche machen. Was, wenn Ben einen Kredit nicht bewilligt oder die Bank eine Zwangsvollstreckung durchgeführt hatte und jemand ihn dafür hatte bezahlen lassen wollen? Es schien weit hergeholt, aber schließlich war ja nichts mehr normal.

31

Es war ihr Gesicht, das ihr aus dem Spiegel entgegensah, aber Harry mußte sich erst daran gewöhnen. Der neue Haarschnitt betonte die hohen Wangenknochen, die vollen Lippen und das kräftige Kinn, die so stark an die Hepworths, die Familie ihrer Mutter, erinnerten. Auch die klaren braunen Minor-Augen blickten sie an. Wie jedermann in Crozet vereinte Harry die Züge der Eltern in sich, ein genetisches Zeugnis für das Roulette der menschlichen Fortpflanzung. Das Glück blieb Harry gewogen. Für andere, darunter manche Freunde, galt das nicht. In einer Familie in Crozet wurde eine nach der anderen von Multipler Sklerose heimgesucht; andere konnten den Zangen des Krebses nicht entkommen, wieder andere hatten einen ausgeprägten Hang zu Alkohol oder Drogen geerbt. Je älter Harry wurde, desto mehr fühlte sie sich vom Glück begünstigt.

Während sie ihr Spiegelbild betrachtete, dachte sie an ihre Mutter, die vor ebendiesem Spiegel gesessen hatte, die Farbtiegel aufgestellt, die Lippenstifte in Reih und Glied wie untersetzte Soldaten, die Puderquasten lauernd wie pfirsichfarbene Tellerminen. Sosehr Grace Hepworth Minor ihrem einzigen Kind zuredete, schmeichelte, sosehr sie es bestach – Harry hatte sich der Verlockung femininer Künstlichkeit standhaft verweigert. Sie war damals zu jung, um ihre eiserne Ablehnung der kommerzialisierten Weiblichkeit in Worte zu fassen. Sie wußte lediglich, daß sie das nicht wollte, und niemand konnte sie von dieser Haltung abbringen. Im Laufe der Jahre bewährte sich diese instinktive Ablehnung. Harry fand, daß sie sauber und ordentlich, gesund und anziehend aussah. Ein Mann, der den ganzen falschen Kram brauchte, war in ihren Augen kein richtiger Mann. Sie wollte um ihrer selbst willen geliebt werden und nicht dafür, daß sie einen Haufen Geld ausgab, um der landläufigen Definition von Weiblichkeit zu entsprechen. Allerdings hatte Harry es auch nie für nötig befunden, zu beweisen, daß sie feminin war. Sie fühlte sich feminin, und das genügte ihr. Ihm sollte es auch genügen. Und Fair hatte es ja auch eine Weile genügt.

In dieser Hinsicht waren Boom Boom und Harry die entgegengesetzten Pole der Philosophie der Weiblichkeit. Vielleicht war das der Grund, weshalb sie sich nicht riechen konnten. Boom Boom gab jeden Monat durchschnittlich tausend Dollar für ihre Instandhaltung aus. Sie ließ sich zupfen, färben, massieren. Sie war überschwemmt mit Nährstoffen, die auf ihren besonderen Hormonbedarf abgestimmt waren. Das stand zumindest auf den Flaschen. Sie hielt ständig Diät. Sie fand nichts dabei, zum Einkaufen nach New York zu fliegen. Dann trudelten die gepfefferten Rechnungen ein. Ein Paar Krokoschuhe von Gucci kostete 1200 Dollar. Gepflegt, hochmodisch und bestrebt, jeglichen Makel, ob echt oder eingebildet, zu überdecken, verkörperte Boom Boom den Siegeszug der amerikanischen Kosmetik, Mode und Schönheitschirurgie. Ihre Ichbezogenheit, durch diese Kultur genährt, wuchs sich zu hochgradiger Egozentrik aus. Boom Boom vermarktete sich als Schmuckstück. Mit der Zeit wurde sie eins. Viele Männer machten Jagd auf dieses Schmuckstück.

Als Harry die neue Harry betrachtete, die sie Mirandas und Susans Unerbittlichkeit zu verdanken hatte, entdeckte sie erleichtert eine Menge von der alten Harry. Okay, ein bißchen Rouge betonte die Wangen, Lippenstift verlieh ihrem Mund Wärme, aber nichts war übertrieben. Kein widerwärtiger Lidschatten. Die Wimperntusche betonte lediglich ihre ohnehin langen schwarzen Wimpern. Sie sah aus wie sie selbst, vielleicht sogar mehr als sonst. Sie versuchte, sich damit anzufreunden, versuchte, sich in dem schlichten Wildlederrock und der Seidenbluse zu gefallen, die Susan sie unter Androhung der Todesstrafe zu kaufen gezwungen hatte. Geld ausgeben ist schmerzlicher als jede Strafe, dachte sie; man spürt es länger.

Zu spät. Der Scheck war ausgestellt, der Kauf nach Hause getragen. Es war ohnehin keine Zeit mehr, sich darüber zu grämen, denn Blair klopfte an die Haustür.

Harry ging öffnen.

Blair musterte sie. «Sie sind die einzige Frau, die ich kenne, die in Jeans genausogut aussieht wie im Rock. Na los, gehen wir.»

Mrs. Murphy und Tucker standen auf der Rückenlehne des Sofas und sahen den Menschen nach, wie sie die Zufahrt entlangfuhren.

«Na, was sagst du?» fragte Tucker die Katze.

«Sie sieht scharf aus.» Mrs. Murphy zwinkerte Tucker zu. *«Bist du nicht froh, daß wir keine Kleider tragen müssen? Du würdest in einem Baumwollfähnchen vielleicht irre aussehen!»*

«Und du müßtest vier BHs anziehen.» Tucker stupste Mrs. Murphy in die Rippen, so daß sie fast vom Sofa kippte.

Das entsprach Mrs. Murphys schrägem Sinn für Humor. Sie schoß von der Sofalehne und forderte Tucker auf, sie zu fangen. Mrs. Murphy stürmte geradewegs zur Wand, damit Tucker dachte, sie könne nicht mehr zurück, dann stieß sie sich mit allen vieren an der Wand ab und flog im Absprung direkt über Tuckers Kopf, während der Hund zur Wand schlitterte und mit einem schweren Plumps dort landete. Mrs. Murphy vollführte dieses Manöver in teuflischer Absicht. Wütend drehte Tucker sich so schnell auf ihren Beinen, daß sie wackelte wie im Zeitraffer. Sie wetzten im Kreis herum, bis am Ende, als Tucker unter einen Beistelltisch flitzte und Mrs. Murphy darauf hin und her hüpfte, die Lampe auf dem Tisch schwankte und wackelte, umkippte und auf dem Boden zerschellte. Das Klirren erschreckte die zwei, und sie flohen in die Küche. Nachdem ein paar Minuten Stille war, wagten sie sich wieder hinaus.

«Ach du Scheiße», sagte Tucker.

«Sie braucht sowieso eine neue Lampe. Die hier war so alt, daß sie schon graue Haare hatte.»

«Harry wird mir die Schuld geben.» Tucker fühlte sich bereits gescholten.

«Sobald wir den Wagen hören, verstecken wir uns unterm Bett. Dann kann sie wüten und toben, bis sie sich abgeregt hat. Bis morgen früh ist sie drüber weg.»

«Gute Idee.»

32

Die Baisertörtchen.» Mit einem triumphierenden Nicken wies Little Marilyn Tiffany an, das Dessert aufzutragen.

Little Marilyn pflegte die Nouvelle Cuisine. Big Marilyn folgte ihrem Beispiel. Es war das erste Mal, daß die Mutter die Tochter nachahmte. Jim Sanburne klagte, Nouvelle Cuisine sei eine raffinierte Methode, den Menschen weniger zu essen zu geben. Vogelfutter war seine Bezeichnung dafür. Glücklicherweise waren Big Marilyn und Jim heute nicht zu dem kleinen Abendessen eingeladen. Wohl aber Cabell Hall. Fitz schmeichelte dem bedeutenden Banker unaufhörlich, was er damit rechtfertigte, daß Cabell ihn vor drei Jahren mit Marilyn zusammengebracht hatte. Little Marilyns unleidliche Natur wurde durch die Abwesenheit ihrer Mutter etwas gemildert, und so überschüttete auch sie Cabell und Taxi mit ihrer Aufmerksamkeit.

«Taxi, erzählen Sie Blair, wie Sie zu Ihrem Spitznamen gekommen sind.» Little Marilyn strahlte die ältere Frau an.

«Ach was. Das will er bestimmt nicht hören.» Taxi lächelte.

«Doch, ich würde es gerne hören», ermunterte Blair sie, während Cabby seine Frau, mit der er seit fast drei Jahrzehnten verheiratet war, zärtlich ansah.

«Cabell wird Cabby genannt. Heißt ja auch Taxi. Schön und gut, aber als die Kinder klein waren, habe ich sie zur Schule kutschiert. Ich habe sie von der Schule abgeholt. Ich habe sie zum Arzt gefahren, zum Zahnarzt, zu den Pfadfindern, zur Tanzstunde, Klavierstunde und Tennisstunde. Eines Tages kam ich hundemüde und mies gelaunt nach Hause. Mein Mann, der selbst gerade von einem harten Arbeitstag nach Hause gekommen war, wollte wissen, wie ich denn von meinen hausfraulichen Pflichten so geschlaucht sein konnte. Ich habe ihm laut und deutlich erklärt, was ich den ganzen Tag gemacht hatte, und er sagte, ich solle doch gleich einen öffentlichen Taxidienst aufziehen, wenn ich schon für meine eigenen Kinder einen betriebe. Der Name ist mir geblieben. Er hat mehr Sex als der Name Florence.»

«Mein Herz, du wärst auch sexy, wenn du Amanda heißen würdest», schmeichelte ihr Cabby.

«Was haben Sie gegen den Namen Amanda?» fragte Brenda Sanburne.

«Miss Amanda Westover war die gefürchtete Geschichtslehrerin bei uns im Internat», klärte ihr Mann sie auf. «Sie hat Cabell unterrichtet, mich, womöglich sogar Großvater. Ein richtiges Ekel.» Stafford Sanburne und Cabell Hall waren beide Choate-Absolventen.

«Nicht so ein Ekel wie mein Vorgänger in der Bank.» Cabell blinzelte.

«Artie Schubert.» Little Marilyn versuchte, sich auf ein Gesicht zu besinnen. «War das nicht Artie Schubert?»

«Sie waren noch zu klein, um sich zu erinnern.» Taxi tätschelte Marilyns beringte Hand. «Wie ich hörte, hat er immer, wenn jemand ein Darlehen wollte, ein schrecklich unangenehmes Theater gemacht. Cabby und ich waren damals noch in Manhattan, und dann wurde ihm von einem Vorstandsmitglied der Allied National die Leitung der Bank angeboten. Richmond kam uns vor wie das Ende der Welt –»

Cabby unterbrach sie: «Ganz so schlimm war es nicht.»

«Und nachher hat uns Mittelvirginia so gut gefallen, daß wir hier ein Haus gekauft haben, und Cabby ist jeden Tag zur Arbeit gependelt.»

«Das tu ich immer noch. Montags, mittwochs und freitags. Dienstags und donnerstags bin ich in der Zweigstelle im Einkaufszentrum von Charlottesville. Wissen Sie, daß wir mit unserer Wachstumsrate in den letzten zehn Jahren jede andere Bank in Virginia übertroffen haben – prozentual natürlich. Wir sind immer noch eine kleine Bank, verglichen mit der Central Fidelity, Crestar oder Nations Bank.»

«Liebling, dies ist eine private Einladung, keine Börsenmaklerversammlung.» Taxi lachte. «Man merkt meinem Mann an, wie sehr er seine Arbeit liebt, nicht wahr?»

Während die Gäste Taxi zustimmten und sich überlegten, wie die Menschen zu ihrem Beruf finden, fragte Fitz-Gilbert Blair: «Werden Sie zur Eröffnung der Jagdsaison kommen?»

Blair gab die Frage an Harry weiter: «Werde ich zur Eröffnung der Jagdsaison kommen?»

Stafford beugte sich zu Blair hinüber. «Wenn sie Sie nicht mitnimmt, tu ich's. Harry wird wohl morgen reiten.»

«Wollen Sie mir nicht morgen früh bei den Vorbereitungen helfen?» fragte Harry mit unschuldiger Stimme. «Anschließend können Sie dann dort alle Leute treffen.»

Alle anderen mußten schallend lachen, sogar Brenda Sanburne, die sich genügend auskannte, um zu wissen, daß die Vorbereitungen für eine Fuchsjagd eine nervenaufreibende Angelegenheit sein können.

«Viel Vergnügen, Harry.» Fitz-Gilbert prostete ihr zu.

«Jetzt werde ich aber neugierig. Um wieviel Uhr muß ich bei Ihrer Scheune sein?»

Harry drehte ihre Gabel zwischen den Händen. «Halb acht.»

«Das ist nicht so schlimm», fand Blair.

«Wenn sie heute abend genug trinken, dann schon», prophezeite Stafford.

«Sprich mir nicht von so was.» Fitz-Gilbert faßte sich an die Stirn.

«Ich muß schon sagen, du warst gestern abend ganz schön besäuselt. Heute morgen bin ich neben einem Häufchen Elend aufgewacht.» Little Marilyn machte einen Schmollmund.

«Blair, wußten Sie, daß es in Virginia mehr Fuchsjagd-Clubs gibt als in jedem anderen Staat in Amerika? Neunzehn insgesamt, davon zwei in Albemarle County», klärte Cabell ihn auf. «Keswick im Osten und Farmington im Westen.»

«Nein, das wußte ich nicht. Ich nehme an, es gibt jede Menge Füchse. Worin unterscheiden sich denn die zwei hiesigen Clubs? Warum gibt es nicht einen einzigen großen Club?»

Harry antwortete mit einem hinterhältigen Lächeln: «Ja, wissen Sie, Blair, im Keswick-Jagdclub ist altes, uraltes Virginia-Geld, das in alten, uralten Virginia-Häusern beheimatet ist. Im Farmington-Jagdclub ist altes, uraltes Virginia-Geld, das verteilt wurde.»

Dies rief einen Aufschrei und brüllendes Gelächter hervor. Stafford erstickte fast an seinem Nachtisch.

Als sie sich von der bissigen Bemerkung erholt hatten, unterhielt sich die kleine Gruppe über New York, den Untergang des Theaters, ein Thema, das eine lebhafte Diskussion auslöste, da Blair nicht glaubte, daß es mit dem Theater bergab ging, während Brenda davon überzeugt war. Blair gab ein paar komische Geschichten aus der Model-Szene zum besten, die durch sein Nachahmungstalent überaus lebendig wurden. Alle meinten, daß es mit der Börse trübe aussehe und sie auf bessere Zeiten warten sollten.

Nach dem Dessert setzten sich die Damen in die Fensternische im Wohnzimmer. Brenda mochte Harry gern. Viele Weiße waren liebenswert, aber man konnte ihnen nicht richtig trauen. Obwohl sie Harry nur flüchtig kannte, hatte Brenda das Gefühl, ihr trauen zu können. Die Posthalterin war sozusagen farbenblind. Harry war aufrichtig und verstellte sich nicht, und das wußte Brenda zu schätzen. Wenn eine weiße Person sagte: «Ich persönlich habe keine Vorurteile», dann wußte man, daß es kritisch wurde.

Die Herren zogen sich zu Kognak und kubanischen Zigarren zurück. Fitz-Gilbert war stolz auf seine Schmuggelware und wollte seine Quelle nicht preisgeben. Wer einmal eine Montecristo geraucht hatte, für den gab es kein Zurück.

«Eines Tages wirst du die Katze aus dem Sack lassen.» Stafford hielt sich die Zigarre unter die Nase und ließ sich von dem betörenden Duft des Tabaks erregen.

Cabell lachte. «Eher friert die Hölle zu. Fitz kann Geheimnisse für sich behalten.»

«Der einzige Grund, weswegen ihr Jungs nett zu mir seid, sind meine Zigarren.»

«Und die Tatsache, daß du in Andover der erste Ruderer warst.» Stafford paffte drauflos.

«Sie sehen eher nach einem Ringer aus als nach einem Ruderer.» Auch Blair ergab sich der Trägheit, die die Zigarre erzeugte.

«Als Kind war ich dünn wie eine Bohnenstange.» Fitz klopfte sich auf sein Bäuchlein. «Damit ist es vorbei.»

«Kannten Sie in Andover Binky Colfax? Mein Jahrgang in Yale.»

«Binky Colfax. Er hat die Abschiedsrede gehalten.» Fitz-Gilbert blätterte in seinem Jahrbuch und reichte es Blair.

«Gott, nur gut, daß Binky Akademiker ist.» Blair lachte. «Er ist nämlich jetzt in der Verwaltung. Staatssekretär im Außenministerium. Wenn ich daran denke, was für ein Schwächling der Kerl war, wird mir angst und bange um unsere Regierung. Ich meine, wenn man sich vorstellt, was für Leute wir gekannt haben in Yale, Harvard, Princeton und...»

«Stanford», warf Stafford ein.

«Muß ich?» fragte Blair.

«Ah-ja.» Stafford nickte.

«... Stanford. Die Trottel sind in die Regierung gegangen oder in die Forschung. In zehn Jahren werden sie die Bürokraten im Dienste derer sein, die die Wahlen gewinnen.» Blair schüttelte den Kopf.

«Glauben Sie, daß jede Generation dasselbe durchmacht? Eines Tages nimmt man die Zeitung in die Hand oder guckt sich die Sechsuhrnachrichten an, und siehe da, wieder eins von diesen Würstchen.» Fitz-Gilbert lachte.

«Mein Vater – er war Yale Jahrgang 49 – hat gesagt, das hätte ihm immer eine Heidenangst gemacht. Dann hat er sich dran gewöhnt», sagte Blair.

Cabby meinte: «Alle wursteln sich durch. Wie muß ich mir denn vorkommen? Die Jungs von meinem Jahrgang in Dartmouth gehen nach und nach in Pension. Pension? Und ich weiß noch genau, damals hatten wir nichts anderes im Sinn als...»

Er brach ab, weil seine Gastgeberin den Kopf zur Bibliothek hereinsteckte, die Hand im Türrahmen. «Seid ihr noch nicht fertig? Wir haben in der letzten Dreiviertelstunde sämtliche Probleme der Welt gelöst.»

«Einsam, Schätzchen?» rief Fitz ihr zu.

«Oh, ein klitzekleines bißchen.»

«Wir sind in einer Minute drüben.»

«Wissen Sie, Fitz, ich glaube, wir dürften eine Menge gemeinsame Bekannte haben, nachdem so viele von unseren Schulkameraden nach Yale gegangen sind. Wir müssen demnächst mal unsere Unterlagen vergleichen», sagte Blair.

«Ja, gerne.» Fitz, von Little Marilyn abgelenkt, hatte nicht richtig zugehört.

«Yale und Princeton. Igitt.» Stafford hielt den Daumen nach unten.

«Und Sie waren in Stanford?» fragte ihn Blair.

«Ja. Wirtschaftswissenschaft.»

«Ah.» Blair nickte. Kein Wunder, daß Stafford als Investmentbanker so viel Geld verdiente, und kein Wunder, daß Cabell ihn strahlend anlächelte. Die beiden redeten zweifellos auch am Wochende über Geschäfte.

«War schlau von dir, daß du nicht Anwalt geworden bist.» Fitz drehte seine Zigarre zwischen den Fingern, auf deren schöner, schlichter Bauchbinde MONTECRISTO stand.

«Ein Anwalt ist eine angeheuerte Kanone, selbst wenn's ums Steuerrecht geht. Ich werde nie begreifen, wie ich das Juraexamen bestanden habe, es hat mich so gelangweilt.»

«Es gibt schlimmere Berufe.» Cabell kniff vor dem Qualm die Augen zusammen. «Sie hätten Proktologe werden können.»

Die Männer lachten.

Das Telefon klingelte. Tiffany rief aus der Küche: «Mr. Hamilton.»

«Entschuldigen Sie mich.»

Als Fitz den Hörer abnahm, gingen Stafford, Cabell und Blair zu den Damen ins Wohnzimmer. Wenige Minuten später kam Fitz-Gilbert nach.

«Hat jemand von euch Ben Seifert gesehen oder was von ihm gehört?»

«Nein. Warum?» fragte Little Marilyn.

«Er ist heute nicht zur Arbeit erschienen. Cynthia Cooper war am Apparat. Sie hat den ganzen Abend seine Mitarbeiter und seine Angehörigen angerufen. Jetzt ruft sie Freunde und Bekannte an. Ich habe ihr gesagt, daß Sie hier sind, Cabby. Sie möchte Sie gern sprechen.»

Cabell ging zum Telefon.

«Er verbringt fast mehr Zeit auf Achse als im Büro», erlaubte sich Harry zu bemerken, nachdem Bens Chef außer Hörweite war.

«Ich habe ihm erst letzte Woche gesagt, er soll auf sich aufpassen, aber ihr kennt ja Ben.» Fitz zog sich einen Sessel heran. «Wetten, wenn er wieder auftaucht, wird er eine phantastische Geschichte zum besten geben.»

Harry machte den Mund auf und wieder zu. Sie hatte sagen wollen: «Und wenn hier ein Zusammenhang mit dem Mord an dem Landstreicher besteht?» Vielleicht war ja Ben der Mörder und hatte sich abgesetzt? Aber sie wußte, wie empfindlich Marilyn auf das Thema reagierte, und so sagte sie nichts.

Harry hatte Ben Seifert vollkommen vergessen, als Blair sie vor ihrer Haustür absetzte. Er versprach, am nächsten Morgen um halb acht dazusein. Sie öffnete die Tür und machte Licht. Nur eine Lampe ging an. Harry sah sich die Bescherung auf dem Fußboden an; das Lampenkabel war aus der Wand gerissen.

«Tucker! Mrs. Murphy!»

Die beiden Tiere kicherten unterm Bett, blieben aber, wo sie waren. Harry ging ins Schlafzimmer, kniete sich hin, spähte unters Bett und sah sich von zwei glänzenden Augenpaaren angestarrt.

«Ich weiß, daß ihr zwei das wart.»

«Das mußt du uns erst mal beweisen.» Das war alles, was Mrs. Murphy dazu zu sagen hatte. Sie schlug mit dem Schwanz.

«Ich hatte einen schönen Abend und lasse mir von euch nicht die Laune verderben.»

Nur gut, daß Harry so dachte. Der Lauf der Ereignisse sollte früh genug alles verderben.

33

Silbrig und beige glitzerte die Erde unter der Frostschicht. Die Sonne, die bleich und tief am Himmel stand, verwandelte den Bodennebel in einen champagnerfarbenen Schleier. Mrs. Murphy und Tucker kuschelten sich in der Sattelkammer in eine Pferdedecke und sahen zu, wie Harry Tomahawk striegelte.

Blair kam um Viertel vor acht. Harry hatte Tomahawk schon gebürstet und eingeflochten, ihm die Hufe mit Fett eingeschmiert und ihn abermals gebürstet, und nun konnte sie selbst eine gründliche Säuberung vertragen.

«Wann sind Sie aufgestanden?» Blair bewunderte ihr Werk.

«Halb sechs. Um die Zeit stehe ich immer auf. Ich

wünschte, ich könnte länger schlafen, aber ich kann's nicht, nicht mal, wenn ich nachts um halb eins ins Bett gehe.»

«Was kann ich tun?»

Harry zog ihren Monteuranzug aus, unter dem ihre lederne Reithose zum Vorschein kam. Über das gute weiße Hemd hatte sie einen dicken Pullover gezogen. Ihre abgetragenen Reitstiefel lehnten blankgeputzt an der Sattelkammerwand. Ihre Melone hing gebürstet an einem Sattelhaken. Harry hatte sich ihre Jagdfarben verdient, als sie noch zur High School ging, und ihr alter schwarzer Melton mit dem belgisch-blauen Kragen hing ordentlich auf der anderen Seite des Sattelhakens.

Harry legte eine schwere wollene Decke über Tomahawk und band sie vorne zu. Sie entriegelte die Querbalken und führte ihn in seine Box. «Daß du mir ja nicht auf die Idee kommst, deine Zöpfe zu scheuern, Tommy, und verheddere dich nicht in deiner Decke.» Sie klopfte ihrem Pferd auf den Hals. «Tommy wird brav sein, aber vorsichtshalber ermahne ich ihn immer», sagte sie zu Blair. «Kommen Sie, es ist alles fertig. Gehen wir Kaffee trinken.»

Nach einem leichten Frühstück sah Blair Harry zu, wie sie Tomahawks schwere Decke durch eine leichtere ersetzte, ihm das Lederhalfter überstreifte und ihn auf ihren Pferde-Anhänger verlud, der wie der Transporter vom Alter gezeichnet war, aber noch gute Dienste leistete. Blair schwang sich in die Fahrerkabine, den Fotoapparat in der Manteltasche, fertig zum Jagdtreffen.

Allmählich lernte er Harrys Hang zu Notbehelfen schätzen, denn ihm wurde klar, wie wenig Geld sie tatsächlich hatte. Falscher Stolz in punkto Besitztümern gehörte nicht zu ihren Fehlern, wohl aber der Stolz, allein zurechtzukommen. Sie mochte nicht um Hilfe bitten, und als das blaue Ungetüm dahintuckerte, fiel Blair ein, was für ein bescheidenes Geschenk es gewesen wäre, ihr seinen Ford-Kombi auszuleihen, um den Anhänger zu ziehen. Hätte er höflich gefragt, sie hätte sein Angebot vielleicht angenommen. Harry war komisch. Sie scheute Gefälligkeiten, vielleicht, weil ihr die Mittel fehlten, sich zu revanchieren, aber so wie Blair sie einschätzte, gelang es ihr immer, ihr Konto ausgeglichen zu halten.

Die Eröffnung der Jagdsaison lockte jeden hinaus, der je ein Bein über ein Pferd geschwungen hatte. Blair wollte seinen Augen nicht trauen, als Harry auf die ebene Weide fuhr. Die Landschaft war mit Pferdeanhängern übersät. Es gab kleine Anhänger für ein Pferd, Zwei-Pferde-Anhänger, Vier-Pferde-Anhänger, mehrere Sattelschlepper, die Gefährte zogen, in denen eine ganze Familie Platz gefunden hätte, Imperatore-Laster mit Aufbau und sogar einen Mitsubishi-Laster, dessen stupsnasige Schnauze sowohl Bewunderung als Spott auslöste.

Die Pferde, die abgeladen und an diesen Gefährten angebunden waren, sorgten für Farbtupfer. Jeder Stall hatte seine eigenen Farben, die im Anstrich der Anhänger und am Outfit der Pferde zum Ausdruck kamen: Die Decken wiesen auf ihre Zugehörigkeit hin. Harrys Farben waren Königsblau und Gold, und so war Tomahawks blaue Decke mit Gold eingefaßt, und in seinen Schweif war eine goldene Kordel eingeflochten. Da waren Decken in unzähligen Farbkombinationen: Jägergrün mit Rot, Rot mit Gold, Schwarz mit Rot, Blau mit Grün, Braun mit Blau, Braun mit Jägergrün, Silber mit Grün, Himmelblau mit Weiß, Weiß mit jeder Farbe, und eine Decke war sogar lila mit Rosa. Die lila-rosa Decke gehörte Mrs. Annabelle Milliken, die vor Jahren eine lila-weiße Decke bestellt hatte; die Verkäuferin hatte die Farben falsch notiert, und Mrs. Milliken war zu höflich gewesen, um sie zu korrigieren. Nach einer Weile hatten sich alle an die Farbkombination gewöhnt. Sogar Mrs. Milliken.

Big Marilyns Farben waren Rot und Gold. Ihr Pferd, ein glänzender brauner Wallach, hätte einem Gemälde von Ben Marshall entsprungen sein können, während Little Marilyns Kastanienbrauner aussah, als sei er aus einem Bild von George Stubbs getrabt.

Harry band ihre Krawatte um, zog die kanariengelbe Weste, den Jagdrock und die Rehlederhandschuhe an und setzte sich die Melone auf. Die Anhängerstoßstange als Steighilfe benutzend, schwang sie sich in den Sattel. Blair bot ihr seine Hände als Steighilfe an, aber sie sagte, sie und Tomahawk seien das Do-it-yourself-Verfahren gewöhnt. Der gute Tommy, mit einer D-Trense, stand still, die Ohren gespitzt. Er liebte die Jagd. Blair reichte Harry ihre Jagdpeitsche mit der langen Schnur genau in dem Moment, als Jock Fiery vorüberritt und ihr «Waidmannsheil» wünschte.

Als Harry davontrabte, um sich die Begrüßungsreden von Master Jill Summers und Tim Bishop anzuhören, tat sich Blair mit Mrs. Hogendobber zusammen. Sie betrachteten die Szenerie. Jack Eicher, der Hundeführer, brachte die Hunde auf die andere Seite der Jagdgesellschaft. Pferd, Hunde, Treiber und Feld schimmerten im sanften Licht. Susan schloß sich der Gruppe an. Sie mühte sich noch mit ihrem Haarnetz ab und ließ es schließlich fallen. Gloria Fennel, Hilltoppermaster, zog ein neues Haarnetz aus ihrer Tasche und gab es Susan.

Blair fragte Mrs. Hogendobber: «Reiten hier alle?»

«Ich nicht, wie Sie sehen.» Sie nickte zu Stafford und Brenda hinüber, die beide wie verrückt fotografierten. «Er ist früher geritten.»

«Ich nehme am besten ein paar Reitstunden.»

«Lynne Beegle.» Mrs. Hogendobber deutete auf eine zierliche junge Dame auf einem herrlich gebauten Vollblüter. «Die ganze Familie reitet. Sie ist eine ausgezeichnete Lehrerin.»

Ehe Blair weitere Fragen stellen konnte, führte die Treiberwehr, die aus drei Pikören, dem Hundeführer und den Mastern bestand, die Hunde an die Stelle, wo die Weide abfiel. Das Feld folgte.

«Jetzt werden die Jagdhunde losgelassen.»

Blair vernahm ein aufgeregtes «Huuh, huup, huup, huhh». Er konnte mit den Lauten nichts anfangen, aber die Hunde wußten, was sie zu tun hatten. Sie schwärmten aus, die Nasen am Boden, die Schwänze gen Himmel gestreckt. Bald schlug eine Hündin namens Streisand tiefkehlig an. Ein weiterer Hund stimmte ein, dann noch einer. Blair lief es kalt über den Rücken, als er den Chor hörte. Das Tier in ihm setzte sich gegenüber seinem hochentwickelten Verstand durch. Er wollte auch jagen.

Das wollte auch Mrs. Hogendobber, die ihn durch ein Handzeichen aufforderte, zu Fuß zu folgen. Mrs. H. kannte jeden Zentimeter des westlichen Bezirks. Als begeisterte Anhängerin der Niederjagd konnte sie vorausahnen, wohin es die Hunde treiben würde, und oft fand sie den besten Platz zum Zuschauen. Mrs. H. erklärte Blair, die Niederjagd sei der Fuchsjagd sehr ähnlich, nur daß das Jagdwild Kaninchen seien und das Feld zu Fuß folge. Blair gewann einen ganz neuen Respekt vor Mrs. Hogendobber, für die selbst die größten Unebenheiten im Boden kein Hindernis darstellten.

Sie erreichten einen großen Hügel, von wo sie ein langes, flaches Tal überblicken konnten. Die Hunde, die der Fuchsspur folgten, rasten über die Wiese. Der Jagdführer, derjenige unter den Treibern, dem es oblag, für Ordnung zu sorgen und das Feld zu dirigieren, führte die Jagd über die erste von einer Reihe Hürden – eine zweiseitige, schräge Palisade, die von beiden Seiten übersprungen werden konnte. Sie war beachtliche 1,70 m hoch. Blair deutete auf eine Gestalt, die mühelos über die Palisade setzte. «Ist das Harry?»

«Ja. Susan ist direkt hinter ihr, und Mim liegt nicht weit zurück.»

«Kaum zu glauben, daß Mim die Strapazen der Fuchsjagd auf sich nimmt.»

«Bei ihrem ganzen Getue hat die Frau eine eiserne Kondition. Reiten kann sie.» Mrs. Hogendobber verschränkte die Arme. Big Marilyns brauner Wallach schien über die Palisade zu schweben. Er nahm die Hürde ohne jede Anstrengung.

Harry lächelte, als das Tempo sich steigerte. Sie liebte ein zügiges Rennen, trotzdem freute sie sich über das erste Hindernis. Sie hielten an, der Hundeführer leinte die Hunde wieder an, damit sie die Spur neu aufnehmen konnten. Mit Harry im ersten Pulk waren Reverend Herbert Jones, prächtig anzusehen in seinem scharlachroten Jagdrock, Carol, die in ihrer schwarzen Jacke mit dem belgischblauen Kragen und der Reitkappe wie eine Zauberin aussah, Big Marilyn und Little Marilyn, beide in Reitfrack und Zylinder, die Kragen ihrer Fräcke mit ihren Jagdfarben garniert, und Fitz-Gilbert in seinem schwarzen Rock mit Melone. Fitz hatte sich seine Farben noch nicht verdient, deswegen stand es ihm nicht zu, sich mit dem roten Reitrock zu schmücken. Die Gruppe hinter ihnen holte auf, jemand brüllte «Halt!», und die Nachfolgenden hielten an. Harry sah sich um, und sie verspürte plötzlich eine große Zuneigung für diese Menschen. Wenn sie beide auf dem Boden standen, hätte sie Mim ohrfeigen können, aber zu Pferde blieb der Gesellschaftstyrannin keine Zeit, allen Leuten zu sagen, was sie zu tun hatten.

Nach wenigen Augenblicken hatten die Hunde die Spur wieder aufgenommen; sie gaben Laut und liefen bald darauf auf das zerklüftete Land zu, das einst den ersten Jones gehörte, die sich in dieser Gegend angesiedelt hatten.

An einem wilden Flüßchen entlang verlief eine steile Böschung. Harry hörte die Hunde durchs Wasser platschen. Der Jagdführer machte die beste Stelle zum Durchwaten aus, die zwar tief war, aber guten Halt bot. Andernfalls müßte man Felsen hinunterrutschen, oder man blieb im Morast stecken. Die Pferde bahnten sich einen Weg hinunter zum Fluß. Harry, die als eine der ersten am Fluß anlangte, sah, wie das Pferd eines Treibers plötzlich bis zum Bauch versank. Rasch zog sie die Beine über den Sattel, gerade im richtigen Augenblick. Hinter ihr fluchte Fitz-Gilbert, der nicht so fix gewesen war und nun nasse Füße hatte.

Zum Ärgern war keine Zeit, denn am anderen Ufer angekommen, stürmte das Feld den Hunden nach. Susan, die unmittelbar hinter Harry ritt, rief: «Da vorne, der Zaun. Scharf nach rechts, Harry!»

Harry hatte vergessen, wie tückisch dieser Zaun war. Es war wie bei einer zu kurz geratenen behelfsmäßigen Landebahn für Flugzeuge. Man mußte nach der Landung sofort wenden, andernfalls krachte man in die Bäume. Tomahawk glitt mühelos über den Zaun. In der Luft und beim Aufsetzen gab Harry Druck mit dem linken Schenkel und ließ den rechten Zügel locker, indem sie die rechte Hand in seitlichem Abstand von Tommys Hals hielt. Er wendete fabelhaft, ebenso Susans Pferd, das Harrys dicht auf den Fersen war. Mim nahm den Zaun kühn im Winkel, damit sie nicht so viel korrigieren mußte. Little Marilyn und Fitz setzten über den Zaun. Harry konnte nicht über die Schulter blicken, um zu sehen, wer ihn sonst noch übersprang, weil sie so schnell ritt, daß ihr die Augen tränten.

Sie donnerten am Waldrand entlang, dann fanden sie einen Wildpfad durch das dichte Gestrüpp. Harry haßte es, durch den Wald zu galoppieren. Sie hatte immer Angst, einen Knieschützer zu verlieren, aber das Tempo war zu schön, und es blieb keine Zeit, sich deswegen zu sorgen. Zudem wand Tomahawk sich geschickt zwischen den Bäumen hindurch und schaffte es spielend, seine Flanken und Harrys Beine von den Stämmen fernzuhalten. Das Feld fädelte sich zwischen Eichen, Storax- und Ahornbäumen hindurch und gelangte schließlich auf eine Wiese, die sich wellenförmig bis zu den Bergen erstreckte. Harry ließ die Zügel auf Tomahawks Hals fallen, und der Gute flog förmlich dahin. Seine Lust vereinte sich mit ihrer. Susan kam an ihre Seite, ihr Apfelschimmel rannte mit angelegten Ohren. Das tat er immer. Es hatte nichts zu bedeuten, abgesehen davon, daß es manchmal Leute erschreckte, die Susan oder das Pferd nicht kannten.

Ein Bretterzaun, unterbrochen von einer 1,85-m-Palisade, kam in Sicht. Ehe sie sich's versah, hatte Harry auf der anderen Seite aufgesetzt. Ihre Lungen brannten von der Geschwindigkeit und der kalten Morgenluft. Aus dem linken Augenwinkel konnte sie Big Marilyn sehen. Aufrecht in den Steigbügeln stehend, die Hände oben am Hals ihres Wallachs, trieb Mim ihr Tier vorwärts. Sie war entschlossen, Harry zu überholen. Ein Wettrennen, und was für ein Gelände dafür! Harry blickte zu Mim hinüber, Mim blickte zurück. Erdklumpen flogen in die Luft. Susan, die keinesfalls zurückfallen wollte, blieb dicht bei ihnen. Weiter vorne lockte ein großes Hindernis mit einem steilen Gefälle auf der anderen Seite. Der Jagdführer setzte hinüber. Mims Pferd war dicht vor Tomahawk. Harry fiel vorsichtshalber hinter Mims Vollblüter zurück. Es hatte keinen Sinn, spontan gemeinsam ein Hindernis zu überspringen. Mim setzte mühelos hinüber. Indem Harry ihr Gewicht in die Hacken verlagerte, bereitete sie sich darauf vor, die Erschütterung beim Aufsetzen auf der anderen Seite abzufangen, trotzdem schlug ihr das Herz bis zum Hals. Diese Hindernisse mit einem Gefälle auf der anderen Seite gaben einem das Gefühl, als schwebe man für immer durch die Lüfte, und das Aufsetzen war oft eine erschütternde Überraschung.

Ein steiler Hügel erhob sich vor ihnen, und sie ritten hinauf; unter ihnen knirschten kleine Steinchen. Auf dem Hügelkamm hielten sie an. Die Hunde hatten die Spur wieder verloren.

«Gutes Rennen.» Mim lächelte. «Gutes Rennen, Harry.»

Mrs. Hogendobber und Blair fuhren in dem Falcon zu der Stelle, wohin es die Jagd ihrer Meinung nach treiben würde. Das alte Gefährt vollzog vorsichtig eine Wende. Mrs. Hogendobber sprang hinaus. «Beeilen Sie sich!»

Schwer atmend folgte Blair ihr wieder einen steilen Hügel hinauf. Dieser hier bot einen überwältigenden Blick auf die Blue Ridge Mountains. Blairs Blick folgte Mrs. Hogendobbers Zeigefinger.

«Da oben, das ist Crozets erster Tunnel. Genau hier ist die Grenze vom Farmington-Revier.»

«Was meinen Sie damit?»

«Nun, ein Landesverband teilt das Revier auf. In den Bergen kann keiner jagen, das Gelände ist zu rauh, und das Gebiet auf der anderen Seite gehört zu einem anderen Jagdrevier, Glenmore, glaube ich. Im Norden haben wir Rappahanock, dann Old Dominion, im Osten Keswick und dann Deep Run. Sie müssen sich das wie Staaten vorstellen.»

«Ich weiß nicht, wann ich jemals etwas so Schönes gesehen habe. Haben die Hunde die Spur verloren?»

«Ja. Sie nehmen sie auf, solange der Hundeführer sie angeleint hält. Sie müssen sich das vorstellen, wie wenn für Füchse ein Netz mit einer Schlinge ausgeworfen wird. Es ist eine gute Meute. Flink und tüchtig.»

In weiter, weiter Ferne hörte sie das merkwürdige Heulen eines Hundes.

Unten wandten alle die Köpfe.

Außer Atem flüsterte Fitz Little Marilyn zu: «Schätzchen, können wir bald abhauen?»

«Du schon.»

«Das Gelände ist stark zerklüftet. Ich will dich nicht allein lassen.»

«Ich bin nicht allein, und ich reite besser als du», entgegnete Little Marilyn, ein bißchen aufbrausend, aber noch immer im Flüsterton.

Der Hundeführer folgte dem Heulen des einzelnen Hundes. Die Meute rückte auf das Klagen zu. Der Jagdführer wartete einen Moment, dann bedeutete er dem Feld, Abstand zu halten. Der sanft hügelige Erdboden knirschte. Neue Felsvorsprünge forderten die Trittsicherheit der Pferde heraus.

«Wir sind bald außerhalb des Reviers», sagte Harry zu Susan. Sie sprach leise. Es war irritierend, wenn man sich anstrengte, die Hunde zu hören, und hinter einem jemand quatschte. Sie wollte die anderen nicht stören.

«Ja, er muß die Hunde zurückholen.»

«Wir reiten auf den Tunnel zu», stellte Mim fest.

«Da können wir nicht hin. Sollten wir auch nicht. Wer weiß, was da oben ist? Das hat uns gerade noch gefehlt, daß ein Bär oder so was aus dem Tunnel stürmt und die Pferde scheu macht.» Little Marilyn war von dieser Aussicht alles andere als begeistert.

«Wir können da nicht hin, das steht fest. Außerdem hat Chesapeake and Ohio den Tunnel versiegelt», fügte Fitz-Gilbert hinzu.

«Ja, aber Kelly Craycroft hat ihn wieder aufgemacht.» Susan spielte darauf an, daß Kelly Craycroft den Tunnel wieder geöffnet und listig getarnt hatte. «Ob die Bahn ihn wohl neu versiegelt hat?»

«Das will ich gar nicht wissen.» Fitz' Pferd wurde unruhig.

Das Heulen des Hundes erhielt bald Antwort. Die Meute arbeitete sich zum Tunnel vor. Der Jagdführer hielt das Feld zurück. Der Hundeführer blieb stehen. Er blies in sein Horn, doch nur ein paar von den Hunden kehrten um. Der abgeirrte Hund heulte und heulte. Ein paar andere stimmten in die heisere Klage ein.

«Die lassen mich im Stich. Die Hunde lassen mich im Stich», sagte der Hundeführer, beschämt über ihren Ungehorsam, zu einem Pikör, der mit ihm ritt, um die Hunde wieder heranzuholen.

Der Pikör knallte mit seiner Peitsche nach einem Nachzügler, der schleunigst wieder zu der Meute stieß. «Rehwild? Aber sie haben nie Rehe gejagt. Außer Big Lou.»

«Das da oben ist nicht Big Lou.» Der Hundeführer bewegte sich auf das Klagen zu. «Komm mit, laß uns die Burschen wieder runterkriegen, bevor sie uns die schöne Jagd verderben.»

Die zwei Treiberpferde bahnten sich einen Weg durch das unwegsame Gelände. Jetzt konnten sie den Tunnel sehen. Die Hunde schnüffelten und hechelten am Eingang. Ein großer Geier flog über ihnen, stieß tollkühn auf einer Luftströmung herab und verschwand im Tunnel.

«Verdammt», rief der Pikör.

Der Hundeführer blies in sein Horn. Der Pikör machte reichlich Gebrauch von seiner Peitsche, aber die Tiere lärmten weiter. Sie waren nicht ratlos, sie waren außer sich.

Dem Hundeführer war so etwas in seinen mehr als vierzig Jahren als Jäger noch nie passiert. Er saß ab und reichte dem Pikör seine Zügel. Er bewegte sich auf den Tunneleingang zu. Der Geier kam heraus, ein zweiter gleich hinterher. Der Hundeführer sah, daß ihnen verfaulte Fleischbrocken aus den Schnäbeln hingen. Er bekam auch eine Geruchswolke davon mit. Als er sich dem Tunnel näherte, erwischte er eine weitere, viel strengere Ladung. Die Hunde winselten jetzt. Einer wälzte sich sogar auf den Rücken. Der Hundeführer bemerkte, daß am Tunneleingang mehrere Steine herausgefallen waren. Ein starker Verwesungsgestank, der ihm vom Leben auf dem Land wohlvertraut war, wehte ihm aus der Öffnung entgegen. Er trat gegen die Steine, und ein paar kullerten fort. Die Eisenbahngesellschaft hatte es also doch versäumt, den Eingang wieder zu versiegeln. Blinzelnd versuchte er, in die Dunkelheit zu spähen, doch seine Nase sagte ihm genug. Es dauerte ein paar Sekunden, bis ihm klar wurde, daß das tote Wesen ein Mensch war. Er wich unwillkürlich zurück. Die Hunde winselten kläglich. Er rief sie fort von dem Tunnel. Er schwankte leicht, als er ins Licht hinaus trat.

«Es ist Benjamin Seifert.»

34

Auf der langen Mahagoni-Anrichte schimmerte ein erlesenes georgianisches Teeservice, umringt von zierlichen blauweißen Teetassen, die Ende des siebzehnten Jahrhunderts aus England herübergeschafft worden waren. Ein Hepplewhite-Tisch, beladen mit Schinkenschnittchen, Käseomeletten, Artischockensalat, Schnittkäse, Hackfleischpastete und frischem Brot stand in der Mitte des Speisezimmers. Brownies und ein mächtiger Kuchen rundeten das Angebot ab.

Susan hatte für das Jagdfrühstück ihr Bestes gegeben. Das aufgeregte Gemurmel, gewöhnlich ein Anzeichen für eine erfolgreiche Jagd, bedeutete heute etwas anderes.

Nachdem der Hundeführer Ben Seifert identifiziert hatte, war er mit dem Pikör zu den Mastern, dem Feldmaster und den anderen Piкören hinuntergeritten. Sie beschlossen, die Hunde zu verladen und in die Zwinger zurückzubringen. Erst als alle Menschen in sicherer Entfernung vom Tunnel waren und sich zum Frühstück begeben hatten, eröffneten die Master ihnen die Neuigkeit.

Nachdem die Hunde verfrachtet waren, kehrten der Hundeführer und der Pikör, der ihn zu dem grausigen Fundort begleitet hatte, zum Tunnel zurück, um Rick Shaw und Cynthia Cooper zu helfen.

Trotz der betrüblichen Nachricht trieb der Appetit die Reiter und ihre Zuschauer ans Buffet. Die Speisen schwanden, und Susan füllte Platten und Schüsseln wieder auf. Ned, ihr Mann, kümmerte sich um die Bar.

Big Marilyn, die in einem aprikosenfarbenen Ohrensessel saß, balancierte ihren Teller auf den Knien. Aus ebendiesem Grund konnte sie Buffets nicht ausstehen. Mim wollte an einem Tisch sitzen. Herbie und Carol saßen auf dem Fußboden, zusammen mit Harry, Blair und Boom Boom, die sich betont charmant gab.

Cabell und Taxi trafen später ein und wurden von einer Person, die es gut meinte, von der Neuigkeit unterrichtet. Sie waren so erschüttert, daß sie sofort wieder nach Hause gingen.

Fair stand am Buffet. Er bemerkte die Gruppe auf dem Boden und brachte Nachtisch für alle, auch für seine Exfrau. Fitz-Gilbert und Little Marilyn leisteten Mim Gesellschaft. Mrs. Hogendobber wollte in ihrem Rock nicht auf der Erde sitzen und nahm deshalb den anderen Ohrensessel in Beschlag, der in sanftem Mintgrün gehalten war.

«Miranda.» Big Marilyn spießte ein Stück Omelette auf. «Deine Meinung.»

«Sollen wir die Gesellschaft nach ihren unzufriedenen Mitgliedern beurteilen?»

«Was meinst du damit?» fragte Big Marilyn, ehe Mrs. Hogendobber neuen Atem schöpfen konnte.

«Crozet kommt wieder in die Zeitung. Was bei uns Schreckliches passiert ist, wird überall herumposaunt. Man wird uns anhand dieser Morde beurteilen statt anhand unserer guten Bürger.»

«Danach hatte ich nicht gefragt», fuhr Mim sie an. «Was glaubst du, wer Ben Seifert getötet hat?»

«Noch wissen wir nicht, ob er ermordet wurde», warf Fitz-Gilbert ein.

«Du glaubst doch nicht etwa, daß er in den Tunnel gegangen ist und sich umgebracht hat? Er wäre der letzte, der Selbstmord begehen würde.»

«Was denken Sie, Mim?» Susan wußte, daß ihr Gast darauf brannte, ihre Meinung zu äußern.

«Ich denke, wenn Geld von Hand zu Hand geht, bleibt es manchmal an den Fingern kleben. Wir wissen alle, daß Ben Seifert mit der Arbeitsmoral nicht gerade auf gutem Fuße stand. Aber er lebte ausnehmend gut, oder nicht?» Alle nickten zustimmend. «Der einzige Mensch, der ihn vielleicht hätte ermorden wollen, ist seine Exfrau, aber so dumm ist sie nicht. Nein, er hat an irgend jemandes Treuhandvermögen manipuliert. Das war ihm zuzutrauen.»

«Mutter, das ist ein hartes Urteil.»

«Ich sehe keinen Grund, damit hinterm Berg zu halten.»

«Er, beziehungsweise die Bank, hat das Geld von vielen von uns verwaltet. Er wußte also, wer was hatte.» Fitz vertilgte ein Brownie. «Aber Cabell hätte ihm das Fell über die Ohren gezogen, wenn er auch nur eine Sekunde hätte annehmen müssen, daß Ben unredlich wäre.»

«Vielleicht ist jemand zahlungsunfähig geworden», überlegte Carol Jones laut. «Und vielleicht hat derjenige erwartet, daß Ben ihm entgegenkommt. Und wenn er es nicht getan hat?»

«Oder jemand hat ihn beim Griff in die Kasse erwischt», fügte Reverend Jones hinzu.

«Ich glaube nicht, daß dies irgendwas mit Ben und klebrigen Fingern zu tun hat.» Harry setzte sich in den Schneidersitz. «Bens Tod hängt mit der nicht identifzierten Leiche zusammen.»

«Ach Harry, das ist an den Haaren herbeigezogen.» Fitz griff nach seiner Bloody Mary.

«Es ist so ein Gefühl, ich kann's nicht erklären.» Harrys stille Überzeugung geriet ins Wanken.

«Halten Sie sich an Ihre Gefühle. Ich halte mich lieber an Fakten», stichelte Fitz-Gilbert.

Fair nahm Harry in Schutz: «Früher hab ich genauso gedacht, aber im Zusammenleben mit Harry habe ich gelernt, auf... nun ja, auf Gefühle zu hören.»

«So, und was sagt Ihnen nun Ihre innere Stimme?» Mim betonte «innere» mit anmaßender Schärfe.

«Daß wir gar nicht viel wissen», sagte Harry bestimmt. «Daß einer von uns ermordet wurde und wir uns im Schlaf nicht mehr so sicher fühlen können, weil wir nicht einen einzigen Hinweis, nicht das geringste Anzeichen für ein Motiv haben. Haben wir es mit einem Irren zu tun, der bei Vollmond zuschlägt? Ist es jemand, der eine alte Rechnung zu begleichen hatte? Soll mit dieser Tat etwas anderes vertuscht werden? Etwas, das wir uns nicht im entferntesten vorstellen können? Meine innere Stimme rät mir, wachsame Blicke in alle Richtungen zu werfen.»

Das ließ die Runde einen Moment lang verstummen.

«Sie haben recht.» Herbie stellte seinen Teller auf den Couchtisch. «Und ich schließe nicht aus, daß etwas Satanisches im Spiel sein könnte. Ich habe bisher nichts davon gesagt, weil es so beunruhigend ist. Aber gewisse Kulte verüben Ritualmorde, und die Art, wie sie ihre Opfer töten, ist Teil des Rituals. Wir haben eine zerstückelte Leiche, und wir wissen nicht, wie Ben gestorben ist.»

«Wissen wir, wie der andere Mann gestorben ist?» fragte Little Marilyn.

«Durch einen Schlag auf den Kopf», klärte Ned Tucker sie auf. «Larry Johnson hat die Autopsie vorgenommen, und ich habe ihn anschließend getroffen. Herbie, ich glaube nicht, daß bei satanischen Kulthandlungen Köpfe eingeschlagen werden.»

«Nein, bei den meisten nicht.»

«Damit wären wir wieder da, wo wir angefangen haben.» Fitz stand auf, um sich noch einen Nachtisch zu holen. «Wir sind nicht in Gefahr. Ich wette, wenn die Behörden Bens Bücher überprüfen, werden sie Unregelmäßigkeiten finden. Oder einen zweiten Satz Bücher.»

«Selbst wenn wir es mit einer Veruntreuung von Geldern zu tun haben, wissen wir trotzdem nicht, wer Ben oder den anderen Mann umgebracht hat», stellte Susan fest.

«Diese Morde haben etwas mit Satan zu tun», tönte Mrs. Hogendobbers klare Altstimme. «Der Teufel hat seine langen Krallen in jemanden gesenkt, und, verzeihen Sie den Ausdruck, jetzt ist die Hölle los.»

35

Lange Schatten fielen auf die Gräber von Grace und Cliff Minor. Die Sonne ging unter, ein goldenes Orakel, dessen Flammenzungen von den Blue Ridge Mountains emporleckten. Scharlachrot stiegen die Streifen zum Firmament, dann wechselten sie die Farbe, wurden golden, goldrosa, lavendelblau, purpurn und schließlich preußischblau, der erste Kuß der Nacht.

Harry hatte sich ihren Schal um den Hals gewickelt und betrachtete das letzte Spiel der Sonne an diesem Tag. Mrs. Murphy und Tucker saßen zu ihren Füßen. Die schmerzende Melancholie des Sonnenuntergangs durchstach sie wie mit Nadeln. Sie betrauerte den Verlust der Sonne; sie wollte baden in Fluten von Licht. Immer, wenn es dämmerte, ließ sie ihre Arbeit für einen Augenblick ruhen, um sich zu versichern, daß die Sonne morgen wiederkehren würde wie neugeboren. Und heute abend regte sich dieselbe Hoffnung, doch mit größerer Anstrengung. Die Zukunft ist stets blind. Die Sonne würde sich erheben, aber würde auch sie, Harry, sich erheben?

Kein Mensch glaubt, daß er sterben wird; weder ihre Mutter noch ihr Vater hatten es geglaubt. Es ist wie beim Fangenspiel mit Abschlagen – der Tod «ist», er jagt umher, berührt Menschen, und sie fallen um. Bestimmt würde sie aufstehen, wenn es tagte, ein neuer Tag würde sich entfalten wie eine aufblühende Rose. Aber hatte Ben Seifert das nicht auch geglaubt? Den Verlust eines Elternteils, schmerzlich und zutiefst erschütternd, empfand Harry anders als den Verlust eines Gleichaltrigen. Benjamin Seifert hatte ein Jahr vor Harry an der Crozet High School den Abschluß gemacht.

Diesmal hatte der Tod jemanden geholt, der ihr nahestand – zumindest was das Alter betraf.

Ein schreckliches Gefühl von Verlassenheit überkam Harry. Unter diesen Grabsteinen lagen die zwei Menschen, die ihr das Leben geschenkt hatten. Sie erinnerte sich an ihre Belehrungen, sie erinnerte sich an ihre Stimmen, und sie erinnerte sich an ihr Lachen. Wer würde sich an sie erinnern, wenn Harry nicht mehr da wäre, und wer würde die Erinnerung an ihr eigenes Leben bewahren? Jahrhundert um Jahrhundert torkelte die Menschheit zwei Schritte vorwärts und einen zurück, aber immer gab es gute Menschen, komische Menschen, starke Menschen, und die Erinnerung an sie wurde mit den Jahren ausgelöscht. Königen und Königinnen wurde eine Erwähnung in den Chroniken zuteil, aber was war mit den Pferdetrainern, den Bauern, den Näherinnen? Und mit den Posthalterinnen und Postkutschenfahrern? Wer bewahrte die Erinnerung an ihr Leben?

Einsamkeit übermannte Harry. Wenn sie gekonnt hätte, sie hätte jedes Leben umarmt und hochgehalten. Wie die Dinge lagen, hatte sie mit ihrem eigenen Leben zu kämpfen.

Neuerdings fürchtete Harry die kommenden Jahre. Früher war die Zeit ihre Verbündete gewesen. Jetzt war sie sich da nicht mehr so sicher. Wenn der Tod einen jeden Moment krallen kann, dann sollte man das Leben lieber voll auskosten. Das Schlimmste wäre, ins Grab zu gehen, ohne gelebt zu haben.

Die Fingerspitzen kribbelten ihr von der schneidenden Nachtluft, und ihre Zehen schmerzten. Sie pfiff nach Tukker und Mrs. Murphy und machte sich auf den Weg ins Haus.

Harry hatte kein introvertiertes, nachdenkliches Naturell. Sie liebte ihre Arbeit. Sie liebte es, die Früchte ihrer Arbeit zu sehen. Tiefschürfende Gedanken und philosophische Betrachtungen überließ sie anderen. Aber nach der heutigen Erschütterung war Harry in sich gekehrt, und sie war durchströmt vom Leben in seiner ganzen Traurigkeit und Harmonie.

36

Ein fürchterliches Spektakel draußen weckte Mrs. Murphy und Tucker. Mrs. Murphy lief ans Fenster.

«Das sind Simon und die Waschbären.»

Tucker bellte, um Harry zu wecken, denn bei dieser Kälte hielt Harry die Hintertür fest geschlossen, und sie konnten nicht hinaus auf die vergitterte Veranda. Deren Tür ließ sich leicht öffnen; wenn Harry nur die Hintertür aufmachte, konnten sie nach draußen.

«Laß mich in Ruhe, Tucker», stöhnte Harry.

«Aufwachen, Mom. Komm schon.»

«Verdammter Mist.» Harrys Füße berührten den kalten Boden. Sie dachte, der Hund bellte ein Tier an oder müßte mal austreten. Sie polterte die Treppe hinunter und öffnete die Hintertür, und beide Tiere sausten hinaus. «Geht nur und friert euch die Ärsche ab. Ich laß euch nicht wieder rein.»

Katze und Hund hatten keine Zeit, ihr zu antworten. Sie flitzten zu Simon, der von zwei maskierten Waschbären gegen die Stallwand gedrückt wurde.

«Das gibt's doch wohl nicht!» bellte Tucker.

Mrs. Murphy, das Fell gesträubt bis zum äußersten, die Ohren flach angelegt, fauchte und heulte: *«Ich kratz euch die Augen aus!»*

Die Waschbären hatten keine Lust zu kämpfen und trollten sich.

«*Danke*», keuchte Simon mit bebenden Flanken.

«*Was war denn los?*» fragte Mrs. Murphy.

«*Blair hat Marshmallows rausgestellt. Die mag ich so gern. Diese Ekelpakete leider auch. Sie haben mich gejagt.*» Ein Blutstropfen sickerte aus Simons Nase. Am linken Ohr blutete er auch.

«*Bist ja ganz schön lädiert. Wollen wir auf den Heuboden gehen?*» schlug Mrs. Murphy vor.

«*Ich hab noch Hunger. Hat Harry Reste rausgestellt?*»

«*Nein. Sie hatte einen schlimmen Tag*», antwortete Tucker. «*Die Menschen haben heute wieder eine Leiche gefunden.*»

«*In Fetzen?*» Simon war neugierig.

«*Das nicht, aber die Geier waren dran.*» Mrs. Murphy zitterte, als ein Windstoß kam. Es fühlte sich an wie achtzehn Grad unter Null.

«*Ich hab mich immer gefragt, was Vögel an den Augen finden. Da gehen sie als erstes dran: an die Augen und den Kopf.*» Simon rieb sich das Ohr, das zu brennen begonnen hatte.

«*Laßt uns reingehen. Kommt. Es ist scheußlich hier draußen.*»

Sie zwängten sich unter dem großen Scheunentor hindurch. Simon blieb stehen, um ein paar Körner aufzulesen, die Tomahawk und Gin Fizz hatten fallen lassen. Da die Pferde schlampige Esser waren, konnte Simon sich über die Nachlese hermachen.

«*Das dürfte bis morgen vorhalten.*» Das graue Opossum setzte sich hin und drapierte seinen rosa Schwanz um sich herum. «*Kommt rauf, oben im Heu ist es warm.*»

«*Ich kann die Leiter nicht raufklettern*», winselte Tucker.

«*Ach ja, das hatte ich vergessen.*» Simon rieb sich die Nase.

«*Gehen wir in die Sattelkammer. Da ist die alte schwere Pferdedecke drin, die Gin Fizz zerrissen hat. Sie hat ein Wollfutter, da können wir uns reinkuscheln.*»

«Sie hängt auf dem Sattelgestell», rief Tucker.

«Ja? Dann schubs ich sie runter.» Schon hakte Mrs. Murphy ihre Krallen unter die Unterseite der Tür. Diese, alt und verzogen, gab etwas nach, und die Katze klemmte ihre Pfote dahinter. Tucker hielt unterdessen die Nase am Boden, um zu sehen, ob sie helfen konnte. Nach einer Minute ging die Tür quietschend auf. Die Katze sprang auf das Sattelgestell, grub ihre Krallen in die Pferdedecke und beugte sich damit nach vorn. Sie kam mit der Decke herunter. Die drei kuschelten sich nebeneinander hinein.

Geplagt von ihrem schlechten Gewissen, weil sie ihre Lieblinge draußen gelassen hatte, eilte Harry am nächsten Morgen in die Scheune. Sie wußte, daß sie sie dort finden würde, aber sie war doch sehr überrascht, sie mit einem Opossum zusammengekuschelt in der Sattelkammer anzutreffen. Simon war ebenfalls überrascht, so sehr, daß er sich totstellte.

Tucker leckte Harrys behandschuhte Hände, Mrs. Murphy rieb sich an ihren Beinen.

Harry bemerkte Simons eingerissenes Ohr und die aufgeschrammte Nase. «Der kleine Kerl war wohl in einen Boxkampf verwickelt.»

«Simon, wach auf. Wir wissen, daß du nicht tot bist.» Mrs. Murphy klopfte ihm aufs Hinterteil.

Harry nahm eine Tube Heilsalbe, und während Simon die Augen noch fester zukniff, rieb sie seine Wunden ein. Er hielt es nicht aus. Er machte ein Auge auf.

Mrs. Murphy klopfte wieder auf sein Hinterteil. *«Siehst du, sie ist gar nicht so übel. Sie ist ein guter Mensch.»*

Simon, der Menschen nicht traute, verhielt sich still, aber Tucker redete ihm zu: *«Mach ein dankbares Gesicht, Simon, dann gibt sie dir vielleicht was zu fressen. Laß dich von ihr hochnehmen. Das gefällt ihr.»*

Harry streichelte Simons putziges Köpfchen. «Das wird schon wieder, mein Kleiner. Du kannst hierbleiben, wenn du willst, und ich mach derweil meine Arbeit.» Sie ließ die Tiere allein und kletterte auf den Heuboden.

Simon geriet für einen Moment in Panik. *«Sie wird doch meine Schätze nicht stehlen, oder? Ich gehe lieber mal nachsehen.»* Simon verließ die Sattelkammer und umfaßte die unterste Leitersprosse. Er bewegte sich flink. Mrs. Murphy folgte ihm. Tucker blieb, wo sie war, und sah nach oben. Sie konnte hören, wie das Heu bewegt wurde, als Harry daranging, es durch die Bodenluken in die Pferdeboxen zu werfen.

Harry drehte sich um und sah Simon und Mrs. Murphy nach hinten eilen. Sie warf ihren Heuballen hin und folgte ihnen. «Ihr zwei seid ja richtig dicke Freunde.»

Harry mußte über das T-Shirt lachen. Simons Nest war seit Mrs. Murphys letztem Besuch gewaltig verschönert worden.

«Ruhe da unten», rief die Eule.

«Selber Ruhe, Plattgesicht», fauchte Mrs. Murphy.

Harry kniete sich hin, und Simon huschte in seine Kuhle. Er hatte einen Rest von der Kordel hinaufgebracht, die Harry Tomahawk zur Jagderöffnung in die Mähne geflochten hatte. Außerdem hatte er den Futtersack zerfetzt und ihn streifenweise nach oben gebracht. Simons Nest war jetzt sehr gemütlich, und das T-Shirt war liebevoll über seine selbstgemachte Isolierung gebreitet. Ein Kugelschreiber, zwei Pennymünzen und das zerfranste Ende einer alten Longe waren adrett in einer Ecke arrangiert.

«Hübsche Wohnung», bewunderte Harry das Werk des Opossums.

Ein flimmriges Glitzern fiel Mrs. Murphy in ihr scharfes Auge. *«Was ist das?»*

«Hab ich drüben in Foxden gefunden.»

Harry lächelte über die Schaustücke: «Ich wußte gar nicht, daß Opossums Hamster sind.»

«Ich arbeite nach dem Prinzip, lieber etwas haben und nicht brauchen als etwas brauchen und nicht haben. Und im übrigen bin ich kein Hamster», stellte Simon würdevoll klar.

«Wo in Foxden hast du das hier gefunden?» fragte Mrs. Murphy und griff nach dem glitzernden Gegenstand. Als sie ihn zu sich heranzog, sah sie, daß es ein verbogener Ohrring war.

«Ich mag hübsche Dinge.» Ängstlich beobachtete Simon Harry, die ihrer Katze den Ohrring abnahm. *«Ich hab's auf dem alten Forstweg im Wald gefunden – mitten in der Wildnis.»*

«Gold.» Harry legte den Ohrring auf ihren Handteller. Er kam ihr irgendwie bekannt vor. Es war eindeutig ein teures Stück. Sie konnte den Stempel nicht erkennen, denn der Ohrring war offenbar überfahren oder zertreten worden. Aber die Buchstaben T-I-F von Tiffany waren lesbar. Sie drehte den Ohrring hin und her.

«Sie gibt ihn mir doch zurück?» fragte Simon ängstlich. *«Ich meine, sie ist keine Diebin, oder?»*

«Nein, eine Diebin ist sie nicht, aber wenn du ihn in Foxden gefunden hast, sollte sie ihn mitnehmen. Es könnte ein Hinweis sein.»

«Na und? Die Menschen bringen sich andauernd gegenseitig um. Kaum, daß sie einen erwischt haben, fängt der nächste zu morden an.»

«So schlimm ist es nun auch wieder nicht.»

Die Eule rief wieder: *«Ihr sollt leise sein!»*

Harry liebte Eulengeschrei, aber sie bemerkte den griesgrämigen Unterton. Sie legte den Ohrring in Simons Nest zurück. «Na, mein Kleiner, mir scheint, du gehörst zur Familie. Ich werd dir Essensreste rausstellen.»

Simon steckte sichtlich erleichtert die Nase aus seinem

Nest und musterte Harry mit seinen hellen Augen. Dann sagte er zu Mrs. Murphy: *«Bin ich froh, daß sie mich nicht töten will.»*

«Harry tötet keine Tiere.»

«Sie geht auf die Fuchsjagd», gab er schlagfertig zurück.

Während Harry sich wieder daranmachte, den Pferden das Heu hinunterzuwerfen, diskutierten die Katze und das Opossum über dieses Thema.

«Simon, sie töten nur die alten Füchse oder die kranken. Die gesunden sind zu schlau, um sich fangen zu lassen.»

«Und der Fuchs, der voriges Jahr in Posy Dents Garage gelaufen ist? Der war jung.»

«Und diese Ausnahme bestätigt die Regel. Er war dumm.» Mrs. Murphy lachte. *«Ich denke über Füchse wie du über Waschbären. Ah, Harry geht wieder runter, da geh ich mit. Da sie jetzt weiß, wo du wohnst, wird sie sich vielleicht öfter mit dir unterhalten wollen. So ist sie eben, also versuch nett zu ihr zu sein. Sie ist prima. Sie hat deine Schrammen verarztet.»*

Simon dachte darüber nach. *«Ich will's versuchen.»*

«Schön.» Mrs. Murphy turnte die Leiter hinunter.

Während sie mit Tucker zum Frühstück ins Haus zockelte, erzählte die Katze dem Hund von dem Ohrring. Je mehr sie redeten, desto mehr Fragen kamen auf. Keines der Tiere war sicher, daß der Ohrring für die Aufklärung des Mordfalls von Bedeutung war, aber wenn Simon ihn an einer verdächtigen Stelle gefunden hatte, war sein Wert nicht zu unterschätzen. Sie hatten die ganze Zeit angenommen, der Mörder sei ein Mann, aber es konnte auch eine Frau sein. Die Leiche war zerstückelt und an verschiedenen Orten versteckt worden. Die einzelnen Teile waren nicht schwer. Ben Seifert in den Tunnel zu schleppen mochte ein hartes Stück Arbeit gewesen sein, aber vielleicht hingen die zwei Todesfälle ja nicht zusammen.

Mrs. Murphy blieb stehen. *«Tucker, vielleicht sind wir auf dem Holzweg. Vielleicht ist der Mörder ein Mann, tötet aber für eine Frau.»*

«Um sich Rivalen vom Hals zu schaffen?»

«Könnte sein. Oder vielleicht gibt sie ihm die Aufträge – vielleicht ist sie das Hirn hinter den Muskeln. Ich wünschte, wir könnten Mom klarmachen, wie wichtig der Ohrring ist, aber sie weiß nicht, woher er kommt, und wir können es ihr nicht sagen.»

«Murphy, und wenn wir ihn uns von Simon geben lassen und dort hinlegen, wo er ihn gefunden hat?»

«Selbst wenn er sich davon trennt, wie kriegen wir Harry dorthin?»

Inzwischen waren sie im Haus angekommen und warteten auf ihr Frühstück.

Tucker hatte eine Idee: *«Und wenn ein Mann für eine Frau tötet, um sie zu halten? Wenn er etwas weiß, was sie nicht weiß?»*

Mrs. Murphy lehnte ihren Kopf einen Moment an Tuckers Schulter. *«Hoffentlich kriegen wir es heraus, ich hab nämlich ein mulmiges Gefühl bei der Geschichte.»*

37

Larry Johnson hatte nicht nur vorsichtshalber eine Gewebeprobe nach Richmond geschickt; er hatte auch klugerweise den Kopf der nicht identifizierten Leiche behalten, statt ihn dem Sheriff zu überlassen. Nachdem er sich mit einem Gerichtsmediziner in Verbindung gesetzt hatte, schickte Larry den Kopf zu einem Rekonstruktionslabor in Washington, D. C. Da Crozet über keinen Armenfriedhof verfügte, besorgte Reverend Jones eine Grabstätte auf einem kommerziellen Friedhof an der Route 29 in Charlottesville. Als er seine Gemeinde um Spenden bat, kam einiges zusammen, und zu seiner freudigen Überraschung glichen die Sanburnes, die Hamiltons und Blair Bainbridge die Differenz aus. Der Unbekannte wurde sodann unter einem Messingschild zur letzten Ruhe gebettet, auf dem zwar kein Name, aber immerhin eine Nummer stand.

Larry hätte es sich nicht träumen lassen, daß er noch eine zweite Leiche am Hals haben würde. Bens Eltern veranlaßten die Bestattung im Familiengrab der Seiferts, und Cabell Hall kümmerte sich um alle Formalitäten, was für das verzweifelte Elternpaar eine enorme Hilfe war. Larrys Untersuchung ergab, daß Ben mit einem Strick erdrosselt worden und der Tod schätzungsweise drei Tage vor Entdeckung der Leiche eingetreten war. Die Temperatur zwischen Tag und Nacht schwankte so stark, daß er die genaue Todeszeit anhand des Zustands der Leiche nicht bestimmten konnte. Daß sich Tiere an der Leiche zu schaffen gemacht hatten, kam noch erschwerend hinzu. Larry bestand darauf, daß es Bens Eltern erspart wurde, die Leiche zu identifizieren. Er kannte Ben, das genügte zur Identifikation. Ausnahmsweise gab Rick Shaw ihm nach.

Rick hatte sich zunächst gesträubt, den Kopf des ersten Opfers fortschaffen zu lassen. Er trennte sich ungern von diesem Beweisstück. So beschädigt der Kopf auch war, er war seine einzige Hoffnung. Irgendwer mußte das Opfer gekannt haben. Larry zeigte ihm geduldig die Arbeiten der Rekonstruktionskünstler. Cynthia Cooper stand auf seiner Seite, denn es imponierte ihr, was auf diesem Gebiet alles geleistet werden konnte.

Nachdem man den Kopf in seinem gegenwärtigen Zustand sorgfältig studiert hatte, wurde der Schädel von dem noch vorhandenen Fleisch befreit und dann neu gestaltet, Gesicht, Zähne, Haare, alles. Zur Unterstützung wurden Zeichnungen angefertigt. Von dem fertiggestellten Kopf wurden Zeichnungen und Fotografien an Rick Shaw sowie an weitere Polizeidienststellen und Sheriffbüros geschickt. Weitreichende Aktionen zahlen sich aus; irgendwer irgendwo könnte das Gesicht erkennen.

Nachdem ein zweiter Mord dicht auf den ersten gefolgt war, hatte Larry Johnson in Washington angerufen und um Beeilung gebeten.

Und man hatte sich beeilt. Rick Shaw kam mit einem großen weißen Umschlag in der Hand ins Postamt.

«Sheriff, soll ich den für Sie wiegen?» erbot sich Harry.

«Nein. Ist gerade mit dem Paketschnelldienst gekommen.» Rick zog eine Fotografie hervor und schob sie Harry über den Schalter. «Das ist eine Rekonstruktion vom Kopf des zerstückelten Opfers. Sieht nicht übel aus, der Bursche, finden Sie nicht?»

Harry betrachtete die Fotografie. Das Gesicht war freundlich, nicht hübsch, aber sympathisch. Das seitlich gescheitelte rotblonde Haar verlieh ihm etwas Adrettes. Der Mann hatte ein vorspringendes Kinn. «Das könnte ein x-beliebiger Mann sein.»

«Hängen Sie's an die Wand. Hoffen wir, daß ihn hier jemand erkennt. Daß es eine Erinnerung auslöst.»

«Oder einen Fehler.»

«Harry, das werden Sie eher wissen als ich.» Rick klopfte zweimal auf den Schalter. Das war seine Art, «seien Sie vorsichtig» zu sagen.

Sie pinnte die Fotografie neben dem Schalter an die Wand. So war sie nicht zu übersehen. Mrs. Murphy starrte das Bild an. Es war niemand, den sie kannte, und sie sah Menschen aus einem völlig anderen Blickwinkel als Harry.

Brookie und Danny Tucker kamen nach der Schule vorbei. Harry erklärte ihnen, wen die Fotografie darstellte. Danny konnte nicht glauben, daß es eine Nachbildung des Kopfes war, den er aus seinem Kürbis gezogen hatte. Der fotografierte Kopf hatte keinen Bart, was den Mann jünger wirken ließ.

Später kam Mim vorbei. Auch sie betrachtete die Fotografie. «Meinen Sie nicht, daß das die Leute nervös macht?»

«Lieber nervös als tot.»

Die eisblauen Augen sahen Harry ins Gesicht. «Glauben Sie etwa, hier ist ein Massenmörder am Werk? Sie ziehen voreilige Schlüsse. Diesem Mann kann alles mögliche zugestoßen sein.» Ihr langer, mattglänzend lackierter Fingernagel deutete auf das ausdruckslose Gesicht. «Woher sollen wir wissen, daß er nicht bei irgendeiner abartigen Sexgeschichte getötet wurde? Ein Obdachloser, um den sich niemand sorgt, bekommt eine Mahlzeit und ein Bad angeboten. Wer kann das wissen?»

Interessant, was für ein Splitter von Mims Phantasien hier sichtbar wurde. Harry antwortete: «Ich kann mir keine Frau vorstellen, die mit einem Mann ins Bett geht, um ihn dann umzubringen und zu zerstückeln.»

«Insekten tun das andauernd.»

«Aber wir sind Säugetiere.»

«Und zwar von der armseligsten Sorte», kicherte Tucker.

Mim fuhr fort: «Vielleicht war es eine ganze Gruppe.»

«In meinen wildesten Phantasien kann ich mir in dieser Stadt keine Gruppe vorstellen, die so etwas tun würde. Partnertausch, ja. Sexualmord, nein.»

Mims Augen leuchteten auf. «Partnertausch? Was wissen Sie, was ich nicht weiß?»

«Die Posthalterin in einer Kleinstadt weiß alles», zog Harry sie auf.

«Alles nicht, sonst wüßten Sie ja, wer der Mörder ist. Ich glaube trotz allem, es ist eine Gruppenaffäre, und Ben hat mit dringesteckt. Oder es ging um Geld. Aber ich habe heute mit Cabell Hall gesprochen, er hat die Bücher durchkämmen lassen, sie wurden haargenau unter die Lupe genommen, und es ist alles in Ordnung. Seltsam, höchst seltsam.»

Boom Boom, Fair, Fitz-Gilbert und Little Marilyn drängelten sich gleichzeitig herein. Auch sie sahen sich das Foto an.

«Mir wird schlecht, wenn ich nur daran denke.» Boom Boom griff sich an den Magen. «Ich war tagelang völlig fertig. Dabei dachte ich, ich hätte alles gesehen, als mein Mann ermordet wurde.»

Fair legte seinen Arm um sie. «Was würde Kelly wohl hierzu gesagt haben?»

«Ihm wäre bestimmt was Komisches dazu eingefallen.» Little Marilyn hatte Boom Booms verstorbenen Mann gern gehabt.

Fitz-Gilbert stieß fast mit der Nase an die Fotografie. «Ist das nicht toll, was man alles machen kann? Stellt euch vor, die flicken ein Gesicht zusammen, und das bei dem Zustand, in dem der Kopf war. Wirklich erstaunlich. Wetten, er sieht besser aus als im Leben.»

«Die Organisation, die dahintersteckt, ist auch erstaunlich», fand Harry. «Rick hat mir gesagt, diese Fotografie wird in allen Polizeiwachen des Landes aufgehängt. Er hofft, daß es sich auszahlt.»

«Das hoffen wir auch», verkündete Mim.

Mrs. Hogendobber kam durch den Hintereingang. Sie eilte herbei, um zu sehen, was vorging, und wurde vor das Foto geführt. «Er war jung. Dreißig, Anfang Dreißig, würde ich sagen. Ein Jammer. Ein Jammer, daß ein Leben so jung und gewaltsam enden mußte, und wir wissen nicht mal, wer er war.»

«Er war ein Nichtsnutz, soviel steht fest.» Fitz-Gilbert spielte auf das Vagabundendasein des Mannes an.

«Niemand ist ein Nichtsnutz. Er muß etwas durchgemacht haben, etwas Schlimmes, vielleicht eine Krankheit.» Mrs. Hogendobber verschränkte die Arme.

«Wetten, er war einer von denen, die in einem Rehazentrum gelebt haben. Es sind so viele Zentren geschlossen worden, nachdem die Programme gekürzt wurden. Die Billigpensionen in den Großstädten sollen überlaufen sein von solchen Menschen – Halbnormale, sozusagen, oder solche, die nicht hundertprozentig ticken. Jedenfalls kommt der Staat für ihre Unterbringung auf, weil sie nicht arbeiten können. Ich wette, so einer war er. Einfach hinausgestoßen in eine Welt, in der er nicht zurechtkam.» Little Marilyn dämpfte ihre hohe Stimme ein kleines bißchen.

«Aber warum, um Himmels willen, ist er dann bloß nach Crozet gekommen?» Mim konnte nichts unwidersprochen hinnehmen, was ihre Tochter sagte.

«Auf dem Weg nach Miami?» überlegte Fitz-Gilbert. «Die Obdachlosen, die die Städte im Norden verlassen können, versuchen sich im Winter zu den Städten im Sonnengürtel durchzuschlagen. Vielleicht ist er am Pennsylvania-Bahnhof auf einen Güterzug aufgesprungen.»

«Was könnte er mit Ben Seifert gemeinsam gehabt haben?» wunderte sich Boom Boom.

«Pech.» Fitz lächelte.

«Falls diese Morde zusammenhängen, dann gibt es einen interessanten Aspekt.» Harry streichelte Mrs. Murphy, die sich auf dem Schalter lümmelte. «Der Mörder wollte nicht, daß wir das zerstückelte Opfer erkennen, aber ihn oder sie hat es nicht im mindesten gestört, daß wir Ben Seifert erkennen würden.»

«Man identifiziere den Zerstückelten, und wir kommen der Sache schon näher», ergänzte Mrs. Hogendobber.

«Das ist es ja, was mir angst macht», gestand Mim. «Es ist ganz nahe. Die Morde passieren hier bei uns.»

38

Mehrere Pullover übereinander, Wintergolfhandschuhe und dicke Socken schützten Cabby und Taxi Hall vor der Kälte. Als begeisterte Golfspieler versuchten sie, wenn Cabell Feierabend hatte, neun Löcher einzuschieben, wenn es die Jahreszeit erlaubte, und sie ließen kein einziges Wochenende aus.

Mit einem lockeren Abschlag vom Tee brachte Taxi ihren Ball mitten auf den Fairway. «Guter Schlag, wenn ich mich mal selbst loben darf.»

Sie trat zur Seite, als Cabell sein orangerotes Tee in die Erde steckte. Er legte einen leuchtend gelben Ball auf das Tee, trat zurück, sprach den Ball an und schlug. Der Ball flog in die Luft und machte einen Slice in den Wald. Cabell sagte nichts, sondern setzte sich wieder in den Golfwagen. Taxi stieg zu ihm. Sie kamen zum Wald. Weil der Ball eine so leuchtende Farbe hatte, konnten sie ihn leicht ausmachen, obwohl er in die Blätter geplumpst war.

Cabell bedachte die Ballposition und griff zu einem Fünfereisen. Es war ein riskanter Schlag, da er entweder zwischen den Bäumen hindurch oder über sie hinweg schlagen mußte. Er stellte sich breitbeinig hin, atmete tief durch und schlug.

«Was für ein Schlag!» rief Taxi, als der Ball wunderbarerweise über die Bäume flog.

Cabby lächelte sein erstes ehrliches Lächeln, seit Ben tot aufgefunden worden war. «Nicht schlecht für 'nen alten Mann.»

Sie kehrten zum Caddie zurück. «Schatz», sagte Taxi, «was ist los, ich meine, abgesehen von dem, was ohnehin klar ist?»

«Nichts», log er.

«Du sollst nichts vor mir geheimhalten.» Ihre Stimme klang bestimmt und vorwurfsvoll.

«Florence, mein Herz, ich bin einfach fertig. Nervöse Angestellte, die Ermittlungen des Sheriffs und eine nicht endende Flut von Fragen unserer Kunden – ich bin erledigt, kaputt, nenn's, wie du willst.»

«Okay, dann nenn ich's nachdenklich. Ich weiß, wie du bist, wenn Probleme bei der Bank und irgendwelche Leute dich fertigmachen. Das hier ist etwas anderes. Sind die Bücher frisiert? War Ben ein Dieb?»

«Ich habe dir doch gleich nachdem wir das Ergebnis der Buchprüfung hatten – sie haben rund um die Uhr gearbeitet, bin mal gespannt auf die Endrechnung –, nein. Bens Bücher sind in Ordnung.»

«Ist jemand dabei, sein Treuhandvermögen durchzuforsten? Fitz-Gilbert wirft mit Geld um sich, als gäbe es kein Morgen.»

Cabby schüttelte den Kopf. «Für ihn *gibt* es kein Morgen. Er hat mehr Geld als Gott. Als er ein Junge war, habe ich versucht, ihm einzutrichtern, ein bißchen Maß zu halten, aber das ist mir offensichtlich nicht gelungen. Sein Vermögen, vereint mit dem der Sanburnes» – Cabell schwang seinen Schläger –, «wozu da maßhalten?»

«Es sieht nicht gut aus, wenn ein Mann nicht arbeitet, egal, wieviel Geld er hat. Er könnte wenigstens für wohltätige Zwecke arbeiten.» Taxi stieg auf die Fahrerseite des Golfwagens. Cabell sprang ebenfalls hinein. «Guck mal», sagte sie und zeigte hin, «du hast eine gute Lage. Ich frage mich, wie du den Schlag hingekriegt hast.»

«Ich mich auch.»

«Cab, sitzen wir in der Tinte?»

«Nein, Liebste. Unsere Aktien stehen gut. Ich habe genug auf die Seite gelegt. Aber ich stehe vor einem Rätsel. Ich kann mir nicht vorstellen, in was Ben da hineingeraten ist. Immerhin sollte er mein Nachfolger werden. Ich habe ihm vertraut. Wie stehe ich jetzt im Vorstand da?»

Taxi warf ihrem Mann einen scharfen Blick zu. «Du hast Ben nie richtig gemocht.»

Cabell seufzte. «Nein. Er war ein mistiger kleiner Arschkriecher, dem Geld und vornehme Herkunft imponierten, aber er hat härter gearbeitet, als man ihm zugetraut hätte. Er hatte hervorragende Ideen, und ich hatte das Gefühl, er würde die Bank leiten können, wenn ich aufhöre.»

«Mit anderen Worten, man braucht das Huhn nicht zu lieben, um das Omelette zu genießen.»

«Ich habe nie gesagt, daß ich Ben nicht mag. Nicht ein einziges Mal in den acht Jahren, die er bei der Bank war, habe ich das gesagt.»

Taxi hielt bei dem leuchtend gelben Ball an. «Wir sind siebenundzwanzig Jahre verheiratet.»

«Oh.» Cabby blieb noch einen Moment sitzen, dann stieg er aus und überlegte lange, welches Eisen er nehmen sollte.

«Das Siebener», riet Taxi ihm.

«Hm» – er warf einen Blick auf das Green – «tja, da könntest du recht haben.»

Während sie das Spiel fortsetzten, machte sich Cabell Hall Gedanken über den Unterschied zwischen Frauen und Männern. Oder vielleicht zwischen seiner Frau und ihm. Taxi wußte stets besser über ihn Bescheid, als ihm bewußt war. Er war sich nicht sicher, ob er seine Frau so gut kannte wie sie ihn: seine Vorlieben, Abneigungen, verborgenen Ängste. Sicher, er hielt sein Berufsleben weitgehend von ihr fern, aber sie ließ ihn ja auch nicht an jedem Augenblick ihres Tageslaufs teilhaben. Ob der Mann, der die Waschmaschine reparieren sollte, pünktlich kam, kümmerte ihn so wenig, wie es sie kümmerte, ob ein Kassierer eine schlimme Erkältung hatte.

Trotz alledem war es eine eigenartige Erkenntnis, daß seine Lebenspartnerin in ihn hineinsehen konnte und ihn womöglich durchschaute.

«Cabell», unterbrach Taxi seine Träumerei, «das mit Fitz meine ich ernst. Ein Mann braucht ein richtiges Leben, richtige Verantwortung. Sicher, Fitz scheint soweit ganz glücklich zu sein, aber er ist so ziellos. Das geht bestimmt alles darauf zurück, daß er seine Eltern verloren hat, als er so jung war. Du hast alles für ihn getan, was du konntest, aber –»

«Schatz, du kannst Fitz nicht bessern. Das kann keiner. Er läßt sich, umgeben von Gegenständen, durchs Leben treiben. Außerdem, wenn er etwas Nützliches tun würde, sagen wir, sich Ostern um die Wohltätigkeitsveranstaltung zugunsten behinderter Kinder kümmern, dann könnte er sich nicht mit seiner Frau tummeln. Die Arbeit könnte dem Hochseeangeln in Florida und dem Skiurlaub in Aspen im Wege stehen.»

«War bloß so eine Idee.» Taxi chippte aufs Green.

Er wartete, dann fragte er: «Hast du eine Ahnung, wer Ben umgebracht hat?»

«Keinen blassen Schimmer.»

Cabell atmete lange und leise aus, schüttelte den Kopf, schnappte sich aus einer Tasche einen Putter, den er für seinen hielt. «Ich schwöre, ich schlage mir das jetzt alles aus dem Kopf und konzentriere mich auf das Golfspiel.»

«Dann schlage ich vor, tu meinen Putter zurück und nimm deinen eigenen.»

39

Spät in der Nacht klingelte bei Harry das Telefon.

Susan entschuldigte sich in aufgeregtem Ton. «Ich weiß, du schläfst, aber ich mußte dich wecken.»

«Alles in Ordnung mit dir?» antwortete eine verschlafene Stimme.

«Ja. Ned ist vor ungefähr einer Viertelstunde aus dem Büro nach Hause gekommen. Er war Bens Anwalt, wie du weißt. Rick war bei ihm im Büro und hat ihm eine Menge Fragen gestellt, von denen Ned nicht eine beantworten konnte, weil er für Ben ausschließlich in Grundstücksgeschäften tätig war. Also, der Sheriff und die Bank haben sich nach Überprüfung der Bücher Bens Privatkonten vorgenommen. Ben Seifert hatte siebenhundertfünfzigtausend Dollar angesammelt, verteilt auf die Bank, die Börse und den Warenmarkt. Sogar Cabell Hall war erstaunt, wie raffiniert Ben war.»

Jetzt war Harry hellwach. «Siebenhundertfünfzigtausend Dollar? Susan, er kann bei der Bank allerhöchstens fünfundvierzigtausend im Jahr verdient haben. Banken sind bekanntlich knauserig.»

«Ich weiß. Sie haben auch seinen Steuerberater kommen lassen und seine Steuererklärungen genau nachgeprüft. Er hat die Gelder ziemlich schlau deklariert. Die meisten Einkünfte hat er als Kursgewinne ausgewiesen, so nennt man das, glaube ich. Der Steuerberater hat erklärt, Ben hätte gesagt, er wollte ihm seine Aufstellungen schicken, aber er hätte es nicht getan. Er sagte, er hätte Ben oft genug gewarnt. Wenn keine Unterlagen da seien, sei die nächste Steuerprüfung Bens Problem. Vorausgesetzt, daß der Tag jemals käme.»

«Komisch.»

«Was ist komisch?»

«Bei der Einkommensteuer hat er nicht betrogen, aber irgendwo muß er betrogen haben. Eigentlich klingt es nicht nach Betrug. Es klingt nach Schmiergeldern oder Geldwäsche.»

«Ich hätte Ben nie für so gerissen gehalten.»

«War er auch nicht», bestätigte Harry. «Aber wer immer mit ihm da drin steckte, der war gerissen. Oder ist es.»

«Gerissene Leute morden nicht.»

«Doch, wenn sie in die Enge getrieben werden, schon –»

«Willst du nicht in die Stadt kommen und eine Weile bei mir wohnen?»

«Warum?»

«Du weißt doch, was Cynthia Cooper uns von Blair erzählt hat. Von seiner Freundin, meine ich.»

«Ja.»

«Er scheint mir ziemlich gerissen zu sein.»

«Sagt dir dein Instinkt, daß er ein Mörder ist?»

«Ich weiß nicht mehr, was ich denken oder fühlen soll.»

Harry setzte sich im Bett auf. «Susan, mir ist gerade etwas eingefallen. Hör zu, kannst du morgen früh bei mir vorbeikommen, bevor ich zum Dienst gehe? Es hört sich verrückt an, aber ich habe ein kleines Opossum gefunden –»

«Hör mir auf mit deinen Pflegefällen, Harry! Ich hab das Eichhörnchen mit dem gebrochenen Bein aufgenommen, weißt du noch? Es hat meine Kleider angeknabbert.»

«Nein, nein. Der kleine Kerl hatte in seinem Nest einen Ohrring. Er ist verbogen, aber, nun ja, ich weiß nicht. Es ist ein sehr teurer Ohrring, und er kann ihn überall aufgelesen haben. Wenn er nun etwas mit diesen Todesfällen zu tun hat?»

«Okay, ich komm morgen rüber. Schließ deine Türen ab.»

«Hab ich schon.» Harry legte auf.

Mrs. Murphy sagte zu Tucker, die auch auf dem Bett lag: *«Manchmal ist sie schlauer, als man meint.»*

40

Simon hörte Harry die Leiter hinaufklettern. Er freute sich auf sie, weil sie ihm gestern abend leckere Hühnerknochen, altbackene Kekse und Hershey's Schokoküsse nach draußen gestellt hatte.

Mrs. Murphy schlug ihre Krallen in den Holm der Holzleiter und hangelte sich auf den Heuboden, bevor die Menschen oben anlangten. *«Du brauchst keine Angst zu haben, Simon. Harry bringt eine Freundin mit.»*

«Mehr als einen Menschen kann ich unmöglich ertragen.» Simon verkroch sich tiefer in die Heu- und Luzerneballen.

Harry und Susan hockten sich vor Simons Nest.

«Berechnest du ihm was für die Einrichtung?» witzelte Susan.

«Er nimmt sich alles, was nicht niet- und nagelfest ist.» Mrs. Murphy lachte.

«Ich nehme nur gute Qualität», flüsterte das Opossum.

«Hier.» Harry holte den Ohrring aus dem Nest.

Susan nahm ihn in die Hand. «Gute Arbeit. Tiffany.»

«Sag ich doch.» Harry nahm den Ohrring und hielt ihn ans Licht. «Dir gehört er nicht, und mir gehört er nicht. Und Elizabeth MacGregor hat er auch nicht gehört.»

«Was hat Mrs. MacGregor damit zu tun?»

«Die einzigen Frauen hier draußen an der Yellow Mountain Road sind ich, du, wenn du mich besuchst, und früher Elizabeth MacGregor. Ach ja, Miranda kommt auch manchmal vorbei, aber solche Ohrringe sind nicht ihr Stil. Zu jugendlich.»

«Stimmt. Aber wir werden nie rauskriegen, wo er hergekommen ist.»

«Vielleicht doch. Wir wissen, daß dieses Nest die Basis ist. Das Territorium eines Opossums hat allerhöchstens einen Umkreis von zweieinhalb Kilometern. Wenn wir diesen Umkreis nach Norden, Osten, Süden und Westen abschreiten, haben wir eine ziemlich gute Vorstellung, wo der Ohrring hergekommen sein könnte.»

«Ich kann's ihr sagen», rief Simon aus seinem Versteck.

«Sie kann dich nicht verstehen, aber sie wird sich's ausrechnen», sagte Mrs. Murphy.

«Und die andere, ist die in Ordnung?»

«Ja», versicherte die Katze.

Simon steckte den Kopf über den Luzerneballen, dann bewegte er sich vorsichtig auf die beiden Frauen zu. Harry hielt ihm ein großes Ernußbutterplätzchen hin. Er kam näher, setzte sich, nahm das Plätzchen und legte es in sein Nest.

«Ist der putzig», flüsterte Susan. «Du konntest schon immer gut mit Tieren umgehen.»

«Dafür nicht mit Männern.»

«Die zählen nicht.»

Simon verblüffte sie, als er Harry den Ohrring entriß und damit in sein Nest flitzte. *«Meiner!»*

«Vielleicht ist er ein Transvestit.» Harry lachte Simon an, dann kam ihr eins von jenen delikaten Häppchen in den Sinn, die einem bei der Lektüre historischer Werke aufgetischt werden. Unter der Herrschaft Elizabeths I. hatten in England nur die maskulinsten Männer Ohrringe getragen.

Noch immer lachend, kletterten sie die Leiter hinunter.

«Na?» fragte Tucker.

«Wir müssen das Territorium des Opossums einkreisen», dachte Harry laut.

«Laß uns zum Friedhof rennen und gucken, ob sie uns folgen.» Tuckers Vorschlag klang vernünftig.

«Du kennst Harry – sie wird gründlich vorgehen.» Die Katze ging zur Stalltür hinaus, Tucker hinterher.

Begleitet von den Tieren, schritten die zwei Frauen die Grenzen des Opossumterrains ab. Als sie am Friedhof vorüberkamen, zogen beide den Schluß, es könnte eine wenn auch entfernte Möglichkeit geben, daß der Ohrring von dort kam.

Susan blieb an dem Eisenzaun stehen. «Woher sollen wir wissen, daß es nicht Blairs Ohrring ist? Er könnte seiner Freundin gehört haben. Oder es gibt vielleicht eine Frau, von der wir nichts wissen.»

«Ich frag ihn.»

«Das ist vielleicht nicht so ratsam.»

Harry überlegte. «Ich bin da zwar anderer Meinung, aber ich werde mich nach deinem Rat richten.» Sie machte eine Pause. «Was schlägst du denn vor?»

«Daß wir vorsichtig unsere Freundinnen fragen, ob eine einen Ohrring verloren hat und wie er aussieht.»

«Herrgott, Susan, wenn wir es mit einer Mörderin zu tun haben oder wenn eine Frau da mit drinsteckt, dann wird das –»

Susan hob die Hände. «Du hast recht. Hast ja recht. Nächster Plan: Wir durchsuchen die Schmuckkästen unserer Freundinnen.»

«Das ist leichter gesagt als getan.»

«Aber es läßt sich machen.»

41

Die Eisblumen an den Fensterscheiben bildeten ein kristallenes Kaleidoskop. Die silbernen Kringel reflektierten das Licht der Lampe. Draußen war es stockfinster.

In Porthault-Bettwäsche und eine Daunensteppdecke gekuschelt, studierten Little Marilyn und Fitz-Gilbert ihre Weihnachtslisten.

Little Marilyn hakte Carol Jones' Namen ab.

Fitz warf einen Blick auf ihre Liste. «Was hast du für Carol besorgt?»

«Den wunderbaren Fotoband, der zu einer Biographie einer Frau aus Montana zusammengestellt wurde. Was für ein Leben. Und die Fotos sind nur durch einen glücklichen Zufall erhalten geblieben.»

Fitz deutete auf einen Namen auf ihrer Liste.

«Streich den.»

Little Marilyn hatte die vorjährige Weihnachtsliste als Vorlage fotokopiert und vergessen, Ben Seiferts Namen zu streichen. Sie verzog das Gesicht.

Sie wandten sich wieder ihren Listen zu, und nach einer Weile unterbrach Little Marilyn ihren Mann. «Ben hatte Zugang zu unseren Geschäftsunterlagen.»

«Hhmm.» Fitz hörte nicht richtig hin.

«Hast du unsere Investitionen überprüft?»

«Ja.» Fitz war nicht sonderlich interessiert.

Sie stieß ihn mit dem Ellbogen an.

«Autsch.» Er drehte sich zu ihr hin. «Was soll das?»

«Und? Unsere Investitionen?»

«Erstens, Ben war Banker, kein Börsenmakler. Er hätte mit unseren Anlagen kaum etwas anstellen können. Cabby hat unsere Konten vorsichtshalber gründlich überprüft. Es ist alles in Ordnung.»

«Du konntest Ben nicht leiden, stimmt's?»

«Du etwa?» Fitz hob eine Augenbraue.

«Nein.»

«Warum fragst du mich dann, was du schon weißt?»

«Komisch, wie man auf Menschen reagiert. Du konntest ihn nicht leiden. Ich konnte ihn nicht leiden. Trotzdem waren wir nett zu ihm.»

«Wir sind nett zu allen Leuten.» Fitz war überzeugt, daß das die Wahrheit war, obwohl seine Frau manchmal eine Imitation ihrer herrischen Mutter sein konnte. Sie nahmen sich wieder ihre Listen vor. Little Marilyn unterbrach ihn erneut. «Und wenn es Ben war, der dein Büro durchwühlt hat?»

Fitz gab es auf, sich weiter mit der Liste zu beschäftigen. «Wie kommst du bloß auf solche Ideen?»

«Ich weiß nicht. Ist mir einfach so durch den Kopf gegangen. Aber was konnte er von dir wollen? Es sei denn, er hat unsere Konten umgeleitet, aber du und Cabell sagt ja, es ist alles in Ordnung.»

«Ja. Es ist alles in Ordnung. Ich weiß nicht, wer mein Büro verwüstet hat. Rick Shaw hat keinen Hinweis, und da Computer und Fotokopierer unangetastet waren, betrachtet er es als einen Fall von willkürlichem Vandalismus. Höchstwahrscheinlich Jugendliche.»

«Wie in Earlysville, wo sie die Briefkästen mit Baseballschlägern demoliert haben?»

«Wann war das?» Fitz' Augen weiteten sich gespannt.

«Liest du den ‹Kriminalreport› in der Sonntagszeitung nicht?» Er schüttelte den Kopf, und Little Marilyn fuhr fort: «Seit sechs, sieben Monaten fährt jemand nachmittags durch die Gegend und zertrümmert die Briefkästen mit Baseballschlägern.»

«Dir entgeht aber auch gar nichts, was, Schätzchen?» Fitz legte seinen Arm um sie.

Sie lächelte ihn an. «Sobald sich die Lage hier entspannt...»

«Du meinst, sobald das Chaos ein bißchen nachläßt?»

«Ja... Laß uns in den Homestead-Ferienclub fahren. Ich brauch ein bißchen Erholung von alledem. Und ich brauch Erholung von Mutter.»

«Amen.»

42

Die Wochen vergingen. In der Hektik der Weihnachtsvorbereitungen gerieten die jüngsten bizarren Ereignisse in den Hintergrund, bis sie buchstäblich unter der Festtagsfreude begraben waren. Virginia stürzte sich in den Winter, die Skier variierten zwischen Stahlgrau und Grellblau. Die Berge, so launisch wie das Wetter, wechselten stündlich die Farbe. Die einzigen beständigen Farbflecken waren die hellroten Stechpalmenbeeren und die orangeroten Feuerdornbeeren. Die Felder färbten sich braun, auf den nicht so gut bestellten Äckern wogte leuchtend die Besenhirse. Der Erdboden taute und gefror, taute und gefror, so daß man nie sicher sein konnte, ob die Fuchsjagd stattfand. Harry rief vor jedem vereinbarten Termin an.

Das Postamt, mit Tonnen von Post überschwemmt, führte bei Harry zu einer Einschätzung des Weihnachtsfestes, die sich sehr von der anderer Leute unterschied. Die Weihnachtskarte mußte der Teufel erfunden haben. Die Massen, verblüffend gewaltig in diesem Jahr, hatten Harry veranlaßt, Mrs. Hogendobber für den ganzen Dezember einzustellen, und sie holte für ihre Freundin eine gute Bezahlung heraus.

Susan hatte unterdessen in Boom Booms Schmuck gekramt, ein müheloses Unterfangen, da Boom Boom ihre Pretiosen nur zu gerne vorführte. Harry hatte Mirandas Schmuckkassette durchgesehen, ein nicht ganz so müheloses Unterfangen, weil Miranda ständig «Wozu?» fragte und Harry log, es hätte mit Weihnachten zu tun. Nun mußte sie Miranda zu Weihnachten ein Paar Ohrringe kaufen. Biff McGuire und Pat Harlan fanden genau die richtigen für Mrs. H., große Ovale aus Blattgold. Sie kosteten etwas mehr, als es für Harry erschwinglich war, aber was soll's – Miranda war im Postamt ein Felsen der Brandung gewesen. Harry stürzte sich noch in weitere Unkosten und kaufte ein Paar dicke Goldkugeln für Susan. Damit war ihr Budget erschöpft, nur Geschenke für Mrs. Murphy und Tucker waren natürlich noch drin.

Mit Fair und Boom Boom ging es auf und ab. Boom Boom bat Blair, sie zu einer Versammlung der Piedmonter Umweltschutzbewegung zu begleiten, unter dem Vorwand, ihn mit den progressiven Leuten der Umgebung bekannt machen zu wollen. Was sie auch tat. Sie zeigte sich von ihrer besten Seite, und Blair revidierte seine Meinung über Boom Boom immerhin soweit, daß er sie zu einer Wohltätigkeitsgala in New York einlud.

Harry und Miranda standen bis zu den Knien in Weihnachtskarten, als Fair Haristeen die Eingangstür aufstieß.

«Hallo», rief Harry ihm zu. «Fair, wir kommen nicht mehr nach. Ich weiß, es ist noch mehr Post für dich da, als in deinem Postfach steckt, aber ich weiß nicht, wann ich sie finde. Du siehst ja, hier herrscht Hochbetrieb.»

«Deswegen bin ich nicht gekommen. Morgen, Mrs. Hogendobber.»

«Morgen, Fair.»

«Du weißt wahrscheinlich schon, daß Boom Boom heute morgen nach New York abgereist ist. Weihnachtskaufrausch.»

«Ja.» Harry wußte nicht, wieviel Fair wußte, deshalb hielt sie sich bedeckt.

«Vermutlich weißt du auch, daß Blair Bainbridge sie auf den Knickerbocker-Weihnachtsball im Waldorf Astoria mitnimmt. Wie ich höre, werden Prinzen und Herzöge anwesend sein.»

Er wußte es also. «Hört sich ziemlich pompös an.»

«Europack», urteilte Mrs. Hogendobber.

«Miranda, Sie haben wieder mal die Revolverblätter gelesen, als Sie im Supermarkt an der Kasse anstanden.»

Mrs. Hogendobber warf den nächsten leeren Postsack in den Behälter; sie verfehlte Mrs. Murphy um Haaresbreite. «Na und? Ich bin auch bestens über die Ehe von Charles und Diana informiert. Falls es jemanden interessiert.» Sie lächelte.

«Mich interessiert nur», sagte Fair zu Mrs. Hogendobber, «ob Blair und Boom Boom was miteinander haben.»

«Woher soll ich das wissen?»

«Sie kennen Boom Boom.»

«Fair, verzeih das Wortspiel, aber das ist nicht fair», warf Harry ein.

«Ich wette, du lachst dir einen Ast, Harry. Und ich gucke dumm aus der Wäsche.»

«Hältst du mich für so rachsüchtig?»

«Mit einem Wort, ja.» Er machte auf dem Absatz kehrt und stürmte hinaus.

Miranda stellte sich neben Harry. «Vergessen Sie's. Das geht vorbei. Und er schaut wirklich dumm aus der Wäsche.»

«Und zwar aus der schmutzigen. Sieht ganz schön beklekkert aus.» Harry fing an zu kichern.

«Bitte keine Schadenfreude, Mary Minor Haristeen. Der Herr blickt nicht mit Milde auf die Schadenfrohen. Und wenn ich mich recht erinnere, haben Sie Blair Bainbridge gern.»

Das ernüchterte Harry im Nu. «Klar, ich mag ihn, aber verzehren tu ich mich nicht nach ihm.»

«Ha!» schnaubte Tucker.

«Gern haben Sie ihn trotzdem», beharrte Miranda.

«Okay, okay, ich hab ihn gern. Wieso nimmt eigentlich ganz Crozet Anstoß an einer alleinstehenden Person? Bloß weil ich meinen Nachbarn mag, heißt es noch lange nicht, daß ich mit ihm schlafen will, und es heißt noch lange nicht, daß ich ihn heiraten will. Alle zäumen sie das Pferd von hinten auf. Ich lebe gern allein, wirklich. Ich brauche Fair nicht mehr seine Klamotten nachzuräumen, ich muß sie nicht mehr waschen und bügeln, und ich brauch mir nicht zu überlegen, was ich zum Abendessen kochen soll. Ich brauch nicht um sieben ans Telefon zu gehen, um zu hören, daß es Probleme mit einer fohlenden Stute gibt und er nicht nach Hause kommt. Und ich vermute, eine der Stuten war Boom Boom Craycroft. Ich dachte, mich tritt ein Pferd. Ich will mich nie wieder um einen Mann kümmern.»

«Na, na, eine Ehe ist ein Fifty-fifty-Unternehmen.»

«Ach Quatsch, Miranda. Zeigen Sie mir eine x-beliebige Ehe in dieser Stadt, und ich werde Ihnen nachweisen, daß die Frauen fünfundsiebzig Prozent der Arbeit machen, sowohl körperlich wie emotional. Himmel, die Hälfte der Männer hier in der Gegend mäht nicht mal den Rasen. Das erledigen ihre Frauen.»

Das Körnchen Wahrheit in diesem Ausbruch veranlaßte Miranda, darüber nachzudenken. Wenn sie einmal einen

Standpunkt eingenommen hatte, fiel es ihr sehr schwer, ihn zu revidieren – abschwächen vielleicht, revidieren nein. «Aber, meine Liebe, glauben Sie nicht, daß die Männer von ihrer Arbeit erledigt sind?»

«Wer hat so viel Geld, daß er sich eine Ehefrau leisten kann, die nicht arbeitet? Die Frauen sind genauso erledigt. Wenn ich nach Hause kam, hatte ich die Hausarbeit am Hals. Er wollte sie nicht machen, dabei habe ich selbst auch verdammt hart gearbeitet.»

Little Marilyn kam herein.

«Habt ihr Krach, ihr zwei?»

«Nein!» brüllte Harry sie an.

«Weihnachten», sagte Miranda lächelnd, als würde das die Spannung erklären.

«Nimm Valium. Wie meine Mutter. Sie hat an die dreihundert Namen auf ihrer Einkaufsliste. Du kannst dir vorstellen, wie durchgedreht sie ist. Ich kann nicht behaupten, daß mir das Ganze Spaß macht. Aber wir haben einen Ruf zu bewahren, und wir dürfen die kleinen Leute nicht im Stich lassen.»

Da brannte bei Harry die Sicherung durch. «Schön, Marilyn, dann gestatte mir, daß ich dich und deine Mutter von einer Person befreie, die zu den kleinen Leuten gehört!» Harry ging zur Hintertür hinaus und knallte sie zu.

Little Marilyn zog einen Flunsch. «Sie konnte mich schon als Kind nicht leiden.»

Miranda, deren gesellschaftliche Position unantastbar war, sprach ein offenes Wort. «Marilyn, Sie machen es einem wirklich nicht leicht.»

«Was meinen Sie damit?»

«Sie tragen die Nase so hoch, daß Sie ertrinken, wenn es regnet. Hören Sie auf, Ihre Mutter zu imitieren. Seien Sie Sie selbst. Jawohl, seien Sie Sie selbst. Das ist das einzige, was Sie besser können als alle anderen. Sie werden viel glücklicher sein, und die Leute um Sie herum auch.»

Diese erfrischende Brise Aufrichtigkeit verblüffte die jüngere Frau dermaßen, daß sie blinzelte, sich aber nicht vom Fleck rührte.

Mrs. Murphy, die halb aus dem Postbehälter hing, betrachtete die verdatterte Marilyn.

«Tucker, geh um den Schalter rum. Little Marilyn kriegt gleich entweder 'nen Ohnmachtsanfall oder 'nen Schreikrampf.»

Tucker schlich gehorsam um die Tür herum. Ihre Pfoten klickten auf den Holzdielen.

Little Marilyn schnaufte tief durch. «Mrs. Hogendobber, Sie haben kein Recht, so mit mir zu sprechen.»

«Ich nehme mir das Recht. Ich gehöre zu den wenigen Menschen, die hinter Ihre Fassade schauen, und ich gehöre zu den wenigen, die Sie trotzdem mögen.»

«Eine komische Vorstellung von Freundschaft haben Sie.» Little Marilyns schmales Gesicht bekam wieder Farbe.

«Kind, gehen Sie nach Hause und denken Sie darüber nach. Wer sagt Ihnen die Wahrheit? Wen würden Sie um drei Uhr nachts anrufen, wenn Sie sich mies fühlen? Ihre Mutter? Wohl kaum. Tun Sie irgendwas in Ihrem Leben, das Sie richtig glücklich macht? Wie viele Armbänder, Ketten und Autos können Sie sich kaufen? Aber macht das alles Sie glücklich? Wissen Sie, Marilyn, das Leben ist wie ein Flugzeugträger. Wenn bei der Navigation ein Fehler passiert, braucht das Schiff anderthalb Kilometer, bloß um zu wenden.»

«Ich bin kein Flugzeugträger.» Little Marilyn hatte sich genügend erholt, um kehrtzumachen und zu gehen.

Miranda knallte Briefe auf den Schalter. «Der Tag fängt ja gut an», sagte sie zu der Katze und dem Hund, merkte dann, mit wem sie sprach, und schüttelte den Kopf. «Was tu ich da?»

«Du führst ein intelligentes Gespräch», schnurrte Mrs. Murphy.

Harry öffnete verlegen die Hintertür. «Tut mir leid.»

«Schon gut.» Miranda öffnete den nächsten Postsack.

«Ich hasse Weihnachten.»

«Kommen Sie, lassen Sie sich von der Arbeit nicht kleinkriegen.»

«Es ist nicht nur das. Die Morde gehen mir nicht aus dem Kopf, und ich glaube, daß Blair mit Boom Boom auf diesen dämlichen Ball geht, das wurmt mich mehr, als ich gedacht hätte. Aber warum hätte er mich einladen sollen? Ich kann mir die Reise nach New York nicht leisten, und ich hab nichts anzuziehen. Mit mir am Arm kann kein Mann Eindruck schinden. Trotzdem...» Ihre Stimme verlor sich. «Und ich kann es nicht fassen, daß Fair diesem Weib verfallen sein soll.» Sie machte eine Pause. «Und Weihnachten vermisse ich Mom und Dad am allermeisten.»

Tucker setzte sich neben Harrys Füße, und Mrs. Murphy ging ebenfalls zu ihr.

Miranda verstand. Auch sie mußte mit Verlusten leben. «Verzeihen Sie, Harry. Weil Sie jung sind, denke ich manchmal, alles müßte wunderbar sein. Aber ich weiß, wie das ist, die Weihnachtslieder zu hören und zu wünschen, die alten vertrauten Stimmen würden mit uns singen. Nichts wird wieder so, wie es einst war.» Sie trat zu Harry und klopfte ihr auf den Rücken, denn Mrs. Hogendobber lag es nicht, ihre Gefühle überschwenglich zu offenbaren. «Gott schließt keine Tür, ohne eine andere zu öffnen. Das sollten Sie nie vergessen.»

43

Glänzende Schärpen spannten sich quer über manche Männerbrust, Orden baumelten über Herzen. Die in Uniform gekommen waren, ließen die Herzen der Damen höher schlagen. So stattliche Herren, so schöne Frauen, beladen mit Juwelen, deren Gesamtsumme das Bruttosozialprodukt von Bolivien überstieg.

Boom Boom schwirrte der Kopf. Blair, im Frack, glitt mit ihr über die Tanzfläche, eine der elegantesten in ganz Amerika. Was war Crozet dagegen? Boom Boom hatte das Gefühl, angekommen zu sein. Wenn sie Blair nicht den Kopf verdrehen konnte – Blair war aufmerksam, aber sie spürte, daß sie ihn körperlich nicht reizte –, dann würde sie sich einen anderen angeln, bevor die Nacht der Dämmerung wich.

Ein korallenrotes Kleid betonte ihren dunklen Teint, der tiefe Ausschnitt lenkte die Aufmerksamkeit auf ihre Prachtstücke. Als sie und Blair nach dem Tanz an ihren Tisch zurückkehrten, kam einer seiner Studienfreunde zu ihnen. Nachdem sie vorgestellt worden waren, zog sich Orlando Heguay einen Stuhl heran.

«Na, wie ist das Leben in der Provinz?»

«Interessant.»

Orlando lächelte Boom Boom an. «Wenn diese reizende Dame der Beweis ist, würde ich zustimmen.»

Boom Boom lächelte zurück. Ihre Zähne schimmerten; sie hatte sie einen Tag zuvor extra reinigen lassen. «Sie schmeicheln mir.»

«Ganz im Gegenteil. Mir fehlen die Worte.»

Blair lächelte großmütig. «Komm mich Silvester besuchen. Bis dahin habe ich vielleicht sogar Möbel.»

«Abgemacht.»

«Orlando, hilf meinem Gedächtnis auf die Sprünge. Warst du in Exeter oder Andover?»

«Andover. Carlos war in Exeter. Mutter und Dad meinten, wir sollten auf getrennte Colleges gehen, weil wir so starke Konkurrenten waren. Und jetzt haben wir eine gemeinsame Firma. Ich schätze, sie hatten recht.»

«Und was für eine Firma ist das, Mr. Heguay?»

«Bitte nennen Sie mich Orlando.» Er lächelte wieder. Er war ein gutaussehender Mann. «Carlos und ich sind Eigentümer der Atlantic Company. Wir vermitteln Architekten und Innenarchitekten an diverse Kunden sowohl in Südamerika wie in Nordamerika. Ich war ursprünglich der Architekt und Carlos der Innenarchitekt, aber jetzt haben wir ein Team von fünfzehn Angestellten.»

«Hört sich an, als würde Ihnen das Spaß machen», gurrte Boom Boom.

«Tut es auch.»

Blair, amüsiert über Boom Booms Interesse – das von Orlando erwidert wurde –, fragte: «Warst du nicht mit Fitz-Gilbert Hamilton auf der Schule?»

«War ein Jahr unter mir. Der arme Kerl.»

«Inwiefern?»

«Seine Eltern sind eines Sommers beim Absturz eines Kleinflugzeugs ums Leben gekommen. Dann hatte er mit einem Freund einen Autounfall. Es sah gar nicht gut aus. Er soll einen Nervenzusammenbruch gehabt haben. Alle waren erstaunt, daß er's geschafft hat, im Herbst nach Princeton zu kommen; denn in seinem letzten Collegejahr ist viel über ihn gemunkelt worden. Die Leute dachten, er wäre endgültig abgedreht.»

«Er lebt auch in Crozet... scheint vollkommen normal zu sein.»

«Wer hätte das gedacht. Erinnerst du dich an Izzy Diamond?»

«Ich weiß noch, wie er unbedingt in die Pen-and-Scroll-Geheimgesellschaft aufgenommen werden wollte. Ich dachte schon, er würde sterben, wenn sie ihn nicht nähmen. Sie haben ihn tatsächlich nicht genommen.»

«Vor kurzem haben sie ihn wegen Investmentbetrugs verhaftet.»

«Izzy Diamond?»

«Ja.» Orlandos Augenbrauen schnellten in die Höhe, dann sah er Boom Boom an. «Wie unhöflich von uns, in College-Erinnerungen zu schwelgen. Mademoiselle, darf ich Sie um diesen Tanz bitten?» Er wandte sich an Blair: «Du mußt dir eine andere Partnerin suchen.»

Blair lächelte und winkte ab. Er war Boom Boom dankbar, daß sie ihm den Zugang zur Gesellschaft von Mittelvirginia ebnete. Er mochte sie ganz gern, obwohl ihr ständiges Bedürfnis, im Mittelpunkt zu stehen, ihn zunehmend langweilte. Auf den Knickerbocker-Ball hatte er sie eigentlich nur eingeladen, um sich zu revanchieren. Es freute ihn riesig, daß Orlando sie so attraktiv fand. Viele der anwesenden Herren warfen Boom Boom bewundernde Blicke zu. Blair hatte für eine Weile genug von Frauen, obwohl er sich zu den seltsamsten Zeiten dabei ertappte, wie er an Harry dachte. Was sie wohl auf einem Ball machen würde? Nicht, daß sie unbeholfen wäre, aber er konnte sie sich nicht im Ballkleid vorstellen. Ihre natürliche Kluft waren Stiefel, Jeans und Hemd. Da Harry einen kleinen Hintern hatte, unterstrich diese Kluft ihre körperlichen Reize. Sie war so praktisch, so realistisch. Plötzlich wünschte Blair, sie wäre bei ihm. Ihr würden bestimmt ein paar witzige Bemerkungen über diese Leute einfallen.

44

«Wer bietet fünfzehntausend? Höre ich fünfzehntausend? Neu kriegen Sie den nicht unter fünfunddreißig. Wer bietet fünfzehntausend?»

Während der Versteigerer sang, schimpfte, scherzte und sich aufregte, standen Harry und Blair am Rand des Auktionsgeländes. Ein leichter Regen dämpfte die Aufmerksamkeit; bei den sinkenden Temperaturen konnte der Regen leicht in Schnee übergehen. Die Leute stampften mit den Füßen und rieben sich die Hände. Obwohl Harry eine lange seidene Unterhose, ein T-Shirt, einen dicken Pullover und ihre Daunenjacke trug, spürten Nase, Hände und Füße die schneidende Kälte. Ihren Körper konnte sie immer warm halten, aber bei den Armen und Beinen erwies es sich als schwierig.

Blair trat von einem Fuß auf den anderen. «Meinen Sie wirklich, ich brauche einen Traktor mit siebzig PS?»

«Fünfundvierzig oder so würden Ihnen reichen, aber wenn Sie einen mit siebzig haben, können Sie alles machen. Sie wollen Ihren hinteren Acker umpflügen und düngen, stimmt's? Vielleicht wollen Sie Gestrüpp roden. Sie haben in Foxden eine Menge zu tun. Der John Deere ist alt, ich weiß, aber in gutem Zustand, und wenn Sie auch nur ein kleines bißchen technisches Geschick haben, können Sie ihn problemlos instand halten.»

«Brauche ich einen Planierschild?»

«Um die Zufahrt freizuräumen? Sie könnten ohne Schild durch den Winter kommen. In Virginia schneit es gewöhnlich nicht viel. Konzentrieren wir uns auf das Wesentliche.»

Das Leben auf dem Land erwies sich als komplizierter und

kostspieliger, als Blair es sich vorgestellt hatte. Zum Glück hatte er die nötigen Mittel, und zum Glück hatte er Harry. Ohne sie wäre er zu einem Händler gegangen und hätte für neue Gerätschaften mitsamt Unmengen Zubehör, das er vorerst nicht brauchte und vielleicht nie benutzen würde, einen Haufen Geld bezahlt.

Auf den grün-gelben John-Deere-Traktor hatten es außer Blair noch mehr Leute abgesehen. Es wurde lebhaft geboten, aber schließlich erhielt er bei 22500 den Zuschlag. Es war ein sagenhaft günstiger Kauf. Das Bieten besorgte Harry.

Begeistert von Blairs Errungenschaft, kletterte Harry auf den Traktor, ließ ihn an und tuckerte im ersten Gang zu ihrem Anhänger. Sie hatte eine Holzrampe mitgebracht, die irrsinnig schwer war. Sie ließ den Traktor laufen, legte den Leerlauf ein und zog die Bremse an.

«Blair, wir werden wohl einen zweiten Mann brauchen.»

Er hob ein Ende an. «Wie haben Sie das Ding da überhaupt drangekriegt?»

«Ich verwahre die Rampe auf dem alten Heuwagen, und wenn ich sie brauche, bringe ich sie zu der Erdrampe und schiebe sie von dort auf den Anhänger, der rückwärts an der Rampe steht. Ich erweitere dabei allerdings mein Schimpfwörterrepertoire.» Sie bemerkte Mr. Tapscott, der einen Hinterkipper erstanden hatte. «Hey, Stuart, helfen Sie mir mal.»

Mr. Tapscott schlenderte herüber, ein großer Mann mit prachtvollen grauen Haaren. «Wird aber auch Zeit, daß Sie sich einen neuen Traktor zulegen, und heute haben Sie einen wirklich guten Kauf gemacht.»

«Blair hat ihn gekauft. Ich hab bloß geboten.» Harry stellte sie einander vor.

Mr. Tapscott musterte Blair. Da er Harry gern hatte, war sein Blick kritisch. Er wollte nicht, daß sich ein Mann an sie heranmachte, der kein Rückgrat hatte.

«Harry hat mir den Fahrweg gezeigt, den Sie bei Reverend Jones angelegt haben. Gute Arbeit.»

«Hat Spaß gemacht.» Mr. Tapscott lächelte. «Na, fühlen Sie sich stark?»

Travis, Stuarts Sohn, kam hinzu, um bei dem Manöver zu helfen. Die Männer stellten die schwere Rampe mühelos auf, und Harry, die auf dem Fahrersitz saß, ließ den Traktor an den Anhänger rollen. Dann schoben die Männer die Rampe in den Anhänger, indem sie sie gegen den Traktor lehnten.

Blair streckte seine Hand aus. «Danke, Mr. Tapscott.»

«War mir ein Vergnügen, dem Freund einer Freundin behilflich zu sein.» Er lächelte und wünschte ihnen einen guten Tag.

Harry fuhr ihren Transporter langsam, weil die Rampe möglichst wenig gegen den Traktor bumpern sollte.

«Ich bringe ihn zu mir, dann können wir den Traktor direkt rüberfahren. Anschließend können Sie mir helfen, die Holzrampe runterzuschieben. Ich wünschte, ich würde mal eine für meine Zwecke geeignete Aluminiumrampe finden, aber ich habe kein Glück.»

«Auf den Jagdtreffen habe ich Anhänger mit Rampen gesehen.»

«Sicher, aber diese Anhänger sind so teuer – vor allem die aus Aluminium, und das sind die besten. Mein Viehanhänger ist ganz brauchbar, aber nicht mit einem mit Rampe zu vergleichen, die sind einfach Spitze.»

Sie fuhr rückwärts an die Erdrampe heran. Beim zweiten Anlauf hatte sie es geschafft. Sie konnten Tucker im Haus bellen hören. Sie rollten den Traktor herunter, danach schoben und zogen sie an der Holzrampe.

«Wie wollen wir die da runterkriegen?» Blair war ratlos, denn die schwere Holzrampe saß bedenklich schief auf der Erdaufschüttung.

«Passen Sie auf.» Harry zog den Anhänger weg, sprang aus dem Transporter und kuppelte ihn aus. Dann stieg sie wieder in den Transporter und fuhr ihn rückwärts an den alten Heuwagen heran. An der langen Deichsel des Wagens hing eine Kette, ein Überbleibsel aus der Zeit, als er noch von Pferden gezogen wurde. Sie warf die Kette über die Kugelkopfkupplung an ihrer Stoßstange. Harry hatte klugerweise beide Kupplungstypen: die in die Bodenplatte ihres Transporters genietete Stahlplatte mit der Kugel für den Anhänger und außerdem die unter dem Transporter ans Fahrgestell angeschweißte Kupplung mit dem umsetzbaren Kugelkopf. Dann fuhr sie den Heuwagen neben die Erdaufschüttung.

«Okay, jetzt schieben wir die Rampe auf den Wagen.»

Blair, der trotz der Kälte schwitzte, schob die schwere Holzrampe auf die Erdrampe. «Geschafft.»

Harry stellte den Motor ab, kurbelte ihre Fenster hoch und stieg aus dem Transporter. «Blair, ich war wohl ein bißchen voreilig. Ich glaube, es fängt bald an zu schneien. Wir können den Traktor in meine Scheune stellen, oder Sie fahren ihn zu sich rüber, und ich komme mit Ihrem Transporter nach.»

Wie aufs Stichwort trudelten die ersten Schneeflocken vom dunkelnden Himmel.

«Lassen wir ihn hier. Ich kann die Maschine noch nicht bedienen. Wollen Sie's mir immer noch beibringen?»

«Klar, ist ganz einfach.»

Jetzt war es, als hätte sich am Himmel ein Reißverschluß geöffnet, und der Schnee rieselte nur so herunter. Die zwei gingen ins Haus, nachdem Harry den Traktor in die Scheune gestellt hatte. Freudig begrüßten die Tiere ihre Mutter. Sie setzte Kaffeewasser auf und kramte Luncheonmeat hervor, um Sandwiches zu machen.

«Harry, Ihr Transporter hat keinen Vierradantrieb, oder?»

«Nein.»

«Heben Sie mir meine Sandwiches noch zwanzig Minuten auf. Ich rase zu Market und kaufe ein bißchen was ein, denn es sieht nach einem richtigen Schneesturm aus. Ihre Vorratskammer ist fast leer und meine auch.»

Ehe sie protestieren konnte, war er schon weg. Eine Stunde später kam er mit acht Tüten Lebensmitteln zurück. Er hatte ein Brathuhn gekauft, einen Schweinebraten, Kartoffeln, Chips, Cola, Kopfsalat, diverse Käse, Gemüse, Äpfel, auch welche für die Pferde, Pfannkuchenmischung, Milch, Butter, Brownie-Mischung, eine Sechserpackung mexikanisches Bier, teuren Bohnenkaffee, eine Kaffeemühle und zwei Tüten Katzen- und Hundefutter. Harry staunte nicht schlecht, als er die Sachen wegräumte und im Küchenkamin Feuer machte, unter Zuhilfenahme eines großen Holzscheits und von etwas gespaltenem Holz, das sie auf der Veranda gestapelt hatte. Ihr Protest wurde ignoriert.

«Jetzt können wir essen.»

«Blair, ich weiß nicht, wie man Schweinebraten macht.»

«Sie machen gute Sandwiches. Wenn es so weitergeht, wie der Wetterbericht sagt, haben wir bis morgen mittag einen halben Meter Schnee. Dann komm ich rüber und zeig Ihnen, wie man Schweinebraten macht. Können Sie Waffeln backen?»

«Ich hab meiner Mutter immer dabei zugeguckt. Kann ich bestimmt.»

«Sie machen Frühstück, und ich mach Abendessen. Dazwischen streichen wir Ihre Sattelkammer.»

«Haben Sie auch Farbe gekauft?»

«Ist hinten im Wagen.»

«Blair, die wird doch fest bei der Kälte.» Harry sprang auf und lief hinaus, gefolgt von Blair. Sie lachten, während sie die Farbe in die Küche schleppten, die Haare mit Schneeflokken getüpfelt, die Füße naß. Sie aßen zu Ende, zogen die Schuhe aus und setzten sich wieder, die Füße am Feuer.

Mrs. Murphy streckte sich vor dem Kamin aus, Tucker ebenso.

«Warum haben Sie mich nicht gefragt, wieso ich mit Boom Boom auf dem Knickerbocker-Ball war?»

«Das geht mich nichts an.»

«Ich entschuldige mich dafür, daß ich Sie nicht gefragt habe, aber Boom Boom hat mir sehr geholfen, und zwei Sekunden lang fand ich sie reizvoll, und da dachte ich, ich nehm sie mit ins Waldorf, gewissermaßen als Dankeschön.»

«Wie Ihr Einkauf?»

Er dachte darüber nach. «Ja und nein. Ich mag Leute nicht ausnutzen, und Sie haben mir beide geholfen. Sie hat dort einen Studienkollegen von mir kennengelernt, Orlando Heguay. Der hat groß eingeschlagen bei ihr.»

«Reich?»

«Hm, und obendrein sieht er gut aus.»

Harry lächelte. Es wurde dunkler, und ein mildes Purpurrot legte sich wie ein melancholisches Netz über den Schnee. Blair erzählte Harry von seinen ständigen Kämpfen mit seinem Vater, der gewollt hatte, daß er Arzt wurde wie er selber oder aber Geschäftsmann. Er erzählte von seinen zwei Schwestern und seiner Mutter, und schließlich kam er auf seine ermordete Freundin zu sprechen. Blair erklärte, er fühle sich erst jetzt allmählich wieder wie ein Mensch, obwohl es schon anderthalb Jahre her sei.

Harry zeigte Mitgefühl, und als er sie nach ihrem Leben fragte, erzählte sie ihm, wie sie auf dem Smith College Kunstgeschichte studiert, ihre berufliche Bestimmung aber nicht gefunden hatte und schließlich bei dem Job im Postamt gelandet war, der ihr wirklich Freude mache. Ihre Ehe sei wie ein zweiter Job gewesen, und nach der Scheidung habe sie sich gewundert, wieviel freie Zeit sie hatte. Sie wolle sich nach etwas umsehen, das sie neben dem Postdienst tun könnte. Sie habe an eine Agentur für Pferdebilder gedacht, aber sie kenne sich auf dem Markt nicht genügend aus. Sie habe jedoch keine Eile. Auch sie habe das Gefühl, daß sie langsam aufwache.

Sie überlegte, ob sie ihn bitten solle zu bleiben. Sein Haus war so kahl, aber es schien ihr nicht richtig, ihn jetzt schon zu fragen. Harry lag es nicht, etwas zu überstürzen.

Als er aufstand, um nach Hause zu fahren, umarmte sie ihn zum Abschied, dankte ihm für die Lebensmittel und sagte: «Dann bis morgen.»

Sie sah seinen Rücklichtern nach, als er die kurvige Zufahrt hinunterfuhr. Dann zog sie ihre Jacke an und brachte Essensreste für das Opossum nach draußen.

45

Harry hatte sich's mit dem neuesten Roman von Susan Isaac im Bett gemütlich gemacht, als zu ihrer Verwunderung das Telefon klingelte.

Fairs Stimme knatterte in der Leitung. «Kannst du mich hören?»

«Ja, einigermaßen.»

«Die Leitungen sind am Vereisen. Vielleicht bist du bald ohne Strom und Telefon. Bist du allein?»

«Was soll die Frage. Und du? Bist du allein?»

«Ja. Ich mach mir Sorgen um dich, Harry. Was alles geschehen könnte, wenn du von der Welt abgeschnitten bist!»

«Mir passiert schon nichts.»

«Das kannst du nicht wissen. Daß noch nichts passiert ist, muß nicht heißen, daß du nicht in Gefahr bist.»

«Vielleicht bist du in Gefahr.» Harry seufzte. «Fair, soll das etwa eine Entschuldigung sein?»

«Äh... hm, ja.»

«Ist bei Boom Boom der Lack ab?»

Lange war nur ein Knistern in der Leitung zu hören, bis Fair schließlich sagte: «Ich weiß nicht.»

«Fair, ich war deine Frau, und davor war ich eine deiner besten Freundinnen. Vielleicht können wir mit der Zeit wieder gute Freunde werden. Sag mal: Hast du einen Haufen Geld für Boom Boom ausgegeben?»

Diesmal war das Schweigen quälend. «Ich denke ja, für meine Verhältnisse. Harry, es ist nie genug. Ich kauf ihr was Schönes – stell dir vor, Zaumzeug aus England, und diese Sachen sind ja nicht billig. Aber egal, ich kauf ihr zum Beispiel das englische Zaumzeug, und sie fällt über mich her vor lauter Glück. Zwei Stunden später ist sie am Boden zerstört, ich hätte kein Gespür für ihre Bedürfnisse. Ist sie mit ihren Bedürfnissen denn nie am Ende? Macht sie das mit Frauen genauso, oder hat sie diese Masche für Männer reserviert?»

«Mit Frauen macht sie es genauso. Denk nur mal an die Jammergeschichte, die sie Mrs. MacGregor aufgetischt hat, und wie Mrs. MacGregor ihr ausgeholfen und ihr Pferde geliehen hat – das war lange bevor sie mit Kelly verheiratet war. Mrs. MacGregor hatte es bald satt. Sie mußte das Sattelzeug und das Pferd saubermachen, weil Boom Boom nach dem Ausreiten immer gleich verschwand. Sie ist einfach, ach, ich weiß nicht. Sie ist eben unzuverlässig. Daß Kelly Craycroft sie geheiratet hat, das war das Beste, was ihr je passiert ist. Er konnte sie sich leisten.»

«Das ist es ja eben, Harry. Kelly hat ihr ein beachtliches Vermögen hinterlassen, und sie jammert, wie arm sie ist.»

«Mitleid holt mehr Geld aus den Leuten heraus als andere Emotionen, schätze ich. Bist du pleite? Hast du... sehr viel ausgegeben?»

«Hm... mehr, als ich mir leisten konnte.»

«Kannst du die Miete für das Haus und deine Praxis bezahlen?»

«Das ist aber auch alles, was ich noch bezahlen kann.»

Harry überlegte eine Weile. «Wenn du deine Einrichtung auf Pump gekauft hast, kannst du geringere Raten aushandeln, bis du wieder bei Kasse bist. Und wenn du deine Beiträge für den Jagdclub nicht aufbringen kannst, Jock ist da sehr verständnisvoll. Er wird sie dir stunden.»

«Harry» – Fair erstickte fast an seinen Worten –, «ich war ein Trottel. Ich wünschte, ich hätte dir das Geld gegeben.»

Tränen kullerten Harry über die Wangen. «Mein Lieber, das ist jetzt nicht mehr zu ändern. Komm wieder auf die Beine, und nimm Urlaub von den Frauen – einen Jahresurlaub.»

«Haßt du mich?»

«Das war einmal. Ich bin drüber weg, hoffentlich. Ich wünschte, es wäre anders gelaufen. Das Ganze hat meinem Ego einen ziemlichen Schlag versetzt, und das hat mir gar nicht gepaßt, aber wem paßt so was schon? Es ist erstaunlich, wie unvernünftig die vernünftigsten Leute werden, wie sie von allen guten Geistern verlassen werden, wenn Liebe oder Sex ins Spiel kommt. Existiert so was überhaupt? Ich weiß gar nicht mehr, was das ist.»

«Ich auch nicht.» Er schluckte. «Aber ich weiß, daß du mich geliebt hast. Du hast mich nie belogen. Du hast so hart geschuftet wie ich und hast nie etwas verlangt. Ich weiß nicht, wie uns das Feuer abhanden gekommen ist. Eines Tages war es aus.»

Jetzt schwieg Harry zur Abwechslung eine Weile. «Wer weiß, Fair, wer weiß? Können die Menschen dieses Gefühl zurückholen? Manche vielleicht, aber ich glaube nicht, daß wir es gekonnt hätten. Das heißt nicht, daß wir schlechte Menschen sind. Es ist uns irgendwie entglitten. Mit der Zeit werden wir das Gute am anderen und die gemeinsamen Jahre zu schätzen wissen – ich nehme an, das ist der richtige Ausdruck. Die meisten Leute in Crozet glauben nicht, daß das zwischen einem Mann und einer Frau möglich ist, aber ich hoffe, wir können beweisen, daß sie sich irren.»

«Das hoffe ich auch.»

Als er aufgelegt hatte, rief Harry Susan an und erzählte ihr alles. Sie heulte Rotz und Wasser. Susan tröstete sie und war froh, daß Harry und Fair vielleicht Freunde werden könnten. Als Harry sich ausgeweint hatte, kam sie wieder auf das Thema zu sprechen, das für sie gegenwärtig im Mittelpunkt stand, das Thema, das sie nur mit Susan ausführlich erörterte: die Morde.

«Das Geld in Bens Portefeuille liefert keine Anhaltspunkte?»

«Nicht, daß ich wüßte, dabei hab ich sogar Cynthia Cooper im Supermarkt ausgequetscht», antwortete Susan. «Und Ned hat Cabell bearbeitet. Er nimmt es sehr schwer.»

«Und in der Bank fehlt nichts?»

«Nein, sie haben doppelt und dreifach geprüft. Alle stellen dieselbe Frage. Es treibt Cabell zum Wahnsinn.»

«Hast du dir noch mehr Schmuckkästen vorgenommen?»

«Sehr witzig. War wohl doch keine so gute Idee von mir.»

«Ich hatte ein richtig schlechtes Gewissen, als ich Miranda bat, ihre Sachen durchzusehen. Sie ist in Weihnachtsstimmung. Nicht mal die Post kann sie bremsen. Hast du ihren Baum gesehen? Ich glaub, der ist höher als der vorm Weißen Haus.»

«Mich haut ihre Christbaum-Brosche um, die vielen kleinen blinkenden Lichter an ihrem Busen. Sie muß einen Kilometer Draht unter ihrer Bluse und ihrem Rock haben.» Susan lachte.

«Gehst du auf Mims Party?»

«Ich wüßte nicht, daß es uns gestattet wäre, ihr fernzubleiben.»

«Ich zieh den Ohrring an. Das ist unsere einzige Chance.»

«Harry, tu das nicht.»

«Doch, ich tu's.»

«Dann sag ich's Rick Shaw.»

«Sag's ihm hinterher. Sonst beschlagnahmt er den Ohrring. Dabei fällt mir ein, hast du einen einzelnen Ohrring ...?»

«Heißen Dank!»

«Nein, nein, so hab ich das nicht gemeint. Ich hab so wenige Ohrringe, und ich hatte gehofft, du könntest mir einen überlassen, am liebsten einen großen.»

«Wofür?»

«Damit ich mit dem Opossum tauschen kann.»

«Harry, um Himmels willen, das ist ein Tier. Gib ihm was zu fressen.»

«Tu ich sowieso. Der kleine Kerl liebt glänzende Sachen. Ich muß ihm einen Ersatz geben.»

Susan seufzte theatralisch. «Ich werd schon was finden. Du bist plemplem.»

«Und was sagt das über dich aus? Du bist schließlich meine beste Freundin.» Mit dieser Bemerkung legten sie auf.

Mrs. Murphy fragte Tucker: *«Hast du gewußt, daß Katzen im alten Ägypten goldene Ohrringe trugen?»*

«Ist mir schnuppe. Schlaf jetzt.» Tucker wälzte sich herum.

«So ein Banause», dachte die Katze bei sich, bevor sie unter die Decke kroch. Sie liebte es, mit ihrem Kopf neben Harrys auf dem Kissen zu schlafen.

46

Die ganze Nacht schneite es heftig in Mittelvirginia. Ein leichter Temperaturanstieg bei Tagesanbruch verwandelte den Schnee in Eisregen, und bald war die schöne weiße Decke von dickem Eis überlagert. Gegen sieben Uhr sank die Temperatur wieder, und es fiel noch mehr Schnee. Autofahren war gefährlich, weil die Eisdecke verborgen war. Die Polizei warnte die Leute über Fernsehen und Rundfunk und forderte sie auf, zu Hause zu bleiben.

Blair drehte sich vor dem Schuppen im Kreis, als er versuchte, mit seinem Kombi die Einfahrt hinunterzufahren. Darauf schnappte er sich Skier und Stöcke und rutschte querfeldein zu dem Bach zwischen seinem und Harrys Grundstück. Die Ränder des Bachs waren mit Eis überzogen, Eiszapfen hingen an den Büschen, und sogar die Äste der Bäume glitzerten in dem grauen Licht und dem unaufhörlichen Schneefall. Blair schnallte seine Skier ab, warf sie ans andere Ufer und überquerte den Bach mit Hilfe seiner Skistöcke. Jeder Trittstein, den er finden konnte, war glatt wie eine Billardkugel. Was normalerweise ein, zwei Minuten erforderte, dauerte fünfzehn. Als er bei Harrys Hintertür angelangt war, keuchte er und war rot im Gesicht. Die Waffeln brachten ihn wieder zu Kräften.

Als Harry und Blair in die Sattelkammer kamen, war es warm genug zum Streichen, denn Harry hatte einen Heizstrahler mitten in den Raum gestellt. Sie strichen den ganzen Tag. Blair machte wie versprochen den Schweinebraten. Sie saßen beim Nachtisch und unterhielten sich. Blair lieh sich eine starke Taschenlampe und ging zeitig nach Hause, um halb neun. Kurz vor neun rief er Harry an, um ihr zu sagen, daß er's geschafft hatte. Sie versicherten sich gegenseitig, daß es ein wunderbarer Tag gewesen war, dann legten sie auf.

47

Es schneite den ganzen Sonntag, mal mehr, mal weniger. Susan Tucker fuhr Montag morgen langsam zu Harry hinaus, um sie zur Arbeit abzuholen. Der alte Jeep, mit aufgezogenen Schneeketten, war beladen mit Harry, Mrs. Murphy und Tucker. Auf der Fahrt in die Stadt staunte Harry über die vielen Fahrzeuge, die am Straßenrand liegengeblieben oder abgerutscht waren und jetzt am Fuß der Böschung lagen. Die Besitzer der meisten Wagen kannte sie.

«Gesegnete Zeiten für die Autowerkstatt», bemerkte Harry.

«Und gesegnete Zeiten für Art Bushey. Die meisten Leute werden so wütend sein, daß sie ihr Auto so bald wie möglich abschleppen lassen und bei ihm in Zahlung geben werden. Ein Wagen mit Allradantrieb ist zwar teurer im Unterhalt, aber in dieser Gegend unentbehrlich.»

«Ich weiß», sagte Harry bekümmert.

Susan, über den ständigen Geldmangel ihrer besten Freundin im Bilde, lächelte. «Eine Freundin mit Allradantrieb ist so gut, als hättest du selbst einen.»

Harry verlagerte Tuckers Gewicht auf ihrem Schoß, weil die Pfote des kleinen Hundes ihr auf die Blase drückte. «Ich brauch unbedingt einen Nebenjob. Das Gehalt bei der Post reicht hinten und vorne nicht.»

«Schlechte Zeiten, um ein Geschäft aufzumachen.»

«Meinst du, wir stehen kurz vor einer Depression? Vergiß den Rezessionsquatsch. Die Politiker finden für alles beschönigende Worte.»

«Man erkennt immer, wann ein Politiker lügt. Jedesmal, wenn er den Mund aufmacht.» Susan ging mit dem Tempo noch weiter herunter, als sie die Außenbezirke der Stadt erreichten. Die Straßen waren zwar mehrmals gepflügt worden, aber das Eis unter der Schneedecke war immer noch fest. «Ja, ich glaube, wir stehen kurz davor. Wir müssen für die Wall-Street-Skandale büßen, und mehr noch, wir müssen für den Rest unseres Lebens für das Spar-und-Darlehensfiasko büßen. Die fetten Zeiten sind vorüber.»

«Dann sollte ich vielleicht ein Abmagerungsberatungsinstitut gründen.» Harry war niedergeschlagen.

Susan fuhr vorsichtig an die Holzumzäunung vor dem Postamt heran und trat auf die Bremse. Der Jeep hatte Allradantrieb, aber keinen Allradstopp. Sie sah, daß Miranda schon bei der Arbeit war. «Ich muß nach Hause. Oh, hier, eh ich's vergesse.» Sie entnahm ihrer Handtasche einen großen goldenen Ohrring.

«Das ist doch kein echtes Gold, oder? Dann kann ich ihn nicht annehmen.»

«Vergoldet. Und ich bleibe dabei, daß ich mit deinem Plan nicht einverstanden bin.»

«Ich kann dich hören, aber ich hör nicht auf dich.» Harry öffnete den Wagenschlag. Tucker sprang hinaus und versank kopfüber im Schnee.

Mrs. Murphy lachte. *«Schwimm, Tucker.»*

«Sehr witzig.» Tucker schob sich durch den Schnee und sprang bei jedem Schritt hoch, um den Kopf oberhalb des weißen Pulvers zu halten.

Die Katze blieb auf Harrys Schulter. Harry half Tucker vorwärts, und Mrs. Hogendobber öffnete die Tür.

«Ich muß Ihnen was zeigen.» Mrs. Hogendobber machte die Tür zu und schloß wieder ab. «Kommen Sie.»

Während Harry sich aus ihrer Jacke und den diversen übereinandergezogenen Schichten schälte, warf Miranda eine Handvoll Karten auf den Schalter. Sie sahen aus wie jene Werbepostkarten, die regelmäßig von Geschäften versandt wurden, die das Briefporto sparen wollten. Bis Harry eine las.

«Steck deine Nase nicht in Sachen, wo dich nichts angehn», las sie laut. «Was ist das?»

«Ich weiß nicht, was das ist, ich weiß nur, daß die Grammatik nicht stimmt. Herbie und Carol haben eine bekommen, außerdem die Sanburnes, die Hamiltons, Fair Haristeen, Boom Boom, Cabby und Taxi – kurz und gut, fast alle, die wir kennen.»

«Wer hat keine bekommen?»

«Blair Bainbridge.»

Harry hielt die Karte ins Licht. «Guter Druck. Haben Sie Sheriff Shaw angerufen?»

«Ja. Und Charlottesville Press, Papercraft, Kaminer und Tompson, King Lindsay, sämtliche Druckereien in Charlottesville. Niemand hat Unterlagen über so eine Bestellung.»

«Könnte ein Computer mit Grafikprogramm so was machen?»

«Da fragen Sie mich? Dafür sind Kinder da, die spielen mit Computern.» Mrs. Hogendobber stemmte die Hände in die Hüften.

«Ah, da kommen Rick und Cynthia. Vielleicht wissen sie was.»

Die Beamten meinten, die Postkarten könnten mit einem

teuren Laserdrucker gedruckt worden sein, aber sie wollten sich bei Computer-Experten in der Stadt erkundigen.

Während sie langsam losfuhren, sah Cynthia im Westen neue Sturmwolken aufziehen. «Boss?»

«Ja?»

«Warum tut ein Mörder so was? Es ist dumm.»

«Einerseits ja, andererseits... also ich weiß nicht.»

Rick umfaßte das Lenkrad fester und ging auf Kriechtempo herunter. «Wir haben so gut wie nichts in der Hand. Er oder sie weiß das, aber irgendwas steckt in diesem Menschen, das auf sich aufmerksam machen will. Er will nicht erwischt werden, aber er will uns und alle anderen wissen lassen, daß er schlauer ist als wir andern alle zusammen. Ein klassischer Konflikt.»

«Er muß sich seine Macht bestätigen und sich trotzdem versteckt halten.» Sie winkte Fair zu, der im Schnee steckengeblieben war. «Wir halten am besten an. Ich denke, wir können ihn rausziehen.»

Rick verdrehte die Augen nach oben. «Hören Sie, ich weiß, es ist ungesetzlich, deshalb bitte ich Sie nicht direkt, aber wäre es nicht eigenartig, wenn diese Postkarten für einen Tag verlegt würden – nur für einen Tag?» Er machte eine Pause. «Wir haben es mit jemandem zu tun, der unglaublich gerissen ist, mit jemandem, der gerne Katz und Maus spielt. Verdammt. Es ist Weihnachten!»

«Hä?»

«Im Moment habe ich Angst um jedes Weihnachtsgeschenk unter jedem Weihnachtsbaum.»

48

Eine gewaltige Douglas-Fichte reichte bis an die hohe Decke von Mim Sanburnes eleganter Villa. Die Hartholzböden schimmerten vom Widerschein der Baumlichter. Unter dem Baum, auf der Anrichte, überall waren Geschenke gestapelt, fröhliche Päckchen, in grüner, goldener, roter und silberner Folie verpackt und mit riesigen bunten Schleifen gekrönt.

An die 150 Gäste füllten die sieben Räume im Parterre des alten Hauses. Zion Hill, wie das Haus genannt wurde, war aus einer 1769 errichteten einräumigen Blockhütte hervorgegangen. Damals waren die Indianer herbeigestürmt und hatten die Weißen getötet, und bis nach dem Freiheitskrieg war Zion Hill ohne Nachbarn geblieben. Schießscharten waren in der Wand, hinter der sich die Pioniere verschanzt hatten, um auf die angreifenden Indianer zu schießen. Die Urquharts, Mims Familie mütterlicherseits, waren zu Wohlstand gelangt und hatten das Haus im Unionsstil vergrößert. Ein rapider wirtschaftlicher Aufschwung verlieh den Vereinigten Staaten in den 1820er Jahren Glanz. Das Land hatte wieder einen Krieg gegen Großbritannien gewonnen, der Westen wurde erschlossen, alles schien möglich. Captain Urquhart, der in der dritten Generation in Zion Hill lebte, investierte in Pippinäpfeln, die angeblich von Dr. Thomas Walker, dem Arzt Thomas Jeffersons, aus dem Staat New York ins Land gebracht worden waren. Der Captain kaufte Bergland zu einem Spottpreis und legte riesige Obstplantagen an. Ein Glück für den Captain, daß die Amerikaner Äpfel mochten: ob als Apfelauflauf, Apfelmost, Apfelmus, Apfeltorte oder Apfelkrapfen. Auch Pferde liebten Äpfel.

Vor dem Bürgerkrieg kaufte sich die nächste Urquhart-

Generation in die Eisenbahn ein, die nach Westen fuhr, und häufte weiteres Vermögen an. Dann kam der verheerende Bürgerkrieg, dem drei oder vier Söhne zum Opfer fielen. Von der übernächsten Generation hatten nur eine Tochter und ein Sohn überlebt. Die Tochter war so vernünftig, einen Yankee zu heiraten. Er war zwar unbeliebt, brachte aber Geld und die für Neuengland typische Sparsamkeit mit. Der Bruder, dessen Kriegsverwundungen nie ganz heilten, arbeitete für den Ehemann seiner Schwester. Kein glückliches Abkommen, aber immer noch besser als verhungern. Das Stigma des Yankeebluts war durch den Zweiten Weltkrieg verblaßt, jedenfalls so weit, daß Mim gegen die Verwendung ihres väterlichen Familiennamens nichts einzuwenden hatte; allerdings stellte sie den Namen ihrer Mutter stets voran.

Architekturfans freuten sich über eine Einladung nach Zion Hill, weil die Räume nach dem Abstand zwischen dem Ellbogen des Poliers bis zur Spitze seines Mittelfingers abgemessen worden waren. Die Maße waren nicht exakt, aber optisch wirkten die Zimmer vollkommen. Gärtner erfreuten sich an den Buchsbäumen und dem Garten mit immergrünen und einjährigen Pflanzen, der über zwei Jahrhunderte liebevoll gepflegt worden war. Und auch die Speisen erfreuten jedermann. Daß die Gastgeberin sich als Herrin aufspielte, freute niemanden, aber auf der Weihnachtsparty waren so viele Leute, mit denen man reden konnte, daß man zu Mim nur «hallo» und beim Gehen «danke für den wunderbaren Abend» sagen mußte.

Die Säufer von Albemarle County, die an der Punschschüssel und an der Bar festklebten, hatten Nasen so rot wie das Gewand des Weihnachtsmanns. Dieser erschien pünktlich um 20 Uhr für die Kinder. Er verteilte seine Gaben, danach konnten die Mamis und Papis ihre Engel nach Hause bringen und schlafen legen. Als das junge Gemüse abtransportiert war, drehten die Leute voll auf. Alle Jahre wieder konnte man sich darauf verlassen, daß jemand stockbesoffen umkippte, Streit anfing, heulte oder einen unglücklichen oder auch glücklichen Partygast verführte.

Dieses Jahr hatte Mim den Chor der lutheranischen Kirche bestellt. Der Auftritt war für 21 Uhr 30 festgesetzt, damit die Frühaufsteher die Weihnachtslieder mitsingen und anschließend nach Hause gehen konnten.

Giftgrün glitzerten Mims Smaragde an ihrem Hals. Ihr weißes Kleid war eigens kreiert, um den Schmuck zur Geltung zu bringen. Die Smaragdohrgehänge paßten zur Halskette. Der Gesamtwert dürfte sich im Einzelhandel bei Tiffany auf 200000 Dollar belaufen haben. Auf dem Edelsteinsektor gab es harte Konkurrenz durch Boom Boom Craycroft, die Saphire bevorzugte, und Miranda Hogendobber, die eine Vorliebe für Rubine hatte. Miranda, beileibe nicht wohlhabend, hatte ihre kostbare Halskette aus Rubinen und Diamanten von der Schwester ihrer Mutter geerbt. Susan Tucker trug schlichte Diamantohrringe, und Harry trug überhaupt keine Steine. Für eine Frau war Mims Weihnachtsparty wie ein Eintrag in die Gesellschaftsklatschspalten. Es war über die Maßen wichtig, wer was trug, und Harry konnte da nicht mithalten. Sie wünschte, sie wäre darüber erhaben, aber sie hätte liebend gern eine schicke Garnitur aus Ohrringen, Halskette und Ring gehabt. Wie die Dinge lagen, trug sie den verbogenen Ohrring.

Die Herren trugen grüne, rote oder buntkarierte Kummerbunde zu ihren Fräcken. Jim Sanburne trug einen Mistelzweig im Knopfloch, womit er tatsächlich die gewünschte Wirkung erzielte. Fitz-Gilbert trat im Kilt auf, was ebenfalls die gewünschte Wirkung hatte. Die Frauen bemerkten seine Beine.

Fair begleitete Boom Boom. Harry konnte nicht ergründen, ob es eine vor längerem getroffene Verabredung war, ob er schwach geworden oder schlicht masochistisch veranlagt war. Blair begleitete Harry, was sie freute, obwohl er sie erst in letzter Minute gefragt hatte.

Fitz-Gilbert bot Macanudo-Zigarren an. Seine kubanischen Montecristo verwahrte er für ganz besondere Gelegenheiten auf oder verteilte sie nach Lust und Laune, aber eine gute Macanudo war gewissermaßen der Jaguar, wenn eine Montecristo der Rolls-Royce unter den Zigarren war. Blair paffte frohgemut die Gratiszigarre.

Susan und Ned gesellten sich zu ihnen, außerdem Rick Shaw im Frack und Cynthia Cooper, die einen Samtrock mit einem festlichen roten Oberteil trug. Die kleine Gruppe unterhielt sich über die Damen-Basketballmannschaft der Universität von Virginia. Alle waren stolz auf dieses Team. Unter der geschickten Führung der Trainerin Debbie Ryan hatten sich die Frauen landesweit Anerkennung errungen.

Ned meinte: «Wenn sie bloß den Korb niedriger hängen würden. Ich vermisse den Sprungwurf. Ansonsten spielen die Mädels großartig Basketball, und sie können werfen.»

«Besonders die an der Dreipunktelinie.» Harry lächelte. Sie liebte diese Basketballmannschaft.

«Ich finde die Abwehrspielerinnen am besten», sagte Susan. «Debbie Ryan ist Brookies Heldin. Die meisten Mädchen wollen Filmstar oder Schauspielerin werden. Brookie will Trainerin werden.»

«Klingt vernünftig.» Blair bemerkte Susans Tochter inmitten einer Gruppe Achtkläßler. Ein anstrengendes Alter, für die jungen Leute ebenso wie für die Erwachsenen.

Market Shiflett trat zu ihnen. «Tolle Party. Ich kann es jedes Jahr kaum abwarten. Es ist das einzige Mal, daß Mim mich hierher einlädt, außer wenn ich eine Bestellung abliefern soll.» Sein Gesicht glänzte. Er hatte sich Johnnie Walker Black einverleibt, seine Lieblingsmarke.

«Sie denkt einfach nicht dran», sagte Harry diplomatisch.

«Quatsch», widersprach Market. «Möchtest du mit Nachnamen Shiflett heißen?»

«Market, wenn Sie ein typisches Exemplar sind, wäre es mir eine Ehre, den Namen Shiflett zu tragen.» Blairs Baritonstimme klang beschwichtigend.

«Hört, hört.» Ned hob sein Glas.

Das Klirren von splitterndem Glas lenkte sie ab. Boom Boom hatte Mrs. Drysdale in Rage gebracht, weil sie ihre Brüste unter Patrick Drysdales Adlernase schwingen ließ. Patrick, nicht unempfänglich für solche Gaben, vergaß, daß er ein verheirateter Mann war, eine Vergeßlichkeit, die sich auf solchen Riesenparties geradezu seuchenartig ausbreitete. Missy warf mit einem Glas nach Boom Booms Kopf. Aber es flog knapp an Dr. Chuck Beegles Kopf vorbei und krachte an die Wand.

Mim beobachtete das Ganze. Sie nickte Little Marilyn zu.

Little Marilyn schwebte herbei. «Na, Missy, Schätzchen, wie wär's mit einem Schluck Kaffee?»

«Hast du gesehen, was das Biest getan hat? Die kann sich wohl nicht anders empfehlen als mit ihren... ihren Titten!»

Boom Boom, halb betrunken, lachte. «Ach komm, Missy, stell dich nicht so an. Du warst schon in der sechsten Klasse neidisch auf mich, als wir die Geflügelarten durchnahmen und die Jungs dich Hühnerbrüstchen nannten.»

Diese Bemerkung brachte Missy derart in Wut, daß sie in eine Schüssel mit Käsedip langte. Gleich darauf war Boom Booms Busen mit einer Handvoll von dem pappigen gelben Zeug dekoriert.

Boom Boom schubste Missy: «Verdammter Mist, du hast meine Saphire bekleckert!»

«Ach, das sollen Saphire sein?» kreischte Missy.

Harry stieß Susan an. «Los.»

«Darf ich helfen?» erbot sich Blair.

«Nein, das ist Frauensache», sagte Susan lässig.

Harry flüsterte ihrer Freundin zu: «Wenn sie ausholt, landet sie einen Rundumschlag. Boom Boom ist zu keinem gezielten Schlag fähig.»

«Ja, ich weiß.»

Susan legte flugs einen Arm um Boom Booms schmale Taille und bugsierte sie in die Küche. Das Gezische erstarb.

Harry schlich sich unterdessen hinter Missy, legte ihr beide Hände auf die Schultern und steuerte sie zum Badezimmer. Little Marilyn kam mit.

«Gott, ich hasse sie, und wie ich sie hasse.» Missy schäumte, ihre Haarsprayfrisur wippte bei jedem Schritt. «Wenn ich wirklich gehässig wäre, würde ich sie Patrick an den Hals wünschen. Sie vernichtet jeden Mann, den sie anfaßt!» Jetzt merkte Missy, wer sie dirigierte. «Verzeihung, Harry. Ich bin so wütend, daß ich nicht mehr weiß, was ich rede.»

«Schon gut, Missy. Du weißt genau, was du redest, und ich bin absolut deiner Meinung.»

Das eröffnete eine neue Gesprächsgrundlage, und Missy wurde deutlich ruhiger. In dem geräumigen Badezimmer ließ Little Marilyn kaltes Wasser über einen Waschlappen laufen und legte ihn Missy auf die Stirn.

«Ich bin nicht betrunken.»

«Ich weiß», erwiderte Little Marilyn. «Aber bei mir hilft das, wenn ich durchdrehe. Mutter unterstützt natürlich den Upjohn-Konzern.»

Missy kapierte den Witz nicht: «Wie bitte?»

«Mummy hat Pillen, die sie beruhigen, Pillen, die sie aufputschen, und Pillen, die sie einschläfern, verzeih den Ausdruck.»

«Marilyn» – Missy berührte Little Marilyns Hand –, «das ist ernst.»

«Ich weiß. Auf ihre Familie hört sie nicht, und wenn Hayden McIntire ihr die Pillen nicht verschreiben will, geht sie einfach zu einem anderen Arzt und bezahlt ihn bar. Also stellt Hayden ihr die Rezepte aus. So hat er wenigstens einen Überblick, wie viele sie nimmt.»

«Geht's wieder?» wollte Harry von Missy wissen.

«Ja. Ich hab die Beherrschung verloren, und ich werde mich bei deiner Mutter entschuldigen, Marilyn. Eigentlich ist Patrick die Aufregung nicht wert. Er kann sich auf der Speisekarte ansehen, was er will, solange er nichts bestellt.»

Diese Redewendung bekamen Harry und auch Little Marilyn oft von Ehepaaren zu hören. Little Marilyn lächelte, und Harry zuckte die Achseln. Little Marilyn starrte Harry an und kam ihr mit dem Gesicht so nahe, daß sich ihre Nasen fast berührten.

«Harry!»

«Was ist?» Harry trat zurück.

«Ich hatte mal solche Ohrringe, bloß der da sieht aus wie –»

«Zerquetscht?»

«Zerquetscht», echote Little Marilyn. «Und du hast nur einen. Komisch, ich hab nämlich einen verloren. Ich hab sie immer getragen, meine Tiffany-Ohrringe. Ich dachte, ich hätte ihn auf dem Tennisplatz verloren. Ich hab ihn nicht wiedergefunden.»

«Den hier hab ich gefunden.»

«Wo?»

«In einem Opossumnest.» Harry sah Little Marilyn eindringlich an. «Ich hab ihn mit dem Opossum getauscht.»

«Ach komm.» Missy zog ihre Lippen nach.

«Ehrenwort.» Harry hob die rechte Hand. «Hast du den zweiten noch?» fragte sie Little Marilyn.

«Ich zeig ihn dir morgen. Ich bring ihn mit zur Post.»

«Ich würde gerne sehen, wie er in unversehrtem Zustand aussieht.»

Little Marilyn holte tief Luft. «Harry, warum können wir keine Freundinnen sein?»

Missy hielt beim Nachziehen ihrer Lippen mitten im Schwung inne. Eine Sanburne, die aufrichtige Gefühle zeigte. Mehr oder weniger.

Ganz im Sinne des Weihnachtsfestes lächelte Harry und erwiderte: «Wir können es versuchen.»

Eine Dreiviertelstunde später hatte sich Harry, nachdem sie auf dem Rückweg vom Badezimmer mit jedermann gesprochen hatte, zu Susan durchgekämpft. Sie flüsterte ihr die Neuigkeit ins Ohr.

«Unmöglich.» Susan schüttelte den Kopf.

«Unmöglich oder nicht, sie scheint zu glauben, daß es ihrer ist.»

«Morgen werden wir's wissen.»

Boom Boom stieß zu ihnen. «Harry und Susan, ich danke euch vielmals, daß ihr mich von der nervenden Missy Drysdale befreit habt.»

Ehe sie etwas erwidern konnten, und es wäre eine bissige Erwiderung geworden, warf Boom Boom sich Blair an den Hals, der sich freute, daß seine eigentliche Begleiterin sich endlich vom Badezimmer losgerissen hatte. «Blair, Lieber, Sie müssen mir einen Gefallen tun. Keinen Riesengefallen, nur einen klitzekleinen.»

«Äh...»

«Orlando Heguay will Silvester herkommen, und bei mir kann er nicht wohnen – ich kenne den Mann ja kaum. Können Sie ihn bei sich unterbringen?»

«Natürlich.» Blair hielt die Hände, als wollte er einen Segen erteilen. «Das hatte ich sowieso vor.»

Susan flüsterte Harry zu: «Hat Fair sich mit seinem Weihnachtsgeschenk für unsere Schmerzensreiche sehr verausgabt?»

«Er sagt, er kann es nicht zurückgeben. Er hat bei ‹Himmelhoch jauchzend› einen Mantel für sie machen lassen.»

«Auweia.» Susan zuckte zusammen. ‹Himmelhoch jauchzend›, ein teures, aber originelles Damenbekleidungsgeschäft, würde ein maßgeschneidertes Stück nicht zurücknehmen. Außerdem hatten wenige Frauen Boom Booms Maße.

«Ach-tung!» Harry wölbte die Hände in genau dem Moment vor dem Mund, als Fitz-Gilbert Hamilton sturzbesoffen auf den Fußboden knallte.

Alle lachten, bis auf die zwei Marilyns.

«Das muß ich wiedergutmachen.» Harry wand sich durch die Menge zu Little Marilyn. «Hey, wir stehen alle unter Druck», flüsterte sie. «Die Party heute abend, das ist einfach zuviel. Laß deine Wut nicht an ihm aus.»

«Bevor diese Nacht zu Ende ist, haben wir sie gestapelt wie Klafterholz.»

«Wo bringt ihr sie unter?»

«Im Schuppen.»

Harry nickte. «Sehr vernünftig.»

Die Sanburnes dachten an alles. Die abgefüllten Gäste konnten ihren Suff im Schuppen ausschlafen und in den Schuppen kotzen – den Perserteppichen passierte nichts. Und man mußte kein schlechtes Gewissen haben, weil jemand nach der Party einen Unfall baute.

Danny Tuckers Freundin heulte, weil er sie nicht oft genug zum Tanzen aufgefordert hatte.

Die saftigste Klatschgeschichte von allen war, daß Missy Drysdale Patrick, betrunken und damit ein Schuppenkandidat, allein gelassen hatte. Sie war nach der Party mit Fair abgezogen, der Boom Boom fallenließ, als er mit anhörte, wie sie von Orlando Heguays Besuch erzählte.

Boom Boom tröstete sich, indem sie Jim Sanburne ihr Herz darüber ausschüttete, daß alle sie mißverstanden. Sie hätte gute Fortschritte gemacht, wenn Mim ihn ihr nicht entrissen hätte.

Wieder eine Weihnachtsparty: Friede auf Erden und den Menschen ein Wohlgefallen.

49

Harry saß mitten in einer Papierlawine. Mrs. Murphy sprang von einem Haufen Kuverts zum anderen, während Tucker, den Kopf auf den Pfoten, schwanzwedelnd darauf wartete, daß die Katze durch den Raum flitzte.

«Du bist.» Mrs. Murphy sprang über Tucker hinweg, die aufsprang und ihr nachjagte.

Tucker dachte sich im Laufen die Spielregeln aus: *«Du mußt unten bleiben. Es ist nicht fair, wenn du in den ersten Stock gehst.»*

«Wer sagt das?» Mrs. Murphy landete in hohem Bogen auf dem Schalter.

Mrs. Hogendobber beachtete die beiden Tiere kaum, ein Zeichen dafür, daß sie sich an ihre Kapriolen gewöhnt hatte.

«Nur noch ein Tag von dieser Sorte, Harry. Ein bißchen was kommt noch nach, das kennen Sie ja, aber das Schlimmste ist morgen überstanden, und dann können wir Heiligabend und Weihnachten dichtmachen.»

Harry, die die Post sortierte, so schnell sie konnte, erwiderte: «Miranda, kaum daß ich mich von Weihnachten erholt habe, steht immer schon das nächste vor der Tür.»

Reverend Jones, Little Marilyn und Fitz-Gilbert schoben sich als Gruppe durch die Tür, gefolgt von Market. Alle zogen die unverschämte Postkarte aus ihren Schließfächern.

Mrs. Hogendobber kam ihren Protesten zuvor. «Wir haben auch eine bekommen. Der Sheriff weiß Bescheid. Wir mußten sie nun mal verteilen. Wir würden gegen das Gesetz verstoßen, wenn wir Ihre Post zurückhielten.»

«Vielleicht würde es uns nicht so stören, wenn seine Grammatik stimmte», ulkte Fitz.

«Bald ist Weihnachten. Wir wollen uns der Bedeutung dieses Festes zuwenden», riet Herb.

Pewter kratzte an der Eingangstür. Während die Menschen sich unterhielten, erzählten Mrs. Murphy und Tucker Pewter von Simon und dem Ohrring.

Wie aufs Stichwort zog Little Marilyn den unversehrten Ohrring aus ihrer Tasche. «Guck mal.»

Harry legte den verbogenen Ohrring neben den goldglänzenden. «Ein Paar. So ist das mit mir und Tiffany-Ohrringen. Es war für mich die einzige Möglichkeit, an so einen heranzukommen.»

«Setzet euren Glauben nicht in weltliche Dinge.» Der Reverend lächelte. «Das sind aber hübsche weltliche Dinge.»

Fitz stieß an den verbogenen Ohrring. «Schatz, wo hast du den verloren? Ich hab sie dir voriges Jahr zum Valentinstag geschenkt.»

«Fitz, ich wollte dich nicht verärgern. Ich hatte gehofft, ich würde ihn wiederfinden, und dann hättest du es –»

«Nie gemerkt.» Er schüttelte den Kopf. «Marilyn, du würdest noch deinen Kopf verlieren, wenn er nicht fest auf deinen Schultern säße.» Diese Bemerkung hätte er eingedenk des Halloween-Horrors am liebsten sofort zurückgenommen. Seine Frau schien nichts zu merken.

«Ich weiß nicht, wo ich ihn verloren habe.»

«Können Sie sich erinnern, wann Sie die Ohrringe das letzte Mal getragen haben?» Diese logische Frage stellte Miranda.

«Am Tag vor dem schlimmen Regen – oh, im Oktober, schätze ich. Ich hab meinen rotbraunen Kaschmirpullover angehabt, hab im Club Tennis gespielt, mich dort umgezogen, bin wieder ins Auto gestiegen, und als ich nach Hause kam, konnte ich den einen Ohrring nicht finden.»

«Vielleicht ist er rausgerutscht, als du dir den Pullover über den Kopf gezogen hast. Mir passiert das auch manchmal», erklärte Harry.

«Ja, ich hab den Pullover im Auto ausgezogen. Ich hatte einen Haufen Sachen für die Reinigung auf dem Beifahrersitz. Wenn der Ohrring runtergefallen ist, ist er vielleicht in den Kleidern gelandet. Und deswegen habe ich es nicht klimpern gehört.»

«Welchen Wagen hattest du, Schätzchen?» fragte Fitz.

«Den Range Rover. Aber ist ja auch egal. Danke, daß du ihn gefunden hast, Harry. Ob sie ihn bei Tiffany wohl reparieren können? Hast du ihn wirklich in einem Opossumnest gefunden?»

«Ja.» Harry nickte.

Fitz kniff Harry in den Arm. «Wieso stöberst du in Opossumnestern herum?»

«Ich hab so einen kleinen Kerl bei mir wohnen.»

«Du hast meinen Ohrring auf deinem Grundstück gefunden?» Little Marilyn war verblüfft. «Ich bin nie in deiner Nähe gewesen.»

«Ich hab ihn dort gefunden, aber wer weiß, wo das Opossum ihn gefunden hat? Vielleicht ist es Mitglied im Farmington Country Club.»

Da mußten alle lachen, und nachdem sie noch ein bißchen geplaudert hatten, gingen sie, und der nächste Schwung von Leuten kam herein, die sich ebenfalls aufregten, als sie die Postkarte mit dem Spruch «Steck deine Nase nicht in Sachen, wo dich nichts angehn» aus ihren Schließfächern zogen.

Die Tiere beobachteten die Reaktionen der Menschen. Pewter putzte sich hinter den Ohren und fragte Mrs. Murphy wieder: *«Glaubst du, daß der Ohrring etwas mit dem ersten Mord zu tun hat?»*

«Ich weiß nicht. Ich weiß nur, daß es sehr merkwürdig ist. Ich hoffe immer noch, daß man die Zähne findet. Das wäre eine große Hilfe. Wenn jemand den Ohrring hat fallen lassen, was ist dann mit den Zähnen?»

«Das würde zur Identifizierung des ersten Opfers führen, du kannst also wetten, daß der Mörder die Zähne beseitigt hat», sagte Tucker.

«Sobald der Schnee schmilzt, gehen wir wieder auf den Friedhof. Gucken kann nicht schaden.»

«Ich will mitkommen», quengelte Pewter.

«Du wärst eine große Hilfe», schmeichelte ihr Mrs. Murphy, *«ich weiß bloß nicht, wie wir Mutter dazu bringen sollen, dich mitzunehmen. Aber etwas kannst du trotzdem tun.»*

«Was?» Pewters Augen wurden weit, ihr Brustkasten auch. Sie plusterte sich auf wie eine Bruthenne.

«Beobachte alle Menschen, die in den Laden kommen. Sag mir Bescheid, wenn jemand nervös wirkt.»

«Halb Crozet», murrte Pewter, aber dann strahlte sie. *«Ich werde mein Bestes tun.»*

Tucker legte den Kopf schief und sah ihre Freundin an. *«Was ist los, Murphy?»*

«Mit der Postkarte stimmt was nicht. Wenn sie von dem Mörder ist, was wir nicht wissen, aber wenn, dann ist es auch eine Warnung. Für mich bedeutet das, daß dieser Mensch vielleicht denkt, jemand könnte ihm zu nahe kommen.»

50

Mit dem Sheaffer Füllhalter, der einst seinem Vater gehört hatte, schrieb Cabell einen Brief an seine Frau. Mit schwarzer Tinte kritzelte er in kühnem Schwung über das hellblaue Papier.

> Meine liebste Florence,
> bitte verzeih mir. Ich muß fort von hier, um gründlich nachzudenken. Ich habe mein persönliches Girokonto aufgelöst. Deins bleibt bestehen, ebenso unser Gemeinschaftskonto und das Wertpapierkonto. Geld ist genug da, also mach Dir keine Sorgen.
>
> Den Wagen lasse ich auf dem Bankparkplatz hinter dem Einkaufszentrum stehen. Bitte ruf Rick Shaw nicht an. Und mach Dir keine Sorgen um mich.
>
> In Liebe,
> Cabell

Aber Taxi machte sich doch Sorgen. Der Brief lehnte an der Kaffeemaschine. Sie las ihn wieder und wieder. In all den Jahren, die sie ihren Mann kannte, hatte er nie etwas so Drastisches getan.

Sie rief Miranda Hogendobber an, mit der sie seit dem

Kindergarten befreundet war. Es war morgens um halb acht.

«Miranda.»

Mrs. H. fiel die Anspannung in der Stimme ihrer Freundin sofort auf. «Florence, was ist passiert?»

«Cabell hat mich verlassen.»

«Was?!»

«Ich hab mich falsch ausgedrückt. Warte, ich les dir seinen Brief vor.» Als sie fertig war, schluchzte Florence: «Er muß so was wie einen Nervenzusammenbruch gehabt haben.»

«Du mußt den Sheriff anrufen.»

«Er hat's mir verboten.» Florence weinte heftiger.

«Das war falsch von ihm. Wenn du's nicht tust, tu ich es.»

Als Rick Shaw und Cynthia zu der schönen Villa der Halls kamen, war Miranda schon eine halbe Stunde da. Sie saß neben ihrer Freundin und stand ihr während der Befragung bei.

Rick, der Taxi Hall gern mochte, rauchte eine halbe Schachtel Zigaretten, während er umsichtig seine Fragen stellte. Cynthia verzichtete aufmerksamerweise aufs Rauchen, sonst wäre der Raum in blauen Dunst gehüllt gewesen.

«Sie sagten, er war nachdenklich und in sich gekehrt.»

Taxi nickte, und Rick fuhr fort: «Gab es irgendwas, das ihn aus der Fassung gebracht hat?»

«Er hat sich schrecklich aufgeregt wegen Ben Seifert. Er hat sich beruhigt, als die Bücher geprüft waren, aber ich weiß, daß es ihn trotzdem beschäftigt hat. Ben war sein Schützling.»

«Gab es Widerstand in der Bank, weil Ben zum Nachfolger Ihres Mannes aufgebaut wurde?»

Sie verschränkte die Arme und überlegte. «Gemurrt wird immer, aber das reicht doch nicht für einen Mord.»

«Hat Ihr Mann Namen genannt?»

«Er hat erwähnt, daß Marion Molnar Ben nicht ausstehen konnte, aber die Zusammenarbeit mit ihm hat trotzdem geklappt.»

Rick holte tief Luft. «Haben Sie irgendeinen Grund zu der Annahme, daß Ihr Mann sich mit einer anderen Frau trifft?»

«Muß das sein?» schimpfte Miranda.

Ricks Stimme wurde sanfter. «Unter diesen Umständen, ja.»

«Ich protestiere. Ich protestiere aufs schärfste. Sehen Sie nicht, daß sie krank vor Sorge ist?»

Taxi tätschelte Mirandas Hand. «Laß nur, Miranda. Man muß alles in Erwägung ziehen. Nach meinem besten Wissen hat Cabell nichts mit einer anderen Frau. Wenn Sie Cabell so gut kennen würden wie ich, wüßten Sie, daß ihm mehr am Golfspiel liegt als am Liebesspiel.»

Rick lächelte matt. «Danke, Mrs. Hall. Wir leiten eine Fahndung ein. Wir faxen Cabbys Foto an andere Polizei- und Sheriffdienststellen. Und sobald er irgendwo eine Kreditkarte benutzt, werden wir's erfahren. Versuchen Sie, ruhig zu bleiben, und glauben Sie mir, wir werden alles tun, was in unserer Macht steht.»

Vor der Haustür ließ Rick eine Zigarette fallen; sie zischte im Schnee.

Cooper sah zu, wie der Schnee um die heiße Glut schmolz. «Tja, sieht so aus, als wüßten wir, wer Ben Seifert umgebracht hat. Weshalb wäre er sonst getürmt?»

«Verdammt noch mal, wir werden es rauskriegen.» Er trat auf die erloschene Zigarette. «Coop, nichts paßt zusammen. Gar nichts!»

51

Harry wunderte sich, wo Mrs. Hogendobber blieb, die sonst immer übertrieben pünktlich war. Sich eine halbe Stunde zu verspäten, das paßte einfach nicht zu ihr. Die Postsäcke verstopften das Postamt, und Harry geriet in Rückstand. Normalerweise wäre Harry zu Miranda nach Hause gegangen. Weil aber Weihnachtszeit war, telefonierte sie herum. Niemand hatte Miranda gesehen.

Als die Hintertür aufging, überkam Harry eine Welle der Erleichterung. Der Emotionsstrom kam augenblicklich zum Erliegen, als Mrs. Hogendobber ihr die Neuigkeit mitteilte.

Fünfzehn Minuten nach Mirandas Ankunft – eine halbe Stunde bevor die Türen für den Publikumsverkehr geöffnet wurden – klopfte Rick Shaw an die Hintertür.

Er ging zwischen den Postsäcken hindurch zum Schalter, warf einen Blick auf das Bild von dem rekonstruierten Kopf. «Von wegen, hilfreich. Kein Pieps! Kein Hinweis! Null!» Er schlug mit der Hand auf den Schalter, worauf Mrs. Murphy aufsprang und Tucker zu bellen anfing.

«Schscht, Tucker», gebot Harry dem Hund.

Rick schlug sein Notizbuch auf. «Mrs. Hogendobber, ich möchte Ihnen ein paar Fragen stellen. Nicht nötig, Mrs. Hall noch mehr aufzuregen.»

«Ich bin gerne behilflich.»

Rick sah Harry an. «Sie können ruhig dableiben. Sie wird Ihnen sowieso alles erzählen, sobald ich draußen bin.» Er zückte seinen Bleistift. «Ist Ihnen an Cabell Halls Verhalten irgend etwas Ungewöhnliches aufgefallen?»

«Nein. Ich glaube, er ist überanstrengt, aber er war nicht gereizt oder so was.»

«Haben Sie eheliche Spannungen bemerkt?»

«Hören Sie mal, Rick, Sie wissen genau, daß Florence und Cabby eine vorbildliche Ehe führen. Kommen Sie mir nicht mit solchen Fragen.»

Rick klappte sein Notizbuch zu. Verärgerung, Enttäuschung und Erschöpfung prägten seine Gesichtszüge. Er sah alt aus heute morgen. «Verdammt, Miranda, ich tu, was ich kann!» Er riß sich zusammen. «Verzeihung. Ich bin völlig aufgelöst. Ich hab noch kein einziges Weihnachtsgeschenk für meine Frau und meine Kinder gekauft.»

«Kommen Sie, setzen Sie sich.» Harry lotste den genervten Mann an einen kleinen Tisch im Hintergrund. «Wir haben Kaffee von Miranda und ein paar Muffins.»

Er zögerte, dann zog er sich einen Stuhl heran. Mrs. Hogendobber schenkte ihm Kaffee ein, mit Milch und zwei Stück Zucker. Nach ein paar Schlucken ging es ihm etwas besser. «Ich möchte nicht unverschämt sein, aber ich muß alle Aspekte prüfen, das wissen Sie.»

«Ja, das wissen wir.»

«Schön, dann sagen Sie mir, woher eine Ehefrau weiß, was ihr Mann tut, wenn sie schläft.»

Miranda leerte ebenfalls eine Tasse Kaffee. «Sie weiß es nicht. Mein George hätte nachts nach Richmond und zurück fahren können, ich habe so einen festen Schlaf, aber man weiß nun mal bestimmte Dinge über seinen Partner und über andere Leute. Cabell war Taxi treu. Sein Verschwinden hat nichts mit einer Affäre zu tun. Und woher sollen wir wissen, daß er den Brief aus freien Stücken geschrieben hat?»

«Wissen wir nicht», bestätigte Rick. Danach blieb es lange still.

«Ich muß Ihnen was gestehen.» Harry schluckte und erzählte Rick von dem verbogenen Ohrring.

«Harry, ich könnte Ihnen den Hals umdrehen! Ich muß sofort los.»

«Wohin wollen Sie?» fragte Harry unschuldig.

«Was glauben Sie denn, Sie Schwachkopf? Zu Little Marilyn. Hoffentlich komme ich noch rechtzeitig, bevor sie den Ohrring nach New York schickt. Wenn Sie noch mal so einen Murks machen, zieh ich Ihnen das Fell über die Ohren! Verstanden?»

«Ja», sagte eine kleinlaute Stimme.

Rick stürmte aus dem Postamt.

«Mann o Mann, ich glaube, bei dem bin ich untendurch», flüsterte Harry.

Rick öffnete die Tür und brüllte den beiden zu: «Ach ja, und daß Sie mir keine fremden Geschenke auspacken.» Er knallte die Tür wieder zu.

«Was soll das denn heißen?» Mrs. Hogendobber trat gegen einen Postsack. Sie bereute es im selben Augenblick; denn der Sack war prall und hart durch die viele Post.

«Er scheint Angst zu haben, daß in den Geschenken Sprengladungen versteckt sind.»

«Keine Bange, die wittern wir vorher», versicherte Tucker.

Harry dachte, Tucker wollte mit ihrem leisen Bellen signalisieren, daß sie nach draußen wollte. Sie öffnete die Hintertür, aber der Hund setzte sich hin und rührte sich nicht.

«Was ist bloß in sie gefahren?» wunderte sich Harry.

«Sie hat Sie dressiert», erwiderte Mrs. Hogendobber.

«Ihr seid vielleicht dämlich», knurrte Tucker.

«Wird nichts mit unserem Ausflug», sagte Mrs. Murphy zu ihrer Freundin. *«Guck mal.»*

Tucker sah die Sturmwolken von den Bergen heranziehen.

Harry zog einen Postsack an die Rückseite der Schließfächer. Sie fing an zu sortieren, dann hielt sie inne. «Ich kann mich überhaupt nicht konzentrieren.»

«Ich weiß, aber lassen Sie uns unser Bestes versuchen.» Miranda warf einen Blick auf die alte hölzerne Wanduhr. «In einer Viertelstunde kommen die Leute. Vielleicht hat ja jemand eine Idee, was dieser ganze Irrsinn soll.»

Im Laufe des Tages strömten die Leute zum Postamt herein und hinaus, aber niemand hatte neue Ideen oder irgendeine Vermutung. Es dauerte bis zum Mittag, ehe die Nachricht von Cabells Verschwinden sich herumgesprochen hatte. Einige meinten, er sei der Mörder, andere vermuteten einen Nervenzusammenbruch. Nicht mal die Schneefälle und die Aussicht auf weiße Weihnachten, eine Seltenheit in Mittelvirginia, vermochte die Stimmung zu heben. Die Schlange der Angst nagte an den Nerven der Leute.

52

Der Morgen des 24. Dezember dämmerte silbergrau herauf. Der Schnee rieselte herab, bedeckte Büsche, Häuser und Autos, die bereits zu sanften, phantastischen Schemen verwischt waren. Die Radiosender unterbrachen ihr Programm mit Wettermeldungen und spielten dann wieder «God Rest Ye Merry Gentlemen». Alles war in eine märchenhafte Stille gehüllt.

Als Harry Tomahawk und Gin Fizz ins Freie brachte, blieben die Pferde lange stehen und starrten in den fallenden Schnee. Dann legte der betagte Gin los und tollte wie ein Fohlen durch den Schnee.

Es gab viel zu tun. Harry nahm Tucker auf den Arm, Mrs. Murphy schmiegte sich an ihren Hals. Sie stapfte durch den Schnee. An der hinteren Verandatür lehnte eine Schneeschaufel. Harry brachte die protestierenden Tiere ins Haus und machte sich dann an das beschwerliche Schaufeln. Wenn sie wartete, bis es zu schneien aufhörte, würde die Schneemenge sich verdoppelt haben. Lieber in Abständen schaufeln als alles später anpacken, denn der Wetterbericht verkündete noch einmal einen halben Meter Schnee. Der Weg zum Stall schien ihr anderthalb Kilometer lang. In Wirklichkeit waren es ungefähr hundert Meter.

«Laß mich raus, laß mich raus», kläffte Tucker.

Mrs. Murphy saß im Küchenfenster. *«Komm schon, Mom, wir können die Kälte vertragen.»*

Harry gab nach, und sie flitzten auf den Weg, den sie freigeschaufelt hatte. Dann versuchten die Tiere, sich abseits des Weges zu bewegen, was zu komisch war. Mrs. Murphy sank so tief ein, daß sie, als sie aufsprang und vorwärts hüpfte, ein Schneemützchen auf ihrem gestreiften Kopf hatte. Tucker walzte voraus wie ein Schneepflug. Sie hatte bald genug davon und beschloß, hinter Harry zu bleiben. Der zur Seite geschaufelte und aufgetürmte Schnee knirschte unter ihren Pfoten.

Mrs. Murphy schoß hervor und rief: *«Würstchen, Würstchen, Tucker ist ein Würstchen!»*

«Du hältst dich wohl für besonders schlau, was?» murrte Tucker.

Jetzt schlug die Tigerkatze Purzelbäume, wobei sie Schneeklumpen aufwarf. Sie schlug nach den kleinen Bällen, dann jagte sie ihnen nach. Im Hochspringen warf sie sie mit den Pfoten in die Luft. Ihre Energie ermüdete Tucker, aber Harry brachte sie zum Lachen.

«Juhuu!» rief Mrs. Murphy. Ihr Übermut wirkte anstekkend.

«Miss Pussy, du solltest zum Zirkus gehen.» Harry warf

einen kleinen Schneeball in die Luft, damit Mrs. Murphy ihn auffing.

«Genau, in die Monstershow», knurrte Tucker. Sie haßte es, ausgestochen zu werden.

Simon kam herbei und lugte unter der Stalltür hervor. *«Macht ihr heute aber einen Lärm.»*

Harry, über die Schaufel gebeugt, hatte die glänzenden Augen und die rosa Nase unter der Tür noch nicht bemerkt. Sie war erst halb am Ziel, und der Schnee wurde immer schwerer.

«Keine Arbeit heute.» Nach einem weiteren Sprung, der die Schwerkraft Lügen strafte, landete Mrs. Murphy kopfüber im Schnee.

«Meint ihr, Harry bäckt Weihnachtsplätzchen oder schüttet Sirup in den Schnee?» fragte Simon. *«Mrs. MacGregor hat die allerbesten Sirupbonbons gemacht.»*

«Da würde ich mich nicht drauf verlassen», brüllte Tucker hinter Harry hervor, *«aber sie hat ein Weihnachtsgeschenk für dich. Wetten, sie bringt es morgen früh mit nach draußen, wenn sie die Pferde beschert.»*

«Die Pferde sind so blöd. Ob sie das überhaupt schnallen?» nörgelte Simon über die grasfressenden Tiere. Ähnliche Vorurteile hegte er gegen Kühe und Schafe. *«Was hat sie für mich?»*

«Darf ich nicht sagen. Das wäre Schummeln.» Mrs. Murphy beschloß, sich einen Augenblick in den Schnee zu setzen, um zu verschnaufen.

«Wo bist du, Murph?» Tucker wurde immer bange zumute, wenn sie ihre beste Freundin und ständige Peinigerin nicht sehen konnte.

«Hab mich versteckt.»

«Sie ist links von dir, Tucker, und ich wette, sie will durch den Schnee düsen und dich erschrecken», warnte Simon.

Zu spät, denn genau das tat Mrs. Murphy, und Tucker und Harry fuhren zusammen.

«Ätsch-bätsch!» Die Katze wirbelte herum und flitzte wieder vom Weg herunter.

«Das Mädel ist vollkommen übergeschnappt», sagte Tucker zu Harry, die nicht zuhörte.

Endlich bemerkte Harry Simon. «Frohe Weihnachten, Kleiner.»

Simon zog sich zurück, dann steckte er den Kopf wieder heraus. *«Äh, frohe Weihnachten, Harry.»* Dann sagte er zu Mrs. Murphy, die inzwischen an die Stalltür gekommen war: *«Ich find's gräßlich, mit Menschen zu sprechen, aber es macht ihr solche Freude.»*

Ein tiefes Brummen alarmierte Simon. *«Bis später, Murphy.»* Er hastete den Gang entlang, die Leiter hinauf und quer über den Heuboden in sein Nest. Murphy steckte neugierig den Kopf aus der Stalltür. Ein glänzender neuer Ford Explorer, jägergrün-metallic mit einem Rallyestreifen und, was noch besser war, einem Schneepflug vorne dran, bog in die Zufahrt ein. Eine Bahn war sauber freigeschaufelt.

Blair Bainbridge öffnete sein Fenster. «He, Harry, aus dem Weg. Ich mach das schon.»

Ehe sie etwas erwidern konnte, pflügte er geschwind einen Gehweg zum Stall.

Er stellte den Motor ab und stieg aus. «Klasse, was?»

«Ist der schön.» Harry fuhr mit der Hand über die Motorhaube, die mit einem galoppierenden Pferd geschmückt war. Sehr teuer.

«Er ist schön, und er ist für heute Ihre Kutsche mit mir als Fahrer. Ich weiß, Sie haben keinen Allradantrieb, und ich wette, Sie haben Geschenke zu verteilen. Also holen Sie sie, und wir fahren los.»

Harry, Mrs. Murphy und Tucker verbrachten den Rest

des Vormittags damit, Geschenke abzuliefern: für Susan Tucker und ihre Familie, Mrs. Hogendobber, Reverend Jones und Carol, Market und Pewter und schließlich Cynthia Cooper. Harry stellte erfreut fest, daß alle auch für sie ein Geschenk hatten. Alle Jahre wieder tauschten Freunde und Freundinnen Gaben aus, und alle Jahre wieder staunte Harry, daß sie an sie dachten.

Blair liebte Weihnachten. Er mochte die Musik, die Dekorationen, die Vorfreude in den Gesichtern der Kinder. In stillschweigender Übereinkunft wurde bis nach den Feiertagen nicht über Cabell gesprochen. Blair begleitete Harry, Katze und Hund in die diversen Häuser, und die Leute bestaunten die weiße Weihnacht und die Festtagsschleife an Tuckers Halsband, ein Geschenk von Susan. Eierpunsch wurde angeboten, Whiskey Sour, Tee und Kaffee. Plätzchen in Form von Tannenbäumen, Glocken und Engeln, mit rotem oder grünem Glitzer überzogen, wurden herumgereicht. Dieses Jahr gab es zu Weihnachten so viele Früchtekuchen, wie die Firma Claxton in Georgia produzieren konnte, außerdem die hausgemachte, rumgetränkte Sorte. Kalter Truthahnbraten für Sandwiches, Maisbrot und Hackfleischpastete wurden in Tupper-Gefäßen sicher verstaut und Harry mitgegeben, deren mangelhafte Kochkünste ihren Freunden bekannt waren.

Nachdem sie Cynthia ihr Geschenk gegeben hatten, fuhren sie durch den Schnee zum Tierheim, denn Harry brachte auch dort immer Gaben hin. Das Büro des Sheriffs war vollgestopft mit Geschenken, aber nicht für Rick oder Cynthia. Es waren «verdächtige» Geschenke. Cynthia freute sich über ihr unverdächtiges.

Blair bemerkte: «Sie haben großes Glück, Harry.»

«Wieso?»

«Weil Sie wahre Freunde haben. Und das nicht nur, weil

der Wagen mit Geschenken überladen ist.» Er fuhr langsamer. «Ist das die Abzweigung?»

«Ja. Es ist keine starke Steigung, aber bei diesem Wetter ist es trotzdem nicht einfach.»

Sie fuhren den Hügel hinauf und bogen nach rechts in den kleinen Feldweg ein, der zum Tierheim führte. Fairs Lieferwagen parkte davor.

«Wollen Sie trotzdem reingehen?»

«Na klar.» Sie überhörte die Anspielung. «Die Türen werden ohnehin geschlossen sein.»

Gemeinsam luden sie Kisten mit Katzen- und Hundefutter ab. Als sie ihre Last zum Eingang schleppten, öffnete Fair die Tür, und sie gingen hinein.

«Frohe Weihnachten.» Er gab Harry einen Kuß auf die Wange.

«Frohe Weihnachten.» Sie gab ihm auch einen.

«Wo sind die Leute alle?» fragte Blair.

«Heiligabend gehen sie immer früh nach Hause. Ich bin vorbeigekommen, um nach einem Hund zu sehen, der von einem Auto angefahren wurde. Er hat's nicht überlebt.» Harry wußte, daß es Fair immer noch naheging, wenn er einen seiner Schützlinge verlor. Obwohl er auf Pferde spezialisiert war, tat er wie die anderen Tierärzte unentgeltlich Dienst im Tierheim. Als sie verheiratet waren, hatte Harry Weihnachten immer Futter gebracht, und Fair hatte natürlich den Feiertagsdienst im Heim übernommen.

«Tut mir leid.» Harry meinte es ehrlich.

«Kommt mal mit, ich muß euch was zeigen.» Er führte sie zu einem Karton. Zwei kleine Kätzchen waren darin. Eins war grau mit einem weißen Latz und weißen Pfoten, das andere war dunkel gescheckt. Die armen Tierchen schrien jämmerlich. «Irgendein Trottel hat sie einfach hier abgeladen. Sie waren eiskalt und halb verhungert, als ich kam. Aber ich glaube, sie werden durchkommen. Ich habe sie untersucht und ihnen die Erstimpfung verpaßt. Keine Würmer, was ein Wunder ist, und keine Flöhe. Zu kalt dafür. Aber eine Todesangst natürlich.»

«Füllst du die Papiere aus?» fragte Harry Fair.

«Sicher.»

Sie langte in den Karton und nahm ein Kätzchen in jede Hand. Dann legte sie sie Blair in die Arme. «Blair, das hier ist die einzige Liebe, die man kaufen kann. Ich kann mir nicht vorstellen, was ich Ihnen lieber zu Weihnachten schenken würde.»

Das graue Kätzchen, ein Weibchen, hatte schon die Augen geschlossen und schnurrte. Das gescheckte, noch etwas zögerlich, musterte Blairs Gesicht.

«Na los, sagen Sie ja!» Fair hatte schon seinen Stift gezückt und hielt ihn über die Übernahmeformulare des Tierheims. Wenn er sich über Harrys Geste wunderte, sagte er es nicht.

«Ja.» Blair lächelte. «Und wie soll ich die Gesellen nennen?»

«Weihnachtsnamen?» schlug Fair vor.

«Ja, ich könnte das graue Noel nennen und das gescheckte Jingle Bells. Ich bin nicht besonders gut im Namengeben.»

«Ideal.» Harry strahlte.

Auf der Heimfahrt hielt Harry den Karton auf dem Schoß. Die Kätzchen schliefen ein. Mrs. Murphy streckte den Kopf über den Rand und machte eine unziemliche Bemerkung. Bald schlief sie selber ein. Die Katze hatte bei jedem Stopp Truthahnfleisch gefressen. Sie mußte alles in allem einen halben Vogel vertilgt haben.

Tucker machte sich Mrs. Murphys völlereibedingten Schlaf zunutze, um Blair über ihre zahlreichen Ansichten aufzuklären. *«Ein Hund ist viel nützlicher, Blair. Du solltest dir wirklich einen Hund anschaffen, der dich beschützen kann und auch die Ratten aus dem Stall vertreibt. Außerdem sind wir treu, gutmütig und leicht zu halten. Ein Corgi-Junges können Sie in einer Woche stubenrein haben»*, log sie.

Blair tätschelte ihren Kopf. Tucker plapperte noch ein Weilchen, bis auch sie einschlief.

Harry konnte sich an streßfreiere Weihnachtsfeste als dieses erinnern. Weihnachten voll Jugend und Verheißung, Parties und Lachen, aber sie konnte sich nicht erinnern, jemals ein Geschenk gemacht zu haben, das sie so froh gemacht hatte.

53

Hochprozentige Katzenminze beförderte Mrs. Murphy in den siebten Himmel. Leckeres Hundeknabberzeug erfreute Tucker. Sie bekam außerdem ein neues Halsband mit aufgestickten Corgis. Simon freute sich über die kleine Flickendecke, die Harry vor sein Nest gelegt hatte. Es war ein Hundedeckchen, in der Tierhandlung gekauft. Die Pferde freuten sich über Karotten, Äpfel und Leckereien aus Zuckersirup. Gin Fizz bekam eine neue Decke für draußen, und Tomahawk ein neues, rückenschonendes Sattelkissen.

Nach Erledigung der morgendlichen Pflichten packte Harry ihre Geschenke aus. Von Susan hatte sie einen Geschenkgutschein für die Sattlerei Dominion bekommen. Wenn Harry noch etwas draufzahlte, könnte sie sich vielleicht neue Reitstiefel leisten, die sie dringend brauchte. Als sie Mrs. Hogendobbers Geschenk aufmachte, wußte sie, daß sie sie sich leisten konnte, denn auch Mrs. H. schenkte ihr einen Gutschein. Susan und Miranda hatten offensichtlich die

Köpfe zusammengesteckt, und Harry wurde von einer Welle der Zuneigung überschwemmt. Von Herbie und Carol bekam sie ein Paar herrliche, schlichte Rehlederhandschuhe, ebenfalls für die Jagd. Harry rieb sie immer wieder zwischen den Fingern; das edle Material fühlte sich kühl und weich an. Market hatte für Tucker einen Fleischknochen, für Mrs. Murphy noch mehr Truthahnfleisch und für Harry eine Dose Buttergebäck eingepackt. Cynthia Coopers Geschenk war eine Überraschung, eine Gesichtsbehandlung in einem edelteuren Salon im Einkaufszentrum an der Barracks Road.

Kaum hatte Harry ihre Päckchen ausgepackt, da klingelte das Telefon. Miranda, ebenfalls Frühaufsteherin, gefielen ihre Ohrringe. Sie versprach Harry außerdem, alles Eßbare, das sie geschenkt bekam, mit zur Arbeit zu bringen, so daß alle, die ins Postamt kämen, sich bedienen könnten, womit die Versuchung von Mrs. Hogendobbers Gaumen abgewendet wäre. Als Harry auflegte, wurde ihr klar, daß sie und Miranda die Lebensmittel vertilgt haben würden, bevor jemand zur Tür hereinkäme.

Im Laufe des Tages kam die Sonne heraus. Die Eiszapfen glitzerten, und die Schneedecke schillerte wie ein Regenbogen; die kleinen Kristalle warfen rote, gelbe, blaue und lila Lichter zurück. Die Blue Ridge Mountains ragten babyblau auf. Windhosen bliesen Schnee von den Wiesen hoch und wirbelten ihn umher.

Weitere Freunde riefen an, darunter Blair Bainbridge, der erklärte, nie im Leben habe ihm etwas soviel Spaß gemacht, wie die Kätzchen zu beobachten. Er sagte, er werde Harry morgen zur Arbeit fahren, und versprach, ihr vor morgen abend ein Weihnachtsgeschenk zu geben. Er tat sehr geheimnisvoll.

Dann rief Susan an. Auch ihr gefielen ihre Ohrringe. Harry hatte zuviel Geld für sie ausgegeben, aber dafür waren

Freundinnen schließlich da. Der Lärm im Hintergrund stellte Susans Geduld auf die Probe. Sie gab auf und sagte, sie würden sich morgen sehen. Sie wolle jetzt mit Ned und den Kindern in den Schnee, Sirupbonbons machen.

Harry hielt das für eine gute Idee, und mit einer Dose Vermont-Ahornsirup bewaffnet, stapfte sie in den Schnee, der jetzt wadentief war. Mrs. Murphy flitzte zum Stall; der Schnee von gestern lag auf dem Weg, aber wenigstens nicht höher als ihr Kopf.

«Simon», rief die Katze, *«Sirup im Schnee.»*

Das Opossum rutschte die Leiter hinunter. Es huschte zum Stall hinaus, dann blieb es stehen.

«Na los, Simon, komm ruhig näher», ermunterte ihn Tucker.

Von dem Duft ermutigt und weil er Harry halbwegs traute, folgte der graue Kerl in Mrs. Murphys Fußstapfen. Er setzte sich neben Harry, und als sie den Sirup ausgoß, stürzte er sich so ausgelassen darauf, daß Harry einen Schritt zurücktrat.

Als sie ihn gierig den gefrorenen Sirup fressen sah, erinnerte sich Harry wieder daran, daß das Leben ein Fest der Sinne sein sollte. Sie lebte inmitten von Bergen und Wiesen, Wäldern und Flüssen, und sie wußte, daß sie nie von hier wegziehen könnte, denn das Landleben nährte ihre Sinne. Stadtmenschen bezogen ihre Energie voneinander. Landmenschen bezogen ihre Energie aus der Erde selbst, wie Antäus. Kein Wunder, daß die zwei Menschentypen sich nicht verstehen konnten. Das tiefe Bedürfnis nach Alleinsein, schwerer körperlicher Arbeit und dem Wechsel der Jahreszeiten brachte Harry um die Chance zu materiellem Erfolg. Sie würde nie die Titelseite von *Vogue* oder *People* zieren. Sie würde nie berühmt werden. Abgesehen von ihren Freundinnen und Freunden würde niemand auch nur wissen, daß sie existierte. Das Leben war ein Kampf ums tägliche Brot, und je älter man wurde, um so härter der Kampf. Das wußte sie. Das akzeptierte sie. Wie sie da im Schnee stand, umgeben von himmlischer Ruhe, behütet von den alten Bergen der Neuen Welt, und Simon seinen Sirup fressen sah, Katze und Hund an ihrer Seite, da war sie dankbar, zu wissen, wohin sie gehörte. Sollten andere die Welt auf den Kopf stellen und auf sich aufmerksam machen. Für sie waren das die Wehrpflichtigen der Zivilisation. Harrys Leben war ein stummer Vorwurf gegen das Grapschen und Ergattern, das Kaufen und Verkaufen, die Gier und Sucht nach Macht, die nach ihrer Meinung ihr Volk infiziert hatten. Für Geld starben die Amerikaner einen schmutzigen Märtyrertod. Und selbst in Crozet starben sie schon dafür.

Sie goß noch mehr Sirup in den Schnee, sah, wie er sich zu spitzenartigen Gebilden formte, und sie wünschte, sie hätte Schokoladentafeln erhitzt und beides vermischt. Sie bückte sich nach einer zierlichen Ranke festem Sirup. Es schmeckte köstlich. Sie goß Simon noch mehr hin und dachte, daß es klug von Jesus gewesen war, in einem Stall geboren zu werden.

54

Wir brauchen eine Heugabel.» Harry stieß mit ihrem Besen gegen die Post auf dem Fußboden. «Ich kann mich nicht erinnern, daß wir letztes Jahr auch so viel verspätete Post hatten.»

«So schützt sich das Gehirn – es vergißt das Unangenehme.» Mrs. Hogendobber trug ihre neuen Ohrringe, die ihr sehr gut standen. Das Radio knatterte; Miranda ging hin, stellte einen Sender ein und drehte die Lautstärke auf. «Haben Sie das gehört?»

«Nein.» Harry schob mit dem Besen die Versandhauskataloge über den Boden. Tucker jagte dem Besen nach.

«Morgen soll's wieder Sturm geben. Meine Güte, drei Schneestürme innerhalb von – was? – zehn Tagen? So was kann ich mir nie merken. Oder vielleicht doch. Im Krieg hatten wir einen fürchterlichen Winter – 44, glaube ich, oder war es 45?» Sie seufzte. «Zu viele Erinnerungen. Ich brauche mehr Platz in meinem Hirn.»

Mim kam in Chinchilla gehüllt durch die Vordertür gefegt. Ein Windstoß wehte zu ihren Füßen Schnee herein. «Wie war's?» Sie meinte Weihnachten.

«Wunderbar. Der Gottesdienst in der Kirche, also der Kinderchor hat sich selbst übertroffen.» Miranda strahlte.

Mim stampfte den Schnee von ihren Füßen und fragte Harry: «Und bei Ihnen, so ganz allein da draußen?»

«Schön. Weihnachten war schön. Meine besten Freundinnen haben mir Gutscheine für die Sattlerei Dominion geschenkt.»

«Oh.» Mims Augenbrauen schnellten in die Höhe. «Nette Freundinnen.»

Mrs. Hogendobber legte den Kopf schief, so daß die Ohrringe das Licht reflektierten. «Wie findest du diese Prachtstücke? Hat Harry mir geschenkt.»

«Sehr hübsch.» Mim taxierte sie. «Jim hat mir eine Woche im Greenbrier-Ferienclub geschenkt. Ich denke, ich fahre im Februar, dem längsten Monat des Jahres», scherzte sie. «Meine Tochter hat mir ein altes Foto von meiner Mutter gerahmt und mir ein Abonnement für das Virginia-Theater geschenkt. Von Jim habe ich einen Verbandskasten fürs Auto und ein Radarwarngerät bekommen.» Sie lächelte. «Ein Radarwarngerät, könnt ihr euch das vorstellen? Er hat gemeint, ich brauche das.» Ihr Gesichtsausdruck veränderte sich. «Und dann hat mir jemand eine tote Ratte geschenkt.»

«Nein!» Mrs. Hogendobber hörte auf, die Post zu sortieren.

«Doch. Ich hab das alles gründlich satt. Ich hab heute nacht allein in Mutters früherem Nähzimmer gesessen, das jetzt mein Lesezimmer ist. Ich bin alles so oft durchgegangen, bis mir schwindlig war. Ein Mann wird ermordet. Wir kennen ihn nicht und wissen nichts von ihm, außer daß er ein Landstreicher war. Richtig?»

«Richtig.»

Mim fuhr fort: «Dann wird Benjamin Seifert erdrosselt und in Crozets ersten Tunnel geworfen. Ich habe sogar an den Schatz gedacht, der angeblich irgendwo in den Tunnels liegen soll, aber das ist wohl zu weit hergeholt.» Sie spielte auf die Legende an, wonach Claudius Crozet die Reichtümer, die er von dem Russen, der ihn gefangennahm, erhalten hatte, in den Tunnels vergraben haben sollte. Der junge Ingenieur, Offizier im Heer Napoleons, war bei dem grauenhaften Rückzug aus Moskau in Gefangenschaft geraten und auf das Gut eines sagenhaft reichen Aristokraten verbracht worden. Der sympathische Ingenieur hatte sich überaus nützlich gemacht und zahlreiche Projekte für den Russen gebaut, und als die Gefangenen endlich befreit wurden, hatte der Russe Crozet mit Schmuckstücken, Gold und Rubinen beschenkt. Zumindest erzählte man es sich so.

Harry sagte: «Und jetzt ist Cabell...» Sie schnippte mit den Fingern, um sein Verschwinden anzudeuten.

Mim machte eine abwinkende Handbewegung. «Zwei Angehörige derselben Bank. Verdächtig. Oder aber naheliegend. Was weniger naheliegend ist: Warum bin ich eine Zielscheibe? Zuerst der» – sie verzog das Gesicht – «Rumpf im Bootshaus. Gefolgt von dem Kopf im Kürbis, als mein Mann

Preisrichter war. Und dann die Ratte. Warum ich? Mir fällt einfach kein Grund ein, außer vielleicht kleinlicher Groll und Neid, aber deswegen wird niemand umgebracht.»

Harry wählte ihre Worte vorsichtig: «Hatte Ben oder Cabell Zugang zu Ihren Konten?»

«O nein, obwohl Cabell ein guter Freund ist. Kein Scheck geht ohne meine Unterschrift heraus. Und ich habe meine Konten natürlich überprüft. Zur Vorsicht lasse ich meinen Steuerberater meine Bücher prüfen. Und dann» – sie fuchtelte mit den Händen in der Luft – «der Ohrring. Sheriff Shaw hat sich aufgeführt, als wäre meine Tochter eine Verbrecherin. Verzeihen Sie, Harry, aber ein Opossum mit einem Ohrring, das ist doch kein Beweis.»

«Nein, sicher nicht», pflichtete Harry ihr bei.

«Also... warum ich?»

«Vielleicht solltest du dein Testament neu schreiben.» Miranda war schonungslos.

Mim war sprachlos, verlor aber nicht die Fassung, sondern sann darüber nach. «Du nimmst aber auch kein Blatt vor den Mund, was?»

«Mim, wenn du denkst, daß die Geschichte irgendwie gegen dich gerichtet ist, bist du vielleicht in Gefahr», stellte Mrs. Hogendobber fest. «Was könnte man von dir wollen? Geld. Besitzt du Land, das eine Bauplanung behindert? Stehst du irgend etwas im Weg, das Profit verspricht? Bist du in geschäftliche Unternehmungen verwickelt, von denen wir nichts wissen? Ist deine Tochter deine einzige Erbin?»

«Als Marilyn geheiratet hat, habe ich ihr ein kleines Legat ausgesetzt, um ihnen bei ihrem Haus unter die Arme zu greifen. Sie erbt natürlich unser Haus und das Land, wenn Jim und ich sterben, und ich habe einen Fonds angelegt, der eine Generation überspringt, so daß das meiste Geld an ihre Kinder geht, sofern sie welche bekommt. Wenn nicht, fällt es an sie, und sie muß einen Haufen Steuern zahlen. Meine Tochter wird mich nicht für Geld ermorden, und sie würde sich nicht mit einem Banker abgeben», sagte Mim in aller Offenheit.

«Was ist mit Fitz?» platzte Harry heraus.

«Fitz-Gilbert hat mehr Geld als Gott. Sie glauben doch nicht, daß wir Marilyn erlaubt hätten, ihn zu heiraten, ohne vorher gründlich seine finanzielle Situation zu prüfen.»

«Nein.» Harrys Antwort war von Bedauern gefärbt. Sie hätte es furchtbar gefunden, wenn ihre Eltern das dem Mann angetan hätten, den sie liebte.

«Ein entfernter Verwandter?» meinte Miranda.

«Du kennst meine Verwandten so gut wie ich. In Seattle lebt noch eine Tante von mir.»

«Haben Sie mit dem Sheriff und Coop darüber gesprochen?» fragte Harry.

«Ja, und mit meinem Mann. Er will einen Leibwächter zu meinem Schutz anheuern. Falls der es jemals durch den Schnee schafft. Und es soll ja wieder Sturm geben.» Mim, die sich sonst nicht so leicht ängstigte, war besorgt. Sie steuerte auf die Tür zu.

«Mim, deine Post.» Miranda griff in ihr Schließfach und reichte sie ihr.

«Oh.» Mim nahm die Post in ihre bottéga-veneta-behandschuhte Hand und ging.

Kurz darauf kam Fitz. Er und Marilyn hatten sich in eine wahre Orgie des Geldausgebens gestürzt. Er zählte die unendlich vielen Geschenke fröhlich und ohne Schamgefühl auf. «Aber das Beste ist, wir fahren heute abend für ein paar Tage in den Homestead-Club.»

Miranda verlor langsam den Überblick: «Ich dachte, Mim will in den Greenbrier-Club.»

«Ja, Mutter will im Februar hin, aber wir fahren heute

abend. Unsere zweiten Flitterwochen vielleicht, oder einfach, um das alles hier mal hinter uns zu lassen. Haben Sie gehört, was für ein gräßliches Geschenk Mim bekommen hat?» Sie nickten, und er fuhr fort: «Ich finde, sie sollte nach Tahiti fahren. Aber Mim läßt nicht mit sich reden. Sie macht, was sie will.»

Blair kam herein. «Hallo, ich hab eine gute Nachricht für Sie. Orlando Heguay kommt am Achtundzwanzigsten, und er kann es kaum erwarten, Sie zu sehen.»

«Orlando Heguay.» Fitz überlegte, wo er den Namen hintun sollte. «Miami?»

«Nein. Andover.»

Fitz schlug sich die Hand vors Gesicht. «Mein Gott, ich habe ihn seit dem College nicht mehr gesehen. Was macht er jetzt?» Fitz holte Luft. «Und woher kennen Sie ihn?»

«Wir werden die alten Zeiten auffrischen, wenn er da ist. Er freut sich auf Sie.»

Fitz lächelte: «Wie wär's Samstag abend zum Essen im Club?»

«Ich bin nicht Mitglied.»

«Das überlassen Sie mal mir.» Fitz klopfte ihn auf den Rücken. «Das wird lustig. Sechs Uhr?»

«Sechs Uhr», antwortete Blair.

Fitz ging mit einem Armvoll Post hinaus, und Blair sah ihm nach. «Arbeitet der Mensch auch mal?»

«Letztes Jahr hat er ein Grundstücksgeschäft abgewickelt», sagte Harry lachend.

«Gehen Sie nach der Arbeit nach Hause?» fragte Blair sie.

«Ja.»

«Gut. Ich komm vorbei.» Blair winkte zum Abschied und ging.

Als sie wieder allein waren, lächelte Miranda. «Er mag Sie.»

«Er ist mein Nachbar. Er muß mich mögen.»

55

Vier Säcke Pferdefutter, vier Säcke Hundetrockenfutter und vier Säcke Katzentrockenfutter, dazu zwei Kisten Katzendosenfutter – Harry war verblüfft. Während Blair seinen Explorer auslud, protestierte sie, sie könne diese Geschenke nicht annehmen. Er sagte, sie könne natürlich dastehen und lamentieren, sie könne aber auch ausladen helfen und ihnen dann Kakao machen. Sie entschied sich für letzteres.

Als sie drinnen ihren Kakao tranken, zog er eine kleine hellblaue Schachtel aus seiner Tasche. «Hier, Harry, Sie haben es verdient.»

Sie band die weiße Satinschleife auf. TIFFANY & CO sprang ihr in schwarzen Buchstaben von der Mitte der blauen Schachtel entgegen. «Ich hab Angst, es aufzumachen.»

«Machen Sie schon.»

Sie hob den Deckel ab und erblickte eine dunkelblaue Lederschatulle mit TIFFANY in Goldschrift. Sie öffnete sie und sah ein Paar bildschöne goldgefaßte, blauemaillierte Ohrringe, die sich in das weiße Futter schmiegten. «Oh», war alles, was sie herausbrachte.

«Blau und Gold sind doch Ihre Farben?»

Sie nickte und nahm die Ohrringe dann vorsichtig heraus. Sie steckte sie sich an die Ohren und betrachtete sich im Spiegel. «Sind die schön! Ich habe sie nicht verdient. Warum sagen Sie, daß ich sie verdient habe? Es ist... tja, es ist...»

«Nimm sie, Mom. Du siehst blendend aus», riet Murphy ihr.

«Ja, schlimm genug, daß du unsere Kekse zurückgeben wolltest. Du brauchst mal was Hübsches», fiel Tucker ein.

Blair bewunderte die Wirkung: «Großartig.»

«Wollen Sie mir die wirklich schenken?»

«Aber natürlich. Harry, ohne Sie wäre ich hier draußen verloren. Ich dachte, ich wäre ein tüchtiger Arbeiter und einigermaßen intelligent, aber ohne Sie hätte ich viel mehr Fehler gemacht und viel mehr Geld ausgegeben. Sie haben jemandem geholfen, den Sie kaum kennen, und unter den gegebenen Umständen bin ich dankbar dafür.»

«Was für Umständen?»

«Die Leiche auf dem Friedhof.»

«Ach die.» Harry lachte. Sie hatte gedacht, er spreche von Boom Boom. «Ich meine es nicht ganz so, wie es sich anhört, Blair, aber Sie machen mir keine Angst. Sie haben nicht das Zeug zum Mörder.»

«Ich glaube, unter den richtigen – oder vielleicht sollte ich sagen, falschen – Umständen hat jeder das Zeug zum Mörder, aber ich weiß Ihre Freundlichkeit gegenüber einem Fremden zu schätzen. War es nicht Blanche DuBois, die gesagt hat: ‹Ich war immer auf die Freundlichkeit von Fremden angewiesen›?»

«Und meine Mutter hat immer gesagt: ‹Viele Hände erleichtern die Arbeit.› Nachbarn helfen einander, um sich gegenseitig die Arbeit zu erleichtern. Es hat mir Spaß gemacht, und es hat mir gutgetan. Ich hab gemerkt, daß ich was kann.»

«Wie meinen Sie das?»

«Gestrüpp roden, wissen, wann gepflanzt werden muß, wissen, wie man Pferde von Würmern kuriert, all diese Dinge sind für mich ganz normal. Während ich Ihnen half, ist mir klar geworden, daß ich doch nicht so blöd bin.»

«Mädchen, die aufs Seven Sisters College gegangen sind, sind selten blöd.»

«Ha.» Harry platzte vor Übermut, Blair ebenso.

«Okay, es gibt ein paar blöde Smith- und Holy-Joker-Absolventinnen, aber schließlich gibt es ja auch ein paar miserable Old-Blues- und Princeton-Absolventen.»

Harry wechselte das Thema, weil sie nicht gerne über sich oder über Gefühle sprach: «Haben Sie schon mal Spuren im Schnee gesucht?»

«Nein.»

«Ich hab noch die alten Schneeschuhe von meinem Vater. Haben Sie Lust, ein bißchen rauszugehen?»

«Klar.»

Wenige Minuten später hatten sie sich angezogen und das Haus verlassen. Viel Sonnenlicht war nicht mehr da.

Blair hob einen Fuß. «An die Schneeschuhe muß man sich erst gewöhnen.»

Sie stapften in den Wald, wo Harry ihm Rotluchs- und Rehspuren zeigte. Die Rehe folgten den Luftströmungen. Als er dies alles sah und die Luft roch, als er den Unterschied zwischen der Temperatur unten am Bach und der weiter oben spürte, da bekam Blair einen Begriff davon, wie intelligent Tierleben ist. Jede Art entwickelte ihre Überlebensstrategie. Wenn die Menschen sich herablassen würden, davon zu lernen, wären sie womöglich imstande, ihr eigenes Leben zu verbessern.

Sie gingen auf die Bergausläufer hinter Blairs Grundstück zu. Harry wollte einen Rundgang machen, wobei sie stets im Kopf behielt, daß das Licht im Schwinden begriffen war. Sie legte ihre Hand auf Blairs Arm und deutete nach oben. In einem Walnußbaum saß eine riesige Schnee-Eule.

Harry flüsterte: «Sie kommen selten so weit nach Süden.»

«Mein Gott, ist die groß», flüsterte er zurück.

«Eulen und Kletternattern sind die besten Freunde, die ein Farmer haben kann. Und Katzen. Sie töten das Ungeziefer.»

Lange rosa Schatten schwebten von den Bergen, als drehten sich die Röcke des Tages in einem letzten Tanz. Sogar mit Schneeschuhen konnte das Gehen beschwerlich sein. Beide atmeten schwer, als sie aus dem Wald traten. Am Waldrand blieb Harry stehen. Ihr Blut wurde so eisig wie die Temperatur. Sie zeigte es Blair: Schneeschuhspuren. Aber es waren nicht ihre.

«Jäger?» meinte Blair.

«Niemand würde hier ohne Genehmigung jagen. Die MacGregors und meine Eltern waren da ganz rigoros. Wir hatten Angusrinder auf der Weide, und die MacGregors haben hornlose Herefords gezüchtet. Man kann nicht riskieren, daß irgendein Trottel einem das Vieh erschießt – und das kann durchaus passieren.»

«Vielleicht wollte jemand Spuren suchen, so wie wir.»

«Suchen wollte er allerdings was.» Sie füllte ihre Lungen mit der scharfen Luft. «Und zwar im hinteren Bereich Ihres Grundstücks.»

«Harry, was hat das zu bedeuten?»

«Ich glaube, wir sehen hier die Spuren des Mörders. Warum er noch mal hierher wollte, weiß ich nicht, aber er hat die Hände und Beine auf Ihrem Friedhof abgeladen. Vielleicht hat er was vergessen.»

«Im Schnee würde er es nicht finden.»

«Ich weiß. Das ist es ja, was mich so beunruhigt.» Sie kniete sich hin und untersuchte die Spuren. «Ein Mann, denke ich, oder eine dicke Frau.» Sie trat neben die Spur und hob dann ihren Schneeschuh hoch. «Sehen Sie, wieviel tiefer seine Spur ist als meine?»

Blair kniete sich ebenfalls nieder. «Ja. Wenn wir den Spuren folgen, können wir vielleicht feststellen, wo er hergekommen ist.»

«Es wird bald dunkel.» Sie zeigte auf die Wolken, die sich an den Berggipfeln zusammenballten. «Und da kommt der nächste Schneesturm.»

«Gibt es hier hinten irgendeine alte Straße?»

«Ja, einen alten Forstweg von 1937. Das war das letzte Mal,

daß hier Holz geschlagen wurde. Der Weg ist überwuchert, aber der Mensch, mit dem wir's zu tun haben, könnte ihn kennen. Er könnte mit einem Auto mit Allradantrieb von der Yellow Mountain Road heruntergefahren sein und es auf dem Forstweg versteckt haben. Weit würde er nicht kommen, aber weit genug, um den Wagen außer Sicht zu schaffen, denke ich.»

Wie ein blauer Finger kroch ein dunkler Schatten auf sie herab. Die Sonne sank. Das Wechselspiel von klarem Himmel und Wolken wich schwerem Gewölk.

Blair rieb sich die Nase, die langsam kalt wurde. «Was könnte jemand bloß hier hinten wollen?»

«Ich weiß nicht. Kommen Sie, kehren wir um.»

Bei gutem Wetter hätte der Rückweg zu Harrys Haus zwanzig Minuten gedauert, aber da sie durch den Schnee stapften, kamen sie erst nach einer Stunde im Dunkeln bei Harrys Hintereingang an. Ihre Augen tränten, ihre Nasen liefen, aber ihre Körper waren durch die Bewegung warm geblieben. Harry machte frischen Kakao und Käsetoast. Blair nahm das Abendessen dankbar an, dann ging er, um seine Kätzchen zu versorgen.

Sobald er fort war, rief Harry Cynthia Cooper an.

Cynthia und Harry kannten sich gut genug, um keine Zeit zu verschwenden. Die Polizistin kam gleich zur Sache. «Sie meinen, jemand hat es auf Blair abgesehen?»

«Warum sollte sonst jemand bei ihm herumschnüffeln?»

«Ich weiß es nicht, Harry, aber an diesen Morden ist überhaupt nichts plausibel, abgesehen davon, daß Ben Dreck am Stecken hatte. Nur was für Dreck, das wissen wir noch nicht. Ich denke aber, daß Cabell es weiß. Wir werden ihn finden. Ben ist viel reicher gestorben, als er gelebt hat. Darin war er sehr diszipliniert.»

«Worin?»

«Möglichst wenig Geld auszugeben.»

«Oh, daran habe ich nie gedacht», erwiderte Harry. «Hören Sie, Coop, wäre es möglich, einen Mann in Blairs Scheune zu postieren? Jemanden bei ihm zu verstecken? Der Kerl, mit dem wir's zu tun haben, hat nicht vor, durch Blairs Einfahrt zu poltern. Der kommt vom Berghang angestürmt.»

«Harry, können Sie sich einen Grund denken, irgendeinen Grund, weswegen jemand Blair Bainbridge ermorden will?»

«Nein.»

Ein langgezogener Seufzer kam durchs Telefon. «Ich auch nicht. Und ich mag den Mann, aber wenn man jemanden mag, heißt das noch lange nicht, daß er nicht in krumme Touren verwickelt sein kann. Wir haben seine Eltern angerufen – reine Routine und weil es mich gewundert hat, warum er Weihnachten nicht nach Hause gefahren ist und sie auch nicht hergekommen sind. Seine Mutter war sehr freundlich. Sein Vater war nicht grob, aber ich habe gemerkt, daß es da Spannungen gibt. Er ist mit dem, was sein Sohn tut, nicht einverstanden. Nennt ihn einen Stümper. Kein Wunder, daß Blair nicht nach Hause wollte. Jedenfalls war von ihnen nicht viel zu erfahren. Nichts, was uns weiterbringt.»

«Postieren Sie einen Mann bei ihm?»

«Ich geh selbst hin. Zufrieden?»

«Ja. Ich bin Ihnen wirklich sehr dankbar.»

«Ach was. Schlafen Sie gut heute nacht. Oh, haben Sie gehört, daß jemand Mim eine tote Ratte geschenkt hat?»

«Ja. Merkwürdige Geschichte.»

«Mir fallen ungefähr hundert Leute ein, die das gerne tun würden.»

«Aber würden sie's tatsächlich tun?»

«Nein.»

«Sind Sie nervös? Es ist noch nicht zu Ende. Das spür ich in den Knochen.»

Coops Schweigen sagte Harry, was sie wissen mußte. Cynthia sagte schließlich: «So oder so, wir werden den Fall lösen. Passen Sie auf sich auf.»

56

Der Wind peitschte in der frühmorgendlichen Dunkelheit über die Wiesen. Selbst eine lange seidene Unterhose, ein Baumwoll-T-Shirt, ein langärmeliges Flanellhemd und eine warme Daunenjacke konnten die bittere Kälte nicht abhalten. Bis Harry zum Stall kam, taten ihr Finger und Zehen weh.

Simon war dankbar für das Futter, das sie ihm brachte. Er war über Nacht drinnen geblieben. Harry warf sogar der Eule ein bißchen Hackfleisch hin. Da die Mäuse sich bei schauderhaftem Wetter in den Stall verzogen, hätte Harry die Eule nicht zu füttern brauchen. Sie ernährte sich reichlich von dem, was der Stall zu bieten hatte, zum großen Verdruß von Mrs. Murphy, die der Meinung war, alle Mäuse seien ihr persönliches Eigentum.

Als die Stallarbeit getan war und Harry sich wieder nach draußen wagte, blies der Wind stärker. Sie konnte nicht weiter als bis zum Rand der Wiese sehen, geschweige denn zu Blair hinüber. Sie war froh, daß sie die Pferde heute im Stall gelassen hatte, auch wenn sie deswegen öfter ausmisten mußte.

Tucker und Mrs. Murphy folgten ihr dicht auf den Fersen, die Köpfe gesenkt, die Ohren angelegt.

«Sobald das mal aufhört, bitte ich die Eule, zu gucken, wo die Abdrücke waren», sagte Tucker.

«Die sind zugedeckt.» Mrs. Murphy blinzelte, um die Schneeflocken abzuwehren.

«Wer weiß, was sie entdeckt? Sie kann drei Kilometer weit sehen, wenn nicht noch weiter.»

«Ach Tucker, du darfst nicht alles glauben, was sie sagt. Sie ist eine Angeberin, und wahrscheinlich wird sie gar nicht mit uns zusammenarbeiten.»

Die beiden Tiere sausten durch die Tür, als Harry sie öffnete. Drinnen klingelte das Telefon. Es war sieben Uhr.

Harry sagte «Hallo?»

Es war Cynthia. «Harry, hier ist alles in Ordnung.»

«Gut. Und was sagt Blair?»

«Zuerst fand er es albern, daß ich in der Scheune schlafe, aber dann hat er's eingesehen.»

«Ist er schon wach?»

«Ich seh kein Licht im Haus. Der Mann sollte sich endlich Möbel anschaffen.»

«Wir warten auf eine gute Versteigerung.»

«Haben Sie genug zu essen? Wenn das so weitergeht, könnte es einen Stromausfall geben, und die Telefonleitungen könnten zusammenbrechen.»

«Ja. Kommen Sie denn da weg?» fragte Harry.

«Wenn nicht, verbringe ich einen interessanten Tag bei Blair Bainbridge.» Ein Brummen in der Ferne versetzte die junge Polizistin in Alarmbereitschaft. «Harry, ich ruf gleich zurück.»

Sie lief hinaus und lauschte angestrengt. Das dunkle Dröhnen eines Motors übertönte sogar das Rauschen des Windes. Es schneite jetzt so heftig, daß Cynthia kaum sehen konnte.

Sie hatte ihren Dienstwagen vor dem Haus geparkt. Sie hörte einen Augenblick nichts, dann wieder das tiefe Brummen. Sie rannte so schnell sie konnte durch den tiefen Schnee, aber es war zwecklos. Wer immer in die Einfahrt eingebogen war, hatte das Polizeiauto gesehen und sein Fahrzeug zurückgesetzt. Cynthia lief wieder in die Scheune und rief Harry an.

«Harry, wenn irgend jemand außer Susan oder Mrs. Hogendobber in Ihre Zufahrt kommt, rufen Sie mich sofort an.»

«Was ist los?»

«Ich weiß nicht. Hören Sie, ich muß in die Einfahrt, bevor die Spuren zugedeckt sind. Tun Sie, was ich sage! Wenn ich nicht in der Scheune bin, rufen Sie Blair an. Wenn er nicht abnimmt, rufen Sie Rick an, verstanden?»

«Verstanden.» Harry legte auf. Sie tätschelte Tucker und Mrs. Murphy und war sehr dankbar für deren scharfes Gehör.

Unterdessen kämpfte sich Cynthia durch den blendenden Schnee. Sie glaubte zu wissen, wohin sie ging, bis sie gegen eine alte Eiche stieß. Sie war in der Einfahrt nach rechts abgedriftet. Sie gelangte wieder auf den Fahrweg und kam zu den Spuren, die der Wagen beim Zurücksetzen hinterlassen hatte. Die Abdrücke der Reifenprofile schneiten rasch zu. Wenn sie doch nur ein Spurensicherungsgerät hätte. Hatte sie aber nicht. Bis sie sich eins besorgt hätte, würden die Spuren verschwunden sein. Sie ließ sich auf alle viere hinunter und pustete ein bißchen Schnee weg. Breite Reifen. Tiefe Winterprofile. Solche Reifen konnte jeder normal große Lieferwagen haben oder jedes große, schwere Familienauto mit Allradantrieb, etwa ein Wagoneer, ein Land Cruiser oder ein Range Rover. Sie kniete sich in den Schnee und knallte die Faust in das Pulver. Es flog unschuldig hoch. Halb Crozet fuhr solche Wagen, und die andere Hälfte fuhr große Transporter.

«Verdammt, verdammt, verdammt!» rief sie laut. Der Wind trug ihre Flüche davon.

Auf dem Rückweg zur Scheune krachte sie gegen die Hausecke. Heute von Foxden wegzukommen, daran war nicht zu denken. Sie drückte sich an die Hauswand und tastete sich langsam zu der rückwärtigen Veranda vor. Sie öffnete die Hintertür, betrat die Veranda, schloß die Tür hinter sich und lehnte sich dagegen. Es war noch nicht acht, und sie war schon fix und fertig. Sie konnte die Scheune nicht mehr sehen.

Sie putzte sich die Stiefel an dem Dackel-Fußkratzer ab. Sie zog den Reißverschluß ihres dicken Parkas auf und schüttelte den Schnee ab, dann hängte sie den Parka an den Haken an der Außenseite der Küchentür.

Sie trat in die Küche und rief Harry an. «Alles in Ordnung?»

«Ja, niemand in meiner Einfahrt.»

«Okay, das ist der Plan: Sie können heute nicht zum Dienst. Mrs. Hogendobber soll Sie vertreten, sofern sie's durch die Gasse schafft. Rufen Sie sie an.»

«Ich habe noch nicht einen Tag wegen dem Wetter gefehlt.»

«Heute werden Sie fehlen», ordnete Cynthia an. «Blair hat den Explorer. Wir laden Blair und seine Kätzchen ein und kommen rüber. Ich will vorerst nicht, daß einer von Ihnen allein ist.»

«Aber auf mich hat es doch niemand abgesehen.»

«Das können Sie nicht wissen. Ich kann kein Risiko eingehen. Ich geh ihn jetzt wecken. In einer Stunde sind wir drüben.»

57

Diese Nervensägen.» Mrs. Murphy schnippte ihren Schwanz weg von Jingle Bells, dem gescheckten Kätzchen, das ihm wie verrückt nachjagte.

«Menschenbabys sind schlimmer.» Tucker ließ Noel gewähren, das graue Kätzchen, das an ihrer einen Seite hinaufkletterte, um dann *«huiiii!»* zu schreien und auf der anderen hinunterzurutschen.

Harry, Blair und Cynthia beschäftigten sich, indem sie Pläne von allen Räumen in Blairs Haus skizzierten. Dann zeichneten sie Möbel für jedes Zimmer, schnitten sie aus und schoben sie hin und her.

«Haben Sie uns alles gesagt?» fragte Cynthia wieder.

«Ja.» Blair schob mit dem Zeigefinger ein Sofa herum. «Da paßt es nicht hin.»

«Wie wär's hier, und ein Tisch davor? Und da drauf die Lampen.» Harry plazierte die Teile.

«Kein Geschäft, das schiefging?» fragte Cynthia.

«Ich sagte doch, der einzige Kauf, den ich getätigt habe, war Foxden... und der Traktor auf der Versteigerung. Wenn auf meinem Grundstück etwas Wertvolles gewesen wäre oder irgendwas anderes, das mit dem Fall zusammenhängt, hätte es derjenige doch wohl mitgenommen, oder?»

«Ich weiß es nicht», sagte Cynthia.

«Huch», schrie Harry, als das Licht ausging. Sie lief zum Telefon und hielt den Hörer ans Ohr. «Funktioniert noch.»

Der Himmel verfinsterte sich, und der Wind heulte. Der Sturm hielt an. Zum Glück hatte Harry immer einen großen Vorrat Kerzen da. Die würden ihr nicht ausgehen.

Nach dem Abendessen saßen sie am Kamin und erzählten sich Gespenstergeschichten. Obwohl es schon ein bißchen weniger stürmte, rüttelte der steife Wind an den Fensterläden. Die ideale Zeit für Gespenstergeschichten.

«Ich habe gehört, daß Peter Stuyvesant immer noch in der Kirche an der Second Avenue in New York herumgeistert. Man kann sein Holzbein auf dem Holz tappen hören. Das ist alles, was ich an Gespenstergeschichten kenne. Als Kind bin ich am Lagerfeuer immer eingeschlafen.» Blair lächelte.

«Es gibt ein Gespenst in Castle Hill.» Cynthia sprach von einem schönen alten Haus an der Route 22 in Keswick. «Dort erscheint in einem der alten Schlafzimmer immer eine Frau mit einer Kerze in der Hand. Sie trägt Gewänder aus dem achtzehnten Jahrhundert und sagt den Gästen, sie dürfen da nicht übernachten. Sie soll in den letzten zweihundert Jahren vielen Gästen erschienen sein.»

«Was? Finden sie nicht ihre gesellschaftliche Anerkennung?» witzelte Harry.

«Wir wissen, daß sie keine guten Manieren haben», sagte Blair. «Mit den Umgangsformen ist es seit der Französischen Revolution konstant bergab gegangen.»

«Okay.» Cynthia stieß Harry an. «Sie sind dran.»

«Als Thomas Jefferson Monticelli baute, ließ er einen Schotten namens Dunkum kommen. Dieser äußerst tüchtige Mann kaufte Land unterhalb von Carter's Ridge und baute das heutige Brooklyn-Haus, das Dr. Charles Beegle und seiner Familie gehört – Ehefrau Jean, Sohn Brook und den Töchtern Lynne und Christiana. Der Unabhängigkeitskrieg erreichte schließlich auch unsere Gegend, und danach baute Mr. Dunkum noch mehr Wohnhäuser am Fuß der Bergkette. Man kann sie an der Route 20 sehen, schlichte, solide Ziegelbauten in schönen Proportionen. Als er zu Wohlstand gelangte, zogen weniger vermögende Verwandte zu ihm, darunter eine verwitwete Schwester, Mary Carmichael. Mary liebte die Gartenarbeit, und sie hat den Garten angelegt, der heute von Jean Beegle gepflegt wird. An einem heißen Sommertag wollte Jean den Traktor auf dem Plattenweg zu dem Rankengestrüpp hinten im Garten fahren, das ihren Bemühungen mit der Schere widerstanden hatte. Jean war entschlossen, ihm mit dem Traktor zu Leibe zu rücken. Kaum war sie in das Gestrüpp gestoßen, als sie zu ihrem Entsetzen in einen Hohlraum stürzte. Der Traktor hatte sich nicht überschlagen – er ist einfach mitten in einem Erdloch steckengeblieben. Als Jean hinuntersah, erblickte sie einen Sarg. Versteht sich wohl von selbst, daß Jean in Windeseile von dem Traktor geklettert ist.

Chuck hat sich dann von Johnny Haffner, dem Traktorenhändler, einen Traktor geborgt, und die zwei Männer haben zusammen Beegles Traktor herausgezogen. Ihre Neugierde gewann die Oberhand, sie sprangen wieder in das Grab und öffneten den Sarg. Er enthielt das Skelett einer Frau und sogar noch Fetzen eines Kleides, das sehr schön gewesen sein mußte. Von Schuldgefühlen übermannt, schlossen Chuck und Johnny den Sarg wieder und überließen die Dame ihrem ewigen Schlummer. Dann schütteten sie die Grube zu.

In derselben Nacht wurde Jean von einem lauten Geräusch geweckt. Sie hörte jemanden dreimal rufen. Eine Stimme, die sie nicht kannte, rief nach ihr. ‹Jean Ritenour Beegle, Jean, komm in den Garten.›

Jeans Schlafzimmer hatte kein Fenster nach dieser Seite, deshalb ging sie nach unten. Sie hatte keine Angst, denn es war ja eine Frauenstimme. Ich hätte mich gefürchtet, glaube ich. Sie ging jedenfalls in den Garten, und da stand eine große, gut gebaute Frau.

Sie sagte: ‹Mein Name ist Mary Carmichael, und ich bin 1791 hier gestorben. Weil ich den Garten liebte, hat mein

Bruder mich darin beerdigt und einen Rosenstrauch auf mein Grab gepflanzt. Als er starb, haben die neuen Besitzer vergessen, daß ich dort begraben bin, und meinen Rosenstrauch nicht mehr gepflegt. Ich bin in der Küche gestorben, die im Keller des Hauses war. Der Kamin war groß, und es war so kalt. Sie haben mich dort aufgebahrt.›

Jean fragte, ob sie irgendwas für Mary tun könne.

Das Gespenst antwortete: ‹Pflanze einen Rosenstrauch auf mein Grab. Ich liebe rosa Rosen. Und weißt du, ich habe zwischen den zwei Fenstern ein Spalier gebaut.› Sie zeigte auf die Fenster, die zum Garten hinausgingen. Es mußte das Wohnzimmer gewesen sein. ‹Wenn es dir gefällt und hübsch aussieht, baue ein weißes Spalier und laß gelbe Teerosen daran hochranken.›

Das hat Jean getan, und sie sagt, daß sie Mary in mondhellen Sommernächten manchmal durch den Garten spazieren sieht.»

Während die Menschen mit ihren Gespenstergeschichten fortfuhren, holte Mrs. Murphy die zwei Kätzchen zu sich heran. *‹So, Noel und Jingle, jetzt will ich euch die Geschichte von einem schneidigen jungen Kater namens Dragoner erzählen. Damals, zur Zeit unserer Vorfahren ...›*

«Wann war das?» maunzte das graue Kätzchen.

«Bevor wir ein Land waren, damals, als die Briten regierten. In jener Zeit lebte ein großer, hübscher Kater, der immer mit einem britischen Offizier zusammensteckte, und deswegen wurde er Dragoner genannt. Oh, seine Schnurrhaare waren silbern, seine Pfoten waren weiß, seine Augen leuchtend grün und sein Fell glänzend rot. Eines Nachts veranstalteten die Menschen einen großen Ball, und Dragoner kam auch hin. Dort sah er eine junge weiße Angorakatze, die ein blaues Seidenband am Hals trug. Er ging zu ihr, und auch andere Kater umringten sie, so überwältigend war ihre Schönheit. Und er sprach zu ihr und machte ihr den Hof. Sie sagte, ihr

Name sei Silverskins. Er bot Silverskins an, sie nach Hause zu begleiten. Sie spazierten durch die Straßen der Stadt und aufs Land hinaus. Die Grillen zirpten, und die Sterne funkelten. Als sie sich einem kleinen Steinhäuschen und einem Hügel mit einem Friedhof darauf näherten, blieb die hübsche Katze stehen.

‹Ich verlasse dich hier, Dragoner, denn meine alte Mutter wohnt da drinnen, und ich will sie nicht aufwecken.› Sprach's und sprang davon.

Dragoner rief ihr nach: ‹Ich komme dich morgen abholen.›

Den ganzen nächsten Tag konnte Dragoner sich nicht auf seine Pflichten konzentrieren. Er dachte nur an Silverskins. Als die Nacht anbrach, marschierte er durch die Stadt, ohne auf die Zurufe seiner bummelnden Freunde zu achten. Er ging hinaus auf den schmalen Feldweg und kam bald zu dem Häuschen. Er klopfte an, und eine alte Katze öffnete.

‹Ich komme Silverskins abholen›, sagte er zu der alten weißen Katze.

‹Treib keine Späße mit mir, junger Spund›, fauchte die alte Katzendame.

‹Ich spaße nicht›, sagte er. ‹Ich habe sie gestern abend nach dem Ball nach Hause begleitet.›

‹Du findest meine Tochter auf dem Hügel.› Die alte Katze zeigte auf den Friedhof und schloß die Tür.

Dragoner stürmte den Hügel hinauf, aber von Silverskins war nichts zu sehen. Er rief ihren Namen. Keine Antwort. Er sprang von einem Grabstein zum anderen. Keine Spur von ihr. Er kam ans Ende einer Reihe mit Menschengedenktafeln und sprang auf einen kleinen eckigen Grabstein. Darauf stand: ‹Hier ruht mein hübscher Liebling Silverskins. Geboren 1699. Gestorben 1704.› Und auf dem Grab lag ihre blaue Seidenschleife.»

Die Kätzchen schrien, als die Geschichte zu Ende war.

Harry sah zu den verängstigten Babys hinüber. Mrs.

Murphy lag vor ihnen auf der Seite, die Augen halb geschlossen.

«Mrs. Murphy, triezt du die Kätzchen?»

«Hihi», feixte Mrs. Murphy nur.

58

Keine Kobolde polterten in der Nacht, auch keine menschlichen Schreckgespenster. Harry, Cynthia und Blair erwachten an einem kristallklaren Morgen. Harry konnte sich an keinen Wintertag erinnern, der so gefunkelt hätte wie dieser.

Womöglich hatte Harry überreagiert. Vielleicht stammten die Spuren von jemand, der verbotenerweise nach Tieren Ausschau hielt, die er in eine Falle locken konnte. Vielleicht war der Laster oder PKW, den Cynthia in Blairs Zufahrt einbiegen hörte, einfach jemand gewesen, der sich im Schnee verfahren hatte.

Als Harry mit der Arbeit begann, kam sie sich wegen ihrer Ängste ein bißchen dämlich vor. Vor den Fenstern sah sie Straßenarbeiter die großen Schneepflüge lavieren. Ein Kleinwagen am Straßenrand war vollkommen mit Schnee bedeckt.

Mrs. Hogendobber wuselte herum, und die zwei tratschten bei der Arbeit. Boom Boom war die erste, die ins Postamt kam. Sie hatte sich kurz vor dem Sturm beim Autohändler einen Wagoneer mit Allradantrieb ausgeliehen. Gekauft hatte sie ihn noch nicht. «Wie günstig, so einen langfristigen Kredit zu haben», bemerkte Mrs. Hogendobber.

«Orlando kommt heute an. Mit der Maschine um halb elf.

Blair hat gesagt, er holt ihn ab, und heute abend essen wir zusammen. Wartet nur, bis ihr ihn seht. Er ist wirklich was Besonderes.»

«Fair auch», verteidigte Harry ihren Ex-Ehemann. Wenn sie vorher nachgedacht hätte, hätte sie vermutlich den Mund gehalten, aber das war es ja eben: Sie dachte nicht nach. Was immer ihr in den Sinn schoß, sie sprach es im selben Moment aus.

Boom Booms lange Wimpern flatterten. «Aber sicher. Er ist ein lieber, süßer Kerl, und er ist mir nach Kellys Tod ein großer Trost gewesen. Ich hab ihn sehr gern, aber, nun ja, er ist provinziell. Er kennt nichts als seinen Beruf. Gib's zu, Harry, dich hat er auch gelangweilt.»

Harry warf die Post, die sie in der Hand hielt, auf die Erde. Mrs. Hogendobber trat klugerweise an Harrys Seite... für alle Fälle.

«Wir alle langweilen uns gelegentlich gegenseitig. Niemand ist immer und überall aufregend.» Harrys Gesicht lief rot an.

Mrs. Murphy und Tucker spitzten die Ohren.

«Ach, hör auf. Er war nicht der Richtige für dich.» Boom Boom hatte eine gemeine Freude daran, andere Leute zu ärgern. Emotionen waren der einzige Austausch, den Boom Boom pflegte. Da sie keine richtige Beschäftigung hatte, kreisten ihre Gedanken um sich selbst und die Gefühle anderer. Manchmal ödeten sie sogar ihre Vergnügungen an.

«Er war für sehr lange Zeit genau der Richtige. Und jetzt nimm deine Post und erlöse mich von deiner perfekt geschminkten Visage.» Harry biß die Zähne zusammen.

«Dies ist ein öffentliches Gebäude, und ich kann tun und lassen, was ich will.»

Mirandas Altstimme vibrierte vor Autorität. «Boom Boom, für eine Frau, die gnadenlos mit ihrer Empfindsamkeit hausieren geht, sind Sie erstaunlich unempfindsam gegen andere Leute. Sie haben hier eine höchst unangenehme Situation geschaffen. Ich schlage vor, Sie denken in Ihrer freien Zeit darüber nach, und das heißt den Rest des Tages.»

Boom Boom stürmte eingeschnappt hinaus. Bevor es Mittag wurde, würde sie ihre sämtlichen Bekannten anrufen, um sie darüber zu informieren, wie mitgenommen sie war, weil Harry und Mrs. Hogendobber sich gegen sie verbündet und sie so beleidigt hatten.

Sie würde es außerdem für geboten halten, ihren Psychiater anzurufen und dann etwas zu finden, das ihre Nerven beruhigte.

Mrs. Hogendobber bückte sich etwas steif und hob die Post auf, die Harry auf die Erde geworfen hatte.

«Nicht, Miranda, ich mach das schon. Ich hab mich ziemlich albern benommen.»

«Sie lieben ihn noch.»

«Nein», erwiderte Harry ruhig, «aber ich liebe, was wir einander gewesen sind, und er ist es wert, als Freund geliebt zu werden. Irgendwann wird er irgendeiner Frau ein guter Kamerad sein. Darum geht es doch in der Ehe, oder? Kameradschaft? Gemeinsame Ziele?»

«Im Idealfall. Ich weiß nicht, Harry, die jungen Leute heutzutage wollen so viel mehr als wir früher. Sie wollen Aufregung, Romantik, gutes Aussehen, einen Haufen Geld, immerzu Urlaub. Als George und ich heirateten, hatten wir diese Ansprüche nicht. Wir haben erwartet, daß wir zusammen hart arbeiteten und unsere Aussichten verbesserten. Wir haben gespart und geknausert. Das Feuer der Romantik loderte mal mehr, mal weniger, aber wir waren ein Team.»

Harry dachte über Mrs. Hogendobbers Worte nach. Sie hörte auch zu, als Miranda das Gespräch auf Kirchenklatsch brachte. Die beste Sopranistin im Chor und der beste Tenor hatten sich darüber verkracht, wer die meisten Soli bekam. Großzügig verstreute Mrs. Hogendobber ihre Perlen der Weisheit.

Um ein Uhr kam Blair mit Orlando Heguay herein. Das Flugzeug hatte Verspätung gehabt, der Flugplatz war überfüllt gewesen, aber alles war gutgegangen. Orlando bezauberte Mrs. Hogendobber. Harry fand, er war genau der Richtige für Boom Boom: weltgewandt, reich und unglaublich attraktiv. Ob er auch der Typ war, der einer Frau unablässig die Aufmerksamkeit schenken konnte, die Boom Boom forderte, würde sich beizeiten herausstellen.

Als Blair sein Postfach öffnete, griff eine behaarte Pfote nach ihm. Er riß seine Hand zurück.

«Ich hab dich erschreckt», lachte Mrs. Murphy.

«Du kleiner Teufel.» Blair langte wieder in sein Fach und hielt eine Minute ihre Pfote fest.

Orlando ging umher und blieb vor der Fotografie von dem nicht identifizierten Opfer stehen. Er betrachtete sie genau, dann stieß er einen leisen Pfiff aus. «Großer Gott.»

«Was ist los?» fragte Mrs. Hogendobber.

Harry ging zu ihm, um zu erklären, warum das Foto an der Wand hing, aber bevor sie den Mund aufmachen konnte, sagte Orlando: «Das ist Tommy Norton.»

Alle drehten sich mit aschfahlen Gesichtern zu ihm um. Harry sprach als erste: «Sie kennen den Mann?»

«Das ist Tommy Norton. Ich meine, die Haare stimmen nicht, und er sieht dünner aus als damals, aber wenn das nicht Tommy Norton ist, dann ist es sein gealterter Doppelgänger.»

Miranda wählte Rick Shaws Nummer, bevor Orlando seinen Satz zu Ende gesprochen hatte.

59

Nach ausgiebigen Entschuldigungen, weil sie Orlando im Urlaub belästigten, hatten Rick und Cynthia die Tür von Ricks Büro geschlossen. Blair wartete draußen und las Zeitung.

«Fahren Sie fort, Mr. Heguay.»

«Ich habe Fitz-Gilbert 1971 kennengelernt. Auf dem College waren wir keine dicken Freunde. Er hatte einen guten Freund in New York, Tommy Norton. Tommy Norton habe ich im Sommer 1974 kennengelernt. Er arbeitete als Laufbursche bei der Börsenmaklerfirma Kincaid, Foster und Kincaid. Ich war damals siebzehn, er muß fünfzehn oder sechzehn gewesen sein. Ich habe nebenan bei Young und Fulton gearbeitet. Danach wußte ich ganz sicher, daß ich kein Börsenmakler werden wollte.» Orlando holte Luft und fuhr fort: «Ein-, zweimal die Woche haben wir zusammen Mittag gegessen. An den anderen Tagen mußten wir durcharbeiten.»

«Wir?» fragte Cynthia.

«Tommy, Fitz-Gilbert Hamilton und ich.»

«Erzählen Sie weiter.» Ricks Stimme hatte etwas Hypnotisches.

«Da gibt es nicht viel zu erzählen. Er war ein armer Schlucker aus Brooklyn, aber sehr helle, und er wollte so sein wie Fitz und ich. Er hat uns imitiert. Wirklich schade, daß er keine Privatschule besuchen konnte; es hätte ihn so glücklich gemacht. Damals wurden noch nicht so viele Stipendien vergeben.»

«War er mal zu Besuch in Andover?»

«Hm, Fitz' Eltern sind in jenem Sommer bei dem schrecklichen Flugzeugabsturz ums Leben gekommen, und im Jahr drauf ist Fitz in der Schule richtig durchgedreht. Aber Tommy und Fitz waren ja gute Freunde, und im Herbst ist Tommy mindestens einmal dort gewesen. Er hat da auch gut hingepaßt. Da ich ein Jahr älter war als Tommy, habe ich ihn aus den Augen verloren, als ich nach dem College-Abschluß nach Yale ging. Fitz ging nach Princeton, als er sich wieder gefangen hatte, und was aus Tommy geworden ist, weiß ich nicht. Ich erinnere mich aber, daß er den Sommer drauf wieder bei Kincaid, Foster und Kincaid gearbeitet hat, und zwar zusammen mit Fitz.»

«Fällt Ihnen sonst noch jemand ein, der Tommy Norton kennen könnte?» fragte Rick.

«Der Personalchef damals war ein schleimiges Ekel namens Leonard, äh, Leonard Imbry. Komischer Name. Wenn er noch dort ist, könnte er sich vielleicht an Tommy erinnern.»

«Wie kommen Sie darauf, daß das Foto Norton darstellt?» Cynthia fand, daß Orlando mit seinen dunklen Haaren und Augen ungemein gut aussah, und sie wünschte, sie hätte was anderes an als ihre Polizeiuniform.

«Ich würde nicht mein Leben darauf verwetten, aber das rekonstruierte Gesicht hatte Tommys vorstehendes Kinn. Die Nase war vielleicht ein bißchen kleiner, und der Haarschnitt stimmte nicht.» Er zuckte die Achseln. «Es sah aus wie eine ältere Ausgabe des Jungen, den ich kannte. Was ist mit ihm passiert? Bevor ich es von den Damen im Postamt erfahren konnte, haben Sie mich weggelotst.»

Cynthia antwortete: «Der Mann auf dem Foto wurde ermordet, sein Gesicht wurde schwer entstellt und seine Leiche zerstückelt. Die Fingerabdrücke waren ihm buchstäblich von den Fingerkuppen abgeschnitten und sämtliche Zähne ausgeschlagen worden. Über mehrere Tage hinweg haben die

Leute hier Leichenteile gefunden. Der Kopf ist auf unserem Erntefest in einem Kürbis aufgetaucht. Es war einfach schrecklich, und Kinder wie Erwachsene werden deswegen noch lange Zeit Alpträume haben.»

Orlando war erschüttert. «Wer hätte Tommy Norton umbringen wollen?»

«Das würden wir auch gerne wissen.» Rick machte sich wieder Notizen.

«Wann haben Sie Fitz-Gilbert Hamilton zuletzt gesehen?» Cynthia wünschte, daß ihr genug Fragen einfallen würden, um ihn stundenlang dazubehalten.

«Bei meinem Examen in Andover. Seine Stimme war tiefer geworden, aber er war in der Entwicklung immer noch ein bißchen zurück. Ich weiß nicht, ob ich ihn heute wiedererkennen würde. Es würde mich aber freuen, wenn es so wäre.»

«Sie sagten, er war in Princeton – nachdem er sich gefangen hatte.»

«Nach dem Tod seiner Eltern war Fitz eine Zeitlang total daneben. Er war völlig in sich gekehrt. Keiner von uns Jungs war besonders geschickt im Umgang mit so einer Krise. Vielleicht wären wir heute genauso ungeschickt. Ich weiß nicht, er hat sich immer in sein Zimmer verkrochen und Mozarts *Requiem* gehört. Wieder und wieder.»

Rick blickte von seinen Notizen auf. «Aber er ist auf dem College geblieben?»

«Wo hätten sie ihn sonst hinstecken sollen? Er hatte keine Verwandten, und der Vermögensverwalter seiner Eltern war ein New Yorker Banker mit Juraexamen, der den Jungen kaum kannte. Er hat das Jahr durchgestanden, und im Sommer 75 habe ich gehört, daß er langsam aus seiner Isolation herauskam und wieder mit Tommy bei Kincaid, Foster und Kincaid arbeitete. Die zwei waren unzertrennlich. Und dann passierte dieser Autounfall. Mir ist nie was von Ärger in

Princeton zu Ohren gekommen, aber so gute Freunde waren Fitz und ich ja nicht, und was immer ich hörte, kam aus zweiter Hand, weil wir alle auf verschiedene Colleges gegangen waren. Er war aber ein netter Kerl, und sein Schicksal ist uns allen sehr nahegegangen. Ich freue mich darauf, ihn wiederzusehen.»

Sie dankten Orlando, und Blair dankten sie fürs Warten. Dann hängte sich Cynthia an die Strippe und rief bei Kincaid, Foster und Kincaid an. Leonard Imbry war noch Personalchef, und er hörte sich an, als sei er zwei Jahre älter als Gott.

Ja, er erinnere sich an die beiden Jungen. Die könne man kaum vergessen nach dem, was mit Fitz passiert war. Sie hätten fleißig gearbeitet. Fitz sei labil gewesen, aber ein lieber Kerl. Er habe die beiden aus den Augen verloren, als sie aufs College gingen. Er meine, Fitz sei nach Princeton und Tommy aufs City College gegangen.

Cynthia legte auf. «Chef?»

«Ja?»

«Wann kommen Little Marilyn und Fitz vom Homestead-Club zurück?»

«Bin ich vielleicht der High-Society-Manager von Crozet? Rufen Sie Ihre Gnaden an.» *Ihre Gnaden* war Ricks Bezeichnung für Big Marilyn Sanburne.

Cynthia rief sie an. Die Hamiltons würden heute abend zurück sein, sagte man ihr. Sie legte auf. «Finden Sie es nicht komisch, daß Orlando den Mann auf dem Foto erkannt hat, falls es wirklich Tommy Norton ist, und Fitz-Gilbert nicht?»

«Ich bin Ihnen einen Schritt voraus. Wir fangen sie an ihrer Tür ab. Inzwischen, Coop, fragen Sie in New York an, ob irgendwer bei der Polizei, im Archiv oder sonstwo, Akten über Tommy Norton oder Fitz-Gilbert Hamilton hat. Und vergessen Sie das City College nicht.»

«Wo gehen Sie hin?» fragte sie, als er seine Jacke vom Garderobenständer nahm.

«Auf die Jagd.»

60

In den wenigen Tagen im Homestead-Club hatte Little Marilyn fünf Pfund zugenommen. Die Frühstückswaffeln, diese großen, glänzenden goldenen Vierecke, konnten die strengsten Diätfetischisten in Versuchung führen. Dazu kamen die Eier, die Brötchen, die süßen Brötchen, der knusprige Virginia-Speck. Und das war erst das Frühstück.

Als das Telefon klingelte, hob Little Marilyn träge und vollgegessen den Hörer ab und sagte schlaff: «Hallo.»

«Baby.»

«Mutter.» Little Marilyns Schulterblätter strafften sich.

«Geht's euch gut?»

«Wir futtern wie die Schweine.»

«Du wirst nie erraten, was hier passiert ist.»

Little Marilyn straffte sich abermals. «Doch nicht schon wieder ein Mord?»

«Nein, nein, aber Orlando Heguay – er kennt Fitz aus dem Internat – hat den nicht identifizierten Ermordeten erkannt. Er sagt, es war ein gewisser Tommy Norton. Ich hoffe, das ist der Durchbruch, auf den wir gewartet haben, aber Sheriff Shaw wirkt wie immer weder zuversichtlich noch hoffnungslos.»

Die Tochter lächelte, obwohl die Mutter sie nicht sehen konnte, ein falsches Lächeln; es war ein automatischer Gesellschaftsreflex. «Danke, daß du's mir gesagt hast. Fitz wird erleichtert sein, wenn ich's ihm erzähle.» Sie schwieg einen Moment. «Warum hat Rick Shaw dir gesagt, wer das Opfer war?»

«Hat er nicht. Du kennst ihn doch. Der hält seine Karten bedeckt.»

«Wie hast du's dann erfahren?»

«Ich habe meine Quellen.»

«Ach komm, Mutter, das ist nicht fair. Sag's mir.»

«Dieser Orlando ist ins Postamt gekommen und hat den Mann auf dem Foto erkannt. Harry und Miranda standen direkt daneben. Zwar ist keiner hundertprozentig sicher, daß es wirklich dieser Tommy Norton ist, aber er scheint es zu glauben.»

«Unterdessen weiß es bestimmt die ganze Stadt», schnaubte Little Marilyn. «Mrs. Hogendobber kann ja nichts für sich behalten.»

«Sie kann schon, wenn sie muß, aber niemand hat sie angewiesen, nichts zu sagen, und ich nehme an, alle würden es an ihrer Stelle genauso machen. Jedenfalls glaube ich, daß Rick Shaw durch den Schnee hingeschlittert ist und sich die beiden vorgenommen hat. Ich habe ihm den Schlüssel für Fitz' Büro gegeben. Rick sagte, er müßte noch mal hinein. Er meinte, die Fingerabdruckleute könnten etwas übersehen haben.»

«Fitz kommt gerade vom Schwimmen zurück. Ich geb ihn dir, dann kannst du ihm alles erzählen.» Sie reichte ihrem Mann den Hörer und formte unhörbar mit den Lippen das Wort «Mutter».

Er verzog das Gesicht und nahm den Hörer. Während Mim ihre Geschichte ausschmückte, wurde sein Gesicht bleich. Als er auflegte, zitterte seine Hand.

«Liebling, was hast du?»

«Sie glauben, die Leiche war Tommy Norton. Ich *kannte*

Tommy Norton. Ich fand nicht, daß der Mann auf dem Foto wie Tommy aussah. Deine Mutter will, daß ich sofort nach Hause komme und mit Rick Shaw spreche. Sie meint, es schadet dem Ruf der Familie, daß ich Tommy Norton gekannt habe.»

Little Marilyn umarmte ihn. «Wie furchtbar für dich.»

Er faßte sich. «Hoffen wir, daß es ein Irrtum ist. Ehrlich, es ist ein gräßlicher Gedanke, daß er... es war.»

«Wann hast du ihn zuletzt gesehen?»

«Ich glaube 1976.»

«Das Aussehen der Menschen verändert sich ziemlich stark mit den Jahren.»

«Trotzdem hätte ich ihn erkennen müssen. Ich fand nicht, daß die Rekonstruktion Ähnlichkeit mit ihm hatte. Ist mir nie in den Sinn gekommen. Er hatte ein vorstehendes Kinn, daran erinnere ich mich. Er war sehr nett zu mir, und als wir auf verschiedene Colleges gingen, haben wir uns aus den Augen verloren. Ich glaube sowieso nicht, daß Männer so eng Kontakt halten wie Frauen. Ihr schreibt euch mit euren Verbindungsschwestern. Ihr hängt euch ans Telefon. Frauen legen größeren Wert darauf, Freundschaften zu pflegen. Trotzdem, ich habe mich oft gefragt, was aus Tom geworden ist. Hör zu, bleib hier und amüsier dich. Ich fahr nach Crozet, und wenn aus keinem anderen Grund, als um deine Mutter zu beruhigen und mir das Bild mit anderen Augen anzusehen. Ich hol dich morgen ab. Die Hauptstraßen sind geräumt. Ich dürfte ohne Probleme durchkommen.»

«Ich will ohne dich nicht hierbleiben, und du solltest dich nicht allein von Mutter anblaffen lassen. Gott bewahre, wenn sie wirklich denkt, unsere gesellschaftliche Stellung ist auch nur ein winziges, ein klitzekleines bißchen angekratzt.»

Er gab ihr einen Kuß auf die Wange. «Bleib du hier, Schätzchen. Ich bin ruck, zuck wieder da. Iß heute abend für mich mit.»

Little Marilyn wußte, daß sie ihn nicht umstimmen konnte. «Ich hab schon genug gegessen.»

«Du siehst großartig aus.»

Er zog sich um und küßte sie zum Abschied. Ehe er die Tür erreichte, klingelte das Telefon. Little Marilyn nahm ab. Die Augen traten ihr aus dem Kopf.

«Ja, ja, er ist hier.» Verdattert reichte Little Marilyn Fitz den Hörer.

«Hallo.» Fitz erstarrte, als er Cabell Halls Stimme hörte. «Alles in Ordnung mit dir? Wo bist du?»

Little Marilyn wollte zum anderen Telefon in ihrer Suite greifen. Fitz packte sie am Handgelenk und flüsterte: «Wenn er das Knacken hört, legt er vielleicht auf.» Er konzentrierte sich wieder auf Cabell. «Ja, das Wetter war schlecht.» Pause. «In einer Hütte im George Washington National Forest? Du mußt halb erfroren sein.» Wieder eine Pause. «Also, wenn du durch Rockfish Gap kommst, könnte ich dich dort an der Straße abholen.» Fitz wartete. «Ja stimmt, es ist zu eisig zum Warten. Du sagst, in der Hütte ist es warm. Hast du genug Feuerholz? Soll ich zur Hütte raufkommen?» Er machte eine weitere Pause. «Du willst mir nicht sagen, wo sie ist. Cabell, das ist lächerlich. Deine Frau ängstigt sich zu Tode. Ich komm dich abholen und bring dich nach Hause.» Er hielt den Hörer vom Ohr weg. «Er hat aufgelegt. Verdammt!»

«Was macht er im George Washington National Forest?» fragte Little Marilyn.

«Er sagt, er hat Lebensmittel für eine Woche hingeschafft, bevor er sich aus dem Staub gemacht hat. Es ist jede Menge zu essen da. Er hat sich dorthin zurückgezogen, um nachzudenken. Worüber, weiß ich nicht. Hört sich an, als wäre bei ihm eine Sicherung durchgebrannt.»

«Ich ruf Rick Shaw an», erbot sie sich.

«Nicht nötig. Ich geh zu ihm, nachdem ich Taxi besucht habe. Sie muß wissen, daß Cabell körperlich gesund ist, wenn auch nicht geistig.»

«Weißt du genau, wo er ist?»

«Nein. In einer Hütte nicht weit von Crabtree Falls. Aber die Bundespolizei wird ihn finden. Bleib du hier. Ich kümmere mich um alles.»

Er gab ihr noch einen Kuß und ging.

61

Sheriff Shaw hatte Fitz-Gilberts Büro untersucht, nachdem ihm der Diebstahl gemeldet worden war. Jetzt, allein in dem Büro, setzte er sich an den Schreibtisch. Er hoffte auf eine Schublade mit falschem Boden, aber es gab keine. In den Schubladen lagen elegantes Briefpapier, Investmentbroschüren und Jahresabschlußberichte von Firmen. Er fand auch einen Stapel *Playboy*-Magazine. Er unterdrückte den Drang, sie durchzublättern.

Dann ließ er sich auf alle viere hinunter. Der peinlich saubere Teppich gab nichts her.

Die Küche hingegen gab eine Flasche teuren Portwein her, außerdem Wein und schottischen Whisky, Cracker, Käse und Sodawasser. Die Kaffeemaschine schien nagelneu zu sein.

Er machte die Schranktür auf und ging wieder auf alle

viere hinunter. Auch hier war alles sauber, bis auf ein blondes Haarbüschel in einer Ecke des Fußbodens.

Rick tat die Haare in einen kleinen Umschlag und schob ihn in seine Jackentasche.

Als er die Bürotür schloß, wußte er mehr als beim Hereinkommen, aber er wußte noch nicht genug.

Er mußte methodisch und umsichtig vorgehen, bevor ein teurer Staranwalt ihm den Fall versiebte. Diese Burschen brachten es fertig, Shermans Vormarsch als «unbefugtes Betreten» herunterzuspielen.

62

Cynthia Cooper entdeckte, daß Tommy Norton sich nie im New Yorker City College immatrikuliert hatte. Gegen zwei Uhr nachmittags tat ihr das Ohr weh vom vielen Telefonieren. Endlich war sie fündig geworden. Im Sommer 1976 war ein Thomas Norton in die staatliche Nervenklinik Central Islip eingewiesen worden. Die Diagnose lautete hebephrene Schizophrenie. Leider war die Akte unvollständig, und die Frau am anderen Ende der Leitung konnte den Namen seiner nächsten Angehörigen nicht finden. Sie wußte nicht, wer ihn eingeliefert hatte.

Dann wurde Cynthia mit einem Arzt verbunden, der sich an den Patienten erinnerte. Er sei schizophren gewesen, aber mit Hilfe von Medikamenten habe er in den letzten fünf Jahren Fortschritte gemacht und sei nun eingeschränkt selbständig. Vor kurzem sei er in die offene Station einer Rehaklinik eingewiesen worden und habe eine Arbeit in einem Büro gefunden. Er sei sehr aufgeweckt, aber oft verwirrt. Der Arzt gab Cynthia eine vollständige Beschreibung des Mannes und faxte ihr außerdem ein Bild von ihm.

Als das Foto aus dem Bürofaxgerät glitt, wußte sie, daß sie Tommy Norton gefunden hatten.

Sie rief in der Rehaklinik an und erfuhr, daß Tommy Norton seit Oktober vermißt wurde. Das Personal hatte es der Polizei gemeldet, aber in einer Stadt mit neun Millionen Einwohnern war Tommy Norton einfach unauffindbar.

Sie erreichte Rick über sein Funktelefon. Er zeigte großes Interesse für alles, was sie in Erfahrung gebracht hatte. Er verabredete sich mit ihr vor Fitz-Gilbert Hamiltons Haus. Sie solle einen Durchsuchungsbefehl mitbringen, sagte er.

63

Die blaß orangefarbene Sonne ging unter, und die Temperatur sank auf minus fünf Grad. Als Venus über dem Horizont aufstieg, wirkte sie in der schneidenden Nachtluft größer als sonst. Intensiv orangerote Konturen umrahmten die Gipfel der Blue Ridge Mountains und verwandelten den Tiefschnee in goldene Wellen. Der Schnee lag so hoch, daß sogar der Ginster zugedeckt war. Eine dünne Eiskruste überzog die Schneedecke.

Es war unmöglich, Orlando eine Rundfahrt durch ganz Crozet zu bieten, weil viele Nebenstraßen nicht geräumt waren. Blair bat seinen Freund um Nachsicht, als er nachmittags um zehn nach fünf in Harrys Zufahrt einbog. Er hatte ihr einen runden schwarzen Enteiser für den Wassertrog besorgt und fand, daß heute der richtige Abend war, um das Gerät auszuprobieren. Paul Summers im Southern-States-Laden hatte gesagt, wenn es nicht funktioniere, könne er es zurückbringen und bekäme sein Geld erstattet.

«Ich kann mich nicht erinnern, daß du ein Landleben-Typ warst.» Orlando hielt sich an der Handschlaufe fest, als der Wagen langsam über die Zufahrt ruckelte. «Ehrlich gesagt, ich kann mich nicht erinnern, daß du jemals vor elf aufgestanden wärst.»

«Die Zeiten ändern sich, und die Menschen ändern sich mit ihnen.» Blair lächelte.

Orlando lachte. «Hat nicht zufällig was mit der Posthalterin zu tun, oder?»

«Hmmn», lautete Blairs Kommentar.

Orlando wurde einen Moment ernst. «Es geht mich ja nichts an, aber sie scheint wirklich ein guter Mensch zu sein, und sie sieht nett aus. So frisch. Und nach allem, was du durchgemacht hast, verdienst du alles Glück, das du finden kannst.»

«Ich habe Robin geliebt, aber ich konnte mich ja auch immer vor ihr zurückziehen. Weißt du, wenn wir geheiratet hätten, ich glaube, es hätte nicht gehalten. Wir haben ziemlich oberflächlich gelebt.»

Orlando seufzte. «Ich schätze, das tu ich auch. Aber guck dir meine Branche an. Wenn du die Kunden mit dem großen Geld willst, mußt du ihnen um den Bart gehen. Ich beneide dich.»

«Warum?»

«Weil du den Mut zum Aussteigen hattest.»

«Von Zeit zu Zeit mache ich ja noch Aufnahmen, zumindest bis ich zu verknittert bin oder mich niemand mehr haben will. Du hast es schlauer angestellt als ich. Du hast dir einen Beruf ausgesucht, wo das Alter keine Rolle spielt.»

Orlando lächelte, als das Schindelhaus und der Stall in Sicht kamen. «Klare Linien.»

«Sie hat wenig Sinn für Dekoratives, also halt dich zurück, okay? Ich meine, sie ist nicht blöd oder was, aber sie hat wirklich kein Geld, deswegen kann sie nicht viel machen.»

«Verstehe vollkommen.»

Sie hielten vor der Scheune an und stiegen aus. Harry war gerade dabei, die Pferdeboxen auszumisten. Ihre Winterstiefel gaben Zeugnis von ihrer Beschäftigung. Die Türen der Boxen standen offen, während Harry die verbrauchte Streu in den Schubkarren warf. Am Ende des Ganges stand ein zweiter Schubkarren mit süß duftender Streu. Auch die Tür zur Sattelkammer war offen. Tucker begrüßte die Männer, und Mrs. Murphy steckte den Kopf durch die Heubodenluke. Ein verirrter Strohhalm hing an ihren Schnurrhaaren. Als Harry die zwei Männer sah, winkte sie und rief «Hola!» Orlando fand das lustig.

«Wer ist das?» fragte Simon.

«Blair und sein Freund Orlando.»

«Sie wird sie doch nicht hier raufbringen, oder?» Das Opossum ging ängstlich auf und ab. *«Einmal hat sie Susan mitgebracht, das fand ich gar nicht in Ordnung.»*

«Das war wegen dem Ohrring. Ein Sonderfall. Sie werden nicht die Leiter raufklettern. Der eine ist viel zu gut angezogen.»

«Ruhe da unten.» Die Eule plusterte sich auf, drehte sich um und setzte sich wieder zurecht, erhaben über ihrer aller Unzulänglichkeiten.

Unten bewunderte Orlando die Architektur der Scheune. Sie war Ende der 1880er Jahre gebaut worden; die massiven Balken würden noch jahrhundertelang als Stützen dienen.

Tucker bellte: *«Da kommt wer.»*

Ein weißer Range Rover hielt neben Blairs Explorer. Fitz-Gilbert Hamilton öffnete die Tür und eilte in die Scheune.

«Orlando, ich habe dich bei Blair gesucht, und dann habe ich mir schon gedacht, daß ihr hier sein könntet.»

«Fitz... bist du es wirklich?» Orlando blinzelte. «Du siehst verändert aus.»

«Dicker, älter. Ein paar Haare weniger.» Fitz lachte. «Du siehst noch genauso aus, nur besser. Erstaunlich, was die Jahre mit den Menschen anstellen – innerlich und äußerlich.»

Während die zwei Männer sich die Hände schüttelten, bemerkte Harry in Fitz' Fliegerjacke auf Brusthöhe eine Ausbuchtung. Es war keine gewöhnliche Fliegerjacke – sie war mit Gänsedaunen gefüttert, so daß sie Fitz warm hielt und er gleichzeitig flott aussah.

Tucker hob die Nase und schnupperte. *«Murphy, Murphy!»*

«Was?»

«Fitz riecht nach Angst.»

Mrs. Murphy witterte. Menschen, die Angst hatten, verströmten einen kräftigen, beißenden Geruch. Dieser Geruch war unverkennbar, so stark, daß sogar Menschen mit einer – für ihre Verhältnisse – guten Nase ihn wahrnehmen konnten, wenn sie erst einmal gelernt hatten, ihn zu erkennen. *«Du hast recht, Tucker.»*

«Da stimmt was nicht», bellte Tucker.

Harry bückte sich und tätschelte der Corgihündin den Kopf. «Ruhig, Kleine.»

Mrs. Murphy rief hinunter: *«Vielleicht hat er wieder eine Leiche gefunden.»* Sie stockte. Wenn er eine Leiche gefunden hätte, hätte er es gleich gesagt. *«Tucker, stell dich hinter ihn.»*

Der kleine Hund schlich sich hinter Fitz, der sich munter mit Orlando, Blair und Harry unterhielt. Dann wechselte er die Tonart. «Wie bist du auf die Idee gekommen, daß der Mann auf dem Bild Tommy Norton ist?»

Orlando legte den Kopf schief. «Sah für mich eindeutig so aus. Wieso hast du ihn bloß nicht erkannt?»

Fitz zog den Reißverschluß seiner Jacke auf und holte eine tödliche, schimmernde .45er hervor. «Ich hab ihn sehr wohl erkannt. Ihr drei stellt euch jetzt da drüben an die Wand. Ich hab keine Zeit für lange Abschiedszeremonien. Ich muß auf die Bank und zum Flugplatz, bevor Rick Shaw merkt, daß ich hier draußen bin, und ich will verdammt sein, wenn ihr mir die Sache verpatzt, also...»

Während Orlando noch verwundert dastand, grub Tucker ihre Zähne bis zum Zahnfleisch in Fitz' Bein. Er kreischte und drehte sich herum, aber der zähe Hund ließ nicht locker. Die Menschen stoben auseinander. Harry rannte in eine Box, Orlando verschwand in der Sattelkammer und machte die Tür zu, und Blair stürzte zum Wandtelefon im Gang, aber Fitz faßte sich und feuerte.

Blair stöhnte und taumelte in Gins Box.

«Alles in Ordnung mit Ihnen?» rief Harry. Sie hatte nicht gesehen, ob Blair getroffen worden war.

«Ja», sagte der verdatterte Blair mit zusammengebissenen Zähnen. Wenn man von einer Kugel getroffen wird, ist die Wucht genauso schmerzhaft wie das Eindringen des Bleis ins Fleisch. Blairs Schulter pulsierte und brannte.

Tucker ließ Fitz' Bein los und sauste zum Scheunentor, während Kugeln hinter ihr herflogen. Sobald sie sich aus der Scheune gezwängt hatte, schlich sie seitlich an dem Gebäude entlang. Tucker wußte nicht, was sie tun sollte.

Mrs. Murphy, die vom Heuboden heruntergespäht hatte, rannte an die Seitenwand und lugte durch eine Ritze in den Brettern. *«Tucker, Tucker, dir ist doch nichts passiert?»*

«Nein.» Tuckers Stimme war kehlig und rauh. *«Wir müssen Mutter retten.»*

«Sieh zu, ob du Tomahawk und Gin Fizz zur Scheune holen kannst.»

«Ich werd's versuchen.» Die Corgihündin rannte zur Weide.

Zum Glück hatte der Frost die Schneedecke gefestigt, so daß Tucker auf der Oberfläche laufen konnte. Ein paarmal sank sie in das Pulver ein, aber sie rappelte sich wieder hoch.

Simon saß neben Mrs. Murphy und zitterte ängstlich.

Unten schlich Fitz zu den Boxen. Die Katze spähte wieder hinunter. Sie sah, daß er gleich unter der Leiter sein würde.

Harry rief: «Fitz, warum haben Sie die Leute ermordet?» Sie versuchte Zeit zu gewinnen.

Mrs. Murphy hoffte, ihre Mutter könnte ihn hinhalten, denn sie hatte eine rettende Idee.

«Ben war unersättlich, Harry. Er wollte immer mehr.»

Während Fitz sprach, rückte Orlando, flach gegen die Wand gedrückt, näher zur Sattelkammertür.

«Warum haben Sie ihm überhaupt was bezahlt?»

«Tja nun, das ist eine lange Geschichte.» Er ging einen Schritt näher zur Heubodenluke.

Die keuchende Tucker erreichte Tomahawk zuerst. *«Komm in die Scheune, Tommy. Da drin ist die Hölle los. Fitz-Gilbert will Mom umbringen.»*

Tomahawk schnaubte, rief nach Gin, und sie stürmten zur Scheune. Tucker folgte ihnen, so gut sie konnte.

Drinnen hörte die Tigerkatze den Hufschlag. Die Pferdeweide lag an der Westseite der Scheune. Mrs. Murphy sprang über Heuballen und rief durch eine Ritze in der Seitenwand: *«Könnt ihr über den Zaun springen?»*

Gin antwortete: *«Mit unseren Außendecken geht das in dem vielen Schnee nicht.»*

Simon rang seine rosa Pfoten. *«Oh, es ist furchtbar.»*

«Dann zertrümmert den Zaun. Macht soviel Lärm, wie ihr könnt, aber sammelt euch zuerst und zählt bis zehn.» Tucker holte die Pferde ein. *«Tucker»*, rief Mrs. Murphy, *«hilf ihnen bis zehn zu zählen. Geht's? Langsam.»* Sie drehte sich um und rief Simon über die Schulter zu: *«Hilf mir, Simon.»*

Das graue Opossum huschte, so flink es konnte, über Timotheusheu und Luzerne zu Mrs. Murphy an der Südseite der Scheune. Überall flog Heu herum, als die Katze mit den Krallen an einem Ballen zerrte.

«Was machst du da?»

«Ich hol die Kletternatter. Sie ist im Winterschlaf und wird sich nicht um uns ringeln und zischen und beißen.»

«Aber sie wird aufwachen!» Simon hob die Stimme.

«Darüber mach dir später Gedanken. Komm, hilf mir, sie hier rauszukriegen.»

Simon wich zurück. *«Ich faß sie nicht an!»*

In diesem Moment sehnte sich Mrs. Murphy nach ihrer Corgi-Freundin. Auch wenn Tucker in Mrs. Murphys Gegenwart noch so oft griente und greinte, sie hatte die Tapferkeit eines Kriegers. Tucker hätte die Schlange ohne zu zögern gepackt.

«Harry hat so gut für dich gesorgt», flehte die Katze.

Simon schnitt eine Grimasse. *«Uff.»* Er haßte die Schlange.

«Simon, wir dürfen keine Minute verlieren!» Mrs. Murphys Pupillen waren so groß, daß Simon die herrliche Farbe ihrer Iris kaum sehen konnte.

Ein dumpfer, erstickter Laut über ihnen erschreckte sie. Die Eule ließ sich auf dem Heuballen nieder. Draußen konnte man die Pferde einen weiten Kreis beschreiben hören. In wenigen Sekunden würden sie den Bretterzaun bei der Scheune in Stücke schlagen. Die Eule befahl mit ihrer tiefen, opernhaften Stimme: *«Geht zur Leiter, ihr zwei. Beeilt euch.»*

Luzernenfetzen wehten in die Luft, als Mrs. Murphy zur Luke wetzte. Simon, der nicht so flink auf den Beinen war, folgte ihr. Die Eule hüpfte herunter und schloß ihre mächtigen Klauen um die schlafende, 1,20 Meter lange Schlange. Dann breitete sie die Flügel aus und erhob sich in die Luft.

Die schwere Schlange behinderte sie stärker, als sie erwartet hatte. Ihre kräftigen Brustmuskeln trugen sie, und ruhig glitt sie zu der Stelle, wo die Katze und das Opossum warteten. Sie ließ die Flügel zum Landen ausgebreitet, schlug sie einmal, um zu steuern, und landete dann sanft neben Mrs. Murphy. Sie legte der Katze die benommene Schlange vor die Pfoten, öffnete dann ihre Flügel zu voller Spannweite und entschwebte aufwärts in ihren Horst. Mrs. Murphy hatte keine Zeit, ihr zu danken. Draußen splitterte Holz, sie hörte Wiehern und gedämpften Hufschlag im Schnee und wußte, daß sie handeln mußte. Tucker bellte, was ihre Lungen hergaben.

«Faß das Ende, das bei dir liegt!» befahl Mrs. Murphy Simon streng. Er tat wie geheißen. Er hatte jetzt mehr Angst vor Mrs. Murphy als vor der Schlange.

Fitz, durch den Tumult draußen einen Moment abgelenkt, drehte seinen Kopf in Richtung des Lärms. Er war nahe an der Heubodenluke. Die Katze, den vorderen Teil der schweren Schlange im Maul, während Simon das Schwanzende hielt, warf Fitz die Schlange auf die Schultern. Inzwischen war die Schlange wach genug, um sich für einen Moment um seinen Hals zu ringeln. Sie versuchte verzweifelt, sich zurechtzufinden, und Fitz kreischte, was das Zeug hielt.

Währenddessen ließ sich Mrs. Murphy von der Heubodenluke fallen und landete auf Fitz' Rücken.

«Tu's nicht!» schrie Simon.

Der Katze blieb keine Zeit zu einer Antwort. Sie rangelte mit der Schlange unter ihr, während Fitz brüllte und versuchte, sich von seinen Peinigerinnen zu befreien. Mrs. Murphy zerfetzte ihm mit ihren Krallen gnadenlos das Gesicht. Während sie Fitz zerfleischte, sah sie aus dem Augenwinkel Blair aus der Box sausen.

«Orlando!» rief Blair.

Kaum hatte er nach seinem Freund gebrüllt, als Harry, die

ihren Winterparka ausgezogen hatte, wie der Blitz aus Tomahawks Box geschossen kam.

Mrs. Murphy krallte nach Fitz' rechtem Auge.

Er gab gerade einen Schuß in die Luft ab, als die Katze ihn blendete. Instinktiv hielt er sich die rechte Hand, die die Waffe hielt, vor das verletzte Auge, und im selben Moment trat Harry ihn gegen die Knie. Mit einem «Umpf» ging er zu Boden. Die Schlange landete mit ihm auf der Erde. Mrs. Murphy sprang erlöst ab. Tucker zwängte sich wieder in die Scheune.

«Nimm dir seine rechte Hand vor!» kreischte Mrs. Murphy.

Tucker raste zu dem um sich schlagenden Mann. Fitz versetzte Harry einen Tritt, und sie taumelte mit einem Plumps gegen die Wand. Blair mühte sich ab, Fitz unten zu halten, aber sein einer Arm baumelte nutzlos herunter. Orlando schlich aus der Sattelkammer, überblickte die Situation, schluckte fest und stürzte sich ebenfalls in den Kampf.

«Herrgott!» brüllte Fitz, als der Hund ihm das Handgelenk durchbiß und ein paar Knöchelchen zerkleinerte. Seine Finger ließen die Pistole los.

«Greifen Sie die Pistole!» Blair knallte Fitz seine gesunde Faust in die Magengrube. Wäre die Daunenjacke nicht gewesen, Fitz hätte gestöhnt.

Harry robbte auf dem Bauch über den Gang zu der Pistole. Sie packte sie, während Fitz Blair in die Leisten trat. Orlando hing wie eine Zecke auf seinem Rücken. Fitz hatte die Kräfte eines Wahnsinnigen oder einer in die Enge getriebenen Ratte. Er stürmte rückwärts und quetschte Orlando an die Wand. Tucker biß ihn unaufhörlich in die Hacken.

Fitz drehte sich um und sah Harry, die die Pistole auf ihn richtete. Blut und klare Flüssigkeit strömten aus seinem blinden rechten Auge. Er bewegte sich auf Harry zu.

«Das trauen Sie sich nicht, Mary Minor Haristeen.»

Blair, der von der Anstrengung und vor Schmerzen keuchte, schob sich zwischen Fitz und Harry, während Orlando, völlig außer Atem, nach Luft schnappte wie ein Fisch auf dem Trockenen.

Das Fell gesträubt, so daß sie doppelt so groß war wie sonst, balancierte Mrs. Murphy auf der Tür einer Box. Wenn es sein mußte, würde sie zum nächsten Angriff übergehen. Unterdessen gelang es der benommenen Kletternatter, in Tomahawks Box zu kriechen und sich in der Streu zu vergraben. Simon steckte den Kopf durch die Heubodenluke. Sein Unterkiefer hing schlaff herab.

Blair streckte die Hand aus, um den näher kommenden Fitz zurückzuhalten: «Sie haben nicht die geringste Chance. Geben Sie auf.»

«Verpiß dich, du Schwuchtel.»

Blair war schon so oft Schwuchtel geschimpft worden, daß es ihm nichts ausmachte – und außerdem waren die Schwulen, die er kannte, feine Kerle. «Keinen Schritt weiter.»

Fitz holte aus, Blair duckte sich.

Harry hielt die Pistole im Anschlag. «Aus dem Weg, Blair.»

«Sie werden nicht schießen. Sie doch nicht, Harry.» Fitz lachte, ein unheimliches, schrilles Lachen.

«Aus dem Weg, Blair. Ich meine es ernst.» Harrys Stimme war ruhig und entschlossen.

Orlando rappelte sich hoch und lief zum Telefon. Er wählte 911 und versuchte stockend zu erklären.

«Sagen Sie einfach Harry Haristeen, Yellow Mountain Road. Hier kennt jeder jeden», rief sie Orlando zu.

«Nein, es kennt nicht jeder jeden, Harry. Sie kennen mich nicht. Sie wollten mich nicht kennen.» Fitz schlich näher an sie heran.

«Ich hatte Sie gern, Fitz. Ich glaube, Sie sind verrückt geworden. Bleiben Sie stehen.» Sie wich nicht zurück, als er näher kam.

«Fitz-Gilbert Hamilton ist tot. Er besteht nur noch aus Fetzen.» Fitz lachte schrill.

Orlando legte den Hörer auf. Blairs Züge erstarrten. Sie trauten ihren Ohren nicht.

«Was sagst du da?» fragte Orlando.

Fitz machte eine halbe Drehung, um ihn mit seinem gesunden Auge sehen zu können. «Ich bin Tommy Norton.»

«Das darf doch nicht wahr sein!» Orlandos Lungen schmerzten noch.

«Ist es aber. Fitz hat den Verstand verloren, wie du weißt. Mal war er da, mal weg, und schließlich... futsch.» Fitz, oder besser der Mann, den sie als Fitz kannten, fuchtelte bei dem Wort «futsch» mit der Hand in der Luft herum. «Meistens wußte er nicht einmal seinen eigenen Namen, aber mich kannte er. Ich war sein einziger Freund. Er hat mir vertraut. Nach dem Autounfall mußten wir beide operiert werden, plastische Chirurgie. Eine kleine Korrektur seiner Nase, und außerdem wurde mein Kinn verkleinert, während seins vergrößert wurde. Nachher sah er eher wie Tommy Norton aus und ich eher wie Fitz-Gilbert Hamilton. Als die Schwellung abgeklungen war, hätte man uns für Brüder halten können. Und da wir noch jung und noch nicht ganz ausgewachsen waren, haben die Leute die kleinen Veränderungen ohne weiteres akzeptiert, als sie mich wiedersahen: die tiefere Stimme, den kräftigeren Körperbau. Es war so einfach. Als sein Verstand schließlich komplett im Eimer war, haben der Erbschaftsverwalter und ich den neuen Tommy in die Central-Islip-Klinik gesteckt. Was meine Familie anging – mein Vater hatte meine Mutter verlassen, als ich sechs war. Sie war meistens so besoffen, daß sie froh war, mich los zu sein, sofern sie überhaupt was mitgekriegt hat.»

«Der Erbschaftsverwalter! War das nicht Cabell?» fragte Harry.

«Ja. Er wurde anständig bezahlt und war ein guter Erbschaftsverwalter. Wir sind in Verbindung geblieben, als er von New York nach Virginia zog. Durch Cabell habe ich sogar meine Frau kennengelernt. Er hat seinen Anteil bekommen, und alles lief bestens. Bis ‹Tommy› auftauchte.»

In der Ferne heulte eine Sirene.

«All ihr reichen Leute. Ihr wißt ja nicht, wie das ist. Es lohnt sich, für Geld zu töten. Glaubt mir, ich würde es wieder tun. Fitz würde noch leben, wenn er nicht hier herumgestreunt wäre und mich gesucht hätte. War wahrscheinlich wie bei George III. von England, jahrelang im Wahn, und auf einmal, klick, ist sein Verstand wieder voll da. Ich war leicht zu finden. Little Marilyn und ich erscheinen regelmäßig in den Klatschspalten. Außerdem brauchte er bloß bei seiner früheren Bank anzurufen und seinen Erbschaftsverwalter ausfindig zu machen. Er war schlau genug, das zu tun. Nach und nach fiel ihm seine Vergangenheit wieder ein, und bald wußte er, daß er Fitz-Gilbert Hamilton war. Das konnte ich nicht zulassen, oder? Ich war ein besserer Fitz-Gilbert Hamilton als er. Er brauchte sein Geld nicht. Er hätte bloß wieder den Verstand verloren, und das viele Geld wäre nutzlos gewesen, unantastbar.»

Die Sirene heulte jetzt lauter, und weil Tommy Norton glaubte, Harry sei nicht mehr so wachsam, sprang er sie an. Ein Flammenblitz schoß aus der Mündung der Pistole. Tommy Norton stieß ein tiefes, gutturales Heulen aus und stürzte, sein Knie umklammernd, auf die Erde. Harry hatte ihm die Kniescheibe zerschossen. Unbeirrt kroch er auf Harry zu.

«Töten Sie mich. Ich will lieber tot sein. Töten Sie mich, denn sonst töte ich Sie, wenn ich Sie erwische.»

Blair trat hinter Tommy und rammte ihm sein Knie in den Rücken; er legte dem zappelnden Mann seinen heilen Arm um den Hals und sagte: «Geben Sie auf, Mann.»

Das Metalltor der Scheune wurde quietschend zurückgeschoben. Rick Shaw und Cynthia stürmten mit gezogenen Waffen in die Scheune. Hinter ihnen standen Tomahawk und Gin Fizz; Splitter vom Zaun waren im Schnee verstreut, ihre Decken waren übel zugerichtet.

«Haben wir unsere Arbeit gut gemacht?» wieherten sie.

«Super», antwortete Mrs. Murphy, deren Fell sich nun wieder glättete.

Cynthia kümmerte sich um Blair. «Ich rufe einen Krankenwagen.»

«Ich glaube, ich bin schneller dort, wenn ich in meinem Explorer selbst hinfahre.»

«Ich bringe Sie hin.»

Tommy saß auf der Erde. Blut spritzte aus seinem Knie und aus seinem Auge, aber er schien keine Schmerzen zu fühlen. Vielleicht konnte sein Gehirn nicht hinnehmen, was soeben emotional und körperlich mit ihm passiert war.

«Nein, das tun Sie nicht. Beide Männer müssen behandelt werden.» Rick bat Orlando, das Krankenhaus anzurufen, und nannte ihm die Nummer. «Sagen Sie, Sheriff Shaw ist hier. Sie sollen sich beeilen.»

Während Harry und Blair die Beamten informierten, lachte Tommy dazwischen und berichtigte kleine Details.

«Wie ist Ben Seifert da hineingeraten?» wollte Rick wissen.

«Durch Zufall. Er ist auf Cabell Halls zweiten Satz Bücher gestoßen, in denen er die Zahlungen an mich aufgeführt hat. Cabell ist übrigens irgendwo in den Bergen. Ich nehme an, er hat sich aus dem Staub gemacht, weil er dachte, ich würde ihn umbringen. Er wird wohl demnächst wieder runterkommen. Ben erwies sich jedenfalls als nützlich. Er hat mich darüber informiert, wer kurz vor dem Bankrott stand, und ich hab das Land der Leute gekauft oder ihnen zu einem hohen Zinssatz Geld geliehen. Ich hab dann angefangen, ihm das zu vergüten, aber...» Tommy stöhnte, als seine Sinne schließlich einen zuckenden Schmerz wahrnahmen.

Harry ging zu Mrs. Murphy und hob sie von der Tür der Box herunter. Sie vergrub ihr Gesicht im Fell der Katze. Dann ging sie in die Hocke und gab Tucker einen Kuß. Tränen liefen Harry über die Wangen.

Blair legte seinen heilen Arm um sie. Sie konnte das Blut riechen, das durch sein Hemd und seine Jacke sickerte.

«Die sollten Sie besser ausziehen.» Sie half ihm aus der Jacke. Er zuckte zusammen. Cynthia kam hinzu, während Rick seinen Revolver auf Tommy gerichtet hielt.

«Die ist noch drin.» Cynthia meinte die Kugel. «Ich hoffe, sie hat keinen Knochen zersplittert.»

«Das hoffe ich auch.» Blair war ein bißchen schwindelig. «Ich glaube, ich muß mich einen Moment hinsetzen.»

Harry half ihm in die Sattelkammer und auf einen Stuhl.

Orlando stellte sich neben Rick. Er starrte auf den Mann, den er einmal gekannt hatte. «Tom, du sahst Fitz wirklich verdammt ähnlich.»

Winzige Kniescheibensplitter lagen im Scheunengang verstreut. Ein mattes Lächeln huschte über Toms Gesicht, während er gegen seine höllischen Schmerzen ankämpfte. «Ja, ich hab sie alle reingelegt. Sogar diesen unerträglichen Snob, diese Zicke von einer Schwiegermutter.» Sein Gesicht verzerrte sich vor Schmerzen, und er rang um Beherrschung. «Ich wäre nie in der Lage gewesen, Little Marilyn zu heiraten. Fitz-Gilbert konnte sie heiraten. Tommy Norton nicht.»

«Könnte sein, daß du sie unterschätzt.» Orlandos Stimme klang beschwichtigend.

«Sie läßt sich von ihrer Mutter gängeln», bekam er lakonisch zur Antwort. «Aber weißt du, was das Komische ist? Ich habe meine Frau lieben gelernt. Ich hatte nie geglaubt, daß ich jemanden lieben könnte.» Er machte ein Gesicht, als wollte er weinen.

«Wieviel war das Hamilton-Vermögen wert?» fragte Sheriff Shaw.

«Als ich es sozusagen erbte, war es einundzwanzig Millionen wert. Durch Cabells Verwaltung und mein eigenes Management war der Wert bis zu meiner Volljährigkeit auf vierundsechzig Millionen angewachsen. Es gibt keine Erben. Von den Hamiltons lebt niemand mehr. Bevor ich Fitz tötete, habe ich ihn gefragt, ob er Kinder hat, und er hat nein gesagt.» Tommy vermied es, sein Knie anzusehen, als würden sich die Schmerzen dadurch in Schach halten lassen.

«Wer bekommt das Geld?» wollte Orlando wissen. Geld ist nun mal faszinierend.

«Little Marilyn. Das ist doppelt abgesichert. Auf sie ist sowohl mein Testament als auch das von Fitz-Gilbert ausgestellt, das er damals im Oktober in meinem Büro unterzeichnet hat. Vertrauensvoll wie ein Lamm. Es mag eine Weile dauern, aber auf die eine oder andere Weise bekommt meine Frau das Geld.»

«Wie haben Sie Fitz-Gilbert Hamilton getötet?» erkundigte sich Cynthia.

«Ben hat Panik geschoben. Typisch. Schwach und geldgierig. Ich habe Cabell immer gesagt, daß Ben die Allied Bank nie leiten könnte, wenn Cabell sich zur Ruhe setzte. Er hat mir nicht geglaubt. Ben war aber immerhin so schlau, Fitz aus der Bank und in seinen Wagen zu lotsen, bevor er einen noch größeren Aufstand machte oder ausposaunte, wer er war. Er fuhr mit ihm zu meinem Büro. Ben hatte es darauf angelegt, dazubleiben und mir lästig zu werden. Ich sagte ihm, er solle wieder in die Bank gehen, Fitz und ich würden uns schon irgendwie arrangieren. Ich hab das in Fitz' Gegenwart gesagt. Ben ging. Fitz war eine Weile ganz okay. Als ich dann von seinem Geld sprach, wurde er gereizt. Ich habe viel mehr daraus gemacht, als er gekonnt hätte! Ich habe ihm angeboten, mit ihm zu teilen. Das schien durchaus fair. Er wurde wütend. Eins führte zum anderen, und dann ist er auf mich losgegangen. So ist mein Büro verwüstet worden.»

«Und Sie haben sich das Geld aus dem Büro selbst geklaut?» ergänzte Cynthia.

«Na klar. Was sind schon die zweihundert Dollar und ein CD-Player, die ich als vermißt angab?» Tommys Gesicht war schweißgebadet.

«Und wie haben Sie ihn umgebracht?» drängte sie weiter.

«Mit einem Briefbeschwerer. Fitz war nicht sehr kräftig, und der Briefbeschwerer hatte ein ganz schönes Gewicht. Ich muß ihn wohl genau an der richtigen Stelle erwischt haben.»

«Beziehungsweise an der falschen», sagte Harry.

Tommy zuckte die Achseln und fuhr fort: «Wie auch immer. Jetzt ist er tot. Das Schwierige war, die Leiche zu zerlegen. Gelenke lassen sich verdammt schwer durchtrennen.»

Rick übernahm die Befragung. «Wo haben Sie das gemacht?»

«Auf dem alten Forstweg, der von der Yellow Mountain Road abgeht. Ich hab gewartet, bis es Nacht war. Die Leiche hatte ich in meinem Büro im Schrank versteckt. Ich ging sie holen und fuhr damit zu dem Forstweg. Die Hände und Beine zu vergraben war einfach, aber dann kam der Sturm auf. Ich hatte nicht erwartet, daß es so schlimm würde, aber genaugenommen kam ja alles unerwartet.»

«Und die Sachen, die er anhatte?» Rick kritzelte in seinem Notizbuch.

«Hab ich auf die Müllkippe hinter Safeway geworfen. Die

Zähne auch. Wenn es nicht so geregnet und der verdammte Köter die Hand nicht gefunden hätte, wäre kein Mensch dahintergekommen. Alles wäre genau wie... vorher.»

«Sie glauben, Ben und Cabell hätten Ihnen keine Schwierigkeiten gemacht?» warf Harry zynisch ein.

«Ben schon, höchstwahrscheinlich. Cabell ist cool geblieben, bis Ben tot aufgefunden wurde.» Tom lehnte den Kopf an die Wand. Er zitterte vor Schmerzen und Erschöpfung. «Dann ist er übergeschnappt. Das Geld nehmen und türmen war seine Devise. Dummes Geschwätz. Man braucht Wochen, um Wertpapiere flüssigzumachen. Obwohl ich zur Vorsicht immer eine Menge Bares auf meinem Girokonto hatte.»

«Hm, vielleicht wären Sie mit den Morden davongekommen, vielleicht aber auch nicht.» Rick schrieb ruhig weiter. «Aber der Rumpf und der Kopf im Kürbis – Sie haben's übertrieben, Tommy. Sie haben's übertrieben.»

Er lachte rauh. «Diese Genugtuung, Mims Gesicht zu sehen.» Er lachte wieder. «Dafür hat sich's gelohnt. Ich wußte, daß ich nicht in Gefahr war. Der Rumpf im Bootshaus deutete auf eine offensichtliche Feindschaft gegen Marilyn Sanburne hin, na und? Die Leichenteile auf dem alten Friedhof – nach dem, was mit Robin Mangione passiert war, war ich sicher, daß Sie das von der Spur ablenken würde. Ich habe Robins Ermordung kopiert, um Blair zum Hauptverdächtigen zu stempeln, nur für den Fall, daß was schiefging. Ich war darauf gefaßt, mit Menschen fertig werden zu müssen, falls es Ärger geben sollte – nicht mit Tieren.» Er seufzte, dann lächelte er. «Aber der Kopf im Kürbis – das war ein Geniestreich.»

«Sie haben der ganzen Stadt das Erntefest verdorben», warf Harry ihm vor.

«Ach Quatsch, Harry. Die Leute werden sich die Geschichte noch jahrzehntelang erzählen, jahrhundertelang. Das Fest verdorben? Ich hab es zu einer Legende gemacht!»

«Wann haben Sie es gemacht? Am Vormittag?» Cynthia war neugierig.

«Klar. Jim Sanburne und ich haben die handwerklichen und gärtnerischen Erzeugnisse katalogisiert. Weil er die Gartenprodukte zu beurteilen hatte, fanden wir es unfair, wenn er sie schon vorher zu sehen bekäme. Ich hatte sowieso vor, den Kopf in einen Kürbis zu stecken – ein weiteres Geschenk für Mim –, aber diese Gelegenheit war zu schön, um sie ungenutzt zu lassen. Jim war in der Aula und ich in der Turnhalle. Wir waren allein, nachdem die Leute ihre Produkte abgeliefert hatten. Es war ganz einfach.»

«Sie haben Glück gehabt», sagte Harry.

Tom schüttelte den Kopf, als versuchte er ihn klar zu bekommen. «Nein, so viel Glück war gar nicht dabei. Die Leute sehen, was sie sehen wollen. Bedenken Sie, was uns täglich entgeht, weil wir verwerfen, was offensichtlich ist, weil Merkwürdigkeiten nicht unserem Bild entsprechen, das wir uns von der Welt machen, wie sie sein sollte, statt von der Welt, wie sie ist. Sie waren alle leicht zu täuschen. Es ist Jim nicht ein einziges Mal in den Sinn gekommen, Rick zu erzählen, daß ich mit den Kürbissen allein war. Die Leute haben nach einem wahnsinnigen Mörder gesucht... nicht nach mir.»

Die Krankenwagensirene kam näher. «Meine Frau hat gesehen, was sie sehen wollte. An dem Abend, als ich von Sloans Kneipe nach Hause kam, dachte sie, ich wäre betrunken. War ich aber nicht. Wir nahmen unseren Sherry als Schlaftrunk, und ich habe ihr wohlweislich eine Schlaftablette ins Glas getan. Als sie eingeschlafen war, bin ich rausgegangen, habe Ben Seifert beseitigt, diesen rückgratlosen Naseweis, und als ich zurückkam, bin ich noch für eine

Stunde ins Bett gekrochen, und sie hatte nicht die leiseste Ahnung. Beim Aufwachen hab ich getan, als hätte ich einen Kater, womit ich meine absolute Erschöpfung kaschiert habe, und sie hat es geschluckt.»

«Und welchen Sinn hatten die Postkarten?» Harry spürte, wie ihr die Zornesröte ins Gesicht stieg, nachdem das Adrenalin von dem Gerangel nun abebbte.

«Allied National hat einen dieser sagenhaften Computer für Desk-Top-Publishing, genau wie die meisten größeren Firmen in Albemarle County, was Sie, Sheriff, bestimmt herausgefunden haben, als Sie versuchten, einen aufzuspüren.»

«Stimmt», bekam er kurz und bündig zur Antwort.

«Die sind nicht so individuell wie Schreibmaschinen. Cabell wurde langsam nervös, und da sind wir auf die Idee mit den Postkarten gekommen. Er meinte, das würde den Verdacht noch mehr auf Blair lenken, weil er keine Karte bekam. Obwohl damals kaum jemand wirklich glaubte, daß Blair die Morde begangen hatte. Cabell wollte die Masche mit dem schuldigen Neuankömmling inszenieren und Sie von der Spur ablenken. Obwohl ich mir wegen der Spur keine Sorgen gemacht habe. Ihr wart alle so weit von der Wahrheit entfernt, aber Cabell wurde unruhig. Ich hab's zum Vergnügen getan. Es war lustig, an einer Schnur zu ziehen und euch hüpfen zu sehen. Und dann der Klatschbetrieb.» Er lachte wieder. «Verquer – ihr Leute seid absolut verquer. Die einen denken an Rache. Die anderen denken an Dämonenkult. Ich habe bei dieser Geschichte mehr über Menschen erfahren als jeder Psychiater.»

«Was haben Sie erfahren?» Harrys rechte Augenbraue wölbte sich aufwärts.

«Vielleicht habe ich nur die Bestätigung dafür gefunden, was ich schon wußte.» Der Krankenwagen bog in die Zufahrt ein. «Die Leute sind so verdammt egozentrisch, daß sie kaum etwas sehen, wie es wirklich ist, weil sie ständig alles auf sich beziehen. Deswegen sind sie so leicht zu täuschen. Denken Sie mal darüber nach.» Und damit verließen ihn die Kräfte. Er konnte den Kopf nicht mehr aufrecht halten. Die Schmerzen besiegten am Ende auch seine beachtliche Willenskraft.

Als der Krankenwagen Tommy Norton abtransportierte, wußte Harry, daß sie die nächsten Jahre damit verbringen würde, darüber nachzudenken.

64

Das Feuer knisterte, die Flammen loderten in den Schornstein empor. Draußen zog der vierte Sturm dieses denkwürdigen Winters zu den Berggipfeln hinauf.

Blair, den Arm in der Schlinge, Harry, Orlando, Mrs. Hogendobber, Susan und Ned, Cynthia Cooper, Market und Pewter, Reverend Jones und Carol hatten sich am Kamin versammelt.

Während Blair im Krankenhaus lag und über sich ergehen ließ, wie mit einer Sonde nach der Kugel gesucht wurde, hatte Cynthia bei Susan und Miranda angerufen, um ihnen zu berichten, was vorgefallen war, und sie aufzufordern, zu Harry zu kommen und etwas zum Essen mitzubringen. Dann schickte sie einen Beamten zu Florence Hall, er sollte ihr die Komplizenschaft ihres Mannes so schonend wie möglich beibringen. Die Leute von der Bundespolizei würden Cabell vielleicht heute nacht nicht finden, aber wenn der

Sturm vorbei wäre, würden sie ihn aus seinem Bau scheuchen.

Harry war dem Krankenwagen in Blairs Explorer gefolgt. Orlando war auf der Farm geblieben und hatte Nudeln gekocht, während die Freunde nach und nach eintrafen. Morgen würde er Zeit haben, sich mit Boom Boom zu treffen.

Rick organisierte Wächter für Norton, während die Ärzte ihn zusammenflickten. Rick und Cynthia erzählten sodann den Reportern und Fernsehteams genüßlich, wie sie diesen gefährlichen Verbrecher dingfest gemacht hatten. Anschließend entließ Rick Cynthia zu ihren Freunden.

Während die Frauen das Essen richteten, erklärte sich Reverend Jones zum männlichen Chauvinisten und ging nach draußen, um den Zaun zu reparieren. Sein Verständnis von männlichem Chauvinismus äußerte sich darin, daß er die Arbeiten übernahm, die er für schwer und schmutzig hielt, was dazu führte, daß die Frauen ihn hinter seinem Rücken «Chauvinistenmieze» nannten. Market ging ihm zur Hand, und in einer Dreiviertelstunde hatten sie die Latten erneuert und die Verwüstung beseitigt. Dann nahmen sie sich der Pferde an. Glücklicherweise hatten die Decken mögliche Verletzungen abgefangen. Tomahawk und Gin Fizz waren unversehrt und warteten bei geöffneten Türen geduldig in ihren Boxen – in der Eile, Blair und Tommy ins Krankenhaus zu schaffen, hatte niemand daran gedacht, die Pferde in ihre Boxen zu bringen und die Türen zu schließen.

Auf dem Fußboden sitzend, die Teller auf dem Schoß, versuchte die Schar der Freunde zu ergründen, wie so etwas hatte geschehen können. Mrs. Murphy, Pewter und Tucker umkreisten wie Haie die sitzenden Menschen; vielleicht würde ja mal ein Krümel von einem Teller fallen.

Blair spießte eine Gabel scharfen Hühnersalat auf. «Was war mit den Spuren hinter meinem Haus?»

Cynthia sagte: «Wir haben in Fitz' – ich meine Tommy Nortons – Range Rover Schneeschuhe gefunden. Er hat den Ohrring dort hinten verloren. Ein Mißgeschick, für das er nichts konnte, und wegen des Ohrrings ist er erst richtig nervös geworden, nachdem der echte Fitz ihm zuvor schon einen Schock versetzt hatte. Jedenfalls, er wollte ausprobieren, wie schnell er im Schnee wieder herkommen könnte, wenn er müßte, falls Sie oder Orlando Schwierigkeiten machten, womit zu rechnen war. Ich denke, er hat einen Probelauf gemacht, oder er hoffte, Sie abzufangen, bevor Orlando herkam. Er muß ganz schön zappelig geworden sein, als er hörte, daß Orlando zu Besuch kommen würde. Das zu verhindern hätte jedes Risiko gelohnt.»

«Was glaubte er denn, was ich tun würde?» fragte Orlando.

«Das wußte er nicht genau. Bedenken Sie, sein ganzes Leben, der Plan vieler Jahre, war gefährdet, als der echte Fitz auftauchte. Ben Seifert nutzte das aus, um mehr Geld von ihm zu erpressen. Er wurde langsam nervös. Wenn Sie nun etwas gemerkt hätten? So unwahrscheinlich Ihnen das vorkommen mag, für ihn war es durchaus nicht unwahrscheinlich. Das Unmögliche war möglich geworden», erklärte Cynthia. «Wie sich zeigte, haben Sie dann ja auch wirklich Schwierigkeiten gemacht. Sie haben das Gesicht auf dem Foto erkannt. Das Gesicht, für das ein plastischer Chirurg ein Vermögen kassieren konnte.»

Carol war neugierig. «Und der Ohrring?»

«Das werden wir nie genau wissen», antwortete Harry. «Aber Little Marilyn hat gesagt, er muß abgegangen sein, als sie ihren Pullover im Auto auszog, in dem Range Rover. Tommy hatte die Leiche in einem Plastiksack vorne auf den Boden gelegt, und der Stift hat sich vermutlich in dem Sack verhakt oder ist in eine Falte des Sackes geraten. In seiner Hast hat Fitz es nicht gemerkt. Wir wissen nur, daß Little Marilyns Ohrring dann in einem Opossumnest aufgetaucht ist, kilometerweit von der Stelle entfernt, wo sie meinte, ihn zuletzt getragen zu haben. Das Tier konnte unmöglich die sechs Kilometer bis zu ihrem Haus gewandert sein.»

«Weiß Little Marilyn es schon?» Mrs. Hogendobber hatte Mitleid mit der Frau.

«Ja», sagte Cynthia. «Sie kann es noch nicht glauben. Mim glaubt es natürlich, aber sie denkt ja über jeden nur Schlechtes.»

Darüber mußten alle lachen.

«Hat irgend jemand von Ihnen auch nur im entferntesten daran gedacht, daß es Fitz sein könnte?» fragte Mrs. Hogendobber. «Tommy. Ich kann mich nicht daran gewöhnen, ihn Tommy zu nennen. Ich hatte jedenfalls nicht die leiseste Ahnung.»

Die anderen auch nicht.

«Er war auf seine Weise genial.» Orlando schnitt ein leckeres Biskuit auf und bestrich es mit Butter. «Er hat sehr früh gemerkt, daß die Menschen auf Äußerlichkeiten achten, genau, wie er gesagt hat. Sobald er merkte, daß Fitz den Verstand verlor, heckte er den teuflisch schlauen, aber simplen Plan aus, Fitz zu werden. Als er sein Studium in Princeton begann, *war* er Fitz-Gilbert Hamilton. Er war mehr Fitz-Gilbert Hamilton als der echte Fitz-Gilbert Hamilton. Als ich nach Yale ging, sagte mein Bruder, jetzt könne ich ein neuer Mensch werden, wenn ich wollte. Es war ein Neubeginn. Tommy hat das wortwörtlich genommen.»

Blair sann darüber nach, dann sagte er: «Ich glaube nicht, daß ihm je der Gedanke kam, jemanden umbringen zu müssen. Ich glaube es einfach nicht.»

«Damals nicht», sagte Cynthia.

«Geld verändert die Menschen.» Carol sprach aus, was offensichtlich war, nur daß viele das Offensichtliche nicht wahrnehmen wollten. «Er hatte sich an die Macht gewöhnt, an materielle Vergnügungen, und er hat Little Marilyn geliebt.»

«Liebe oder Geld», flüsterte Harry vor sich hin.

«Was?» Mrs. Hogendobber wollte alles wissen.

«Liebe oder Geld. Dafür töten die Menschen...» Harrys Stimme verlor sich.

«Ja, das Thema hatten wir schon mal.» Mrs. Hogendobber nahm sich noch eine Portion Makkaroni mit Käse. Es schmeckte sündhaft gut. «Vielleicht ist der Weg zur Hölle mit Dollarscheinen gepflastert.»

«Sofern wir sie zum Mittelpunkt unseres Lebens machen», setzte Blair hinzu. «Wissen Sie, ich habe viele Geschichtswerke gelesen. Es ist ein schöner, tröstlicher Gedanke, daß andere Menschen vor mir hier gelebt haben. Jedenfalls, Marie Antoinette und Ludwig XVI. sind zu besseren Menschen geworden, nachdem sie ihre Macht und ihr Geld verloren hatten. Vielleicht wird der eine oder die andere tatsächlich ein besserer Mensch, wenn er oder sie einmal Geld *gehabt* hat, ich weiß es nicht.»

Der Reverend dachte darüber nach. «Ich nehme an, einige reiche Leute werden Philanthropen, aber meistens erst am Ende ihres Lebens, wenn der Himmel als nächste Adresse noch nicht gesichert ist.»

Während die Gruppe diskutierte und über diese oder jene Einzelheit oder über das wenige rätselte, was sie von dem Mann wußten, den sie als Fitz kannten, stand Harry auf und zog ihren Parka an. «Bin gleich wieder da. Ich hab vergessen, das Opossum zu füttern.»

«In einem früheren Leben waren Sie Noah», gluckste Herbie.

Mrs. Hogendobber warf dem lutheranischen Pastor einen

vorwurfsvollen Blick zu. «Aber Reverend, Sie glauben doch nicht an Reinkarnation, oder?»

Bevor sich das Thema entzünden konnte, war Harry zur Hintertür hinaus. Mrs. Murphy und Tucker zockelten mit. Pewter zog es vor, in der Küche zu bleiben.

Harry schob das Scheunentor nur so weit auf, daß sie sich hindurchquetschen und Licht machen konnte. Es war kaum zu glauben, daß sie erst vor ein paar Stunden in dieser Scheune beinahe den Tod gefunden hätte, in diesem Raum, wo sie immer glücklich gewesen war.

Sie schüttelte den Kopf, als wollte sie sich von Spinnenfäden befreien. Vor allem aber wollte sie sich vergewissern, daß sie lebte. Mrs. Murphy bildete die Vorhut, und Harry kletterte mit Tucker unterm Arm die Leiter hinauf und brachte Simon das Futter. Simon war überwältigt.

Mrs. Murphy rieb sich an dem kleinen Kerl. *«Gut gemacht, Simon.»*

«Mrs. Murphy, das war das Schlimmste, was ich je gesehen habe. Mit den Menschen stimmt was nicht.»

«Zumindest mit einigen», entgegnete die Katze.

Harry beobachtete die beiden Tiere und wunderte sich über ihre Fähigkeit, sich zu verständigen. Sie wunderte sich außerdem darüber, wie wenig wir eigentlich von der Welt der Tiere wissen. Wir verwenden soviel Zeit darauf, sie zu zähmen, abzurichten, ihnen Gehorsam beizubringen, wie können wir sie da wirklich kennen? Haben die Herren auf den Plantagen die Sklaven je gekannt, und kennt ein Mann seine Frau, wenn er sich für überlegen hält – oder umgekehrt? Harry setzte sich ins Heu, atmete den Duft ein, und eine Woge der Dankbarkeit durchströmte sie. Sie wußte nicht viel, aber sie war froh, am Leben zu sein.

Mrs. Murphy kletterte auf ihren Schoß und schnurrte. Tucker lehnte sich feierlich an Harrys Seite.

Die Katze reckte den Hals nach oben und rief: *«Danke.»*

Die Eule schrie zurück: *«Nicht der Rede wert.»*

Tucker bemerkte: *«Ich dachte, du kannst Menschen nicht leiden.»*

«Kann ich auch nicht. Aber zufällig kann ich die Kletternatter noch weniger leiden als die Menschen.» Sie breitete triumphierend ihr Gefieder aus und lachte.

Die Katze lachte mit. *«Du magst Harry – gib's zu.»*

«Sag ich nicht.» Die Eule erhob sich von ihrem hohen Sitz in dem Kuppelgewölbe und schwebte hinunter, direkt vor Harry, die erschrak. Dann nahm sie Höhe auf und flog aus dem hohen Oberlicht am Scheunenende hinaus zum nächtlichen Jagen, zumindest so lange, bis der Sturm losbrach.

Harry kletterte rückwärts von der Leiter, Tucker unter dem Arm. In der Mitte des Ganges blieb Harry einen Moment stehen. «Ich weiß nicht, was in euch beide gefahren ist», sagte sie zu den Pferden, «aber ich bin schrecklich froh. Danke.»

Sie sahen sie aus ihren sanften braunen Augen an. Tomahawk blieb in einer Ecke seiner Box, während Gin zutraulich den Kopf über die obere Hälfte der quergeteilten Boxtür steckte.

«Und Mrs. Murphy, ich weiß immer noch nicht, wie die Kletternatter vom Heuboden geflogen kam und du hinterher. Ich schätze, ich werde es nie erfahren. Ich schätze, ich werde vieles nie erfahren.»

«Bring sie zurück an ihren Platz», riet Mrs. Murphy ihr, *«sonst erfriert sie noch.»*

«Sie weiß nicht, wovon du sprichst.» Tucker kratzte an der Tür von Tomahawks Box und winselte. *«Hat sie sich hier drin versteckt?»* fragte der Hund die Katze.

«Irgendwo unter der Streu.» Die Schnurrhaare der Tiger-

katze schnellten nach vorn, als sie Tucker beim Türkratzen Gesellschaft leistete.

Harry wußte, daß die Schlange da war, trotzdem fuhr sie jedesmal zusammen, wenn sie eine sah. Neugierig öffnete sie die Tür. Jetzt wußte sie, warum Tomahawk sich in eine Ecke seiner Box drückte. Er konnte Schlangen nicht ausstehen und verbarg es nicht.

«Hier ist sie.» Tucker stellte sich über die Schlange.

Harry sah die teils von Streu bedeckte Schlange. «Lebt sie?» Sie kniete sich hin und faßte mit der Hand hinter den Hals des Reptils. Vorsichtig hob sie es hoch, und erst jetzt merkte sie, wie groß die Schlange war. Harry hatte keine besonders große Angst vor Schlangen, aber sie konnte auch nicht behaupten, daß sie sie gern anfaßte. Trotzdem, sie fühlte sich irgendwie für diese Kletternatter verantwortlich. Das Tier bewegte sich ein bißchen. Tomahawk beschwerte sich, und so verzogen sie sich aus der Box.

Mrs. Murphy kletterte die Leiter hoch. *«Ich zeig's dir.»*

Harry überlegte fieberhaft, wo ein warmes Fleckchen für die Schlange war. Außer den Rohren unter ihrem Küchenspülstein fiel ihr nur der Heuboden ein, also kletterte sie wieder hinauf.

Die Katze lief zu ihr hin und wieder weg. Harry sah ihr amüsiert zu. Mrs. Murphy mußte diese Vorstellung viermal wiederholen, ehe Harry so vernünftig war, ihr zu folgen.

Simon brummte, als sie an ihm vorbeikamen: *«Steck die alte Hexe bloß nicht in meine Nähe.»*

«Stell dich nicht so an», schimpfte die Katze. Sie führte Harry zum Nest der Schlange.

«Sieh mal einer an!» rief Harry. Vorsichtig legte sie die Schlange in ihr Winterschlafquartier und deckte sie mit losem Heu zu. «Der Herr ist wunderbar in seinen Werken», sagte sie laut. Das hatte ihre Mutter immer zu ihr gesagt. Heute hatte Gott seine oder ihre wunderbaren Werke mit Hilfe einer Schlange, einer Katze, eines Hundes und zweier Pferde gewirkt. Harry ahnte nicht, daß sie noch viel öfter Hilfe von Tieren gehabt hatte, aber sie wußte, daß sie dank der Gnade Gottes hier war. Tommy Norton hätte sie durchlöchert wie einen Schweizer Käse.

Als sie die Scheune zuschloß und durch ein paar Schneeflocken zum Haus zurückging, wurde ihr klar, daß sie es nicht bereute, den Mann in die Kniescheibe geschossen zu haben. Sie hätte ihn notfalls auch getötet. In dieser Hinsicht gehörte sie zur Welt der Tiere. Menschliche Moral und Natur scheinen oft im Widerspruch zu stehen.

Fair Haristeens Lieferwagen schlitterte knatternd in die Zufahrt. Fair stieg rasch aus und riß Harry in seine Arme. «Ich hab's gerade gehört. Alles in Ordnung mit dir?»

«Ja.» Sie nickte, plötzlich erschöpft.

«Gott sei Dank, Harry. Ich wußte nicht, was du mir bedeutest, bis ich, bis ich...» Er konnte seinen Satz nicht beenden. Er drückte sie an sich.

Sie drückte ihn fest, dann ließ sie ihn los. «Komm mit. Unsere Freunde sind drinnen. Sie werden sich freuen, dich zu sehen. Blair hat einen Schuß abgekriegt.» Sie sprach weiter und spürte eine tiefe Liebe zu Fair, wenn es auch keine romantische Liebe mehr war. Sie nahm ihn nicht zurück, aber er bat sie ja auch nicht zurückzukommen. Sie würden sich mit der Zeit arrangieren.

Als sie in die Küche traten, blickte ihr auf dem Hackklotz eine schuldbewußte, dicke graue Katze mit vollem Maul entgegen. Sie hatte ein ganzes Schinkenbiskuit vertilgt; die verräterischen Krümel hingen noch an ihren langen Schnurrhaaren.

«Pewter», sagte Harry.

«Ich esse, wenn ich angespannt oder unglücklich bin.» Und

wirklich war sie betrübt, weil sie das ganze Theater verpaßt hatte. *«Natürlich esse ich auch, wenn ich entspannt und glücklich bin.»*

Harry streichelte sie, setzte sie herunter, und dann besann sie sich, daß ihre Freundinnen heute etwas Besseres verdient hatten als Dosenfutter. Sie legte ein paar Schinkenbiskuits auf den Fußboden. Pewter stellte sich auf die Hinterbeine und kratzte an Harrys Hose.

«Noch was?»

«Noch was», bettelte die graue Katze.

Harry nahm noch ein Biskuit sowie etwas von dem Putenfleisch, das Miranda mitgebracht hatte, und legte es auf den Boden.

«Ich seh nicht ein, wieso du was Leckeres kriegst. Du hast nichts geleistet», brummte Mrs. Murphy, während sie ihr Essen mampfte.

Die graue Katze kicherte. *«Wer sagt, daß das Leben gerecht ist?»*

Rita Mae Brown

«**Rita Mae Brown** trifft überzeugend und witzig den Ton ihrer Protagonistinnen und schreibt klug ein Stück Frauengeschichte über Frauen, die ihr Leben selbst bestimmt haben.» *Die Zeit*

Venusneid *Roman*
400 Seiten. Gebunden und als rororo 13645
Angesichts ihres nahen Todes schreibt Frazier Freund und Feind die ungeschminkte Wahrheit – und dann überlebt sie...

Herzgetümmel *Roman*
(rororo 12797)

Jacke wie Hose *Roman*
(rororo 12195)
Schrullig sind sie geworden, ungezähmt geblieben – die beiden Hunsenmeir-Schwestern in Runnymede, Pennsylvania. Seit 75 Jahren lieben und hassen sie sich, sind «Jacke wie Hose». Ein aufregendes Leben zwischen Krieg und Bridgepartien, Börsenkrach und großer Wäsche.

Die Tennisspielerin *Roman*
(rororo 12394)

Goldene Zeiten *Roman*
(rororo 12957)

Rubinroter Dschungel *Roman*
(rororo 12158)

Wie du mir, so ich dir *Roman*
(rororo 12862)
In Montgomery scheint die Welt zwar in Ordnung, aber was sich da alles unter der puritanischen Gesellschaftskruste tut, ist nicht von schlechten Eltern...

rororo Unterhaltung

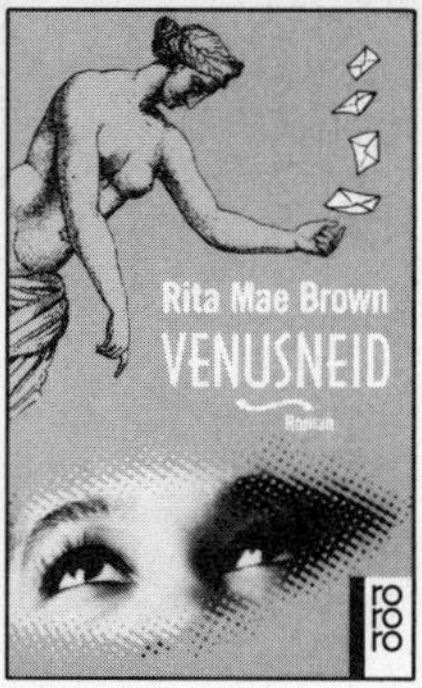

Bingo *Roman*
416 Seiten. Broschiert und als rororo 13002
Louise und Julia Hunsenmeir, beide in den Achtzigern und mehr als selbstbewußt, setzen alle Tricks und Kniffe ein, um einen attraktiven Endsiebziger zu umgarnen...

Dolley *Das Leben einer First Lady. Roman*
512 Seiten. Broschiert

Rita Mae Brown / Sneaky Pie Brown
Schade, daß du nicht tot bist
Ein Fall für Mrs. Murphy Roman
288 Seiten. Gebunden und als rororo 13403

Ruhe in Fetzen *Ein Fall für Mrs. Murphy. Roman*
336 Seiten. Broschiert und als rororo 13746

Mord in Monticello *Ein Fall für Mrs. Murphy. Roman*
320 Seiten. Broschiert

Hannah Green

Hannah Greens Bücher spenden Kraft: Einfühlsam schildert sie nicht nur das Leid, das sie oft selbst erfahren mußte. Hannah Green zeigt ebenso Wege der Hoffnung. Ihr Bericht einer Heilung «Ich hab dir nie einen Rosengarten versprochen» war auf allen Bestsellerlisten zu finden.
Joanne Greenberg, wie Hannah Green in Wirklichkeit heißt, wurde 1932 in New York geboren, studierte in Washington und London. Heute lebt sie mit ihrer Familie in Colorado/USA.

Ich hab dir nie einen Rosengarten versprochen *Bericht einer Heilung*
(rororo 4155)

Mit diesem Zeichen *Roman*
(rororo 4869)
Welche Demütigungen, aber auch Freude und Lebenswillen ein taubstummes Paar erlebt, erzählt Hannah Green in diesem mitfühlenden, authentischen Familienroman.

Herbstzeitlose oder: Glückliche Fügung? *Roman*
(rororo 12186)
Hannah Green erzählt von zwei Menschen, die durch einen entsetzlichen Unfall miteinander verbunden werden – eine Geschichte von der Suche nach dem, was wirklich wichtig ist im Leben.

Ohne sich zu berühren
Erzählungen
(rororo 5661)

rororo Unterhaltung

Wenn es Sommer wird
Erzählungen
(rororo 4992)

Knechte des Königs
Historischer Roman
(rororo 12710)

Aus freien Stücken *Roman*
(rororo 12860)
Fiel Daniel Sanborn einem Attentat zum Opfer, das dem Erzbischof von Málaga galt? Die Nachricht vom Tod des plastischen Chirurgen, der auf den internationalen Kriegsschauplätzen entstellte Gesichter der Zivilbevölkerung operierte, löst weltweit Erschütterung aus.

3231/3

Anja Meulenbelt

«Das Private ist politisch.» **Anja Meulenbelt** hat wie kaum eine andere Schriftstellerin der neuen Frauenbewegung diesen Satz ernstgenommen und ihr Leben zum Thema ihrer Bücher gemacht. Geboren wurde sie 1945 in Utrecht, studierte Sozialwissenschaften und gehört zu den Begründerinnen der holländischen Frauenbewegung. Sie lebt heute als Publizistin und Dozentin in Amsterdam.

Bewunderung *Roman*
Deutsch von
Helga van Beuningen
192 Seiten. Kartoniert
Die Bestandsaufnahme des Feminismus der 80er Jahre und ihres eigenen Lebens: Anja Meulenbelts Roman regt an, über die Möglichkeiten und Chancen für Frauen nachzudenken, denn «das eigentliche Verändern beginnt erst jetzt.»

Scheidelinie *Über Sexismus, Rassismus und Klassismus*
Deutsch von Silke Lange
366 Seiten. Kartoniert

Die Gewöhnung ans alltägliche Glück *Roman*
(rororo 12534)
«Die Gewöhnung ans alltägliche Glück ist ein leichtes und dennoch kein ausgesprochen heiteres Buch, nicht nur erzählend, nicht nur überlegend, es ist keinesfalls euphorisch und auch nicht resigniert. Es ist so beschrieben, wie es ist.»
taz

rororo Literatur

Ich wollte nur dein Bestes
Roman
(rororo 12866)
«Sie wollte Schriftstellerin werden, nicht schreibende Feministin sein, hat sie einmal geäußert. Mit diesem Buch hat sie ihr Ziel erreicht.»
Maria Frisée, FAZ

«Du hast nur einen Beruf - mich glücklich zu machen» *Über die Unmöglichkeit der Liebe zwischen Mann und Frau*
Deutsch von
Helga van Beuningen
240 Seiten. Kartoniert

Geliebtes Untier *Von Sara und anderen Katzen*
Deutsch von
Helga van Beuningen.
Mit Illustrationen von Teuny Vogel
96 Seiten. Gebunden

Toni Morrison

«Ich schrieb <Sula> und <Sehr blaue Augen>, weil das Bücher waren, die ich gerne gelesen hätte. Da keine sie geschrieben hatte, schrieb ich sie selbst.» **Toni Morrison** hat eine ungewöhnliche Karriere gemacht: Geboren wurde sie 1932 in Lorain, Ohio, war Tänzerin und Schauspielerin, studierte und lehrte neun Jahre lang an amerikanischen Universitäten englische Literatur. Mit dreißig Jahren begann sie zu schreiben und galt rasch als eine der bedeutendsten Schriftstellerinnen Amerikas, die eine poetische und kraftvolle Sprache für die Literatur schwarzer Frauen gefunden hat. 1988 wurde Toni Morrisons Buch «Menschenkind» mit dem Pulitzer-Preis ausgezeichnet; 1993 erhielt sie den Nobelpreis für Literatur.

Sehr blaue Augen *Roman*
(rororo neue frau 4392)
Es war einmal ein Mädchen, das hätte so gerne blaue Augen gehabt. Aber alle Menschen, die es kannte, besaßen braune Augen und sehr braune Haut...

Jazz *Roman*
Deutsch von Helga Pfetsch
256 Seiten. Gebunden und als rororo neue frau 13556
Toni Morrison, «wohl die letzte klassische amerikanische Schriftstellerin» *(Newsweek)*, komponiert in ihrem 1926 in Harlem spielenden Roman die Rhapsodie einer großen Liebe, die scheitern muß, weil sie ihre Wurzeln nicht kennt.

rororo neue frau

Teerbaby *Roman*
Deutsch von Uli Aumüller und Uta Goridis
368 Seiten. Gebunden und als rororo neue frau 13548

Im Dunkeln spielen *Weiße Kultur und literarische Imagination. Essays.*
Deutsch von Helga Pfetsch u. Barbara von Bechtolsheim
128 Seiten. Gebunden und als rororo neue frau 13754

Menschenkind *Roman*
Deutsch von Helga Pfetsch
384 Seiten. Gebunden und als rororo 13065

Sula *Roman*
(rororo neue frau 5470)
Ein Roman über die intensive Freundschaft zweier Frauen.

Solomons Lied *Roman*
Deutsch von Angela Praesent
392 Seiten. Gebunden und als rororo neue frau 13547

3256/5

Milena Moser

Milena Moser, 1963 geboren, in Zürich lebend, besitzt eine funkelnde satirische Begabung; ihr Erzählen swingt.

Mein Vater und andere Betrüger
Roman
272 Seiten. Gebunden
Teenager Charlotte hat's schwer: Ihre Mutter ist verschwunden, und nun hat die Tochter den Vater allein am Hals. Einmal mehr erweist sich Milena Moser als die Erzählerin in der tragikomischen Achterbahn von Neigungen und Bindungen in unserer Zeit.

Die Putzfraueninsel *Roman*
(rororo neue frau 13209)
Tiefgründig grotesk, schlafverscheuchend komisch fegt eine Großstadt-Heldin von heute durch die biederkorrupte Gegenwart: Mit ihrem pfiffig beim Wischen und Schrubben ergatterten Geheimwissen enttarnt die kesse junge Putzfrau verlogene Musterfamilien, kippt fiese Politikerinnen, rettet bedrohte Schwiegermütter; ist die biedere Szene erst restlos aufgemischt, gönnen sich alle netten Leute den triumphalen Abflug nach Süden.

Blondinenträume *Roman*
272 Seiten. Gebunden und als rororo neue frau 13943
Ein Mann zieht ein! Mitten ins Paradies (von bösen Zungen «Siedlung» genannt) alleinbekinderter Frauen, die mit Pampers, halbvernarbten Liebeswunden, platzenden Reißverschlüssen und verruchten Wünschen kämpfen.

3624/1

rororo Unterhaltung

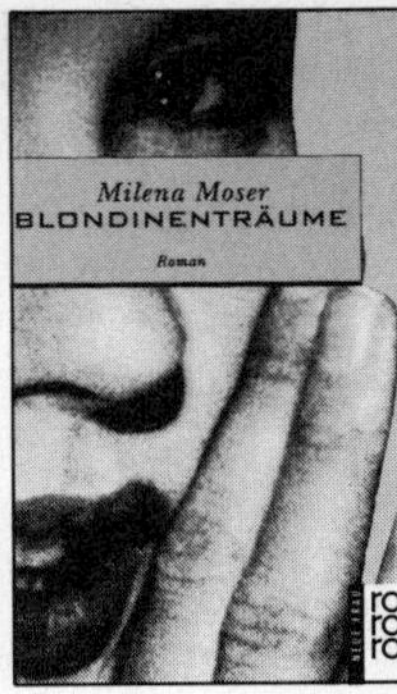

Das Schlampenbuch
Erzählungen
(rororo neue frau 13358)
Sie zahlen es niederträchtigen Liebhabern und verlogenen Showmastern heim; sie treiben in Boutiquen, Fitness-Studios und Straßenbahnen finstere Dinge; sie spielen gnadenlos mit Messer, Schere, Gift: Wenn Pippi Langstrumpf und die Rote Zora je erwachsen geworden wären, müßte ihr Leben dem von Milena Mosers Schlampen verflucht ähnlich sein.

Gebrochene Herzen oder Mein erster bis elfter Mord
(rororo neue frau 12974)
In ihrem Erstling führt uns Milena Moser Frauen und Mädels vor, die einfach vor nichts zurückschrecken: Sie morden aus nichtigem Anlaß. Wegen eines Mißverständnisses. Aus Liebe.

Erika Mann

Erika Mann wurde am 9. November 1905 in München geboren, als ältestes Kind von Thomas und Katia Mann. Sie arbeitete zunächst als Schauspielerin und Journalistin. Anfang 1933 gründete sie in München das Kabarett «Die Pfeffermühle»; wenige Wochen später ging sie mit der Truppe ins Exil. Ab 1936 lebte sie überwiegend in den USA. Während des Zweiten Weltkriegs wirkte sie u. a. an den Deutschland-Programmen der BBC mit. 1952 kehrte sie nach Euopa zurück, wo sie am 27. August 1969 in Zürich starb.

Mein Vater der Zauberer
Herausgegeben von Irmela von der Lühe und Uwe Naumann
300 Seiten + 16 Seiten einfarbige Tafeln. Gebunden
Dieser Band dokumentiert die Geschichte einer außergewöhnlichen Vater-Tochter-Beziehung. Alle wichtigen Äußerungen Erika Manns über ihren Vater werden erstmals umfassend dokumentiert und kommentiert. Die zahlreichen Essays, Interwiews und Briefe vermitteln ein höchst subjektives, aufschlußreiches Bild von Thomas Mann – eine Nahaufnahme des Schriftstellers, wie sie nur aus Sicht einer besonders engen Vertrauten möglich ist.

Zehn Millionen Kinder *Die Erziehung der Jugend im Dritten Reich. Einleitung von Thomas Mann*
200 Seiten. Broschiert

rororo Literatur

Briefe und Antworten
Band 1. 1922 - 1950.
Herausgegeben von Anna Zanco Prestel
296 Seiten. Gebunden
Band 2 1951 - 1969
272 Seiten. Gebunden

Erika Mann / Klaus Mann
Escape to Life *Deutsche Kultur im Exil*
Herausgegeben von Heribert Hoven. Nachwort von Heribert Hoven
424 Seiten. Gebunden

Rundherum *Abenteuer einer Weltreise. Mit Originalfotos. Nachwort von Uwe Naumann*
(rororo 13931)
Im Herbst 1927 brachen Erika und Klaus Mann zu einer mehrmonatigen Weltreise auf. Nach ihrer Rückkehr schrieben die Geschwister über ihre Erlebnisse einen anekdotenreichen Bericht.

Starke Frauen

Starke Frauen, freche Bücher – scharfsinnige Geschichten mit viel Witz aus einer exotischen Welt: dem Frauenalltag.

Amanda Aizpuriete
Laß mir das Meer
Liebesgedichte
64 Seiten. Pappband
«Nichts ist gestelzt, gekünstelt in diesen Gedichten. Man spürt in jeder Zeile eine so sprachsichere Fähigkeit im unverstellten Bekenntnis, daß gerade das Subjektivste als etwas tief Gesellschaftliches verstanden werden kann.» *Süddeutsche Zeitung*

Lisa Alther
Fünf Minuten im Himmel
Roman
416 Seiten. Gebunden
Die Geschichte einer eigenwilligen Frau, die die Hoffnung auf eine erfüllende Beziehung nicht aufgibt.
Eine besondere Frau *Roman*
(rororo neue frau 13410)
Schlechter als morgen, besser als gestern *Roman*
(rororo neue frau 5942)

Pia Frankenberg
Die Kellner & ich *Roman*
(rororo 13778)
Erzählt wird die Geschichte von Thea Goldmann, einem frechen, altklugen, rebellischen Kind, das während des Wirtschaftswunders auf der Wunderseite aufwächst.

Felicitas Hoppe
Picknick der Friseure
Geschichten
96 Seiten. Pappband
Zwanzig Geschichten: komisch, absurd, manchmal bitterböse, von atemberaubender Phantasie.

rororo Unterhaltung

Kathy Lette
Mein Bett gehört mir *Roman*
320 Seiten. Gebunden
Eine australische Lebenskünstlerin, hoffnungslos verliebt, folgt ihrem Auserwählten nach London. Aus Lust und Liebe wird eine gar nicht nette Katastrophe.
Die Sushi-Schwestern *Stories*
(rororo 13598)

Francine Prose
Jäger und Sammler *Roman*
(rororo 13793)
Martha ist unzufrieden mit ihrem Job und trauert einer mißglückten Liebesbeziehung nach. Während eines Wochenendurlaubs trifft sie mit einer Gruppe von New-Age-Frauen zusammen, die eine geheimnisvolle, archaische Zeremonie abhalten... Eine geistreiche, witzige Gesellschaftssatire.

3623/1